JASON ANSPACH   NICK COLE

MORDKOMMANDO

BUCH 1   BAND II

GALAXY'S EDGE

Copyright © 2017,2021
Galaxy's Edge, LLC
Alle Rechte vorbehalten.

Dies ist ein Werk der Fiktion. Jede Ähnlichkeit mit realen Personen, ob lebend oder tot, ist zufällig und vom Autor nicht beabsichtigt.

Kein Teil dieser Veröffentlichung darf ohne vorherige schriftliche Genehmigung des Herausgebers und des Urheberrechtsinhabers in irgendeiner Form oder mit irgendwelchen Mitteln elektronisch, mechanisch, durch Fotokopie, Aufzeichnung oder auf andere Weise vervielfältigt, in einem Abrufsystem gespeichert oder übertragen werden.

ISBN: 978-1-949731-86-6

Alle Rechte vorbehalten. Version 1.2
Aus dem Englischen von Marcel Aubron-Bülles
Redaktion: Mona Gabriel
Herausgegeben von Galaxy's Edge Press

Coverabbildung: Fabian Saravia
Covergestaltung: Ryan Bubion
Satz: Kevin G. Summers

Besuchen sie uns im Internet:
InTheLegion.com | facebook.com/atgalaxysedge
Englischsprachiger Newsletter (Sie erhalten eine kostenlose Kurzgeschichte):
InTheLegion.com

VORWORT

Kublar, Orbit
Umkämpfter Weltraum nach der Schlacht von Kublar

»Ganz schön heiß hier draußen. Ich habe noch nie so viele — Oba!« Der Rumpf des Evakuierungsshuttles erzitterte heftig. »Festhalten!«

Captain Ford — seine Kameraden nannten ihn Wraith — griff nach einem der Sicherheitsbügel über seinem Kopf. Seine Beine verloren kurz den Kontakt zum Deck, und während er sich an den Bügel klammerte, flogen Republik-Marineinfanteristen wie Spielzeug durch den Raum. Die Hullbuster stolperten über die wenigen verletzten Legionäre und Soldaten der Republiksarmee, die man von Kublar evakuiert hatte, bevor die Bombardierung aus dem Orbit einsetzte. Ein Navy-Sanitäter versuchte einen schwer verwundeten Legionär mit seinem Körper zu schützen, damit seine schrecklich aussehende Unterleibverletzung nicht noch schlimmer würde oder sich entzündete.

Bumm!

Die Beleuchtung im Shuttle flackerte kurz, als das Abwehrschild des Shuttles von Blasterfeuer getroffen wurde.

»Verdammt!«, brüllte ihr Pilot aus dem Cockpit, und das scharfe Zischen des Blasterfeuers unterstrich seinen Fluch. »Tibeel, setz dich ans Heckgeschütz und feuer auf sie! Die machen uns sonst fertig!«

Der Pilot klang, als ob er kurz vor einer Panikattacke stünde. Kein Vergleich zu dem sonst ruhigen und sachlichen Ton, der Wraith so vertraut war. Er hatte Piloten bei einem Absturz zugehört, wie sie in aller Ruhe weiterredeten, als ob sie eine Bedienungsanleitung durchgingen, bis kurz vor dem Aufschlag. Was immer da draußen auch passierte- es sah offenbar richtig schlecht für sie aus.

Wraith blickte den Gang entlang zur hinteren Geschützstellung. Der Navy-Kanonier lag ausgestreckt auf dem Deck, regungslos.

Die Flugbahn des Shuttles beruhigte sich wieder. Wraith ließ sich vom Bügel herab auf das Deck. Dann rannte er an den Marines vorbei, die sich gegenseitig auf die Beine halfen und zu den Notsitzen bewegten.

»Hier spricht Captain Ford.« Wraiths Stimme klang emotionslos. »Der Kanonier ist nicht mehr kampfbereit. Ich übernehme seinen Posten. Sagt mir Ziele nach Priorität an.«

»Such dir eins aus!«, lautete die gebrüllte Antwort des Piloten.

»Verstanden.«

Wraith bewegte die beiden Kontrollarme, um die Waffe aus ihrer Ruheposition zu lösen. Dann sah er durch das Gitternetz, das an der Geschützstellung über dem Sichtfenster lag, und hielt Ausschau nach Zielen.

Er hatte noch nie so viele Starfighter gesehen. Die RMK mussten jeden einzelnen Preyhunter in diesem Sektor am Rande der Galaxie gekauft und in den Kreuzer der Ohio-Klasse gequetscht haben, den sie irgendwo aufgetrieben hatten. Sie waren einfach überall. Alle vom Superzerstörer der Republik *Mercutio* entsandten Tri-Jäger waren mit ihnen in wilde Nahkämpfe verwickelt. Andere verfolgten die republikanischen Evakuierungsshuttles, die von der Planetenoberfläche ins Weltall zurückkehrten. Drei der Starfighter der Aufständischen konzentrierten ihr Blasterfeuer auf eins der Shuttles. Schon bald explodierte es in einem Flammenball, der in der Finsternis des Weltraums kurz aufblitzte und fast sofort wieder erlosch.

Wraith biss die Zähne zusammen, als er mitansehen musste, welches Schicksal die Legionäre und Infanteristen in diesem Shuttle erlitten. Da hatte man sie vor dem sicheren Tod auf dem Planeten weit unter ihnen gerettet, nur damit sie in ihrem Shuttle starben.

Die Preyhunter zischten an den Trümmern vorbei. Der führende Starfighter wackelte kurz mit den Flügelspitzen, während er die kurze Strecke zu Wraiths Shuttle überwand. Die Zielerfassung blitzte auf, piepte, und Wraith betätigte die Feuerknöpfe.

Grüne Blasterblitze zuckten auf das führende Raumschiff zu. Der Pilot versuchte noch abzutauchen, war aber nicht schnell genug. Vier direkt aufeinander folgende Blitze schlugen auf der Oberseite des Starfighters ein. Der erste zerfetzte das Schutzdach des Cockpits und tötete den Piloten, und die drei danach rissen Löcher in den Rumpf, die zur Explosion führten.

Die anderen beiden Preyhunter schwenkten nach links und rechts ab. Wraith konzentrierte sich auf den linken und zwang ihn mit sauber platzierten Schüssen eine Flugbahn einzuschlagen, bei der er nicht nur die Kanone an einer Flügelspitze, sondern auch den Hauptantrieb ausschalten konnte. Ein republikanischer Starfighter raste heran und erledigte den Preyhunter, bevor er so nah an Wraiths Shuttle vorbeischoss, dass Wraith auf der Wange des Kameraden einen Leberfleck ausmachen konnte.

»Sauberer Schuss!«, rief der Pilot über Funk. »Wir sind noch sechzig Sekunden vom Hangar der *Mercutio* entfernt. Halte uns diese Aufständischen nur noch ein paar Sekunden vom Hals, und —«

Es knackte laut in der Leitung, und das Shuttle erzitterte heftig. Wraith hatte das Gefühl, dass die Innentemperatur sprunghaft um fünfzehn Grad anstieg. Ein schiffsinterner Alarm gab einen unheilvollen Warnton von sich. *Iit...iit...iit...iit...iit...*

»Was ist los?«, fragte er.

Der Copilot meldete sich. »Oba — wir sind nur knapp zehn Meter von der Schusslinie aus den Geschützstellungen dieses Ohio-Kreuzers vorbeigekommen. Hat bei Mero alle Bedienelemente überlastet. Er ist tot. Wir haben die Stabilisatoren verloren. Alle Sensoren sind durchgeknallt. Bitte um Traktorstrahllandung.«

Wraith wurde klar, dass der Copilot nicht nur mit ihm sprach. Die Stimme des Fluglotsen für den Hangar auf der *Mercutio* ertönte. »Zu viele Ziele für eine sichere Erfassung. Wir können euch aus eurer Flugbahn holen, sobald ihr in Reichweite seid. Wenn ihr durch den Hangarschild kommt, wartet schon das Fangnetz auf euch.«

»Verstanden«, antwortete der Copilot. »Seid gewarnt, wir haben die Lebenserhaltung verloren, und wir haben ein Feuer an Bord.«

Die Raumschiffe der RMK hielten Abstand vom Superzerstörer der Republik. Wraith sah nun kein Ziel mehr in seiner Nähe.

Der Copilot bemerkte dies auch. »Captain, Sie sollten sich besser anschnallen. Wir kommen ziemlich steil rein, und sobald wir im Hangar sind, sinken wir wie ein Stein im Wasser. Wird ziemlich holprig.«

Die Backbordzugänge zu den Hangaren dieses Raumschiffs waren groß genug, um selbst Großfrachter aufzunehmen. Wer vom oberen Schild ungeschützt auftraf, würde einige Kratzer abbekommen. Normalerweise brachte ein Traktorstrahl das Raumschiff an das Hangardeck heran, und Repulsorplatten übernahmen die sichere Landung, sobald der Traktorstrahl den Kontakt verloren hatten. Aber das hier... war eine ziemliche harte Nuss.

»Verstanden.« Wraith verließ die Geschützstellung und machte sich auf in Richtung Notsitze.

Die meisten Marineinfanteristen und Legios hatten sich schon angeschnallt, abgesehen von dem Sanitäter, der Schwierigkeiten hatte, seinen verletzten Patienten unterhalb der Aufladestation an der eingebauten Trage zu sichern. Wraith kniete sich neben ihn, half ihm, und klopfte dann kurz auf die Schulterpanzerung des Legionärs, bevor er aufstand, um sich selbst anzuschnallen. »Durchhalten, Kumpel.«

Das Evakuierungsshuttle dröhnte und erzitterte, als der Traktorstrahl der *Mercutio* sie erfasste und in den Hangar zog. Abgesehen von der eigentlichen Landung war das der gefährlichste Augenblick — sie bewegten sich in einer geraden Linie auf das Schiff zu, und nur das Dauerfeuer der schweren Lasergeschütze und das Geleit durch die Jäger schützte sie vor den feindlichen Preyhuntern. Ähnlich wie bei den Gleitern während des Hinterhalts auf Kublar.

»Festhalten!«, brüllte der Copilot über die bordinternen Lautsprecher. »Sobald wir in den Hangar reinfliegen, knallen wir runter wir ein Stein.«

»Wir werden alle sterben, oder?«, fragte ein Marine und zog eine Grimasse.

»Wahrscheinlich«, lautete Wraiths Antwort.

Die Innenbeleuchtung des Raumschiffs wurde für den Landeanflug abgedunkelt. Der Copilot sagte noch, dass sie mit der Shuttlenase den Hangar erreicht hatten, als kurz darauf der Traktorstrahl die Kontrolle über das Evakuierungsshuttle verlor, und es in den freien Fall überging.

Wraiths Magen schien sich schlagartig in seinem Schädel zu befinden. Er krallte sich an die Riemen vor seiner Brust und bereitete sich auf den Aufschlag vor. Ein furchtbar kreischendes Geräusch ertönte, als würden sich schwere Metallplatten verziehen, als das Raumschiff in das Impenetrastahlkabelnetz krachte, das für genau so solche Fälle unterhalb der einfahrbaren Deckplatten eingebaut war. Nach dem Aufprall sprang das Raumschiff wieder nach oben, wie auf einer Kirmes auf einer der Kernwelten. Das peitschende, metallische Geräusch zerreißender Kabel machte ihnen deutlich, wie hart sie aufgeschlagen waren. Als das Evakuierungsshuttle schließlich nur noch gemächlich auf- und abschaukelte, löste Wraith sein Gurtzeug und ging auf die Ausstiegsluke zu.

»Wo willst du hin, Mann?«, fragte derselbe Marineinfanterist, mit dem er eben schon gesprochen hatte. »Das Schiff fliegt doch nicht in die Luft, oder?«

Wraith betätigte die Notfallöffnung und wartete, dass sich die Shuttletür zur Seite schob wie ein Vorhang, der den Blick auf die Bühne freigab. »Wir sind immer noch im Krieg, Kamerad.«

Er sprang über die schmale Lücke zwischen Schiff und Fangnetz und landete auf dem glänzend schwarzen Deck. Im Hangar herrschte reger Betrieb. Eine Gruppe republikanischer Marineinfanteristen rannte an ihm vorbei und an Bord eines Striker-Kampfshuttles. Landehilfebots steuerten weitere Shuttles und beschädigte Starfighter sicher an Bord — wesentlich mehr Starfighter als Shuttles —, während Schleppgleiter die Raumschiffe auf die seitlichen Landeplätze bugsierten, um so möglichst viel Raum für die nächsten Landungen zu schaffen.

Wraith sah sich im Hangar nach Überlebenden der Schlacht auf dem Planeten um. Er bemerkte wie einige der Infanteristen und Legionäre eilig in die Krankenstationen gebracht wurden. Es waren aber nur wenige. Wie viele von ihnen hatten sich noch auf dem Planeten befunden, als der Orbitalbeschuss begonnen hatte? Wie viele von ihnen waren gestorben, bevor die Shuttles angekommen waren?

Wraith richtete seinen Blick auf die wilde Weltraumschlacht direkt vor den Hangartoren. Er zuckte jedes Mal zusammen, wenn eins der Evakuierungsshuttles getroffen wurde. Die Legionäre in diesen Shuttles — sollten sich überhaupt welche in ihnen befinden — hatten etwas Besseres verdient, als in solchen Blechbüchsen zu sterben, ohne sich gegen den Feind wehren zu können.

»Captain Ford!«

Wraith drehte sich um — und sah noch, wie ein Marine- und ein Legio-Sanitäter mit Captain Devers auf einer Trage davoneilten. Er wirkte leblos.

Wraith antwortete dem Legionär, der ihn gerufen hatte. »Lieutenant Chhun, ich bin froh, dass Sie es geschafft haben.«

»Vielen Dank, Sir«, sagte Chhun und trat auf ihn zu, die N4 immer noch einsatzbereit in seinen Händen. Ihm folgte Exo, dem vermutlich die Hölle bevorstand, sollte Devers tatsächlich überleben.

»Gilt auch für Sie, Exo«, sagte Wraith.

»Danke.«

»Sir?« über Chhuns blutverschmiertes, dreckiges Gesicht lief Schweiß. »Was jetzt, Sir?«

»Wie immer. Wir lassen sie teuer bezahlen.«

An Bord der *Indelible VI*
Heute

Die Tür zum Cockpit der *Indelible VI* öffnete sich mit einem leisen Zischen, und Leenah, die Mechanikerin/ Prinzessin an Bord dieses Raumschiffs, betrat den Raum. Sie wischte sich die verdreckten rosafarbenen Hände an ihrem Overall ab und ließ sich in den Stuhl des Steuermanns fallen, direkt neben Captain Aeson Keel.

Ravis Stuhl.

Leenah empfand einen kurzen Stich des Bedauerns. Sie vermisste den holografischen Steuermann, der verschwunden war, seit er das Leben eines verängstigten, kleinen Kindes verteidigt hatte. Sie alle vermissten ihn. Und obwohl er es sich nicht anmerken ließ, vermutete sie, dass der Captain ihn am meisten vermisste.

Sie wartete auf eine Reaktion von Keel, denn sie fragte sich, ob er wenigstens eine Andeutung machen würde, wie sehr es ihm missfiel, dass sie sich einfach im Stuhl seines verlorenen Steuermanns breitmachte. Das war immerhin — zumindest war das Leenahs Vermutung —

der wahre Grund, warum Keel den Wobanki Skrizz aus dem Cockpit verbannt hatte, ganz abgesehen von den Haaren und den Schuppen, die der Katzenmensch mit sich brachte. Aber Keel war ganz in seine Lektüre vertieft, als Leenah den Raum betrat, und es schien ihm wichtiger zu sein, sein Datenpad abzuschalten und wegzuräumen, als sich mit einer vermeintlichen Verletzung des Protokolls zu beschäftigen.

»Was hast du denn da gelesen?«, fragte Leenah, bemüht, keine Flecken auf den Armlehnen von Ravis Stuhl zu hinterlassen.

Keel schüttelte den Kopf. »Nichts. Nur...« Er zögerte, als ob er sich nicht sicher sei, wie viel er preisgeben wollte. »Hab mir nur ein paar alte Sachen angesehen. Die Vergangenheit hervorgekramt, damit ich sie nicht vergesse. Wie läufts bei Garret?«

Leenah zwang sich, nicht dem Verlangen nachzugeben, Keel zu fragen, was er denn nicht vergessen wolle, sondern darüber nachzudenken, welche Antwort sie ihm geben sollte. Garret, die Bohnenstange von einem Hacker, hatte schon mehrere Tage darauf verwendet, die ziemlich eingeschränkte KI an Bord der *VI* zu umgehen oder sie anzuflehen, um Ravi zu ‚finden‘ und das edle Hologramm wiederherstellen zu können. Ohne allzu großen Erfolg.

Leenah wusste, dass sie behutsam vorgehen musste. Sie blickte auf ihre Füße, während die rosafarbenen Ranken, die von ihrer Kopfhaut herabhingen, wie zarte Haarsträhnen über ihre Stirn tanzten. »Er ist noch auf der Suche. Die Holo-Kerne des Raumschiffs sind extrem fragmentiert, und sich da durchzuarbeiten ist praktisch unmöglich. Und das war die wortwörtliche Aussage eines Hackers, der das Unmögliche wie Kinderkram aussehen lässt. Ravi scheint ziemlich beeindruckende Arbeit geleistet zu haben. Garret weiß nicht, wie lange er noch braucht. Er meint, dass es ganz davon abhängt, ob Ravi eine Spur hinterlassen hat, um sein Betriebssystem wiederfinden zu können.«

Keel grinste schief und klopfte sanft mit den Fingerknöcheln gegen das Armaturenbrett. »Nun, er gehörte ja nicht wirklich von Anfang an zum Schiff, aber lass den Jungen ruhig weitersuchen.«

Leenah nickte. Die beiden saßen schweigend da und betrachteten die wogenden blauen Wellen des Hyperraums.

»Ich habe über Prisma nachgedacht«, sagte Leenah und senkte ihre Stimme zu einem Flüstern, als ob sie vermutete, dass das Mädchen sie belauschte. »Sie braucht Beständigkeit in ihrem Leben. Sie kann nicht quer durch die Galaxie reisen mit einer Truppe ... naja, was immer wir auch sind.«

Keel runzelte die Stirn. »Wir konzentrieren uns auf ein Problem nach dem anderen.«

Die Komm gab einen Signalton von sich.

Leenah runzelte die Stirn. »Wie können wir im Hyperraum eine Nachricht erhalten?«

Keel wirkte kurz besorgt, aber nur für einen Augenblick. Die Emotion huschte kurz über sein Gesicht wie ein Suchlicht durch den dunklen Nachthimmel. Er beugte sich vor und tippte auf das Kommunikationspult. Ein schwarzer Bildschirm erschien über dem Bugfenster. Darauf leuchtete eine kurze Nachricht in grünen Buchstaben.

Wraith. Rückkehr zum Schoß. LS-33.
P-1.

»Was hat das zu bedeuten?«, fragte Leenah. LS-33 war die Kennziffer eines Legionärs. Keel — Wraith hatte die Legiopanzerung, ja, aber das konnte man sich mit genügend Credits besorgen.

Aber Keel lehnte sich einfach in seinem Stuhl zurück, knabberte an seinem Daumen und starrte in die sich entfaltenden Schichten des Hyperraums.

Jahre zuvor. Die Mercutio, fünfzehn Minuten nach der Evakuierung von Kublar.

KAPITEL 1

Ich blieb nicht im Shuttle, um dem Piloten zu danken. Keiner klatschte Beifall, als unser Evakuierungsshuttle auf das Deck der *Mercutio* krachte. Stattdessen wurde die Shuttletür aufgerissen, und Captain Devers wurde sofort auf einer Repulsorentrage in die Krankenstation gebracht. Er war blass, und der größte Teil seines Bluts war auf seiner Panzerung verschmiert. Wenn mich jemand gefragt hätte, ich hätte gesagt, er hat es hinter sich.

Aber ich würde solche Voraussagen ganz bestimmt nicht zu Protokoll geben. Sollte er es schaffen, dann wäre es nicht das erste Mal, dass Devers überlebte, wenn er eigentlich hätte sterben sollen.

Ich sprang auf das Deck. Bots und Soldaten eilten herbei, um das Shuttle aus dem Weg zu schaffen. Die Besatzung, Marines und Verletzte befolgten die Befehle eines Deckoffiziers und begaben sich auf ihre Positionen. Ich ignorierte die Befehle. Ich ignorierte die grünen Pfeile, die auf den Deckplatten aufleuchteten wie das Neonwerbeschild eines Diners: *Hier entlang*. Ich hörte, wie hinter mir Stiefel auf den Deckplatten landeten, und das trotz des Klingelns in meinen Ohren und dem lauten Summen der Repulsoren.

»Lieutenant Chhun! Warten Sie!«

Ich drehte mich um und entdeckte Exo, der mit seiner N4 in einer und seinem Helm in der anderen Hand zu mir gerannt kam. Ein Teil von mir wollte ihn bei mir wissen, eine verständnisvolle Seele an meiner Seite, während ich hier im Hangar herauszufinden versuchte, wer es sonst noch geschafft hatte. Ein anderer Teil von mir wollte ihm befehlen, sich was zu essen zu besorgen und duschen zu gehen, damit ich allein sein konnte. Aber weder das eine noch das andere brachte ich zum Ausdruck. Stattdessen stand ich wie ein Trottel einfach nur da und starrte unser Evakuierungsshuttle an.

Das Ding war eine Ruine. Der Rumpf war mit schwarzen Brandflecken überzogen. Die an mehreren Stellen blank liegenden Schaltkreise hatten etwas von Tätowierungen. Ich war beeindruckt, dass die Piloten diesen kaputten Vogel überhaupt hatten landen können. Vielleicht hätte ich nach der Landung doch klatschen sollen.

»He, Lieutenant...« Exo hatte bemerkt, wie ich an ihm vorbeisah, und drehte sich langsam um, um sich unsere durchsiebte Mitfahrgelegenheit anzuschauen. Er ließ seine Arme an die Seiten sinken, der Lauf seiner Waffe nur wenige Zentimeter vom Deck entfernt. »Wieso bin ich nicht tot?«

Darauf hatte ich keine gute Antwort, also zuckte ich nur mit den Achseln. »Lass uns mal schauen, wer es sonst noch geschafft hat. Vielleicht können wir den Legio-Kommandeur dazu überreden, uns wieder auf die Planetenoberfläche zurückzubringen.«

»Sir ...« Exo machte ein langes Gesicht. Er wirkte müde. »Sie sind tot, Sir. Es hat keinen Sinn, da noch mal runterzugehen, außer um alle Kubies auszulöschen.«

»Dann sollten wir uns darum kümmern.«

Wir gingen durch den Hangar und überhörten alle ‚hilfreichen' Hinweise der Signal-Bots. Wir kümmerten uns auch einen feuchten Kehricht um die bösen Blicke, die uns die Navy-Raumfahrer zuwarfen. Wir hatten nur wenige Schritte hinter uns gebracht, als ich ein Evakuierungsshuttle entdeckte, dass sogar noch mehr Prügel eingesteckt hatte als unseres. Es war in die Fangnetzanlage unterhalb des Decks verwickelt. Die Typen hatten eine echte Bruchlandung hingelegt. Exo und ich änderten die Richtung und gingen darauf zu. Vielleicht waren dort Legionäre an Bord.

Überlebende.

Brüder.

Und tatsächlich entdeckte ich einen Legionär, dessen Panzerung mit schwarzen Brandspuren von Streifschüssen übersät und dem braunen Staub Kublars überzogen war. Seine Schulter trug die Insignien der Gruppe Specter. Um herauszufinden, um wen es sich handelte, musste ich nur nah genug heran, um Namen und Kennziffer lesen zu können, aber in diesem Fall war es nicht nötig. Sein entschlossener Gang und seine unnachgiebige Haltung, machten mir klar, wer er war.

»Captain Ford!«

Captain Ford — Wraith — drehte seinen Helm, um den Sanitätern nachzusehen, die Devers wegbrachten, und wandte sich dann zu mir um. »Lieutenant Chhun. Es freut mich, dass Sie es geschafft haben.«

»Danke, Sir.« Ich trat vor und drückte meine N4 an mich.

Wraith sah an mir vorbei zu Exo. »Dasselbe gilt für Sie, Exo.«

Exo schniefte, als ob ihm die Nase liefe. »Danke, Sir.«

»Captain Ford?« Ich spürte deutlich, wie mir der Schweiß über das dreckige Gesicht lief. »Was machen wir jetzt?«

Ein Angriffsteam der republikanischen Marines rannte an uns vorbei und steuerte zielsicher auf ein wartendes Kampfshuttle zu. Wraith sah ihnen hinterher und rannte dann los. »Wir lassen sie teuer bezahlen.«

»Aber hallo«, rief Exo. Er setzte seinen Knitterfreien auf und folgte Wraith, der die Marineinfanteristen bereits überholt hatte.

Ich atmete tief durch und begann ebenfalls zu rennen.

Wir bewegten uns schnell auf den Sammelpunkt für die Kampfshuttles zu. Große Raumschiffe wie der Superzerstörer, auf dem wir uns befanden, verfügten über gigantische Feuerkraft, aber diese Großkampfschiffe — selbst so eine Antiquität wie die Ohio-Klasse, gegen die wir gerade kämpften — konnten unglaublich viel einstecken. Die Navy konnte ihr Feuer auf wenige Punkte konzentrieren, ihre Bombardements koordinieren, was auch immer. Aber vor uns lagen unzählige Schichten Durastahl, mehrfache Luftschleusen, um eine schiffsweite Dekompression zu verhindern... Selbst mehrere *Zerstörergeschwader* brauchten Stunden, um nur ein einziges Großkampfschiff zu besiegen. Ein Superzerstörer konnte einen Kreuzer der Ohio-Klasse innerhalb von sechs Standardminuten lahmlegen. Aber das Ding in die Luft jagen? Wer wusste das schon.

Und wie lautete die Antwort auf dieses Problem? Die Marines. Sie waren zwar keine Legionäre, aber sie waren auch keine Hänflinge. Sie waren vielleicht ein bisschen eingebildet, aber jeder Legio würde eine Gruppe Marines losschicken, wenn sich die Gelegenheit bot. Sie töteten, was man ihnen zu töten befahl, und sie würden nicht damit aufhören, bis sie den Befehl erhielten aufzuhören. Normalerweise.

Vor meinen Augen lief ein Schlachtplan nach dem Lehrbuch ab: das feindliche Schiff entern und den Feind von innen heraus zerlegen — wie es ein korsischer

Wasserwurm mit seinem Opfer tat. Und obwohl ein Teil von mir zwölf Stunden am Stück schlafen wollte und genau wusste, dass mir niemand einen Vorwurf daraus machen würde, wollte doch der weitaus entscheidendere Teil ein Kampfshuttle besteigen und die Rebellen der Mittleren Kernwelten dafür bezahlen lassen, was sie meinen Kameraden auf Kublar angetan hatten.

Und sie *würden* bezahlen.

»Lieutenant Chhun!«

Zu meiner Überraschung rannte mit einem Mal Specialist Kags neben mir, der Infanterist der Republiksarmee, der unser Kampfgleitergeschütz bedient hatte. Er trug seine N4 in einer Hand und neue Batteriepacks in der anderen.

»Sir, lassen Sie mich mitkommen.«

Ich blieb kurz stehen und nahm das von ihm dargebotene Batteriepack entgegen. Und nickte. »TSZ.«

Ein breites Grinsen zeichnete sich auf Kags' Gesicht ab, das die Müdigkeit, die man ihm deutlich ansah, mit einem Mal verschwinden ließ. »Jawohl, Sir.«

Wir erreichten das Kampfshuttle gleichzeitig mit dem Angriffsteam der Marines. Da es sich um einen *Navy-Einsatz* handelte, kletterte das Team ohne uns um Erlaubnis zu bitten in das kegelförmige Shuttle.

Diese Dinger waren eigentlich nichts anderes als Raketen. Der Pilot, der am Heck des Raumschiffs untergebracht war, steuerte es mit Höchstgeschwindigkeit voran, bis die speerförmige

Spitze den Durastahlrumpf eines Großkampfschiffs oder einer Raumstation durchschlug. An der Spitze waren noch einige Schneidbrenner angebracht für den Fall, dass das Raumschiff noch ein bisschen weiterkommen musste, um einen guten Einstieg zu ermöglichen. Aber diese wilden Shuttlepiloten wussten immer, wo man am besten reinkrachte. Sobald das Shuttle in das feindliche Raumschiff eingedrungen war, warteten die Soldaten — in der Regel Marines, aber manchmal auch Legionäre — auf die Freigabe durch die Techniker, dass vollständige Abdichtung hergestellt war, und dann strömte das Angriffsteam heraus. Dieser letzte Schritt war entscheidend. Was man auf gar keinen Fall haben wollte, war die Öffnung einer Luke am Kampfshuttle, nur um festzustellen, dass das Vakuum des Weltalls alles daran setzte, einen hinauszusaugen, selbst bei der kleinsten Lücke. Fühlte sich an, als ob man ein Steak durch einen Strohhalm saugen wollte.

Wraith warf einen Blick in das vollgestopfte Shuttle. »Ist da noch Platz für mein Team, First Sergeant?«

Der hohlwangige Hullbuster kaute Stimulanzien, während er uns aufmerksam musterte. »Verdammt, Legio, sieht aus, als ob ihr Jungs schon genügend abbekommen habt. Außerdem ist dieser Vogel bereits voll.« Man nannte diese harten Jungs Hullbuster, weil sie genau das taten: Sie brachen die Hüllen von Raumschiffen auf.

»Vielen Dank, First Sergeant«, sagte Wraith und sah zu uns drei zurück. »Die Sache ist bloß, wir sind vermutlich alles, was von Victory Company übrig ist, und der Abschaum auf dem Kreuzer da drüben ist schuld daran. Also nein, wir haben noch nicht genug abbekommen. Können Sie mir vielleicht irgendwie helfen?«

Das gehörte zu den Dingen, die ich an Wraith zu schätzen wusste. Eine Menge Offiziere — vor allem die Ernannten — missbrauchten ihren Rang, als ob er ihnen das Recht gäbe, sich zu nehmen, was sie wollten. Ich konnte mich nicht mehr erinnern, wie oft irgendwelche drittklassige Infanteristen den Fehler gemacht hatten zu glauben, gegenüber Legionären mit ihrem höheren Rang punkten zu wollen, während diese sie in irgendeinem Stützpunkt am Rande der Galaxie am Leben hielten. »Sie und Ihre Männer helfen dabei, diesen Frachtgleiter zu beladen, Sergeant!« Den Fehler machten sie kein zweites Mal.

Der First Sergeant seufzte nachdenklich, und es klang schon fast nach einem Stöhnen. Er kratzte sich am Kinn und warf dann einen Blick hinter sich. »Ich sag Ihnen was, Legio. Wir haben unglaublich viele Scanner und Luftreiniger für die Techniker dabei, die die benutzen, sobald wir die Blechbüchse drüben aufgebohrt haben und alles niedermachen. Wie wär's damit, wenn wir das Zeug aus Versehen vergessen, und ihr Jungs quetscht euch mit rein?«

Wraith nickte und wandte sich uns zu. »Sollen wir?«

Ich grinste ihn an. »Wir lassen sie teuer bezahlen, Sir.«

Die Marineinfanteristen warfen die Kisten mit der Sensorenausrüstung und den Luftreinigern auf die Shuttlerampe, während der First Sergeant den Piloten ablenkte. Als unsere Ecke freigeräumt war, stiegen wir ein, im Gänsemarsch, als ob wir in einem überfüllten Holo-Theater einen Platz suchten.

»Moment mal, Infanterist.« Ich sah wie einer der Marines abwehrend eine Hand hob, als Kags direkt hinter Exo an Bord kommen wollte. »Bis hierhin und nicht weiter.«

Kags zögerte.

»Er gehört zu uns«, sagte ich. »Er muss diesen Kampf auch zum Abschluss bringen.«

Das reichte aus. Der Mann ließ Kags an Bord, und kurz danach schnallte er sich auf dem Notsitz neben mir an.

Der First Sergeant kehrte vom Kommunikationspult zurück. »Willkommen an Bord, Infanterist.«

»Danke«, antwortete Kags. »Aber nennen Sie mich nicht Infanterist.«

Die Marines lachten. »Ist doch nicht unsere Schuld, dass du dich für die Republiksarmee gemeldet hast!«

Die Rampe fuhr hoch, und die Beleuchtung wurde abgedunkelt. Ich spürte, wie das Raumschiff vom Boden abhob. Die Repulsoren ließen uns sanft schwanken, während wir am magnetischen Abschussbeschleuniger positioniert wurden. Ja, absolut richtig gehört. Es reichte nicht aus, dass diese miesen, kleinen Shuttles mit Höchstgeschwindigkeit in feindliche Raumschiffe jagten. Sie erhielten außerdem einen Impulsstart. Hätten wir im Shuttleinneren keine Beschleunigungsdämpfer gehabt, dann wäre jeder von uns hinten am Gleiter als blutiger Fleck geendet.

Angenehme Vorstellung.

»Bereit zum Abschuss...« teilte uns der Pilot mit ruhiger Stimme mit.

»Kinn nach unten«, sagte ich zu Kags. Was er tat.

»Auf geht's!«, brüllte der Pilot.

Wir schossen mit atemberaubender Geschwindigkeit nach vorne, sodass selbst die Stabilisatoren kreischend Mühe hatten, mit der Wucht mitzuhalten. Ich konnte spüren, wie meine Innereien zur Seite gedrückt wurden.

Ich hatte keine Ahnung, ob uns die Preyhunter nun aufs Korn nehmen würden oder wir einfach zu schnell waren. Moderne Starfighter wie die Tri-Jäger der Republik verfügten über die neuesten Sensoren, die in der Lage waren, ultraschnelle Raumschiffe durch Zielvorausberechnungen und Pulsarraketen oder von der KI betätigte Blasterkanonen auszuschalten. Ich müsste einen Flieger fragen, ob Preyhunter auch über solch kompliziertes Zeug verfügten. Ich konnte nur hoffen, dass dem nicht so war.

Die Stimme des Piloten ertönte noch einmal über die Lautsprecher. Er klang ganz entspannt und schien alles unter Kontrolle zu haben. Kein Wunder, alle Piloten waren arrogant. »Na gut, Marines. Anschnallen und festhalten. Wir knacken die Nuss in dreißig Sekunden.«

Die Marineinfanteristen verschränkten die Arme vor der Brust und nahmen Absturzhaltung ein. Klar, sie waren angeschnallt, aber wenn man mit dieser Geschwindigkeit in den Rumpf eines Großkampfschiffs krachte — selbst wenn das Shuttle genau für diese Aufgabe gedacht war —, so war die Erfahrung im wahrsten Sinne des Wortes erschütternd. Wenn das passierte, sollte man weder sein Kinn oben haben noch die Extremitäten locker lassen. Zu den üblichsten Verletzungen bei der Kampfshuttleausbildung gehörten gebrochene Arme und Nasen, weil irgendein Hullbuster vergessen hatte, Abwehrhaltung einzunehmen.

Der Pilot zählte von zehn runter und das so ruhig, dass ich überlegte, Wraith zu fragen, ob sie verwandt waren. Natürlich wusste ich, dass der Pilot in seinem Cockpit eingepfercht saß, geschützt von den besten Beschleunigungsdämpfern, Absorptionsschilden, Schockabsorbern und Aufprallrepulsoren, sodass der drohende Einschlag ihm nicht schlimmer vorkommen würde, als ob ein verirrter Repulsoreneinkaufswagen auf dem Parkplatz eines Lebensmittelladens gegen seine Rakete prallte.

Wir hielten uns fest.

»... Null.«

Sofort nachdem er das Wort gesagt hatte, ertönte ein lautes Wumm, begleitet vom Kreischen und Quietschen des Impenetrastahls, der vor der Spitze unserer wahnsinnigen Rakete nachgab. Mit einem Ruck kamen wir zum Stillstand. Die Marines hielten den Blick auf ihren First Sergeant gerichtet und warteten auf seinen Befehl.

»Alles klar«, sagte der Pilot über die Lautsprecher. »Wir haben das Zieldeck erreicht, auf der Brückenebene. Dichtungsintegrität wird noch bestätigt, macht euch bereit.«

Es herrschte Stille an Bord, abgesehen vom leisen metallischen Klacken von Blastergewehren, die gegen Ausrüstungsgegenstände stießen.

»Abdichtung bestätigt. Sensoren zeigen, dass Lebenserhaltung vorhanden ist... kein Feindkontakt in unserer Nähe.«

»Auf geht's, Marines!«, brüllte der First Sergeant. »Ihr habt Johnny Ace gehört! Sichern, laden und fertigmachen, sie plattzumachen!«

Die Spitze des Shuttles öffnete sich wie ein Vogelschnabel. Wir blieben noch angeschnallt, die Blastergewehre auf das sich öffnende Maul gerichtet. Der Grund dafür war, dass wir nicht wussten, wo genau wir uns befanden, bevor sich diese Tür vor uns öffnete. Wenn wir durch eine Decke gebrochen waren, würden wir unter Umständen auf das Deck unter uns starren, wenn wir schief reingekommen waren, mussten wir klettern. Und sobald das Shuttleinnere dekomprimierte, war es vorbei mit der Schwerkraftstabilisierung.

Das Shuttle öffnete sich vor uns, und ich spürte keinen Zug. Der Pilot hatte uns in einem perfekten Winkel reingebracht. Die Marineinfanteristen schnallten sich nacheinander ab, sprangen hinaus und landeten nach einem nur kurzen Fall auf dem Deck. Sie bewegten sich in Fächerformation, knieten sich oder legten sich hin, um diesen Bereich gegen mögliche Feinde zu sichern. Aber außer uns war niemand hier, und der Landeplatz war nur kurze Zeit später unser.

Wraith trat an den First Sergeant heran. »Ihr Einsatz, Sergeant, aber haben Sie eine Vorstellung, wo wir uns auf dem Schiff befinden?«

»Ich würde meinen, dass ich eine ziemlich gute Vorstellung habe. Ist ein vernünftiger Pilot. Wir gehören zum Team, dass die Brücke stürmen wird. Wir sollten nur einen halben Kilometer vom Hauptkorridor dieser Antiquität entfernt sein. Der bringt uns zur Hauptbrücke. Werden uns bestimmt den Weg freikämpfen müssen, sobald wir die Brückenpassage erreichen.«

»Wo geht's zum Hauptkorridor?«, fragte ich.

Der First Sergeant nickte in Richtung einer versiegelten Sprengtür. »Müssen nur die da aufmachen.«

Zwei Soldaten eilten zur Tür und begannen sie mit Schneidbrennern zu bearbeiten.

»Ernsthaft?«, meldete sich Exo. Sein gespieltes Entsetzen war selbst über seinen Helmlautsprecher zu hören. »Schneidbrenner?«

»Tut mir leid, Legio«, sagte der First Sergeant und spuckte einen Brocken Stimulanzien aufs Deck. »Wir kriegen halt nicht so schicke Sachen, wie ihr Jungs in der Armee und der Legion die ganze Zeit mit euch rumschleppt. Wir bekommen Schneidbrenner für Türen, und für alles andere haben wir die N6.«

»Passt schon«, sagte Wraith. »Exo, Chhun, nach vorne, und bereitet euch vor, mit den Marines reinzugehen. Wir haben keine Ahnung, was auf der anderen Seite auf uns wartet, und eure Panzerung kann viel mehr einstecken als deren Schutzwesten.«

»Jawohl, Sir«, antworteten Exo und ich gemeinsam und rannten zur Tür.

Ich hörte Kags fragen: »Wie steht's mit mir?«, als wir uns zu unserer Position bewegten.

»Sie tun, was immer der First Sergeant ihnen befiehlt«, antwortete Wraith.

Der First Sergeant knurrte. »Und ich sage dir, du hältst dich erst mal zurück, aber halt deine hübsche N4 bereit, wenn's in den Kampf geht. Keine Sorge, du bekommst eine Chance ein paar von den RMK abzuknallen.«

Die Marineinfanteristen schnitten einen Kreis in die Tür und gaben den Weg frei. »Zeit, das Ding aufzumachen, Legios.«

»Wuah!« Exo nickte mir zu, um sicher zu sein, dass ich einsatzbereit war, und trat anschließend in die Mitte der Sprengtür. Der knapp acht Zentimeter dicke Impenetrastahl krachte mit einem *Wumpf* auf der anderen Seite zu Boden. Wenn RMK in der Nähe waren, dann hatten sie das gehört.

Ich sprang durch die Öffnung, rollte mich ab und suchte Deckung neben einem Schott. Ich richtete meine N4 in den Korridor. Nichts.

Exo war mir auf den Fersen gefolgt. Er deckte die gegenüberliegende Richtung ab. »Sauber«, sagte er, während die Marines durch die Öffnung in der Sprengtür kamen und darauf achteten, ihre Kampfanzüge nicht am noch heißen Metall zu verbrennen.

Ein Marineinfanterist senkte sein Gewehr. »Wo sind die bloß alle, Mann?«

Ich bemühte mich, andere Geräusche als das Brummen des Raumschiffs wahrzunehmen. Die Turbolasergeschütze feuerten auf die *Mercutio*, und deren Antwort wurde von Rumpf und Schild absorbiert. Aber kleinkalibriges Feuer war überhaupt nicht zu hören. Kein Zeichen von den Angriffsteams oder der RMK-Besatzung, die sich ihrer zu erwehren versuchte.

Es fühlte sich an, als ob wir ein Geisterschiff betreten hätten.

KAPITEL 2

»Na gut, Marines.« Der First Sergeant deutete auf den leeren Korridor. »Bloß weil sie nicht hier sind, heißt nicht, dass ihr wieder nach Hause geht. Diese Rebellen müssen plattgemacht werden. Also, gehen wir sie mal suchen.«

Ich folgte den Marineinfanteristen den Korridor entlang. Im Gegensatz zu den spiegelblank polierten Decks republikanischer Kampfschiffe wirkten die Decks einer Ohio-Klasse, als ob sie man ins Weltall geschickt hätte, noch bevor man mit ihnen fertig war. Keinerlei Technologie unterhalb des Decks — weder versenkbare Verteidigungsgeschütze noch Eilröhren oder Aufprallschutzkanäle. Einfach nur Abdeckroste, ein Wartungsschacht einschließlich der Technik für Heizung, Lüftung und Klima und die Deckplatte, die dafür sorgte, dass dieser Abschnitt im Fall eines Hüllenbruchs vernünftig versiegelt werden konnte. Und die Korridore waren aus Stahl — nicht Impenetrastahl, einfach nur Stahl. Als man diese Weltraumwale baute, war Impenetrastahl einfach noch zu teuer, um ihn für etwas Anderes als die Außenhülle zu verwenden.

Alles in dem Korridor, den ich nun durchquerte, war in einem trostlosem Blaugrau gestrichen, welches das künstliche Licht absorbierte, das aus Versenkungen in der Decke herabstrahlte. Gelegentlich kam ich an großen weißen Buchstaben und Zahlen vorbei, die Deck und Abschnitt angaben.

Wir bewegten uns geradeaus vorwärts, bis wir ein Schild über unseren Köpfen erreichten auf dem ,Deck 01-C Lebenserhaltung' stand. Darunter befanden sich zwei Pfeile neben dem Wort: ,Brückenpassage.'

»Scheint, dass wir auf dem richtigen Weg sind«, sagte Wraith zum First Sergeant.

Der First Sergeant grunzte zur Bestätigung. »Ich will die Lebenserhaltung hier erst gesichert wissen, bevor wir uns in die Brückenpassage bewegen. Nicht dass die Rebellen uns in den Rücken fallen können.«

Die Marines eilten zu den Türen und stürmten den Raum dahinter, als sie sich öffneten. Exo und ich begleiteten sie, aber es wurde schnell klar, dass die Räume leer waren. Das Brummen der Lebenserhaltung hier auf dem Deck war alles, was uns willkommen hieß.

»Alles sauber, First Sergeant.« Der Marineinfanterist wirkte aufgewühlt, als er Bericht erstattete. In einem Angriffsshuttle mitzufliegen war purer Adrenalinrausch, und normalerweise konnte man den gut nutzen, denn in der Regel folgte kurz nach dem Aufprall der Kampf. Nur diesmal nicht. Das Raumschiff schien wirklich verlassen, und ich konnte sehen, wie diese Enttäuschung den Hullbustern zusetzte.

»Bleibt wachsam«, rief ich meinen Kameraden zu — und Kags. »Wir haben das schon erlebt. Nur Minimalbesatzung und alle vorhandenen Einheiten sind an einem Engpass positioniert. Wenn es losgeht, dann geht's richtig ab.«

Das sagte ich vor allem für die Marines. Sie waren echte Profis, aber unser langer Marsch durch leere Korridore wurde bereits von Geflüster begleitet. Sie mussten aufmerksam und darauf vorbereitet sein, vom

Feind angegriffen zu werden. Jederzeit bereit sein. Es galt immer: TSZ.

Der Korridor endete an einer riesigen Sprengtür, die zur Brückenpassage führte — einem so breiten Korridor, dass Schnelltransporter auf zwei Spuren Platz hatten und daneben noch genug Raum war, dass bis zu vier Besatzungsmitglieder und Bots nebeneinander vorbeikamen. Man muss sich das einfach als Autobahn innerhalb des Raumschiffs vorstellen. Er endete an der Brücke und ermöglichte über Nebenkorridore oder Hochgeschwindigkeitsaufzüge den Zugang zum gesamten Schiff. Eine fähige Streitmacht konnte sich auf der Brückenpassage verbarrikadieren und sogar Panzerwagen platzieren, um damit den Feind so lange aufzuhalten, dass sich die Brückenbesatzung über die Rettungskapseln in Sicherheit bringen konnte.

Exo schlug mit der flachen Hand auf die Sprengtür. Es hörte sich an, als ob er auf Felsgestein einschlagen würde — das Ding war komplett massiv. »Toll«, sagte Exo, und in seiner Stimme schwang reichlich Sarkasmus mit. »Die Schneidbrenner sollten in einer halben oder Dreiviertelstunde durch dieses Ding durchkommen. Das wird ,ne tolle *Überraschung*.«

»Klappe halten, Exo«, befahl Wraith.

Der First Sergeant schickte sechs seiner Marineinfanteristen an die Arbeit, um ein Loch in die riesigen Türflügel zu bekommen. Es dauerte zweiundzwanzig Minuten.

»Dann mal weg mit dem Zeug«, sagte der First Sergeant.

»Glaub bloß nicht, dass ich ein Meter Sprengtür mit einem Eselskick auf das nächste Deck treten kann«, meckerte Exo.

»Wir haben Sprengschnüre dabei«, warf einer der Marines ein.

Der Junge hörte sich an, als ob er bloß zu helfen versuchte, und ich meinte daher: »Saubere Arbeit, Marine.«

Der Junge lächelte und begann den dünnen, mit Sprengstoff ummantelten Draht entlang der noch glühenden Brennspur der Schneidbrenner anzubringen. Die Hitze würde eine Sprengschnur nicht zur Explosion bringen. Sie galt als eine ‚intelligente Waffe‘, denn sie würde nur als Reaktion auf die Eingabe eines per Infrarot übermittelten Zugangscodes in die Luft gehen. Sie hatte genügend Sprengkraft, um bis zu zweieinhalb Meter dicke Sprengtüren wegzupusten.

Sollten sich RMK auf der anderen Seite befinden, dann konnte ich nur hoffen, dass sie genau an der Stelle standen, wo der Riesenmetallbrocken hinknallen würde. Würde uns Zeit sparen.

»Volle Deckung!«

Die Marineinfanteristen jagten die Sprengschnur in die Luft, und ich sah von hinter einem Schott zu, wie ein riesiges Bruchteil der Sprengtür in den nächsten Korridor flog und dort mit lautem Donnern landete. Das hatte die Deckgitterplatten sicher eingedellt.

Exo und ich tauschten einen Blick.

»Bin mir sicher, dass *das* jemand gehört hat«, meinte Exo.

Der First Sergeant brüllte: »Marsch! Marsch! Marsch!«, und die Marines stürmten durch die Öffnung. Aber nicht vor Wraith und Exo. Die beiden Legionäre hatten festgelegt, dass sie von jetzt ab immer als Erste vorgingen, denn sie waren sich sicher, dass ihrer Panzerung gelang, was die Schutzwesten der Marines nicht so gut konnten: Blasterfeuer abhalten.

Und tatsächlich sah ich einen Blasterblitz an Wraith vorbeizischen. Ein weiterer prallte an Exos Schultern ab, richtete aber offensichtlich keinen echten Schaden an. Der Blasterbeschuß bewies mir, dass die Rebellen aus einiger Entfernung auf uns feuerten, vermutlich vom anderen Ende des Korridorabschnitts, in den wir gerade eindrangen.

Ich sprang durch das klaffende Loch in der Sprengtür und eilte an mehreren Marineinfanteristen vorbei, die sehr vorsichtig durch das noch glühend heiße Metall manövrierten. Als ich drüben landete, sah ich, dass es sich *nicht* um die Brückenpassage handelte. Es schien nur ein Nebenkorridor zu sein. Auf keinen Fall breit genug, um unser Ziel zu sein.

Was aber im Augenblick keine Rolle spielte. Eine Reihe von Rebellen bekämpfte uns von zum Teil ungedeckten Positionen am anderen Ende. Sie besaßen die gleiche Deckung wie wir — die rippenartigen Rahmenelemente, die sich an jedem Korridorabschnitt befanden. Einige von ihnen nahmen uns aus dem Schutz eines Türschotts unter Feuer, aber sie waren viel zu weit entfernt, um mit ihren Blasterpistolen viel anrichten zu können.

Ich warf mich auf das Deck, zum Teil durch eine Ausbuchtung gedeckt und feuerte mit meiner N4. Dank ihres Holo-Visiers machte ich mich daran, die Trefferzahlen, die Wraith und Exo bereits vorgelegt hatten, noch zu erhöhen. Immer mehr tote Rebellen übersäten das Deck.

Mein Batteriepack wechselte auf Rot. »Chhun, lädt nach!«, rief ich, obwohl ich mir nicht sicher war, dass mich jemand über den Krach des Feuergefechts hören konnte. Die Marines waren nun auf unserer Seite der Tür und deckten den Gegner *gnadenlos* mit Schüssen ein. Ich hatte das Gefühl mehr Blasterblitze als leeren Raum zu sehen.

Es erwischte weitere Rebellen, und die leblosen Körper der Gefallenen legten einen makabren Tanz hin, als ihre Leichen zu Boden stürzend weiterhin von Blastertreffern erwischt wurden. Dies war ein einseitiges Blutbad, und die RMK wussten das. Sie wandten sich ab und flohen kopflos in die andere Richtung.

Noch mehr von ihnen starben, während wir dem fliehenden Zug in den Rücken schossen. Wir rückten vor, unwillens unsere Beute entkommen zu lassen, bevor wir nicht auch den letzten Kämpfer niedergestreckt hatten wie räudige Hunde, die sie nun mal waren. Dies mag für alle hart klingen, die noch nie in einen Kampf verwickelt waren. Jemand, der von seinem sicheren Zuhause aus und allem Luxus auf uns herabblickte, der mit dem Blut der Legion erkämpft worden war. Jemand, der über den Krieg sprach, aber dabei keine verdammte Ahnung hatte, wovon er redete.

Im Kampf war ich ein denkendes Tier, das alle Monster zerfetzte, die mich zu töten versuchten.

Sobald der erste Schuss fiel, vergaß ich den freundlichen, mitfühlenden Teil in mir und überließ dem Krieger die komplette Kontrolle. Diese Rebellen würden mich töten, sobald sie die Gelegenheit dazu hatten. Ihre Brüder *hatten* Hunderte in Camp Forge getötet und Tausende an Bord der *Chiasm*. Es war ein Kampf ums Überleben, und ich weigerte mich, sie gewinnen zu lassen.

Unsere Gegner erwiderten nur noch sporadisch das Feuer und zielten schlecht. Wir rückten in einzelnen

Angriffsgruppen vor, immer von gnadenlosem Blasterfeuer begleitet.

Als wir an einem der Schotts vorbeikamen, sah ich, wie sich die Sprengtür vor uns zu schließen begann, und das offenstehende Quadrat immer kleiner wurde, während sich die vier Türelemente im schrägen Winkel aufeinander zubewegten.

»Sprengtür!«, brüllte ich.

»Aufhalten!«, lautete der Befehl des First Sergeant.

Wraith kniete sich auf einem Knie hin und zielte sorgfältig mit seiner N4. Er traf das Bedienfeld der Tür genau in der Mitte. Funken stoben in die Luft, und die Türelemente blieben stehen. Um das Maß vollzumachen, zielte Exo auf einen der Rebellen hinter der Öffnung und erledigte ihn mit einem Treffer zwischen die Schulterblätter.

Gegen die Legion zu kämpfen war absolut demoralisierend. Praktisch jeder Schuss, den wir abgaben, war auch ein Treffer, während unsere Gegner praktisch nichts erreichten. Unser Feinde fühlten sich wie Kinder, die mit Spielzeugen in die Schlacht gezogen waren.

Die RMK waren im Rückzug auf der ganzen Linie. Jetzt ging es nur noch darum, sie einzuholen und auszuschalten, bevor sie die Chance hatten, sich für einen Gegenangriff neu zu formieren — oder sich mit anderen Einheiten zusammenzuschließen. Zusammenschließen deswegen, weil ihre Kommunikationsgeräte nutzlos waren. Die Ohio-Klasse verfügte nicht über die Technik, um sich der Störsender der *Mercutio* zu erwehren. Die einzige Hoffnung für die Rebellen war eine befestigte Stellung zu erreichen oder die relative Sicherheit ihrer Hauptstreitkraft.

»Stehen bleiben!«, brüllte Wraith und brachte damit unsere Verfolgungsjagd schlagartig zum Stillstand.

Wir hatten das Ende unseres Korridors erreicht, eine T-Kreuzung. Die Rebellen waren entweder nach rechts oder links verschwunden oder in beide Richtungen. Wenn ich sie wäre, dann würde ich hier einen Hinterhalt legen. Und uns angreifen, sobald wir um die Ecke bogen. Wraith musste dasselbe gedacht haben.

»Unübersichtliche Ecke«, stellte er fest. Sein Außenlautsprecher war so leise gestellt, dass nur die befreundete Seite ihn hören konnte. »Wenn wir uns dumm anstellen, kriegen wir hier ein Problem.«

»Ich bin ganz Ohr, wenn ihr einen Plan habt, Legio.« Der First Sergeant schickte seine Leute los, um das Ende des Korridors zu bewachen, bereit zu schießen, falls links oder rechts von uns etwas auftauchen sollte.

»Handgranaten?«, schlug ich vor.

»Hab keine mehr«, meinte Exo.

Wraith warf einen Blick auf seinen Gürtel. »Ebenso.«

»Bei mir genauso«, sagte ich, wohl wissend, dass das eigentlich keine Rolle spielte. Jeder Marineinfanterist hatte zwei dabei — eine Splittergranate und eine Blendgranate. Einige von ihnen sollten auch Rauchbomben mit sich tragen. Ich wandte mich an den First Sergeant, um ihn bei dem Plan, den ich Wraith vorschlagen wollte, aktiv einzubinden. »Exo und Wraith können dank ihrer Knitterfreien durch Rauch sehen. First Sergeant, könnten einige Ihrer Marines Rauchbomben in den Korridor werfen und Splittergranaten direkt hinterher? Dann gehen wir rein und erledigen alle, die noch stehen können, bevor sie überhaupt begreifen, wie ihnen geschieht.«

»Keine Blendgranaten?«, fragte der First Sergeant.

Wraith schüttelte den Kopf. »Wenn wir die Chance bekommen sollten, die Brücke zu erobern, dann werden wir froh sein, die noch zu haben.«

Der First Sergeant nickte und zog zwei Rauchbomben aus einer Beintasche. Er reichte sie an mich weiter. Ich gab Kags eine, und dann schlichen wir uns ans Ende des Korridors. Auf unserem Weg ließen wir uns noch Splittergranaten von den Marineinfanteristen geben. Wraith und Exo folgten uns auf den Fersen.

Ich lauschte auf das geringste Geräusch, ob der Feind schon auf dem Weg um die Ecke war, auf das klackende Geräusch von Stiefeln auf Deckgitterplatten, aber es war mucksmäuschenstill. Erneut schienen wir uns in einem Geisterschiff zu befinden.

Wir blieben an den gegenüberliegenden Seiten des Korridors stehen, vielleicht zehn Meter von der T-Kreuzung entfernt. Ich legte meine Splittergranaten ab, stellte das Intervall an meiner Rauchbombe auf drei Sekunden ein und hielt drei Finger hoch, sodass Kags wusste, was er einzustellen hatte. Ich zählte lautlos von drei runter. Auf Null warfen beide die Rauchbomben in den Korridor.

Schlagartig füllte sich der Raum vor uns mit Rauch. Als ob eine Wolke aus dem Turbolift ausgestiegen wäre, um sich uns hier an Deck anzuschließen. Ich hörte leises Husten. Sie waren da. Ich nahm die Splittergranaten zur Hand, betätigte die Auslöser und warf sie gegen die Korridorwand, sodass sie links um die Ecke prallten. Kags tat dasselbe zur Rechten.

Bumm! Bumm! Bumm! Bumm!

Nach der letzten Explosion rannten Wraith und Exo in den Korridor und vertrauten darauf, dass die Mischung aus Granatsplittern, Rauch und ihr Vorteil, sehen zu können, sie am Leben halten würde. Ich hörte das vertraute Geräusch von zwei N4s und sauberen Doppelschüssen. Jeder Doppelschuss bedeutete einen toten Rebellen.

Es folgten viele dieser Geräusche.

Und das war gar nicht gut. Das bedeutete, dass entweder wesentlich mehr Gegner vorhanden waren, als wir gedacht hatten, oder dass die Splittergranaten nicht den erhofften Schaden angerichtet hatten. Plötzlich waren Schüsse aus PK-9A-Blastergewehren und Blasterpistolen mit zwar niedriger Durchschlagskraft, dafür aber umso mehr Ausdauer zu hören.

Brrrrrrt!

Mir wurde schwer ums Herz. Dieses Geräusch gehörte zu einem Maschinengewehr das von einem ganzen Team bedient wurde und im Schnellfeuer Blasterblitze durch die Luft zucken ließ. Wären die Marines einfach um die Ecke gestürmt, hätte kein Einziger von ihnen überlebt. Wenn Wraith und Exo unvorbereitet von dem Ding erwischt wurden...

Die beiden Legionäre tauchten mit einem Sprung aus dem Rauch auf. Sie krachten lautstark aufs Deck und waren wieder sicher auf unserer Seite der Kreuzung.

»Verdammte Hacke, das war knapp!«, brüllte Exo.

Wraith kam wieder auf die Beine und rief den First Sergeant zu sich, während er lässig zu mir trat. »Die Splittergranaten haben einige erwischt, aber die meisten waren weiter hinten im Korridor. Sie haben sich wie Zecken eingegraben. Verbarrikadiert und ein Trupp am KL-5. Ich würde schätzen, wir haben zehn erwischt, bevor sie uns unter Beschuss genommen haben.«

»Wie viele sind es noch?«, fragte ich.

»Fünf oder sechs. Aber die KL-5 wiegt unsere Vorteile ziemlich auf.«

»Noch mehr Splittergranaten?«, fragte der First Sergeant.

Wraith schüttelte ganz leicht den Kopf. »Nein. Ist zu weit, und die Barrikade würde den größten Teil der Sprengkraft abhalten.«

Ich bemerkte, wie das Lüftungssystem, das ohnehin schon summend Überstunden absolvierte, den Rauch aufzulösen begann. »Tja, wir müssen möglichst bald was tun. Der Rauch verabschiedet sich schon.«

Wraith richtete sich auf. »Exo, Position direkt hinter mir. Chhun, da Sie immer noch keinen Helm haben, Position hinter Exo. Ziel sind die Männer am Maschinengewehr.«

»He, einen Moment«, sagte der First Sergeant und packte Wraith an seinem gepanzerten Unterarm. »Das hört sich für meinen Geschmack zu sehr nach Selbstmord an.«

»Ich weiß die Sorge zu schätzen, aber Zeit steht uns nur begrenzt zur Verfügung. Ich erwarte von meinen Legios, dass sie dem Captain dieses Raumschiffs innerhalb von zehn Minuten ein paar Blastertreffer verpassen, und die Uhr tickt schon.«

Wir stellten uns unseren Gegnern, immer bereit die besten strategischen Entscheidungen zu treffen, selbst wenn unsere Chancen schlecht standen. Aber Legionäre *nutzten* ihre Chancen. Wir *trotzten* schlecht stehenden Chancen. Wir führten unser Team nicht wie ein mutloser Baseball-Coach in ein schon verlorenes Spiel. Wir spielten nur, um zu gewinnen.

Und in diesem Fall drehte sich das Spiel darum, dass wir uns einem Maschinengewehr in den Weg schmeißen würden, dessen Team unsere Panzerung mit einer einzigen Salve zerfetzen konnte.

Wuah.

KAPITEL 3

Wraith hielt seinen Arm hoch. Ich achtete auf seine Faust und wartete darauf, dass sie sich öffnete und in die Richtung deutete, in der wir losschlagen würden. Meine N4 war auf Dauerfeuer gestellt, mein Batteriepack auf grün, und wenn ich so sterben sollte ... würde ich mich nicht beklagen.

Es dauerte nur ein paar Sekunden, aber für mich fühlte es sich wie eine Ewigkeit an. Die Jungs hinter dem Maschinengewehr feuerten immer weiter. Aber Wraiths Entscheidung, uns warten zu lassen, war sinnvoll. Sie konnten das nicht ewig machen. Irgendwann mussten sie nachladen oder die Gewehrläufe wechseln. Verdammt, vielleicht wurde ihnen mal langweilig oder sie riefen einen Waffenstillstand aus, weil sie glaubten, sie hätten unser komplettes Team ausgeschaltet. Dann würden sie darauf warten, dass sich die letzten Rauchspuren verzogen.

Gerade als ich schon dachte, dass sie niemals aufhören würden, setzte völlige Stille ein. Ein Wirbelsturm roter Blasterblitze zuckte an uns vorbei und dann, mit einem Mal, nichts mehr. Nichts außer dem Geräusch einer N4, die auf Feuerstoß geschaltet war. Ich konnte sie deutlich um die Ecke hören, kontrollierte Feuerstöße mit je drei Schüssen. Und dann hörten auch diese auf.

Stille.

»Ist das ein Legio?«, fragte Exo.

»Bei diesem Einsatz sind keine anderen Legios dabei, soweit ich weiß«, sagte der First Sergeant ruhig. »Alle anderen bereiten sich auf ihren Einsatz auf dem Planeten vor.«

Wraith richtete sich auf und sprach nur ein Wort in seine Komm: »Herzensbrecher.«

Das war ein Teil der Sicherheitsabfrage der Victory Company. Das musste jeder Legio erkennen. Er ging außerdem vom dem aus, was ich auch annahm — dass die Frequenz, über die wir auf Kublar kommuniziert hatten, die Standardfrequenz der *Mercutio* für alle an Bord befindlichen Legionäre war. Natürlich bestand die Möglichkeit, dass diese Annahme falsch war, und dass ein echter Legio, der auf der *Mercutio* stationiert war, sich um die Ecke befand und uns über die L-Frequenz nicht hören konnte.

Es konnte auch ein Trick der RMK sein.

»Todesbringer«, lautete die Antwort.

Wir alle sprangen von unseren Positionen auf. Masters Stimme ertönte vom anderen Ende des Korridors.

»Masters«, sagte ich, »wir sind's. Wir kommen um die Ecke. Nicht auf uns schießen.«

»Habt ihr Devers bei euch?«, fragte Masters. »Dann kann ich nämlich für nichts garantieren.«

Die letzten Worte sagte er über den Außenlautsprecher, während er ruhig um die Ecke kam. Wir schlugen ein und umarmten uns wie Männer. Dann sah ich den Korridor entlang. Irgendwie war Masters von hinten an die RMK rangekommen und hatte sie alle erledigt. Sämtliche Männer am Maschinengewehr hatten klaffende Löcher in den Hinterköpfen. Die Trommel ihrer KL-5 rauchte immer noch.

»Du bist auch hier?«, warf Exo ein. »Geiler Scheiß! Siehste, genau davon rede ich die ganze Zeit. Jetzt hält uns keiner mehr auf. Wir werden die Brücke erobern, und dann könnt ihr mich alle *Captain* Exo nennen.«

»Wie bist du hierher gekommen?«, fragte ich Masters.

»Hab' nen Marine gesehen, der ziemlich blass wirkte. Habe ihn dazu überredet, ,ne Magenverstimmung vorzutäuschen. Im Austausch für meine Holo-Chit-Sammlung. Hab' ihm aber nicht verraten, dass er nach Moona Village muss, um sie sich abzuholen.«

Ich lächelte. »Hatte mir schon gedacht, dass du es auch an Bord des Kampfshuttles geschafft hast. Was ich meinte war, wie hast du uns gefunden?«

»Oh, okay, hm, ich hatte das von einem der Marines, mit dem ich hier angekommen bin, dass ich nicht der einzige Legio im Kampfshuttle war. Als sie alle auf dem Weg zum Kampf an der Brückenpassage waren, bin ich dahin gerannt, wo die Hullbuster meinten, dass das Shuttle aufgeschlagen haben sollte.«

Der First Sergeant kam auf uns zu, während seine Marineinfanteristen vorsichtig an den toten RMK vorbeigingen. »Also. Habt ihr gesehen, was wir da vor uns haben? Denn ich werd mal ehrlich sein. Nichts hier so sieht aus, wie es sollte, seitdem wir an der Lebenserhaltung vorbeigekommen sind. Wir sollten eigentlich an der Brückenpassage sein, und das ist sie definitiv nicht.«

»Tja«, pflichtete ihm Masters bei. »Hinter mir ist alles sauber. Ich glaube, die Jungs waren ein Teil der Hauptstreitkraft, die sie hier sicherheitshalber zurückgelassen haben. So wie es aussieht, haben die RMK einiges am üblichen Grundriss der Ohio-Klasse verändert. Sie haben offensichtlich nicht mal *ansatzweise* genügend Leute, um das Ding zu bemannen, und daher ganze Bereiche abgeschottet und neue Korridore eingezogen. Vermutlich hatten sie genügend, um die Laserbatterien zu besetzen, den Hangar, ein paar Piloten, die Brücke und einige bewaffnete Rebellen, um Enterkommandos abzuwehren — keine Kubies, dank sei Oba. Von denen will ich nie wieder einen sehen, außer ich bin Teil des Erschießungskommandos.«

»Dann mal weiter«, sagte Wraith und nickte Masters zu voranzugehen. Er wandte sich an den First Sergeant, aber der Marineinfanterist hatte gerade eine Hand übers Ohr gelegt und schien einer Nachricht zu lauschen.

»Die Kommandozentrale will mit Ihnen sprechen, Legio«, sagte der First Sergeant zu Wraith. »Sieht aus, als ob unser Angriffsteam Glück gehabt hat und hinter die feindlichen Linien gelangt ist.«

»Stellen Sie sie auf meine Frequenz um. Ich schicke Ihnen meine Snychro-Verschlüsselung.«

»Alles klar. Ich leite weiter.«

Vom folgenden Gespräch konnte ich nur Wraiths Beiträge hören. Im Wesentlichen bestanden sie aus ,Jawohl, Sir.'

»Tja, was meinst du, was die wollen?«, fragte Exo, der unruhig von einem Fuß auf den anderen trat, als ob er es nicht abwarten konnte, wieder zu kämpfen. »Ob wir uns hinter die Hauptstreitkraft schleichen und sie allemachen sollen?«

Ich zuckte mit den Achseln. »Ich würde darauf wetten, dass sie uns direkt zur Brücke schicken.«

»Ja, das wird's sein«, warf Masters begeistert ein. »Ich bin mir ziemlich sicher, dass der Korridor, in dem wir gerade sind, uns zu den Sprengtüren auf der Backbordseite führt. Das ist alles total seltsam zusammengeschraubt. Wenn wir ein paar Meter weitergehen, sieht man gleich ganz schön schlechte Schweißnähte — aber ich bin mir ziemlich sicher, dass ich dran vorbeigekommen bin. Die Überwachungskameras sind Ohio-Standard — aber die *Mercutio* sorgt ja dafür, dass sie auf keinen Fall funktionieren…«

Wraith brachte sein Gespräch zum Abschluss. »Verstanden, Sir. Victory-1, Ende.«

Wir alle sahen Wraith erwartungsvoll an. Exo ergriff als Erster das Wort: »Wie schaut's aus, Captain?«

Wraith erhob seine Stimme, damit die Marines alles mitbekamen. »Das war der Legionskommandeur an Bord der *Mercutio*.« Er hielt inne und sah den First Sergeant an. »Ich nehme an, er hat Sie informiert, dass dies nun offiziell ein Legions-Einsatz ist, und dass Ihr Angriffsteam meinem Befehl untersteht.«

Der First Sergeant nickte. »Jepp. Bin nur ein bisschen verwirrt, dass sie alle ‚Captain' nennen, obwohl Sie nur die Lieutenant-Streifen tragen.«

Masters hob eine Hand. »Ich kann das beantworten. Captain Ford hat eine Feldbeförderung erhalten. Und der Sergeant«, er deutete auf mich, »ist eigentlich ein Lieutenant.«

»Und was seid ihr beiden?«

»Exo und ich sind immer noch Specialists. Man musste eine gewisse Anzahl an Kubies wegpusten, um eine Feldbeförderung zu bekommen.«

Exo schüttelte den Kopf, als ob ihn etwas belastete. »Captain Ford und Lieutenant Chhun haben uns die ganze Zeit unsere Kubies geklaut.«

»Aha«, grunzte der First Sergeant. »Na, viel Glück, dass ihr eure Beförderungen behaltet, wenn wir wieder zurück sind. Die Republik ist bei so was immer ziemlich knauserig. Also, wie lautet der Plan, Captain?«

»Die Geheimdienstleute an Bord der *Mercutio* glauben, dass die RMK versuchen, vorhandene Daten zu vernichten, bevor sie sich über die Rettungskapseln in Sicherheit bringen. Alle anderen Marines an Bord kämpfen gegen eine ziemlich große Einheit ein Stück weiter auf diesem Korridor. Wir befinden uns hinter diesem Chaos. Unsere Befehle lauten, auf die Brücke vorzurücken, einzudringen und sie zu sichern. Wir sollen den Captain und wenn möglich alle anderen Brückenoffiziere lebend gefangennehmen.«

»Wäre viel einfacher, sie alle abzuknallen...«, grummelte Exo.

»Das sind aber nicht unsere Befehle«, sagte ich.

»Wir verschwenden unsere Zeit«, warf Wraith ein. »Auf zur Brücke. Masters, Sie gehen voran. First Sergeant, tun Sie, was Sie und Ihre Marines am besten können. Kags, aufschließen.«

Der Infanterist der Republiksarmee grinste und rannte hinüber zu Masters. Unsere Aufgabe: Die Brücke zu stürmen und ein Schiff zu erobern.

Wir erreichten die Sprengtüren der Brücke ohne auf Widerstand zu treffen, aber die brutale Schlacht, die auf dem anderen Abschnitt der Brückenpassage stattfand, war deutlich zu hören. Es war klar, dass die Marineinfanteristen an ihre Kameraden dachten: Sie waren heiß darauf, die RMK auszuschalten und so den

Kampf zu beenden. Aber die Wahrheit war, dass wenn wir die Brücke erobern konnten, wir auch die Kontrolle über das Schiff gewinnen würden. Eine Kapitulation zwang in der Regel den Feind viel schneller in die Knie als seine vollständige Vernichtung.

Einer der Marines stemmte sich gegen die Sprengtür. »Die hier ist noch dicker als die von eben.«

Exo seufzte. »Wir werden alle an Altersschwäche sterben, bevor die Schneidbrenner da durchkommen.«

»Tja, irgendwas müssen wir tun«, sprach Masters das Offensichtliche aus.

Ich kaute auf meiner Unterlippe. »Wenn wir zu schneiden anfangen, werden sie wissen, dass wir hier sind. Entweder werden sie dann Leute schicken, die uns hier festhalten, oder sie verabschieden sich vom Schiff, bevor wir sie schnappen können. Selbst Rettungskapseln einer Ohio-Klasse gehen nach ihrer Trennung vom Raumschiff in den Hyperraum über. Unsere Richtschützen werden nicht genügend Zeit haben, sie ins Visier zu nehmen.«

Wraith nickte zustimmend. »Ich spreche kurz über den L-Kanal mit dem Legions-Kommando an Bord der *Mercutio* und finde heraus, ob sie was an Bord haben, mit dem wir die Tür hier aufsprengen könnten.«

Wir kauerten uns entlang der Korridorwände hin und deckten mit einzelnen Gruppen alle Richtungen ab, um sicherzustellen, dass uns niemand überraschen konnte.

»Wäre nett, wenn jemand von da drinnen auf die Idee käme, zu uns rauszukommen«, meinte Masters zu mir. »Du weißt schon, um sich die Beine zu vertreten.«

Wir sahen beide zur Tür hinüber. Sie blieb weiterhin geschlossen.

»Chhun«, hörte ich Wraiths Stimme über den Kanal. »Ran an das Bedienfeld. Das Legions-Kommando ist der Meinung, sie haben da was.«

Ich hörte den Ton einer Direktverbindung über mein Headset. »Chhun hier, kommen«, sagte ich.

»Bin froh, dass Sie's lebend raus geschafft haben«, hörte ich über die Leitung.

Die Stimme kannte ich doch. »Andien?« Die Wissenschaftlerin. Sie war also auf wieder auf dem Schiff? Oder sprach ich zu ihr per Übertragung auf der Oberfläche Kublars? In den Abgründen meines Verstands tummelten sich eine ganze Horde Fragen. Aber die wichtigste von ihnen, die, die ich ihr stellte, lautete: »Wie geht's Rook?«

Es trat eine kurze Pause ein.

»Lassen Sie uns... Wir sollten uns auf die jetzige Aufgabe konzentrieren, Lieutenant Chhun.«

Tot. Rook war tot. Ich vergrub ihn und den Verlust tief in mir. Dann sah ich mir das Bedienfeld genauer an. Ganz altes Zeug. Echte Tasten, die Kabel sichtbar hinter dem durchlöcherten Deckblech und ein verblasstes, alphanumerisches Display. »Was soll ich tun?«

Andien antwortete mit ruhiger Stimme. »Jedes Kampfschiff der Ohio-Klasse besitzt einen Autorisationscode, um den Zugang zur Brücke zu ermöglichen.«

»Okay, wie lautet der Code?«

»Ganz *so* einfach ist das nicht. Der Code hängt davon ab, wie der Zugangsdeckel verkabelt ist. Sie müssen das Bedienfeld abnehmen. Es müssen vier Schrauben vorhanden sein. Die müssen weg.«

Und ich hatte meine Werkzeugtasche nicht dabei. Ich wandte mich an den First Sergeant. »Ich brauche einen Schneidbrenner hier am Bedienfeld.«

Einer der Marineinfanteristen trat an mich heran und ließ seinen Schneidbrenner zünden. Eine fast zehn Zentimeter lange Flamme schoss aus der Spitze hervor.

»Immer langsam, Kumpel. Ich muss die Schrauben nur loswerden und nicht in Rauch aufgehen lassen.«

Der Marine drehte die Flamme runter, bis sie nur noch wie eine kleine Kerze brannte. Er umfuhr die Schrauben im Kreis und köpfte sie schnell. Ich fing die einzelnen heißen Schrauben in meiner behandschuhten Hand auf und schnappte mir dann den Zugangsdeckel. Ich legte alle Einzelteile vor mich hin aus Sorge, dass jemand auf der Brücke hören konnte, wenn sie auf den Boden klapperten.

»Okay, der Zugangsdeckel ist ab. Was kommt als Nächstes, Andien?«

»Sagen Sie mir, was Sie vor sich sehen.«

Vielfarbige Kabel verliefen aus einem Punkt zu einem Mikroschaltkreiswust. Die Kabel wiesen einige Spuren des Schneidbrenners auf — vereinzelte schwarze Brandspuren waren auf dem Blau, Grün und Gelb zu sehen, als ob jemald ein Feuerzeug an sie gehalten hätte.

»Ähm, ich sehe dreizehn Anschlüsse, in die verschiedenfarbige Kabel reingehen.«

»Welche Farbe hat das erste Kabel?«

»Ähm... rotbraun?«

»Es ist nicht schwarz?«

»Es sieht nicht schwarz aus.«

»Und Sie sind sicher, dass es nicht rot ist?«

Ich sah noch einmal nach und kontrollierte jeden der dreizehn Anschlüsse, um sicher zu sein, dass ich nichts übersehen hatte. Hätte ich meinen Helm auf, dann hätte ich ihr die Wellenlänge einer jeden Farbe nennen können. Ich dachte kurz darüber nach, Wraith einen Blick darauf werfen zu lassen, verließ mich dann aber auf meinen Instinkt.

»Nein, es ist nicht rot. Das rote Kabel ist definitiv am siebten Anschluss von links.«

»Okay... Lassen Sie mich nachdenken.« Andien atmete in ihr Mikrofon, als ob sie sich ein paar Strähnen aus der Stirn pusten müsste.

Nachdenken? Wer genau war diese Frau, die behauptete eine Wissenschaftlerin zu sein, aber eigentlich eine Expertin für sämtliche Kommunikationsgeräte zu sein schien, sowohl moderne als auch uralte?

»Neben dem rotbraunen Kabel befindet sich rechts ein blaues Kabel, falls das hilft.«

»Danke«, sagte Andien. »Sind die ersten fünf Kabel Rotbraun, Blau, Weiß mit gelben Streifen, Schwarz und dann grün?«

Ich ging gedanklich jedes einzelne Kabel mit, während sie die Farben nannte. Und sie hatten genau die jeweiligen Farben, die sie genannt hatte. »Ja, stimmt genau.«

»Okay. Sie müssen das erste Kabel rausziehen und mit dem roten ersetzen. Direkt darüber sollte sich ein Schnellverschluss befinden. Reißen Sie es nicht raus.«

»Was mache ich mit dem Braunen?«

»Braun?« In Andiens Stimme schwang leichte Panik mit.

»Entschuldigung. Rotbraun.«

»Nichts. Lassen Sie es einfach hängen.«

Ich löste das erste Kabel und tauschte es gegen das rote Kabel aus. Das Display des Bedienfelds leuchtete kurz auf, aber abgesehen davon blieb alles wie bisher. »Habe den Wechsel durchgeführt«, verkündete ich.

»Sehr gut, Lieutenant Chhun. Sie sind nun bereit, die Tür zur Brücke zu öffnen. Sie müssen nur noch den Code eingeben.«

Ich bedeutete den Marineinfanteristen und meinen Legionskameraden, sich einsatzbereit zu machen. Hände wurden auf N6-Gewehre und Handgranaten gelegt. Wraith, Exo und Master bezogen neben der Tür Position und waren bereit, den Räum zu säubern, sobald die Blendgranaten explodiert waren.

Exo warf den Marines einen Blick zu. »Es reicht, wenn ihr nur eine davon reinwerft. Das ist ein sehr enger Raum. Wenn ihr mehr als eine reinschmeißt, sind sie zu taub, um sich befragen zu lassen.«

Die Marineinfanteristen nicken zustimmend.

»Okay«, sagte ich über Funk. »Sagen Sie mir den Code.«

Andien diktierte mir den alphanumerischen Code. Ich gab ihn sorgfältig auf der Tastatur ein.

»Nur noch eine Zahl«, sagte Andien und wartete auf meine Ansage, sie mir zu nennen.

Ich nickte Wraith zu, der sich für den Angriff wappnete.

»Los«, sagte ich.

»Sechs.«

Ich drückte die entsprechende Taste und brachte meine N4 in Anschlag. Die Brückentür schoss zischend zur Seite, und ich sah, wie eine Blendgranate auf die Brücke flog. Sie knallte einem Ensign der RMK vor die Füße.

Und war ein Blindgänger.

Da wir keine Zeit hatten, noch eine Blendgranate in den Raum zu werfen, eröffneten wir das Feuer und schalteten den Ensign aus, während wir die Brücke stürmten. Der Captain des Raumschiffs und seine Besatzung starrten uns überrascht an.

»Hände hoch! Hände hoch!« Wraith hatte sie erreicht und brüllte die Worte verstärkt über seinen Außenlautsprecher. Er zwang den Captain und seine Kameraden in die Knie, seine N4 auf ihre Hälse gerichtet. »Aufs Deck!«

Auf der Brücke des Raumschiffs der Ohio-Klasse war eine erhöhte Plattform, unterhalb der sich der Steuermann, einige Techniker an den Sensoren und so weiter befanden. Kags und ich traten auf die Plattform, um die Brückenoffiziere unter Kontrolle zu bringen. Exo und die Marines würden die Leute unterhalb in den Griff kriegen. Als wir die Offiziere in Handschellen gelegt hatten, sah ich zu Exo hinüber, um zu sehen, wie die Sache bei ihnen stand — und bemerkte, wie einer der Techniker unauffällig seine Pistole zu ziehen versuchte.

Ich brüllte »Blaster!«, um sie zu warnen.

Exo und Master drehten sich gemeinsam um. Sie erkannten ihr Ziel und gaben mit ihren N4 kurze Feuerstöße ab. Da alles so plötzlich geschah, begannen auch die Marineinfanteristen auf ihre Gegner zu schießen. Alle Techniker wurden vor meinen Augen erschossen.

»Feuer einstellen!«, befahl ich. Der Befehl wurde von Wraith und dem First Sergeant wiederholt.

Die Schüsse hörten bald auf, und was übrig blieb, waren zitternde RMK-Offiziere und die unten liegenden toten Besatzungsmitglieder. Die Stille auf der Brücke wurde durch den Warnton einer dringlichen Mitteilung unterbrochen, die über die bordinterne Verbindung kam.

»Hier spricht Colonel Fitz. Wir halten die Republik in Schach. Ihre Marines haben schwere Verluste zu verzeichnen. Bitte um voraussichtlichen Zeitpunkt für die Datenlöschung und Sprung.«

Datenlöschung und Sprung. Sie wollten gar nicht entkommen, sondern nur auf Nummer sicher gehen. Sie wollten verhindern, dass wir diese Daten finden, sollten wir das Schiff übernehmen, und sich dann mit einem Sprung in Sicherheit bringen. Dann wären nur noch die Marineinfanteristen an Bord. Die *Mercutio* hatte dieses Raumschiff überrascht; wahrscheinlich waren sie davon ausgegangen, dass nach der Zerstörung der *Chiasm* keine anderen Raumschiffe der Republik in der Nähe wären. Nur ein paar überlebende Legionäre auf der Planetenoberfläche, um die sich ihre Preyhunter-Geschwader gekümmert hätten. Der Gedanke ließ mich vor Wut kochen.

Wraith hatte die Arme des Captains mit elektromagnetischen Handschellen hinter seinen Rücken gebunden. Dann zerrte er den Rebellen am Kragen in die Höhe und stieß ihn zum Kommunikationspult. »Ich werde Ihre Unterstützung benötigen, Captain. Verstehen wir uns?«

Der Captain, ein bärtiger Mann in seinen Fünfzigern, starrte Wraith trotzig an.

Wraith nickte in Richtung Kommunikationspult. »Befehlen Sie ihren Männern, sich sofort zu ergeben.«

»Und sollte ich mich weigern?«, fragte der Captain.

Wraiths Antwort war eine schnelle und brutale Bewegung mit seinem gepanzerten Ellbogen. Der Captain brach bewusstlos auf dem Deck zusammen, und um seinen Kopf bildete sich eine Blutlache.

Wraith zog seine Blasterpistole und wandte sich an die anderen Offiziere. »»Ihr Captain ist nicht einsatzfähig und kann dieses Raumschiff nicht mehr führen. Wer ist der Nächste in der Befehlskette?«

Eine Hand hob sich zögerlich. »Das bin ich.« Der Bursche wirkte viel zu jung, um Erster Offizier zu sein, aber es spielte auch keine Rolle.

Wraith bedeutete mir, ihm den Jungen zu bringen. Ich sorgte dafür, dass sein Befehl befolgt wurde, und zwar nicht allzu sanft.

»Befehlen Sie Ihren Männern, sich sofort zu ergeben.« Wraith entsicherte seine Blasterpistole, um seinen Worten Nachdruck zu verleihen.

Der Erste Offizier warf einen Blick auf seinen zusammengeschlagenen Captain und sprach ins Mikrofon. »Hier spricht der Erste Offizier, Darehl Lund, im Auftrag von Captain Entressex. Die Republik hat die Brücke erobert, und sie erhalten hiermit den Befehl, die Waffen niederzulegen und sofort zu kapitulieren. Das Raumschiff kann nicht mehr in den Hyperraum übergehen. Kapitulieren Sie. Ich wiederhole, kapitulieren Sie.«

»Gut«, sagte Wraith. Er tätschelte spöttisch die Wange des jugendlich wirkenden Offiziers, bevor ich ihn wegbrachte.

Der First Sergeant hielt sich eine Hand ans Ohr. »Bekomme gerade den Bericht, dass die meisten Leute der RMK mit erhobenen Händen rauskommen. Gibt noch ein paar Widerstandsnester, aber die werden wir schon bald erledigt haben.«

Wraith wirkte abgelenkt. Als ob er über die L-Frequenz ein ganz anderes Gespräch führte. Schließlich wandte er sich an den First Sergeant. »Gute Arbeit, Marine. Es war wie immer eine Freude. Lieutenant Chhun, holen Sie die Gefangenen zusammen. Das Legions-Kommando schickt uns ein Shuttle, um uns abzuholen, damit wir sie sofort verhören können. Wir werden herausfinden, wie die RMK das hinbekommen haben.«

KAPITEL 4

Irgendwo am Rand der Galaxie. Zwei Monate vor der Schlacht von Kublar.

Man nannte ihn nur X.

Er war der Einsatzleiter und Spionage-Bonze einer kleinen Nether-Ops-Einheit, die man als den ‚Jahrmarkt‘ bezeichnete.

Den Namen hatten sie erhalten, weil die Einsätze, die sie ablieferten, von den *anderen* Bonzen der Nether Ops oft für drittklassig, protzig und für armseliges Tamtam gehalten wurden, und mit der eigentlichen Aufgabe, der Republik Geheimdienstinformationen zu liefern, praktisch nichts zu tun hatten.

Doch was waren die Nether Ops?

Die meisten Bürger hatten von den Dark Ops gehört. Die Legion war für sie verantwortlich, und sie verfügte aus der Sicht eines Kriegers über die besten der Besten. Ein militärisches Gegengewicht zur Bürokratie des Hauses der Vernunft und dem Rat des Senats. Dark Ops verfügten über ein Budget und Büroräume, und alles lief ganz ordentlich und völlig legal ab.

Doch im Gegensatz dazu waren Nether Ops nur der Hauch eines Gerüchts. Selbst bei den Dark Ops wussten nur die wenigsten Leute, was *wirklich* in ihrem Auftrag geschah. Die Nether Ops erledigten für die Republik, was die Legion nicht zu tun bereit war. Sie waren die Erfüllung eines Traums, der an dem Tag gestorben war, als General Rex und seine Legionäre der Dark Ops sich weigerten, ihre Befehle zu befolgen. Damals hatte die Republik aufgehört, den Dark Ops zu befehlen, was sie wirklich erledigt haben wollte, und hatte die Nether Ops gegründet. Eine Geheimorganisation, die das tat, was getan werden musste.

Und oft auch... was nicht getan werden sollte.

Weil manchmal schlimme Dinge — tatsächlich furchtbare Dinge — getan werden mussten. Zum Wohle der Republik.

Denn für das ‚öffentliche Wohl' war die Republik ja gegründet worden.

Das öffentliche Wohl. *Alles für alle.*

War das nicht das, was die Elite an der Spitze von sich gab, jedes Mal, wenn sie sich die Mühe machte, mit Glanz und Gloria eine Wahl zu veranstalten? Alles für alle? Während sie ihre Sitze und Posten gerade häufig genug wechselten, dass die Bauerntrampel auch weiterhin glaubten, es handele sich um eine Demokratie? Oder um eine ‚modifizierte galaktische Republik' — zumindest brachten sie das heute dem Nachwuchs bei.

Die Betonung lag auf ‚modifiziert.'

Die meisten Bürger, die großen, ungewaschenen Massen, wären sehr überrascht, wenn sie verstünden, wie ‚modifiziert' dies alles war.

Sie würden vor allem nicht wissen wollen, was wirklich hinter den Kulissen geschah.

X wusste dies besser als jeder andere.

Als er auf den nassen Straßen der North Sea Commons direkt außerhalb Utopion Prime entlangspazierte, herrschte schönes, wenn auch nebliges Wetter. Einige hätten es als düster bezeichnet. Sein Ziel waren die alten Raumschiffswerften in der Nähe des Hafens. Der

Jahrmarkt, dessen Einsätze fernab aller Regeln und Vorschriften stattfanden, hatte es schon immer bevorzugt, dem geschäftigen Treiben der Hauptstadt zu entkommen, mit ihren neuen Gebäuden, riesigen Konferenzsälen, High-Tech-Sicherheitslösungen, Tagungsordnungen, Planungskomitees, mit ihrer Macht und Politik und heißen Eisen. Hier draußen, in einer ehemaligen renovierten Produktionshalle für Motorgehäuse, konnte man hervorragend Geschäfte tätigen, ohne unter den Einheimischen weiter aufzufallen.

Und da alle, die nicht nach einem Einheimischen aussahen, viel leichter zu erkennen waren, war es leichter die Einsätze fernab von neugierigen Augen und Ohren durchzuführen. Oder zumindest waren das X' Worte gegenüber allen ihm untergeordneten Stabsoffizieren, die man ihm zuteilte. Wenn sie hier ankamen, dann waren sie deprimiert — weil sie irgendeinen Fehler begangen hatten oder einen Fehltritt, der ihre Karriere beendet und sie dazu gezwungen hatte, dem Gulag des Jahrmarkts beizutreten. Der Jahrmarkt war, ehrlich gesagt und auch so gemeint, in der Dark-Ops-Gemeinschaft immer Anlass für Witze.

Aber wie X den anderen Nether-Ops-Bonzen gegenüber immer betonte: »Die haben halt keine Ahnung!« Und alle lachten darüber. Denn bei den Dark Ops spielten kleine, böse Kobolde böse Koboldspiele, und bei den Nether Ops … nun ja, sie waren die wahren Monster.

In Nether Ops *wusste* man nicht nur, was hinter den Kulissen geschah — die Nether Ops waren die Kulissenbauer.

Auf den Brettern, die die Welt bedeuteten, schrieben sie die Theaterstücke über Leben und Tod.

X schlich sich durch die Irrgänge des alten Gebäudes, bewegte sich geschickt durch dessen halb verlassene Finsternis, die nur vom durch das Dachfenster einfallenden grauen Licht erhellt wurde. Am Empfang saß ein neues Mädel. Hübsch. Sie trug eine kleine Blasterwaffe und Auszeichnungen, deren Existenz man in einer öffentlichen Anhörung niemals zugeben dürfte.

So waren sie bei Nether Ops. Niemand wusste, wie oft man gute Dinge tun musste, um einer Auszeichnung würdig zu sein.

Aber man fand auch nie etwas über die Fehlschläge heraus.

Er ging an ihr vorbei und schaute kurz bei einigen seiner Untergeben vorbei, um sich Statusberichte über drei laufende Einsätze geben zu lassen. Und dann ging er in sein Büro.

Es war der Anfang der Woche, und an diesem Morgen war alles ruhig.

Nach letzter Woche war es natürlich gut so, dass alles ruhig war. Es gab nichts, womit sie sich brüsten konnten. Natürlich konnten sie sich nie mit etwas brüsten, selbst wenn sie Erfolge zu verzeichnen hatten. Aber schon gar nicht nach diesem Fiasko.

Was sie jetzt brauchten... war eine Geschichte.

X hatte einen Mann entsandt, um ihn dort draußen sterben zu lassen, und, naja ... *Was hattest du denn erwartet, alter Junge?* Jetzt war es an der Zeit sich hinzusetzen, die Berichte zu vergleichen und eine Schilderung zusammenzustellen, die größtenteils wahr war — denn natürlich würde er spätestens am Ende der Woche bei irgendjemandem auf dem Teppich stehen, um zu erklären, warum alles so schiefgelaufen war.

Also schmiss er den Wasserkocher an und ließ sich in seinen alten Ledersessel fallen. Er tätschelte das Kätzchen, das sein Büro zu ihrem Zuhause gemacht hatte, und starrte hinaus in den Regen, während er darauf wartete, dass das Wasser kochte. Erst als alles fertig war, und er eine Tasse in Händen hielt, nahm er sich das erste Dokument. Das Dokument, das er selbst hergestellt hatte. Das erklärte, wer sein Spion war. Die Berichte über seine Rekrutierung. Das Bewerbungsgespräch. Die erste Einsatzbesprechung. Und natürlich der Lebenslauf.

Ein schlauer, herausragender Navy-Offizier aus einer guten Familie. Sie hatten ihn angeheuert, um die Rolle des gefallenen Helden zu spielen, der zum Schurken, zum Waffenhändler geworden war, um ihr kleines Stück aufführen zu können.

»Unser Hamlet«, hatte er seinen Untergebenen gesagt, für die Operation Geisterjäger.

Er las seine eigenen Einsatzberichte noch einmal durch und machte sich dann an das Material der Ausbilder, bis er schließlich die ersten Unterlagen aus Ankalor zur Hand nahm. Dort hatte der Einsatz ernsthaft begonnen. Die Aufgabe hatte gelautet, den inneren Kreis des wichtigsten Waffenhändlers für die Rebellen der Mittleren Kernwelten zu infiltrieren.

X begann sich selbst eine Geschichte zu erzählen.

»Das ist deine Story, Tom...«, murmelte er, während er die knochentrockenen Berichte und Überwachungsprotokolle durchging, die die Wächter dieses wunderbaren Kerls angelegt hatten, dieses cleveren und herausragenden Navy-Offiziers.

Denn die Leiter von Nether Ops legten keine Berichte an. Sie erzählten *Geschichten*.

Und so begann X sich selbst diese Geschichte zu erzählen. Toms Geschichte. Er musste sie verstehen können, genau wie alle anderen. Und er musste ihnen sagen, was sie hören wollten, denn die Tatsachen spielten keine Rolle.

»Du siehst dich selbst im Spiegel«, setzte er an. »Und wartest auf deinen Kontakt. Wartest tagelang, in der Hitze, mit den Irren und Betrunkenen. Denn das tun alle Spione, Tom. Vor allem diejenigen, die Angst haben, vom Wege abzukommen. Sie reden mit sich selbst im Spiegel, ohne jemals die Lippen zu bewegen. Denn sie sind die einzige Person, mit der sie sprechen können und die die Wahrheit kennt. Die weiß, wer sie wirklich sind. Weil sie es niemand anderem sagen können, denn sie wollen weiterleben. Du stehst vor dem Spiegel, Tom, in einem billigen Hotel auf dem finsteren, gefährlichen und brutalen Planeten Ankalor. Und wartest auf deinen Kontakt...«

Das bist du, Tom.

Der Kerl, der im schwach beleuchten Badezimmer im schlimmsten Hotel auf Ankalor steht.

Das bist du.

Du siehst nicht aus wie ein Navy-Offizier der Republik. Gar nicht mehr. Aber das sollst du ja auch nicht. Du bist nicht mal mehr du selbst, Tom. Nicht jetzt. Vielleicht später.

Aber nicht jetzt.

Jetzt bist du Tom.

Du rasierst dich noch. Du ziehst dich immer noch vernünftig an. Khakifarbene Kampfhose, die besten

Wüstenstiefel. In dem furchtbar dunklen Schlafzimmer, in dem du dich seit drei Tagen versteckst, befindet sich auch ein ziemlich sauberes weißes Hemd. Du ziehst es an, bevor du rausgehst.

Du bist nun schon seit sechs Monaten Tom.

Und während du vor dem Spiegel im schwach beleuchteten Badezimmer stehst und dich anschaust, versuchst du dich daran zu erinnern, wer du eigentlich mal warst.

Du beugst dich vor.

Du belügst dich selbst und denkst etwas wie: »Da bin ich. Ich existiere immer noch. Man kann mich sehen. Ich weiß den Weg nach Hause.«

Nur ist das eine Lüge.

Du bist beinahe vollständig aus der Galaxie verschwunden.

Du schnappst dir die rauchende Zigarette, aschst sie ab und rasierst dich weiter. Ehemalige Navy-Offiziere rasieren sich immer. Es ist eine Gewohnheit. Selbst wenn man für Verstöße gegen die Moral rausgeworfen worden ist. Zocken. Verbotene Waren. Schmuggeln. Und noch so ein paar andere Dinge, die dich so weit runterziehen, um dich für die ganz falschen Leute interessant zu machen. Oder zumindest waren das die hochgeschraubten Erwartungen deiner Wächter vom Jahrmarkt.

Nein. Du bist nicht mehr du selbst.

Aber das sollst du ja auch nicht sein.

Du nimmst das Plastikglas zur Hand, das dir von dem einfachen Hotel zur Verfügung gestellt wurde. Im Glas befindet sich Scotch, und du nimmst einen Schluck.

Du zuckst zusammen.

Weil du es willst?

Nein. Niemals. Du warst nie ein Trinker.

Es half dabei, den runtergekommenen, verelendeten, ehemaligen Navy-Offizier darzustellen.

Die Lügen nehmen nie ein Ende. Man erzählt eine... und kann nicht mehr aufhören.

Du lächelst.

Ja. Du bist immer noch charmant.

Das warst du immer.

Jetzt bist du unter den Zhee dieses Planeten unterwegs, die gellend zum Gebet rufen. Die Zhee sind nicht die ursprünglichen Einwohner des Planeten Ankalor. Sie haben das Volk ausgelöscht, das damals hier gelebt hat, als sich die ersten großen Kolonieschiffe mit Unterlichtgeschwindigkeit raus ins Nichts wagten.

Die Zhee sind Fanatiker.

Fanatisch, wenn es um ihren Glauben geht.

Fanatisch, wenn es um ihren Handel geht.

Fanatisch, wenn es um Waffen geht.

Und fanatisch, wenn es um sie selbst geht. Alle anderen sind einfach nur Beute.

Tja... Fanatiker halt.

All dies macht diesen Planeten zum führenden Waffenumschlagplatz am Rand der Galaxie. Nur einen kleinen Sprung von jeglicher Zivilisation entfernt. Deswegen tauchen hier auch stündlich Frachter im Orbit auf, um mehr Waffen mitzunehmen, als irgendjemand damit anfangen kann. Aber natürlich ist auch das eine Lüge. Sie wissen genau, was sie damit anfangen können. Sie tun es in hundert Grenzkriegen in der gesamten Galaxie, selbst zu dieser späten Stunde dieses ankalorianischen Tags.

Hundert Jahre lang waren es nur die Söldner, Kopfgeldjäger, Piraten und lokale Warlords, die sich beim ‚Nachtmarkt' bedienten — wo man Waffen jeder nur erdenklichen Art kaufen konnte, um Regierungen zu destabilisieren, Schlachten zu kämpfen und seine Gegner im Schlaf zu meucheln. Wann immer jemand aus den finsteren Ecken der Galaxie einen wirklich großen Auftrag zu erledigen hatte, tauchte er hier an den Andockrampen auf, die den Großteil der Stadt ausmachten, die dem am nächsten kam, was die Zhee an Zivilisation zu bieten hatten. Aber jetzt... Tja, jetzt gerieten die Dinge aus den Fugen. Jetzt, wo die Rebellen der Mittleren Kernwelten wirklich Dinge bewegten... wurde schlagartig mehr Geld ausgegeben. Denn alle waren wirklich scharf drauf, sich gegenseitig umzubringen.

Du bist kein Navy-Offizier mehr.

Du bist in Ungnade gefallen.

Diese Rolle haben wir dir auf den Leib geschrieben. Du bist unser Hamlet.

Zumindest sollst du unserem Ziel gegenüber so aussehen.

Frogg ist die rechte Hand unseres Ziels. Du triffst dich mit ihm in einem Bistro. Zumindest bezeichnen die Zhee es so. Er sieht aus wie eine Kröte. Klein. Bucklig. Vorstehende Augen. Er war Major in der Legion, bis man ihn rausgeworfen hat. Ein gewalttätiger Soziopath. Nur haben sie ihn falsch eingeschätzt. Tatsächlich ist er ein *Psychopath*, irre und gewalttätig. Und völlig gefühllos. Das Gegenteil von all dem, was du bist.

Entschuldigung ... früher mal warst.

Was?

Ein schneidiger Navy-Offizier. Du.

Genau das sollen die Navy-Offiziere der Republik sein. Schneidig. Gut aussehend. Tapfer.

All das warst du mal.

Dieser Kerl, Frogg, ist das exakte Gegenteil. Er ist klein und gefährlich und hinterhältig. Er ist das Gegenteil von dir. Oder von dem, was du mal warst.

»Hm. Wir suchen also nach ein wenig Arbeit?«, flüstert er, als du dich ihm am Markt an diesem heißen Tag bei einer Tasse zähflüssigem schwarzen Kaffee gegenübersetzt. Um dich herum drängen sich die Zhee und ignorieren dein Verlangen nach Distanz, dass die galaktische Zivilisation dir beigebracht hat. Ihre bizarren Körper, halb Mensch, halb Esel, werden von den langen schwarzen Gewändern verdeckt, die sie üblicherweise tragen. Ihre tiefe, aber barsch klingende Sprache wird regelmäßig von schreiendem Gelächter unterbrochen, das ihren Eselsgesichtern entspringt. Wären sie bloß Teil einer Monstrositätenschau in irgendeinem Zirkus, dann wäre ihr Anblick traurig und lächerlich zugleich, aber sie sind lebensgefährlich.

Die Zhee sind auf hinterhältigste Weise gefährlich.

Du nickst Frogg zu, weil deine Tarnung, die der Jahrmarkt für dich aufgebaut hat, der starke, schweigsame Typ ist. Schau, dass du ein wenig ängstlich wirkst, hatte dir X mitgeteilt, denn das wird dich verzweifelt wirken lassen. Profis verstehen Verzweiflung als eine Abart des Gefährlichen.

Du hast Angst.

»Jemand muss da rausgehen und herausfinden, wer die Rebellen der Mittleren Kernwelten mit Waffen versorgt, mein lieber Junge.«

X wieder.

Dieser Mann bist du. Du bist X' ‚lieber Junge.'

Und dabei bist du nicht mal mehr du selbst.

Als ob du überhaupt nicht mehr existiertest.

»Es ist, als wärst du nie da gewesen«, sagte Frogg. »Haben dich einfach aus dem Dienst geschmissen. Genau wie mich.«

Es gelingt dir, unwohl auszusehen.

Du fühlst dich *sehr* unwohl.

Der Mann, mit dem du dieses unangenehme, aber doch nette Gespräch führst, hat mehr Leute getötet als …

Nun, laut Informationen von Nether Ops hat er eine Menge Leute getötet.

Gefährlich und hinterhältig.

»Ich war früher in der Legion. Bin rausgeschmissen worden, weil ich eine Schwuchtel zu Tode geprügelt habe. Zumindest war das der Grund, den ich genannt hab. Was mich angeht, mir ist so was total egal. Ist überhaupt nicht meine Art, solche Vorurteile zu haben. Würde dich ganz schön überraschen, wenn du verstehst, was ich meine. Nein. Ich habe ihn zu Tode geprügelt, weil's Gründe gab. Dass er schwul war, hatte nichts damit zu tun. Verstehst du, was ich meine, Kumpel? Aber mein Befehlshabender hat die Sache mitbekommen, und schon war ich raus. Und das war gut für mich. Könnte auch für dich gut sein, je nachdem, was du für mich und Scarpia tun kannst. *Mister* Scarpia, um genau zu sein.«

In allen Einsatzbesprechungen zur Operation Geisterjäger und im Jahrmarkt war Scarpia — *Mister* Scarpia — als das Ziel bekannt.

Du räusperst dich, wie es sich für einen ordentlichen Gentleman und Navy-Offizier gehört. Dies ist der komplizierte Teil. Dies ist das Verkaufsgespräch. Das ist der Anfang von allem. Also, vorsichtig, Mister-Ich-binniemand-als-ein-Waffenhändler-namens-Tom. Denn es besteht die Möglichkeit, dass du niemals wieder der sein wirst, der du mal warst. Nie wieder. Vor allem, wenn sie Lunte riechen.

Gefährlich und hinterhältig.

Du beginnst ganz geschmeidig: »Und… Was genau kann ich für Sie und… Mr Scarpia tun?«

Frogg, den Mr Scarpia nur Froggy nennt, mustert dich wie ein Reptil, das er selbst gern gewesen wäre. Leider ist er nur ein Mensch. Genau wie du. Auf einer Welt voll seltsamer Außerirdischer, für die ihr kaum ernst zu nehmende Lebensformen seid und schon gar nicht auf ihrem Niveau. Die dich einfach töten und dabei weniger Bedauern empfinden würden als ein Hühnchen zum Abendessen zu schlachten.

Die sich immer noch für Stammesstreitigkeiten umbrachten, die vor tausend Jahren begonnen hatten.

»Sprengstoffe. Die richtig knallen. Richtig, richtig knallen«, sagt Frogg wie ein Kleinkind, das Süßigkeiten in einem Süßwarengeschäft anstarrt und dem Verkäufer mitteilt, welche es haben will.

Du lehnst dich zurück und musterst ihn, weil du an dem Ding auch beteiligt sein willst. Und obwohl du das willst, darf es so nicht rüberkommen. Genau das Gegenteil muss rüberkommen. Als ob sie dir einen Gefallen tun würden, dich mitspielen zu lassen. Und ihnen Zeug besorgst, mit dem sie Leute umbringen können. Gerüchten zufolge ist Scarpia der Händler für die RMK. Und obwohl sie viele verschiedene Händler nutzen, gilt er als »Nummer Eins, mein lieber Junge.«

So muss sich das anhören.

»Nun ja…« Du holst mit deinem Arm zu einer großen Geste aus, die den Basar und die unglaubliche Menge an ausgestellten Waffen und Sprengstoffen umfasst.

Und das war ja noch nicht mal der Nachtmarkt. »Sie können doch bestimmt ohne Probleme finden, wonach Sie suchen?«

Du sagst ihnen praktisch, dass sie aufhören sollen, deine Zeit zu verschwenden. Aber natürlich fühlst du dich geschmeichelt, dass sie bereit sind, sie mit dir zu verschwenden.

Denn du hast keine Angst, Mr-Niemand-Tom.

Aber natürlich hast du Angst.

Erinnerst du dich, wie du dich heute an diesem unglaublich heißen Morgen in deinem kleinen, drückend heißen Hotel betrachtet und gefragt hast, ob du zu weit gegangen bist? Und dich gefragt hast, ob du noch die Chance hast umzukehren? Weil... du Angst hast, dass du zu weit gegangen bist. Das ist jenseits von aller Vorstellungskraft. Das ist absolutes Neuland. Es gibt Hindernisse. Da ist der Rand. Der Rand der Galaxie.

Fallen Sachen und Leute von nicht Rändern runter? Wenn sie zu weit gehen?

Tja, du hast keine Ahnung, was ‚zu weit gehen' bedeutet.

»Nicht dieses Zeug«, sagt Frogg verträumt und lehnt die schweren, nur mit einem Team einsetzbaren N50-Blastergeschütze mit Auto-Drohnen-Funktion ab, die in der Nähe stehen. »Wir brauchen was Größeres. Was richtig Großes. Zeug, das die Navy aufbewahrt für den Fall, dass sie mal einen Asteroiden knacken oder einen Zerstörer zerlegen will. Die Typen, die können die wahre Apokalypse in Waffenform nicht besorgen, egal, was sie versuchen, Tom. Wir haben gehört, dass du es kannst. Wir haben gehört, du hast gute Verbindungen zu Leuten, die sich mit solch großen Geräten auskennen und damit handeln. Oder haben wir uns... verhört?«

Du hast keine Ahnung, was ‚zu weit gehen' bedeutet.

Aber bald wirst du es wissen.

KAPITEL 5

Um dich mit dem Mann treffen zu können, dem Mann, den man Scarpia nennt, der die Verbindung zu den RMK ist, den Rebellen der Mittleren Kernwelten, von denen die Nachrichten nur als bedauerliches Ärgernis sprechen, die deine Einsatzleiter aber als eine langsam ernst zu nehmende Bedrohung für die Republik bezeichnen... Um das zu erreichen, nun, dafür wirst du erst einiges tun müssen.

»Erledige erst mal ein paar Sachen für uns, Kumpel. Dann, wenn alles gut läuft und wir noch ein paar bessere Deals abschließen, dann werden wir dich an einem Geschäft beteiligen, dass uns nicht nur reich machen wird... Danach werden wir das Sagen haben. Eines Tages.«

So drückt Frogg es aus.

Ein Sprengstoff mit einer Sprengkraft, die einen Zerstörer zerlegen kann. Das sollst du für sie besorgen. Nur sind die Dinger natürlich gegen Explosionen von außen geschützt, bis hin zur Explosionskraft einer Nuklearweltraumbombe von Romula, wie man sie in den Barbarischen Kriegen kannte.

»Besorg uns zwei, wenn du kannst, Kumpel«, sagt Frogg fröhlich.

Aber wenn man im Inneren — wenn man eins von diesen Dingern *innerhalb* eines Raumschiffs detonieren ließ, dann war das eine ganz andere Geschichte. Damit konnte man ein Großkampfschiff erledigen.

Du schlängelst dich durch die Straßen des Basars, zurück zu deinem kleinen, schmutzigen Zimmer. Und noch in derselben Nacht, als die Luft heiß ist und mit Angst, Zorn und zwanglosen Morden erfüllt und die Straßen nur ein wenig kühler als die erdrückende Hitze deines unklimatisierten Zimmers zu sein scheinen, denkst du darüber nach rauszugehen. Um deine Kontakte in der Grand Ankalor Bar zu treffen, während die Zhee von der Hitze in den Wahnsinn getrieben werden.

Sie werden schon verstehen, warum du nicht abtauchst, jetzt, da du mit Frogg gesprochen hast. Sie werden verstehen, warum du in die Bar musst. Wegen der Hitze.

Warum legst du dir Ausreden zurecht?

»Weil sie dich beobachten, mein lieber Junge.«

Wir haben dir beigebracht, dass sie dich immer beobachten werden, schon vor dem Erstkontakt und vor allem danach. Also, hinauf mit dir auf die Bühne, Hamlet, und tue alles aus einem Grund, den sie nachvollziehen können.

Du liegst in deinem Zimmer und wartest darauf, den nächsten Schritt zu gehen, während sich der Ventilator über dir kaum merklich dreht.

Du solltest hierbleiben.

Warme Luft umspielt dich, während du einen Schluck des Gesöffs zu dir nimmst, das dich die ganze Nacht begleiten wird. Du könntest einen Roman lesen, aber deine Gedanken wandern zu den Einwohnern Ankalors.

Man sagt, dass es die Hitze ist, die die Zhee so wahnsinnig und blutrünstig und waffengeil macht wie keine andere Spezies der Galaxie. Was ihnen allen die persönliche Verantwortung absprach, ein Haufen mordlüsterner Dreckskerle zu sein.

Nur waren die Zhee wahnsinnig, wo immer sie auch auftauchten.

In den Nachrichten wurde dies aber nie erwähnt, weil die Zhee im Haus der Vernunft über großen Einfluss verfügten.

Also lag es an der Hitze. Oder wirtschaftlicher Ungleichheit. Oder Vorurteilen gegenüber anderen Spezies. Oder welchen Grund auch immer sie der Masse andrehen konnten.

Aber... dein Leben steht auf dem Spiel. Da fällt einem das Lesen schon schwer. Das Lesen fällt einem schwer, wenn man jeden Augenblick sterben könnte. Also liegst du einfach nur da, betrachtest den Deckenventilator und denkst darüber nach rauszugehen.

Du rauchst eine Zigarette und wünschst dir einen Gin Tonic in einem hohen Glas mit quadratischen Eiswürfeln und vielleicht einer Limettenscheibe. Drüben, in der Grand Ankalor, mit all den Journalisten. Die Gebetsrufe hallen von den wuchtigen Turmspitzen und den ständig wachsenden Slums der Zhee zu dir hinüber.

Nachts ist es immer gefährlicher, nach draußen zu gehen.

Hier war immer alles verrückt, aber was am Tag geschah, war für die Zhee einfach nur Alltag. Was in der Nacht passierte, hatte etwas von einem Vergnügungspark, in dem sich alles um Morden und Wahnsinn drehte. Immer gut, vorsichtig zu sein. Jeder wusste Bescheid, dass man mit seinem Leben spielte, wenn man nachts auf Ankalor unterwegs war.

Du ziehst den einen Anzug an, den du noch besitzt, und starrst dich wieder im Spiegel an, auf der Suche nach dir. Das tust du in letzter Zeit ziemlich oft. Du fragst dich, ob sie dich überhaupt wiedererkennt, wenn du diesen Auftrag überlebst.

Einen kurzen Augenblick lang stellst du dir vor, wie du nach all dem nach Hause zurückkehrst. Sie öffnet dir die Tür, und sie weiß Bescheid. Sie weiß über all die Dinge Bescheid, die getan werden mussten. Auch wenn du dich tausend Mal heiß geduscht hast, um all das Blut und den Gestank der Orte loszuwerden, an denen du herumgelungert hast... Sie weiß Bescheid. Man kann es riechen. Verborgen unter dem Parfüm. Sie riecht das Blut.

Weil es Dinge gibt, die getan werden mussten, Liebling.

Und dann schlägt sie dir die Tür vor der Nase zu, und du kannst auch einfach zu Nether Ops zurückkehren, denn in der Kommandozentrale von Nether Ops sagt man immer, es gibt keinen Weg zurück.

Sie haben es dir gesagt, ganz am Anfang schon.

Das haben sie.

Aber du hast geglaubt, du bist anders. Du hast dich freiwillig gemeldet.

Du nimmst den Mini-Blaster aus seinem Versteck in dem dreckigen, schmuddeligen Zimmer, in dem nur die religiösen Fernsehsender der Zhee zu empfangen sind. Der Schalldämpfer landet in deiner Brusttasche. Der Blaster in deinem Schulterholster. Und dann verlässt du dieses Hotel und machst dich auf den Weg in ein besseres, auf der Suche nach Informationen, die dich zu Sprengstoffen führen, mit denen sich ein republikanischer Zerstörer in die Luft jagen lässt.

Es gibt kein Zurück mehr.

Aber... Du hoffst, dass es doch einen Weg gibt. Bestimmt taucht jeden Moment ein Legionärs-Mordkommando auf und bringt alles wieder in Ordnung, bevor es zu weit geht.

Das heruntergekommene Hotel, dass du jetzt verlässt, führt in eine kleine Gasse. Und in die Nacht. Du trittst über den Rinnstein und entscheidest dich in der Mitte der Gasse zu bleiben, bis du die Straße an ihrem Ende erreichst.

Eine alte Zhee mustert dich, ihr Gesicht fast verborgen unter ihrem Kapuzenschal. Die ledrige Haut ihres Eselsgesichts ist rissig, und ihre leblosen Augen verraten ihre Vergangenheit. Die Zhee haben alle gefressen, die sie finden konnten. Jeder weiß das.

Erst dreizehn tote Welten später begriff die Republik endlich, dass die ,Weltraumheuschrecken', von denen sie immer hörten... einfach nur die umherziehenden Zhee waren.

Sie fraßen alles.

Deswegen ist es so gefährlich, nachts rauszugehen.

Die Legion wollte damals die Zhee ein für allemal vernichten.

Aber sowohl Haus als auch Senat mögen die Legion nicht besonders.

Du schaffst es zur Hauptstraße, und sie ist voller Zhee-Cafés und Zhee-Eckläden. In diesen Eckläden kann man billig Blaster kaufen, direkt neben dem hier üblichen, fermentierten Alkohol und den süßen Knabbereien, die ihnen die Galaxie verkauft.

Es war nicht unüblich, Zhee-Kinder mit Blastern in der Hand zu sehen.

Nichts ist so fundamental falsch wie ein Kind mit einem Blaster, und die Weltanschauung, dass du nicht einmal eine intelligente Lebensform bist. Die Zhee glauben, dass der Große Pasha eines Tages zurückkehren und sie anführen wird, um ihre Eroberung der Sterne fortzusetzen.

Dann werden sie alles und jeden fressen.

Und bis dahin vermehren sie sich einfach wie die Ratten.

Tausend verschiedene Musiker liefern sich auf tausend verschiedenen Musikgeräten einen Wettkampf, um das genaue Gegenteil von Harmonie und Zusammenspiel zu erreichen. Auch das sind die Zhee, und jeder, der etwas über die Musik eines anderen sagt, wird vermutlich Messer vor seinen Augen aufblitzen sehen.

Die Zhee lieben Messer.

Ihre besondere Version des Messers nennen sie *Kankari*.

Es ist noch früh, und du erreichst das Grand Republic Hotel, gehst an den neuesten Security-Bots vorbei und betrittst die opulente Lobby. Dieser Ort ist der Gegenteil von allem anderen auf dieser stinkenden, kochenden, brütend heißen Welt. Hier herrschen Charme und Eleganz und das Geflüster höflicher Gespräche aus Nischen, die Diskretion bieten. Die Grand Ankalor Bar — wo die Journalisten und Diplomaten und gelegentlich der ein oder andere Marineattaché vorbeischauen, um sich über Wichtiges zu unterhalten — das ist dein Ziel. Es ist bereits viel los.

Du betrittst die Bar und nickst den Stammgästen zu, die dich kennen und unter Eid aussagen werden, dass du ein guter Mensch bist und einfach nur unglaublich viel Pech gehabt hast. Du fragst dich, wer von ihnen heute ein Auge auf dich hat, denn der Jahrmarkt hat sein gesamtes Personal ins Spiel geschickt. Es ist ein ziemlich großer

Einsatz, und du bist die Spitze des Eisbergs. Also ist immer jemand darauf abgestellt, sich um dich zu kümmern.

Denn wer immer es auch ist, er muss vor Ort sein, wenn der Einsatz den Bach runtergeht.

Passen sie auch auf den Straßen auf dich auf, wo es am gefährlichsten ist? Diese Frage stellst du dir gerade, als ein Reporter namens Darringa von *Republica Press & Information* dir einen ‚Gin Tonic, alter Bursche!' bestellt, obwohl du viel jünger bist als er.

Oder vielleicht auch nicht.

Er trinkt eine ganze Menge, nun...

Du fragst dich, ob sie auf dich aufpassen, während du dich durch die stinkenden, engen Gassen voller blutrünstiger Zhee schlängelst, denen ihre Priester befohlen haben, sich stets zu wehren, selbst wenn es nur mit Messern und Hämmern und Gleitern ist, um jeden einzelnen Ungläubigen niederzumachen.

Und passen deine Wächter auch auf dich auf, während du schläfst?

Haben sie auf das Mädchen geachtet, dass du angeheuert und mit der du keinen Sex gehabt hast? Haben sie die ganze Nacht auf dich aufgepasst, während du neben ihr lagst und ihr beim schlafen zugehört hast, nur um dich daran zu erinnern, wie jemand neben dir des Nachts atmete? Irgendjemand, irgendwo in der Galaxie?

Haben sie das getan?

Tun sie es jetzt?

Du trinkst deinen Gin Tonic hastig, der von Chuntly, dem Barmann im Grand Republic, mit einem Hauch Rosenwasser verfeinert wird. Du trinkst weiter und redest dir ein, dass es nur Teil deiner Rolle ist. Du stürzt deine Drinks runter, weil du ein Trinker und verzweifelt bist.

»Es muss immer diesen Hauch Verzweiflung geben, mein Junge«, hat X dir gesagt. »Also trinke, als ob du am Verdursten wärst.«

All das gehört in der Spionage mit zum Spiel.

Ein Spiel, in dem es darum geht, Sprengstoffe zu finden, mit denen man Großkampfschiffe in die Luft jagen kann. Großkampfschiffe der *Republik*.

Über Steadron, der beim Spiral News Network arbeitet — wenn man saufen und Leuten nachstellen, die Waffen verkaufen, während man sich von Bar zu Bar schleppt, als Arbeit bezeichnen kann —, findest du heraus, dass auf dem Nachtmarkt jemand einen republikanischen Navy-Offizier hat ziemlich gutes Zeug verkaufen sehen. Er ist beurlaubt und treibt Geschäfte mit Schmuggelware und gestohlenen Gütern.

»Gerüchten zufolge hat er zwei, mein Freund«, sagt der rotäugige Steadron, während um dich herum die Bar Utopion am Ende einer ankalorianischen Nacht immer voller wird. Die Händler des Waffen-Basars und Kurtisanen, die sich nichts mehr wünschen, als Credits auszugeben, die sie nicht haben, führen um dich herum Krieg und schließen ihre Geschäfte ab.

Heute Nacht sind Lust und Leid die besten Freunde. Hoffentlich verlassen alle diesen Raum als Gewinner.

Abgesehen natürlich von den Toten, die am Ende all dieser Geschäfte umgebracht werden.

Abgesehen von denen.

Jemand muss ja verlieren. Warum brauchte sonst jemand all diese Waffen?

»Zwei? Wovon sprichst du?«, fragst du Steadron.

»Gewaltige Antimateriewaffen. Aber soweit ich weiß, reist er morgen ab. Wenn du mit ihm Geschäfte machen willst, musst du dich beeilen.«

Es ist gefährlich, die Slums der Zhee zu durchqueren. Ob nun bei Nacht oder bei Tag, es ist gefährlich. Aber zwei AMWs würden Frogg und Scarpia klarmachen, dass du besorgen kannst, was sie haben wollen. Und hoffentlich gewinnst du mit diesem Kauf ihr Vertrauen, und Vertrauen... Tja, das sollte dann direkt zum Verrat führen.

Und zur Tötung. Aber das wird dann die Aufgabe irgendeines Legionärs sein.

»Wir besorgen nur die Informationen, mein lieber Junge«, hat X ganz am Anfang gesagt. »Du wirst keinen Abzug betätigen.«

Dann die Medaille und zurück in dein altes Leben. Nie wieder Tom. Du wirst dann wieder dieser andere Kerl sein... wie hieß er nochmal? Sie weiß es. Keine Sorge... Sie erinnert sich an den Mann, der du warst. Wenn du es vergessen solltest, dann kannst du sie nach deiner Rückkehr fragen.

Du kippst den restlichen Gin Tonic runter und vergewisserst dich unwillkührlich, dass sich der Blaster noch unter deinem Arm befindet, verborgen unter deinem dünnen Mantel.

Und dann stehst du vor dem Hotel, und der Portier, der wie einer der mächtigsten Republikanischen Admiräle gekleidet ist, versucht, dir ein Taxi zu besorgen.

Der Mann versucht ernsthaft dein Leben zu retten, denkst du dir insgeheim. Nur fährt heute kein Taxi mehr dorthin, wo du hinwillst. Selbst sie wissen, dass das zu gefährlich ist.

Also überquerst du die verkehrsreiche Straße und marschierst los. Auf der anderen Seite ist es sofort dunkler. Aber das muss es ja auch sein, denn diese Seite ist das Gegenteil zum Glamour und Glitzer der anderen Seite. Du bist auf Ankalor, und hier ist alles voller Zhee.

Sie beobachten dich, während du an billigen Läden vorbeigehst, und du kannst sie in ihrer kehligen Sprache murmeln hören. Du bist dir sicher, dass sie über dich reden, anderen über dich Bescheid geben.

Also ändere dein Verhalten, wie man es dir beigebracht hat.

Sie sind Raubtiere, die im Rudel angreifen, die gemeinsam töten. Es gibt keine gemäßigten Zhee. Das ist eine Lüge der Republik, die jedes Mal verbreitet wird, wenn sich ein paar Zhee in einem überfüllten Café in die Luft sprengen. Selbst wenn alle anderen in den Straßen tanzen und brüllen und ihre Blaster zu Ehren ihrer absonderlichen Götter abfeuern, um den Tod von *Anderen* zu feiern. Als ob sie damit einen moralischen Sieg eingefahren hätten.

Denk da nicht dran, Tom.

Auch nicht, wie ironisch es doch ist, dass du heute Nacht auf der Suche nach Sprengstoffen bist, um das zu tun, was auch sie tun, im Namen der Freiheit. Du tust es doch für die Freiheit... Oder, Tom?

Oder für eine Medaille.

Oder für sie.

Oder für die Action.

Denk nicht daran, dass du Sprengstoffe aus demselben Grund besorgen wirst, aus dem die Zhee ein

Transport-Terminal auf einer der Kernwelten in die Luft sprengen. Das hier ist anders.

Warum?

Du biegst überraschend in eine Gasse ab. Hier gibt es nur Trödelbuden und Nudelbars. Aus jedem dieser Läden schlägt dir ihre seltsame Musik entgegen, die immer wie ein Stöhnen klingt.

Warum ist dies anders?

Du kommst an Händlern vorbei, die Zhee-Porn, Lotus, billige Blaster und auch sonst alles verkaufen, mit dem man ein Leben ruinieren kann.

Wieso ist es diesmal anders?

Du gehst schneller. Veränderst dein Verhalten. Aber du behältst immer im Blick, wo du hinwillst — zum Nachtmarkt und deiner letzten Gelegenheit, den korrupten Navy-Offizier zu erwischen, der Gerüchten zufolge richtig großes Feuerwerk zur Hand hat.

Damit würdest du Scarpias Vertrauen gewinnen. Dein Ziel. *Mister* Scarpia.

Wieso ist es anders? Du gibst dir selbst die Antwort. Weil du einfach nur die Waffen besorgst. Und sie ablieferst. Es ist sehr wahrscheinlich, dass Nether Ops über die Dark Ops ein Legionärs-Mordkommando entsenden werden, das Klarschiff machen wird. Und das lange bevor diese beiden riesigen Böller gezündet werden.

Das redest du dir ein und gehst weiter.

Du bist dir ziemlich sicher, dass dir zwei von ihnen folgen. Zwei Zhee.

Wo sind deine Wächter?

Außer natürlich... wenn das Mädel, das für diesen Einsatz, für die Operation Geisterjäger, verantwortlich ist, weiß, dass Frogg und seine Leute dich überwachen und du plötzlich vor zwei gedungenen Zhee-Mördern gerettet wirst, von Männern in schwarzen Klamotten, die dir seit dem Grand Republic gefolgt sind... Nun, dann werden sie wissen, dass du...

Dass du nicht Tom bist.

Dass du jemand anders bist.

Dann werden sie dich wahrscheinlich töten. Um eine deutliche Botschaft zu senden.

Du wirst die beiden Zhee nicht los, und jetzt bist du weit weg von den Hauptstraßen und der Illusion der Sicherheit, die die Republik mit ihren stets patrouillierenden, gepanzerten Gleitern zu erschaffen versucht. Denn mehr ist das nicht. Nur eine Illusion. Und diesmal würde dir niemand zu Hilfe kommen. Da bist du dir ziemlich sicher.

Du bist auf dich allein gestellt.

Du hörst, wie sich das Geräusch von Hufen dir schnell nähert. Ihre Stimmen, ihr Schnuppern, lässt sie wie Monster klingen. Denn sie *sind* Monster. Hinterhältige, gewalttätige Monster, die wie menschliche Esel aussehen.

Du wirfst einen kurzen Blick über die Schulter und siehst, wie sie unter ihre Leichenhemden greifen.

Mäntel.

Aber die Mäntel erinnern dich an Leichentücher.

Rabenschwarze Augen mustern dich in der Dunkelheit. Ja, sie haben es auf dich abgesehen. Du wirst in einer dunklen Gasse auf einem gefährlichen Planeten angegriffen. Das Herz schlägt dir bis zum Hals. Also suchst du nach einer kleineren, noch dunkleren Gasse und rennst los.

Schnell.

Du hörst, wie sie dir folgen. Ihre Hufe klappern über die Steine einer Gasse, die nur aus silbernem Mondlicht und tief dunkelblauen Schatten zu bestehen scheint. Sie haben aufgehört, miteinander zu sprechen. Sie lachen nicht, sie rufen nicht, denn das ist nun der Teil, den sie über alles lieben: ihre Beute zu jagen und zu stellen. Dabei geraten sie in Raserei.

Nun führst du sie an einen netten, ruhigen Ort, wo du dich ihnen stellen kannst. Denn das Besondere an den Zhee ist, dass sie sich zwar die ganze Zeit gegenseitig bekämpfen, das aber genau dann nicht tun, wenn sie gegen den Rest der Galaxie in den Kampf ziehen. Sollte auch nur ein einziger Zhee gegen ein Mitglied irgendeiner anderen Spezies der Galaxie kämpfen, würden alle in der Nähe befindlichen Zhee ihm zur Hilfe eilen.

Darauf konnte man wetten, und man würde immer gewinnen.

Was als Nächstes zu geschehen hat... muss so leise und so unauffällig wie möglich vontstatten gehen.

Du ziehst deinen Blaster und schraubst den Schalldämpfer auf. Du verlangsamst dein Tempo. Du lässt sie zu dir aufschließen.

Du bist in irgendeiner Hütte im Hochgebirge auf Vindar sechs Monate lang ausgebildet worden. Man hat dir beigebracht in der Finsternis zu kämpfen, Schalldämpfer in vollem Lauf aufzuschrauben und noch jede Menge andere fiese Tricks. Du hast dir die ganze Zeit eingeredet, dass du all diese furchtbaren Dinge niemals wirklich brauchen würdest, die kein anständiger Menschen wissen wollte... Nur hast du sie bestens gelernt, weil du dir sehr sicher warst, dass du das Wissen über diese Dinge irgendwann doch brauchen würdest.

Du wusstest es damals schon.

Du wusstest genau, dass du irgendwann sehr weit gehen müsstest. Sehr weit.

An der nächsten Kreuzung, entlang der hohen Wand einer Andockrampe und eines Zhee-Slums biegst du schlagartig nach rechts und wirfst dich mit dem Rücken an die Wand.

Sie kommen dir mit voller Geschwindigkeit hinterhergerannt. Wenn sie um die Ecke biegen, werden sie einen Bogen laufen müssen.

Ihre Kapuzen sind von ihren Eselsköpfen gefallen. In den weit aufgerissenen Mäulern blitzen große Zähne auf. Auf ihrer Jagd saugen sie stoßartig die heiße Nachtluft ein.

Als sie um die Ecke biegen, müssen sie einen riesigen Bogen schlagen.

Du feuerst und triffst den ersten.

Der hellblaue Blitz eines Blasters kann nicht abgeblendet werden. Er erhellt die Abbiegung und taucht sie kurz in blendend weißes Licht. In diesem schrecklich klaren Augenblick wirken ihre wahnsinnigen Eselsfratzen noch dämonischer.

Du triffst den ersten Kerl in die Brust, und der Zhee dahinter stößt seinen Kameraden auf dich zu, weswegen du nur ihn noch einmal erwischst.

Beide tragen schillernde, gekrümmte Messer.

Die nennen sie *Kankari*.

Klein. Silberfarben. Gebogen wie ein Sichelmond. Verdammt scharf.

Einen Augenblick später schiebst du den toten Zhee von dir weg, nachdem dich sein stinkender Leichnam fast an der schäbigen Gassenmauer zerquetscht hätte. Du packst ihn an seinem Fell und wuchtest ihn weg.

Nur …

Nur …

Dein Blaster ist in der falschen Position.

Der andere Zhee tänzelt vorwärts, und du hörst seine klappernden Hufe, als er einen Treffer an deinem Handgelenk landet, einen kleinen Schnitt. Er versucht eine Arterie zu erwischen.

Die Zhee sind hervorragende Messerkämpfer.

Mageeio, der dir auf Anordnung des Jahrmarkts den Messerkampf beigebracht hat, hat dir das eingebläut.

»Die wissen, wie man einen Mann verbluten lässt«, hat er gesagt. »Das sind Wilde, aber es sind schlaue Wilde.«

Du lässt den Blaster fallen. Du hörst, wie er in dieser Nacht auf die Gassensteine knallt.

Der Zhee lacht kurz schnaubend und verlagert sein Gewicht, um seinen nächsten Angriff vorzubereiten.

Du reagierst, wie man es dir beigebracht hat.

Mageeio hat dir alles beigebracht.

Er hat dir beigebracht, wie du Messer im Nahkampf einsetzt, wenn du nicht mehr wegrennen kannst. Denn das Schlaueste bei einem Messerkampf ist immer wegzurennen.

Aber das geht jetzt nicht, also musst nun das tun.

Das, was man dir beigebracht hat.

Du stürmst auf den zweiten Zhee zu, sodass er nicht mehr tänzeln und dich mit seinem Messer nicht angreifen kann. Du packst sein Messer und versuchst es seiner Kontrolle zu entreißen.

»Du musst das Messer beherrschen, Junge!«, hörst du Mageeio brüllen, so wie er dich im Hochgebirge auf Vindar immer angebrüllt hat.

Du nagelst seinen großen Arm mit dem Gewicht deines Körpers fest, und dann rammst du dein Knie wie einen Vorschlaghammer immer wieder in die Leistengegend des Monsters. Es brüllt ein einziges Mal auf, und in diesem Augenblick drehst du dich leicht, ziehst dein Knie nach oben und rammst es in seinen prallen Unterleib, was ihm die noch verbliebene Luft aus der Lunge treibt.

Er lässt seinen *Kankari* los.

Und jetzt hast du ihn und drischst damit auf das Ding ein, wo immer du auch kannst. Rammst ihn immer wieder in seinen ledrigen Eselskörper.

Genau so wie es Mageeio dir beigebracht hat.

»Das ist jetzt nicht der hübsche Teil in dieser Geschichte, mein Junge. Es geht ums Überleben. Also ramm ihnen das Messer so lange rein, bis sie sich nicht mehr bewegen.«

Und das tust du.

Und er tut es nicht mehr.

Das heißt, sich bewegen. Gar nicht mehr. Denn der Zhee ist tot.

Du richtest dich zitternd auf.

Du tust genau das Gegenteil von dem, was du als Nächstes tun sollst. Alles, was dir Mageeio für diese Situation beigebracht hat.

Du lehnst dich an die Mauer in dieser Gasse und holst eine Zigarette hervor. Du zündest sie an. Du hörst die Geräusche des Nachtlebens, nur ein paar Ecken von dir entfernt. Das Licht, das Leben, die Musik der Galaxie.

Hier in der Nacht, mit zwei toten Zhee zu deinen Füßen…

Das ist das Gegenteil von allem, was du bisher wusstest.

KAPITEL 6

Du erreichst den Nachtmarkt, und es fällt dir nicht schwer, den Offizier der republikanischen Marine zu finden, der Waffen feilbietet, um sich selbst zu bereichern. Die Dinge, die er verkauft, befinden sich in einer großen Haupthalle. Die Söldner, die er angeheuert hat, bewachen die Kisten und die Klappkoffer mit den Spezialwaffensystemen. Er hingegen genießt die Gesellschaft von zwei atemberaubenden Endurianerinnen.

Ja, sie würden dir wahrscheinlich sagen, dass sie Prinzessinnen sind. Aber hier haben sie eine andere Berufsbezeichnung.

Du sitzt an einem schmutzigen Tisch mit schlechtem Scotch und leer gegessenen Reisschalen. Die Endurianerinnen werfen dir lüsterne Blicke zu, wenn der Navy-Offizier der Republik abgelenkt ist.

Du versuchst, ihre offensichtlichen Reize zu ignorieren.

»Im RepubNetz steht, dass man dich aus dem Dienst geworfen hat. Unehrenhafte Entlassung.« Er trägt ein mit Blumen bedrucktes Hemd und hat sich seit Tagen nicht rasiert. Vor ihm liegt ein kleiner Haufen pulvrig blaues H♠ auf einem silbernen Spiegel. »Woher weiß ich, dass du nicht zu den Dark Ops gehörst und man dich hier hergeschickt hat, um rauszufinden, was ich tue? Wenn du mich verhaftest, werden meine Männer dich erschießen.«

Er hält dir das H♠ vor die Nase. Du nimmst eine Prise und atmest ein.

Ein Schlag ins Gehirn... das macht H♠ mit dir. Es wird später noch andere Sachen machen. Aber im Augenblick lebst du noch vom Adrenalinrausch, zwei Zhee getötet zu haben. Du bist extrem angespannt, und jetzt dank des H♠ auch noch völlig breit. Keine gute Kombination.

Auf jeden Fall macht es dich dreist genug, dir den billigen Scotch zu schnappen, den er sich eingeschenkt hat, und einen Schluck zu nehmen, nur um den widerlichen H♠-Nachgeschmack aus deinem Mund zu bekommen. Du schluckst und es brennt, und du kämpfst dagegen an, dich mies zu fühlen. Du kämpfst dagegen an, die Endurianerinnen anzuschauen. Beide. Die Grenzen zwischen Hass und Lust verschwimmen, wenn der Rausch von dir Besitz ergreift.

Zumindest schreien das die H♠-Junkies in ihren Rocksongs.

»Es ist mir egal, was du denkst«, murmelst du. »Ich bin hier wegen der AMWs, die du hast. Komm mit mir ins Geschäft ... oder hör auf meine Zeit zu verschwenden.«

Der Offizier, der auf den falschen Namen Abo hört, lehnt sich in seinem Stuhl zurück und lächelt. Der Name mag falsch sein, aber jeder weiß, dass er echte, funktionierende Legionärs-Waffen und Sprengstoffe verkauft. Jeder weiß, dass er ein Offizier der Republik ist, auf Urlaub.

»Die sind sehr teuer. Das Haus der Vernunft versucht immer wieder, das Militär dazu zu bringen, sie nicht mehr einzusetzen. Bald werden sie in der ganzen Galaxie verboten sein. Aber bis dahin sind sie absolut perfekt, um einen Tunnelkomplex auszuräumen oder einen Bunker in die Luft zu jagen, der nach Großkampfschiff-Standards gebaut wurde. Das Problem ist das Trägersystem. Das habe ich nicht.«

Du wartest ab und sagst nichts. Dann...

»Ich nehme zwei.«

»Mehr als zwei habe ich nicht. Und wie ich schon sagte, sie sind teuer.«

»Wie viel?«

»Drei Millionen pro Stück. Echte Credits. Das heißt, ich will die Credits wirklich sehen. Und da niemand eine so dicke Brieftasche mit sich rumträgt... bis ich die sehe, plauschen wir nur nett, mein aus dem Dienst entlassener Freund.«

Du lächelst und kostest wieder den schlechten Scotch. Das H♠ sorgt dafür, dass er genau richtig schmeckt.

»Offensichtlich. Für sechs Millionen in harter Währung würde man auf Ankalor umgebracht.«

Abo lächelt dich an.

Das gilt auch für die Endurianerinnen.

»Und das Geld hier herzubringen, wäre Selbstmord. Die Zhee würden in den Dschihad ziehen, wenn sie wüssten, dass sie diese Waffen oder so viele Credits in die Hände bekommen könnten.«

»Ja, ich weiß. Und dann würden sie dieses gute Stück republikanischer Technologie nehmen und es wahrscheinlich an einen Gleiter schnallen, den auf einen Markt einer beliebigen Kernwelt fahren und ein Dutzend Nudelbars und Nagelstudios in die Luft jagen und brüllen... *Hajeh!*«

Hajeh. Heiliger Angriff.

Abo lacht und zieht sich noch mehr H♠ rein. Die Endurianerinnen auch. Sie sehen müde aus.

»Du willst also die Credits sehen, und ich will die Bomben.«

»Wehrmaterial«, korrigiert Abo dich.

»Verstanden. Ich will sie beide. Die Credits habe ich.«

»Dann lass uns ein Treffen arrangieren... nachdem du mich überzeugt hast, dass du nicht von den Dark Ops kommst, um mich zu verhaften. Ich bin mir sicher, dass die Dark Ops deine Unterlagen fälschen und die Verstöße gegen die Moral... einbauen könnten. Zocken. Verbotene Waren. Tja, das ist fast schon alles zu auffällig passend als Grund, warum du mit mir Geschäfte machen willst. Als ob man es so gebastelt hätte, dass es zu mir passt.«

Du lächelst und wendest den Blick ab. Die Dark Ops sind nichts im Vergleich zu den Nether Ops. Die Leute, die Bescheid wissen... selbst *die* wissen nicht einmal etwas von den Nether Ops. Absolut abgefahren.

»Wir setzen unsere *Vorstellungskraft* gerne als Waffe ein«, so hat X den Jahrmarkt erklärt. »Wir gehen die Dinge hier... *anders* an, mein lieber Junge.«

Als du dich wieder zu ihm drehst, lieferst du genau die doppelte Lüge ab, die genau für diese Gelegenheit erfunden wurde.

»Da du dich ins RepubNetz eingewählt hast«, sagst du, »schau doch mal nach einem Admiral Rulal.«

Abo beugt sich zu seinem Datenpad vor und tippt die Abfrage ein. Wahrscheinlich benutzt er den gehackten Ausweis von jemandem aus seiner Dienststelle.

»Hier steht, dass er vor sechs Monaten auf Zasor umgekommen ist.«

»Das stimmt. Und ich habe ihn abgeknallt.«

»Und...«

»Wenn du dir seinen letzten Kommandostab anschaust, wirst du sehen, dass ich einer seiner Stabsoffiziere war. Der Admiral hat mit Waffen gehandelt. Im Vergleich zu ihm wirkst du wie ein Zhee-

Straßenhändler. Wir haben Geschäfte mit den Kandari gemacht, der Bruderschaft und sogar mit einigen Lieferanten der RMK. Der Admiral wurde aber zu gierig und versuchte uns alle aus dem Geschäft zu drängen. Hat auch versucht, uns alle umbringen lassen. Nur um die Sache klarzustellen. Also habe ich ihn kaltgemacht. Und dann wurden wir alle unehrenhaft entlassen, um es zu vertuschen.«

»Das steht hier aber nicht. Ist ‚ne nette Geschichte, aber die Leute denken sich schon seit dem ersten Lagerfeuer nette Geschichten aus. Und wenn du einen Admiral umgelegt hättest, würdest du auf deine Hinrichtung warten.«

»Stimmt. Es sei denn, der Admiral war direkt mit jemandem im Rat verwandt und der wollte das geheim halten. Das heißt, dort waren die Hintermänner unserer Gewinne. Wenn man einen Haufen Stabsoffiziere vor ein Kriegsgericht stellt, stellen die politischen Gegner Fragen. Ich wurde erwischt. Auf frischer Tat ertappt. Wenn du dich bei den Dark Ops reinhacken oder jemanden zum Reden bringen kannst... werden die dir bestätigen, dass alles vertuscht wurde. Es gibt aber die Möglichkeit, das alles bestätigen zu lassen, ohne sich irgendwelche Umstände zu machen. Alle sechs Stabsoffiziere wurden unehrenhaft entlassen. Hast du so etwas schon einmal gehört? Alle sechs?«

Abo lächelt stumm, als ob er das tatsächlich schon mal gehört hätte. Oder auch nicht.

»Also, hör dich um. Und dann treffen wir uns. Dock vierundneunzig, morgen, mit den Credits *und* dem Wehrmaterial. Wir machen den Deal, und fliegen beide glücklich davon.«

Du stehst auf und gehst davon, und du hoffst, dass sich jemand, irgendein Zhee, auf dem Rückweg in dein schreckliches Hotel mit dir anlegt. Denn du bist voll auf H♠ und bereit, ihn deinen ganzen Hass spüren zu lassen.

Aber irgendwie spürt die Nacht das, und niemand kommt auch nur in deine Nähe. Du erreichst dein Zimmer und trinkst in der Dunkelheit Scotch. Du rauchst und wartest auf den Sonnenaufgang.

Du schickst Frogg eine Nachricht über die sechs Millionen.

Dock vierundneunzig.

Er sagt, dass sie dort sein werden.

Und...

»Pack deine Sachen.«

Das Shuttle, das dich abholt, ist sehr luxuriös. Du hattest eine Art Frachter erwartet. Eine Besatzung aus Teilzeitpiraten und Vollzeitgesindel. Stattdessen bekommst du das Luxus-Shuttle und Frogg. Überall stehen ehemalige Legionäre der sehr professionellen Sorte. Höflich. Freundlich. Bewaffnet mit leichten Mini-Blastern, die auf Stufe elf eingestellt sind. Und jeder von ihnen könnte dich auf hundert verschiedene Arten töten, für die kein Blaster nötig ist.

So ernst war es also.

Du siehst, wie Ankalor hinter dir verschwindet, während das Shuttle über die glühend heiße Wüste fliegt, und es ist von Anfang an klar, dass dieses Schiff in der Atmosphäre bleibt. Kein Sprung auf Lichtgeschwindigkeit.

Zumindest noch nicht.

Nein.

Eine Stunde später umkreist das Raumschiff ein Lager in der Hochwüste, das aus weißen Safarizelten und Hightech-Ausrüstungskisten besteht. Unter euch steht ein großes Raumschiff, daneben ein kleines Shuttle der Republikanischen Navy. Ein Versorgungsshuttle, um genau zu sein.

Ja. Du willst dir all diese Details für den Bericht merken, den du zweifellos bald abgeben wirst, wenn sie dich nicht direkt hier draußen umbringen. X wird alles darüber wissen wollen, und du hoffst auf diese Chance.

Aber... sie beobachten dich immer.

Hier draußen in der Hochwüste, wo sich nicht einmal die Zhee aufhalten in ihrem unaufhörlichen Bestreben, überall Chaos und Verwüstung anzurichten. Tja, es wäre sehr anständig von ihnen, deine Leiche hier draußen zu begraben. Also, Frogg & Co., natürlich.

Du hast im Passagierbereich der Lounge gesessen. Riesige quadratische Bullaugen blicken hinaus in die unendliche brennende Einöde, die das Hinterland von Ankalor darstellt. Aber im Inneren des Shuttles ist es kühl, weil klimatisiert, und du und Frogg habt euch über den Gang hinweg unterhalten, während ihr große Tumbler mit faldoranischem Scotch geleert habt.

Er hat dir alles über sich erzählt. Das ist gut. Gut für den Bericht, den du hoffentlich bald abgeben wirst, und dann ist deine Arbeit erledigt. Nur ein weiterer schmieriger Waffenhändler, den du von der Bühne schickst. Mordkommandos, Marsch. Mehr haben sie nicht von dir verlangt. Das war das Ziel. Und du hast es erreicht.

Nie wieder Tom.

Das hat dir X versprochen.

»Mein lieber Junge, beim Jahrmarkt geht es nur ums Sammeln. Nicht darum, Leute abzumurksen. Also, mach dich an die Arbeit, sei ein braver Bursche und besorge uns diesen Scarpia. Du wirst sehr nah herankommen müssen, also tu, was immer nötig ist, denn wir müssen herausfinden, wer das Zeug am Ende einsetzt. Und dann können die Legionäre ran und das Ziel beseitigen. Das ist alles, worum wir bitten, und dann bist du zurück in der Navy, mit ein paar geheimen Anerkennungsschreiben, die niemand jemals nachprüfen kann. Nah ran an den Kerl, ganz nah, und versorge uns mit Informationen.«

X lächelte hinter seinem Schreibtisch und paffte an einer Pfeife, die er immer wieder neu anzünden musste. Tweed-Jacke. Brille. Eher der Akademiker, weniger der Chef eines Spionagerings. Ein Schreibtisch in den tiefen Kellern des alten Sektors auf Utopion, mit Antiquitäten übersät. Ein Mann, der sich für ein lebendes Relikt hielt aus einer weitgehend vergessenen Geschichte.

Aber jetzt sitzt du dem blutrünstigen Frogg gegenüber. Der dir alles über sein schreckliches Leben erzählt.

»Ich war Waisenkind. Bin dem Jugendverband der Legion beigetreten und wurde direkt zu einer kleinen, unbedeutenden Schlacht namens Bunker's Station abkommandiert. Hast du vielleicht schon von gehört.« Er ist offensichtlich mit den Gedanken ganz woanders und blickt verträumt in die Leere.

Bunker's Station war ein Blutbad. Auf beiden Seiten. Dass der Mann, der mit dir quatscht, nicht komplett entstellt ist, sagt dir eine Menge darüber, mit was für einer Art Soldat du trinkst.

»Tja, da bin ich auf den Geschmack gekommen«, fährt er fort. »Leute abmurksen. Mit Messern und so.«

Natürlich sind nicht alle Verletzungen mit den Augen zu erkennen.

»Das war nur eine Möglichkeit für mich, meine Wut abzureagieren.«

Jeder kannte die Geschichte, und da du ja auch einer von diesen Leuten bist, die sie alle kennen, weißt du auch, dass die Legion auf Bunker's Station völlig durchgeknallt war. Das musste sie ja auch sein. Sie waren sechs Monate lang von der Außenwelt abgeschnitten.

Sie drehten durch und ermordeten einfach alles und jeden.

»Es war einfach viel leichter, seine Probleme schnell mit dem Messer zu lösen, als einen Bericht darüber zu schreiben. Berichte, die ohnehin niemand liest, wenn man genau drüber nachdenkt.« Frogg trinkt einen großen Schluck Scotch, und seine Glotzaugen sinken auf halbmast. »Wurde zum Major gemacht, bevor sie gemerkt haben, dass mit mir was nicht stimmt. Ein Psycho-Bot mit aktualisierter Software. Ich konnte sie nicht länger täuschen. Also bin ich weg. Sechs Monate später sitze ich auf einer x-beliebigen Welt in einer Gefängniszelle und Scarpia auch. Kann man kaum glauben! Nun... ich begriff sofort, dass er eine herausragende Persönlichkeit war, die über allem stand, aber wir waren nun mal im Knast. Jede Menge Verrückte und Vergewaltiger, ehrlich. Ich habe ihm in den Zellen auf der tiefsten Ebene drei Tage lang den Arsch freigehalten, wo nicht mal die Wachen auftauchten. Wir sind gemeinsam rausgekommen. Er hatte meine Kaution bezahlt und einen Rechtsanwalt angeheuert. Dann hat er mir einen Job angeboten.«

Das Shuttle setzt sanft auf dem Boden auf. Eine Berührung, so sanft wie der Scotch, den du in der Hand hältst.

»Er ist ein guter Mann, Tom.«

Wer ist Tom?

Das bist du.

Frogg scheint zu bemerken, dass du nicht auf die Verwendung deines Pseudonyms reagiert hast. Du spielst es herunter, indem du weiter verträumt deinen Scotch schlürfst. Die Luft im Shuttle entweicht. Du hörst das leise Heulen der Einstiegsrampe.

Du blickst aus dem Bullauge auf die weite Wüste. Da draußen ist es glühend heiß. Ein schrecklicher Ort zum Sterben.

»Tom?«

Du kehrst aus deiner Traumwelt zurück und wirkst ein wenig albern. Er bemerkt nicht, dass du dein Getränk kaum angerührt hast. Du hast einfach nur seinen Geschichten voll Horror und Chaos zugehört. Alle ganz nüchtern erzählt. Der Lebenslauf eines geistesgestörten Irren, den er dir bei einem Scotch vorgetragen hat.

»Es ist Zeit, den Chef zu treffen, Tom.«

Nach sechs Monaten, in denen du den Schurken gespielt hast, bist du endlich im absoluten Nirgendwo angekommen und wirst nun die Person treffen, die dich entweder tötet oder die höchstwahrscheinlich von dir getötet wird. Auf indirekte Weise, versteht sich. Eines Tages wird irgendein Legionärsbursche, der vom Ruhm der Republik berauscht und bereit ist, noch mehr Zeit am Abzug zu verbringen, sich die Ehre geben.

Nicht deine Aufgabe. Du wirst wieder du selbst sein.

»Wir sammeln einfach nur, mein lieber Junge.«

Scarpia ist ein Rätsel. Nach den Informationen, die der Jahrmarkt gesammelt hat, hat ihn nie jemand wirklich gesehen. Er ist ein Geist.

Daher auch der Name der Operation.

Geisterjäger.

Am Ende der Einstiegsrampe triffst du auf einen Mann, wie du ihn nicht erwartet hast. Weil er weder ein zwielichtiger Waffenhändler noch ein bösartiger außerirdischer Verbrecher ist, der einer Riesenkrake ähnelt. Er ist einfach nur ein Mann. Schlank. Unscheinbar. Schütteres Haar auf dem Weg zur Glatze. Ein nettes Lächeln. Tief liegende Augen, die viel zu viel gesehen haben.

Sie erinnern dich an deine eigenen.

»Schön, dich kennenzulernen, Tom«, sagt der Waffenhändler, der nach Informationen der Nether Ops für mindestens fünf Millionen Tote verantwortlich ist. »Froggy sagte mir, du bist ein Mann, den man sich merken sollte. Gin Tonic?«

Das ist Scarpia.

Das ist der Mann, der das Sagen hat.

Du folgst ihm gehorsam, während das Gefolge das kleine Lager durchquert, das sie hier im Schatten des großen Frachters errichtet haben. Der Wind fegt durch die Wüste und zerrt an allen Kleidern, an denen der Söldner, von Frogg, Scarpia, vom Mann im Anzug... und denen der Frau. Eine Cassari. Wunderschöne grüne Haut. Vier schlanke Arme und ein unwiderstehlicher Körper. Sie hat langes, üppiges dunkles Haar, das ihr in lockigen Strähnen über Schultern und Brust fällt. Sie trägt nur dünnsten Stoff, und wenn der Wind ihn bauscht, wird kaum etwas entblößt.

Aber das ist nicht die ganze Wahrheit.

Natürlich haben die Cassari ihre legendären Pheromone. Der Blick aus ihren Smokey Eyes ist gleichzeitig eindringlich und verführerisch. Und obwohl sie dich begrüßt und dich ,Tom' nennt und das nicht wirklich dein Name ist, entfacht sie ein Feuer in dir, das nicht so leicht zu löschen ist. Denn so wie sie deinen Namen ausspricht... nun, so wie sie ihn ausspricht, wärst du *gerne* Tom.

Aber vielleicht sind das auch nur die Pheromone, die aus dir sprechen.

Du ermahnst dich, dass diese Leute dich höchstwahrscheinlich erschießen und nicht beerdigen werden. Das ist ein ernüchternder Gedanke. Er hilft dir dabei, dich zu konzentrieren und zusammenzureißen.

Hier draußen.

In der Wüste.

Sie könnten dich einfach erschießen und wegfliegen, und niemand würde es je erfahren.

»Kann ich dir einen Drink bringen...? Tom?« Ihre rauchige Stimme ist tief und sanft zugleich.

Du bringst ein Nicken zustanden. Und dann ein ehrerbietiges »Das wäre nett, danke«.

Ihr seid alle in einem Zelt. In der Wüste. Luxuriöse Ledersofas stehen um einen Holotisch verteilt.

»Also«, beginnt Scarpia. »Lass uns darüber reden, wie du einen fiesen kleinen republikanischen Zerstörer in die Luft jagen wirst, der meinen Kunden das Leben schwer macht.«

Du setzt dich auf eine der Couches, während Scarpia sich mit dem Display beschäftigt. Es zeigt das Raumschiff, einen Planeten namens Kublar, was dir nichts sagt, und eine Art Legionärs-Basis. Camp Forge.

Du versuchst so zu tun, als ob alles in Ordnung wäre, während sie dir dein Getränk reicht.

»Hier, bitte sehr... Tom.«

Denn genau das bist du.

KAPITEL 7

Sie hatte recht.

Illuria.

Sie hatte wirklich recht.

Bitte sehr, Tom. Mach dich auf und jag mit den AMWs, die du gerade für uns gekauft hast, diesen Zerstörer in die Luft.

Das zumindest war das Wesentliche, wie Mister Scarpia — für dich jetzt einfach Scarpia — es ausdrückte.

Wie lautet der Plan?

Das fragst du, nachdem du die üblichen Beteuerungen gemacht hast, dass du nur der Lieferant bist. Kein Dienstleister.

»Tja, aber du bist ein Ex-Navy-Offizier, und das ist perfekt!«, schrie Scarpia, als hätte er gerade die Hauptrolle in seiner *Hamlet*-Inszenierung gefunden. »Und es ist außerdem, ganz abgesehen von all dem Geld, das ich dir zahlen werde, die Gelegenheit der Republik eins auszuwischen, nach dem was sie dir angetan haben, Tom. Einen Zerstörer auszuschalten bedeutet, dass man sich nicht mit Tom Delo anlegen sollte. Das wird ihnen eine Lehre sein! Nicht wahr, mein Junge?« Scarpia scheint sich aufrichtig zu freuen, dass du diese Chance bekommst.

Kleines Kuriosum am Rande: Sowohl X als auch Scarpia nennen dich »mein Junge.« Das ist seltsam und hat nichts zu bedeuten. Es ist einfach interessant und du denkst daran, als sie — Frogg, Scarpia und der Mann im Anzug — dir erklären, wie genau du einen republikanischen Zerstörer namens *Chiasm* in die Luft jagen wirst.

Es ist ein Selbstmordkommando… aber du bekommst Zugang zu Scarpia, wenn du es tust.

Komm so nah ran an ihn, wie du kannst, sagte X damals, als ihr über all das nur theoretisch gesprochen habt. Hast du jemals darüber gedacht, dass du irgendwann hier landen würdest? Vermutlich schon.

»Nach dieser Geschichte«, sagt Scarpia, während er den Arm um dich legt und ihr in die violette Wüstendämmerung hinausgeht und der Geruch von gegrilltem Fleisch in der Luft liegt. »Nach dieser Geschichte habe ich noch viel mehr Arbeit für dich, Tom.«

»Tu alles, was nötig ist, mein lieber Junge«, hat X, damals gesagt, bevor alles begann.

Tja… welche Wahl hast du schon?

Wie sprengt man einen republikanischen Zerstörer?

Nicht *solltest du das tun?*

Sondern *wie?*

Die Frage, ob du das ‚solltest‘, hast du schon vor langer, langer Zeit hinter dir gelassen. In dem Augenblick, als X sagte: »Tu alles, was nötig ist, mein lieber Junge.« Damit stand die Antwort fest.

Scarpia hat dich vor allem deswegen gefragt, weil du ein Navy-Offizier der Republik warst, bist — nein, *warst*, im eigentlichen Sinne der Spionage. Du hast das Kommando über Shuttles und kleinere Raumschiffe geführt. Du kennst das übliche Prozedere.

Um was zu tun?

Gehe an Bord eines Zerstörers namens *Chiasm*, der sich in der Umlaufbahn eines dreckigen, kleinen Planeten namens Kublar befindet. Lande dort mit Ersatzteilen und Austauschpersonal. Detoniere die Bombe. Und wirf eine weitere Bombe direkt auf Camp Forge. Camp Forge ist die Legionärs-Basis auf Kublar. Das spezielle Trägersystem, das die AMWs benötigen, konntest du nicht besorgen, aber dafür gibt es ja das Shuttle. Die Schwerkraft erledigt den Rest, mit ein wenig Hilfe einer Gleiterdrohne.

Scarpia wird den Transport organisieren. Er wird die Technik und das Wehrmaterial bereithalten. Er wird die notwendigen Dokumente und Täuschungsmanöver in die Wege leiten. Du, Tom, erledigst den Rest. Das ist dein Baby. Dein Plan. Die Zerstörung eines republikanischen Kriegsschiffes und einer Legionärs-Basis.

Und während du darauf wartest, dass sich die notwendigen Bausteine des Plans zusammenfügen, kommst du nicht umhin zu denken, dass die ganze Sache eigentlich ganz einfach ist.

An die *Chiasm* ranzukommen ist leicht. Du gibst die Standardzugangscodes ein und übernimmst die Rolle eines Offiziers der Republik, der nicht gerade begeistert ist, ein Shuttle zu befehligen, das einen großen Zerstörer an der Front versorgen soll. Die Code-Authentifizierung dauert ein ganzes Stück, aber am Ende wird das Shuttle zur Landung im Backbord-Hangar freigegeben.

Scarpias Ex-Legionärs-Söldner sind als zwei Piloten und zwei Techniker verkleidet. In Wirklichkeit haben sie im Moment das Sagen. Du bist nur der Frontmann. Auch in dieser Inszenierung bist du Hamlet.

Das Shuttle durchquert das Kraftfeld und fliegt über das Deck. Kampfshuttles und Hilfsraumschiffe, die den Einsatz auf dem Planeten unterstützen, werden vor dem Flug ausgerüstet und gewartet. Es herrscht reges Treiben auf dem Deck. Als du all die Techniker arbeiten sieht, wird dir schlagartig bewusst, dass sie bald sterben werden.

Wegen irgendeines Einsatzes. Einer Spionageoperation, die den Tod von Millionen verhindern soll. Gut siebentausend Mann Besatzung, ein paar hundert Richtschützen und fast tausend Legios, Marineinfanteristen und andere Soldaten werden heute sterben — wenn du das tust, was du tun sollst, um deinem Ziel nahezukommen. Mr Scarpia. *Nenn mich einfach Scarpia, Tom.*

Und noch mal Tausend auf dem Planeten unter dir. Vergiss die nicht. Die müssen wir auch töten, damit es echt aussieht. Die Legionäre an der Front, die ihre Kampfeinsätze durchziehen, die in Camp Forge stationiert sind, werden in den folgenden Stunden, Tagen und Wochen sterben. Sie werden sterben, weil niemand in der Lage sein wird, sie aus Feuergefechten rauszuholen, ihnen Luftunterstützung zu geben oder sie einfach nur zu ernähren.

Die da unten sind bereits tot. Sie werden nur viel langsamer sterben.

Was immer nötig ist, mein lieber Junge.

Scarpia ist der dickste aller Fische. Er muss geschnappt werden. Vergiss den Köder, den wir dafür verhackstücken müssen.

Das Shuttle landet, und der verantwortliche Söldner nickt dir zu. Frogg hat für dich die perfekte Lieutenant-Uniform der Republikanischen Navy besorgt. Du nimmst dein Datenpad, klemmst es unter den Arm, richtest deine Kopfbedeckung und schlenderst die Rampe hinunter, wie es jeder frisch beförderte Offizier tun würde.

»Wir haben Sie nicht erwartet«, sagt der diensthabende Deckoffizier im Hangar.

Zwei Lancer geben volle Energie und bewegen sich auf das Vorfeld zu. Ihre Antriebsrepulsoren wummern und summen unheimlich, während sie sich auf das starke Kraftfeld zubewegen, das sie alle vor dem offenen Weltraum jenseits der unsichtbaren Barriere schützt. Das Bodenpersonal salutiert, und beide Piloten erwidern den Gruß. Dann verlassen sie das Deck und tauchen ab in Richtung des Planeten. Ohne zu ahnen, dass sie nie wieder auf die *Chiasm* zurückkehren, einem Raumschiff, das in nur zwei Minuten explodieren wird.

Denn in diesem Augenblick stellen die Söldner den Hauptschalter scharf und starten den Countdown der ersten AMW, die sich im Versorgungsshuttle befindet.

Der Deckoffizier prüft die Ladeliste und verzieht das Gesicht. Er spürt, dass etwas nicht stimmt. Er *weiß*, dass etwas nicht stimmt, als die Söldner in Raumanzügen die Einstiegsrampe herunterkommen. Die Sorte moderner Raumanzug, die Legionäre verwenden, wenn sie einen Planeten aus dem Orbit erreichen wollen. Sie sehen aus wie Tiefseetaucher, Waffen und Ausrüstung am Körper befestigt. Sie schieben zu viert einen Repulsorwagen, auf dem eine große Gleiterdrohne sitzt.

»Was zum Teufel machen sie in dieser Ausrüstung?«, fragt der Deckoffizier, kurz bevor du mit einem Betäubungs-Blaster auf ihn feuerst. Er ist die wichtigste Person, die du sofort ausschalten musst. Er ist der Einzige, der im Handumdrehen Legionäre hierher bringen kann. Alle anderen auf dem Hangardeck sind unbewaffnet und nur für die Raumschiffe zuständig. Sie können nicht auf dich schießen. Niemand kann dich und dein Team daran hindern, die hundert Meter offenes Deck bis zum Kraftfeld zu durchqueren.

Danach brauchst du eine ganze Minute freien Fall, um von der *Chiasm* wegzukommen.

Die Söldner traben los. Ihre sperrigen Raumanzüge machen sie langsam, aber sie brauchen diese Anzüge.

Du folgst ihnen im Laufschritt und spürst, wie deine Beine zittern, denn die Lage ist so ernst, wie sie nur sein kann. Ob es daran liegt, dass du gerade alle umgebracht hast oder daran, dass du gleich aus einem Raumschiff springen wirst, das zweihunderttausend Meter über der Planetenoberfläche schwebt, weißt du nicht.

Wahrscheinlich beides.

Fünfzehn Meter vor dem Kraftfeld beginnt jemand zu schießen. Einer der Söldner geht zu Boden. Die anderen bewegen sich weiter auf das Kraftfeld und den Sprung aus dem Orbit zu.

So lauten die Befehle.

Einer von ihnen öffnet die Drohne und winkt dir zu, während um dich herum noch mehr Blasterfeuer auf das Deck prasselt. Einer der Söldner erwidert das Feuer und gibt dir Deckung, während die anderen beiden dich weiter drängen und dir zuwinken, in die Drohne zu steigen. Das musst du tun, denn du trägst keinen Raumanzug.

Es ist eine zweistufige Drohne. Stufe eins ist für dich. Sie wird sich von Stufe zwei trennen. Stufe zwei ist für die zweite AMW. Du steuerst die Drohne und lässt sie direkt über Camp Forge fliegen. Aber kurz vor dem Einschlag… verabschiedest du dich.

Das hat man dir jedenfalls befohlen.

Was, wenn du das nicht tust? Was ist, wenn Scarpia dich auf diese Art loswerden will? Er hat anderen Spionageoperationen, die es nicht geschafft haben, ihm nahezukommen, regelmäßig solch kleine Erinnerungen hinterlassen. Darauf hat man während deiner gesamten Ausbildung immer wieder angespielt. Scarpia ist ein gerissener Feind. Aber was kannst du schon tun? Das ist der Plan.

Du steigst ein, und zwei der Söldner sichern die Luke hinter euch. Die Söldner brauchen die Drohne nicht; ihre Raumanzüge werden sie während des Abwurfs am Leben halten. Sie werden versuchen, bei dir zu bleiben und dich auf Kublar in Sicherheit zu bringen, bis das Rettungsteam zu euch springt und alle rausholt.

Aber was ist, wenn sie das nicht tun? Das müssen sie nicht. Scarpia könnte einfach alle auf dem Planeten ihrem Schicksal überlassen. In einer wilden, feindlichen, unbekannten Umgebung, in der es von Aufständischen nur so wimmelt.

Das Blasterfeuer wird leiser und verstummt, als die beiden Söldner dein Schiff über die Deckkante und weg vom Zerstörer schieben. Gut dreißigtausend Meter unter dir liegt Kublar. Es mag sich anfühlen, als würdest du im Raum schweben, aber in Wirklichkeit fällst du, und zwar ziemlich schnell, angezogen von Kublars Gravitationsfeld.

Eine Minute später, während du dich noch mit der simplen Drohnensteuerung anfreundest, hörst du, wie das Rückgrat der *Chiasm* in zwei Teile zerbricht.

Die AMW ist im Hangar explodiert.

Und du reitest praktisch auf einer weiteren Bombe, die genauso groß ist.

Du setzt zum Wiedereintritt an, und die Drohne wird heftig durchgeschüttelt. Dann stürzt ihr durch die dünne Atmosphäre hinab, und du steuerst im Gleitflug auf Camp Forge zu.

Nur zwei der Söldner haben es aus der *Chiasm* hinausgeschafft. Sie fliegen neben dir, als die Atmosphäre beginnt. Einen Moment später hast du die Gleitroute für die restliche Flugstrecke eingegeben, und alles sieht gut aus.

Weit unter dir siehst du Camp Forge. Von hier oben ist es nur ein winzig kleiner Außenposten.

Bei etwa dreitausend Meter Höhe trennst du die Stufen. Der kleinere Gleiter mit der AMW fliegt direkt auf Camp Forge zu, und ihr driftet sanft auf das Ödland von Kublar zu.

Die AMW schlägt hart auf, aber nicht an der geplanten, kritischen Stelle. Sie kracht durch das Hallendach, wo die Kampfpanzer der Republik untergebracht sind — und explodiert. In einem Augenblick zerstört sie mehr als die Hälfte des republikanischen Außenpostens, der Camp Forge war. Aber nicht alles.

Danach die harte Landung, und du musst zwei Stunden warten, bis dein Rettungsschiff eintrifft.

In der Ferne hörst du eine große Schlacht und das laute Knallen von heftigem Blasterfeuer, zusammen mit dem Knallen uralter Projektilwaffen. Rebellen? Einheimische? Wahrscheinlich beides. Eine vernichtende

Niederlage für die republikanischen Kräfte, von Scarpia arrangiert. Dir ist klar, dass du dein Ziel gerade zu einer Legende gemacht hast. Er hat jetzt das getan, wovon andere nur geschwafelt haben.

Danke, Tom.

Du hast keine Ahnung, was du als Nächstes tun sollst.

Oh, und du bist rechtzeitig gelandet, um den Wiedereintritt de *Chiasm* in die Atmosphäre zu beobachten, wo sie in Flammen aufging. Ihre beiden Hälften. Damit musst du für den Rest deines Lebens leben.

Das ist dann wohl so.

Du fragst dich, ob die nun aufgeschmissenen Legionäre sie in Flammen haben aufgehen sehen. Du fragst dich, was sie wohl gerade denken.

KAPITEL 8

Ich konnte mich nicht mehr erinnern, wann ich das letzte Mal unter einer heißen Dusche gestanden hatte. Ich stützte mich an den Fliesen auf, und das Wasser lief wie ein sich unendlich entleerendes Taufbecken über meinen Kopf. Für einen kurzen Augenblick, während dem der Dampf um mich herum aufstieg, war mein Verstand ganz klar. Ich war hier, an Bord der *Mercutio*, und für einen süßen, wohltuenden Moment gab es nichts anderes. Nur einen Mann unter der Dusche. Ich genoss, wie sich die verspannten Muskeln in meinem Nacken und Rücken unter dem fast kochenden Wasser lockerten. Hitze, Dampf und Einsamkeit. Obwohl Exo und Masters nur ein paar Meter entfernt waren und sich leise unterhielten, während sie sich abtrocknen, fühlte ich mich hier in dieser Duschkabine wie ein Mann in seiner Festung. Ich genoss den Gedanken, wie die Erinnerungen an Kublar — das ganze Sterben, der Kampf an Bord des Großkampfschiffs, dessen Name ich nie mitbekommen hatte — durch den Abfluss unter mir davonflossen.

Und das brachte mich letztendlich wieder zurück in die Realität.

Ich starrte auf den Abfluss und erblickte einen vielfarbigen Strudel. Schmutz und Dreck von Kublar vermischten sich mit rotem Menschenblut, das mit heißem Wasser verdünnt wurde. Ich erinnerte mich an das Mädchen und dachte daran, wie dieser letzte Teil von ihr, der den Planeten verlassen hatte, nun durch die Rohrleitungen gesaugt wurde, um gefiltert und wiederverwendet zu werden.

Ich ließ das Wasser seitlich gegen mein Gesicht spritzen und spülte das phosphoreszierend gelbe Blut einiger Kubies ab, von dem ich nicht einmal bemerkt hatte, dass ich es abbekommen hatte. Alles vermischte sich zu meinen Füßen und umkreiste den Abfluss, ein Strudel des Leids.

Ich tippte kurz auf eine Fliese und schloss die Augen, als das Wasser in Reinigungsschaum überging und anschließend wieder auf Wasser wechselte, bis die in der Wand eingebauten Scanner feststellten, dass ich tatsächlich gemäß den Vorschriften der Republik sauber war.

Das Wasser wechselte allmählich von heiß zu warm. Mir blieben noch ungefähr drei Minuten, bis es eiskalt sein würde. Ein Luxus, den mir ein mitfühlender Soldat ermöglicht hatte, der die Warmwasserzeit verlängern durfte.

Denn jeder auf dem Schiff wusste Bescheid.

Und abgesehen von dem Koch, dem Exo mit Kastration drohen musste, damit unser Essen aufgewärmt wurde, hatten wir keinen Ärger bekommen. Man machte einen großen Bogen um uns, als wir mit unseren Gefangenen von der Ohio-Klasse ankamen. Sogar die Schiffsbesatzung, die damit beschäftigt war, Selfies vor den zerschossenen Shuttles und Starfightern zu machen — manche ließen sich die Chance nicht entgehen, für die Menschen auf ihren Heimatwelten wie echte Krieger auszusehen — schwieg, als wir an ihnen vorbeikamen.

Wraith blieb nicht lange bei uns. Als er die Gefangenen an den Deckoffizier übergab, wurde ihm mitgeteilt, dass seine Anwesenheit verlangt wurde. Kags war auch weg; er wurde zu seiner Einheit zurückgebracht. Gerüchten zufolge hatten mehr Infanteristen als Legionäre es rausgeschafft. Aber das war ja zu erwarten. Ich würde noch früh genug herausfinden, welche Legios überlebt hatten.

Wenn ich mit dem Duschen fertig war. Dann würde ich es herausfinden.

Es kam der Moment, an dem ich von Emotionen überwältigt wurde. Ich dachte an die auf Kublar verstorbenen Legios, an einen Ort, dessen Namen ich vor wenigen Tagen nicht einmal gekannt hatte. Ein Ort, den ich nie wieder vergessen würde. Ich lehnte meine Stirn gegen die Fliesen. In meinen Gedanken sah ich eine Version von mir selbst — vielleicht einen besseren Menschen —, der diese Emotionen freilassen konnte. Der leise um alles weinte, was verloren worden war. Um Pappy und die anderen.

Aber die Tränen wollten nicht fließen. Ich fühlte mich innerlich leer. Nein, das war nicht richtig. Nicht leer. Ich hatte resigniert. Für sie war es an der Zeit gewesen. Eines Tages würde es für mich Zeit sein.

So war es nun mal.

Ich strich mit dem Finger von oben nach unten über das beleuchtete Bedienfeld, um die Dusche abzuschalten. Das Rauschen des Wassers, das mich umgab, wurde durch das Klingeln in meinen Ohren ersetzt, das von zu viel Krieg ohne Knitterfreien herrührte. Der Dampf umgab mich noch immer, und ich stieg aus der Dusche.

Masters und Exo waren vor mir fertig. Sie waren beide schon halb angezogen und trugen schwarze Trainings-Shorts.

Ich wischte mir das überschüssige Wasser mit einem Absorptionstuch weg, das die Wassertropfen auf meinem Gesicht und meinem Hals aufsaugte. Ich begann mir die Brust abzutrocknen und hielt inne, als ich in den Spiegel sah. Mein Gesicht war mit Schnitten und Kratzern übersät. Auf meinem Nasenrücken klaffte eine Wunde, und unter meinem linken Auge hatte ich einen gelblichen Bluterguss. Ein Stück meines Ohrs fehlte — nur die Spitze, vielleicht ein Zentimeter Fleisch. Es schien, dass jeder Teil von mir, der nicht durch Panzerung geschützt gewesen war, irgendeine Art von Verletzung davongetragen hatte.

Ich vermutete, dass es mehr als nur das heiße Wasser gewesen war, das beim Duschen das Brennen verursacht hatte. Ich starrte auf mein Spiegelbild. Verloren.

»Lieutenant!«, schrie Exo. »Ziehen Sie sich was an, um Obas willen!« Er fächelte sich Luft zu. »Mir wird ganz wuschig, wenn Sie hier splitternackt rumstehen.«

Masters lachte dröhnend. Ich lächelte, bevor ich mir meine Genitalien abtrocknete und eine meiner eigenen Trainings-Shorts anzog, die ordentlich gefaltet auf dem Waschbecken neben einer Reihe von Gesichtsreinigern, Salben und all den anderen Gegenständen für die Körperpflege auf mich warteten, die es auf einem Kampfschiff der Capital-Klasse gab. Ich warf das Absorptionstuch in einen Wäschekorb, der kurz piepte und sich dann auf einer magnetischen Schiene fortbewegte, um das Kleidungsstück zu den Waschautomaten an Bord des Raumschiffs zu befördern.

»So«, sagte ich zu Exo. »Kannst du dich jetzt beherrschen?«

Exo tat so, als würde er gleich in Ohnmacht fallen. »Diese Bauchmuskeln, Sir. Einfach zu viel. Gehen Sie in Deckung, bevor Masters das Team wechselt. Um ihn mache ich mir am meisten Sorgen. Er sabbert schon, Sir.«

Masters klatschte Exo sein Absorptionstuch an den Hinterkopf. Die Legios lachten, während der Bot, der den Wäschekorb kontrollierte, den weggeworfenen Gegenstand aufhob.

Die Wahrheit lautete, dass wir alle Prachtexemplare waren. Teil der Legion zu sein bedeutete ständiges Konditionstraining. Masters sah mit nacktem Oberkörper aus wie ein Unterwäsche-Model. Exo war genauso gut gebaut, nur muskulöser, massiver. Er war der Typ Legio, der aussah, als könne er durch eine Duratonwand laufen ohne es zu merken. Aber natürlich konnte kein Bauchmuskel einen Blastertreffer abwehren, egal, wie durchtrainiert.

»Dir kann's keiner recht machen, Exo.« Ich griff nach dem schwarzen T-Shirt, das man mir hingelegt hatte. Es war ein überzähliges Exemplar von den Legionären, die auf dem Raumschiff stationiert waren. Ich zog es mir über den Kopf und schlüpfte in Badeschlappen, auf denen der Name und die Rumpfmarkierung der *Mercutio* prangten. »Habt ihr was gehört, wer von Victory es noch überstanden hat?«

»Nein.« Masters schüttelte den Kopf. Er und auch Exo wirkten nun gar nicht mehr fröhlich. Ich hatte die Stimmung versaut. »Draußen wartet ein Adjutant auf uns, der sagt, dass er uns zu den Baracken bringt, wo die Überlebenden untergebracht sind. Er konnte uns allerdings keine Antworten geben. Er sagte, er würde versuchen, eine Sani-Liste aufzutreiben, konnte aber nichts versprechen.«

»Ich werde rausfinden, ob Captain Ford uns mehr Infos besorgen kann, wenn er vom Gefangenenaustausch zurückkommt.«

Ich packte eine Ora-Tablette aus, warf sie mir in den Mund und biss drauf, was einen Angriff aus Antipyrminze auf meine Geschmacksnerven zur Folge hatte. Igitt. Nicht mein Lieblingsgeschmack. Es schmeckte wie eine Mischung aus Teer und einer Pfefferminzsorte, wie man sie früher angebaut hatte. Aber es roch gut. Mein Atem war sofort frisch, und der fettige, ranzige Geschmack in meinem Mund, den zu viele Tage auf einem Kampfeinsatz hinterlassen hatten, verschwand mit einem Mal, während Millionen von Nano-Bots, die von der Ora-Tablette freigesetzt worden waren, sich an die Reinigung meiner Zähne und meines Zahnfleisch machten.

Wraith betrat den Waschraum. »Lieutenant Chhun, kommen Sie mit.«

Ich nickte Exo und Masters zu und vertraute darauf, dass sie es bis zu unserer Kaserne schafften. *Wir sind an Bord eines republikanischen Schlachtschiffs*, ermahnte ich mich. *Meine Männer sind jetzt in Sicherheit.*

Wraith ging mit schnellen Schritten voran und bewegte sich anmutig, obwohl er immer noch seine Panzerung trug. Ich fühlte mich alles andere als anmutig. Ohne meine Ausrüstung und weil meine Muskeln durch durch die Dusche aufgewärmt waren, machte mir mein Körper deutlich, wie schlimm er auf Kublar zugerichtet worden war. Ich hatte Mühe, mit ihm Schritt zu halten. Ich humpelte merklich. Bei jedem Schritt schmerzten abwechselnd mein rechter Fuß und die linke Kniesehne. Mein Rücken fühlte sich an, als ob ich mir alles eingeklemmt hätte und war völlig durch. Aus meinem Ohr lief ein wenig Wasser, das ich nicht bemerkt hatte.

Ich wischte über mein Ohr und streifte die Flüssigkeit an meinen Shorts ab. Wraith musste bemerkt haben, dass es mir schwerfiel mitzuhalten. Er wurde langsamer, sprach es aber nicht an.

»Wohin gehen wir?« fragte ich.

»Legionskommandeur Keller«, sagte er, als wäre das die alltäglichste Sache der Welt. *Oh, wir schauen nur kurz bei Dad vorbei, um ihm bei der Arbeit zuzusehen. Nichts Besonderes.*

Es war etwas Besonderes. Der Legionskommandeur hatte die direkte Befehlsgewalt über die gesamte 4. Legion inne. Auch das 131. Legionärskorps hatte bis vor einigen Tagen dazugehört. Ich war einer seiner wenigen Überlebenden. Er war ein kampferprobter Legio, der vom Legions-Kommando geschickt worden war, um die Einsätze an Bord des Flaggschiffs dieses Sektors am Rande der Galaxie zu beaufsichtigen. Und ich war auf dem Weg zu ihm, in verdammten Shorts, einem T-Shirt, das mir eine Nummer zu klein war und Badeschlappen. Ganz zu schweigen davon, dass ich mich seit Tagen nicht rasiert hatte.

»So kann ich doch nicht beim Legionskommandeur aufschlagen!«

Wraith musterte mich von oben bis unten. »Sie sehen gut aus. Außerdem wollte er nicht warten. Glauben Sie, ich wäre ohne eine Dusche losgegangen, wenn er es nicht verlangt hätte? Die Luftreiniger in meinem Helm haben Schwierigkeiten, ihren Job zu erledigen. Kann auch sein, dass sie den Geist aufgeben. Ich kann mich fast selbst riechen. So schlimm ist es hier drin, Chhun.«

Wir blieben vor einem Schnellaufzug stehen. Wraith betätigte den Türöffner, wir stiegen ein, und er drückte den Knopf für das Brückendeck. Der Schnellaufzugschacht füllte sich mit sanftem violetten Licht, während wir gescannt wurden. Ich war zwar nicht für das Brückendeck autorisiert, aber es sah so aus, als hätte Wraith ein paar neue Zugriffsberechtigung erhalten. Ein Klingelton war zu hören, dann kehrte die Beleuchtung zum üblichen Tageslicht zurück. Ein Besatzungsmitglied versuchte noch, bei uns einzusteigen, aber Wraith winkte ab. Die Schiebetüren schlossen sich vor uns.

»Der Geruch hält also den Helm auf dem Kopf?«, fragte ich Wraith. Vor Kublar hätte ich *niemals* so mit ihm gesprochen. Aber… wir hatten uns gemeinsam einen Weg durch die Hölle gekämpft. Und wir waren jetzt beide Offiziere — obwohl ich davon ausging, dass meine Feldbeförderung auf dem Schlachtfeld Bestandteil dieses Treffens sein und ich sie wieder verlieren würde. Wahrscheinlich eine einfache Abschlussbesprechung. Ich überlegte Wraith danach zu fragen, aber ich wusste, dass er den Grund für unseren Ausflug bereits erwähnt hätte, wenn er das hätte tun wollen.

»Sie haben mich ertappt«, sagt Wraith. »Ich tue allen auf dem Schiff einen Gefallen, indem ich meinen Helm aufbehalte.«

Ich hatte *nicht* erwartet, dass wir in der privaten Unterkunft des Legionskommandeurs landen würden. Der Raum wirkte wie eine Atelierwohnung auf einer Kernwelt. Er war geräumig, nur die Ziemmer des Admirals und des Captains fielen noch größer aus. Im Eingangsbereich schien eine Deckenleuchte wie ein Scheinwerfer auf ein in den Teppich gewobenes Legionswappen. Auf der einen Seite befanden sich eine kleine Küche und das Wohnzimmer, und weiter hinten im Raum stand das Bett des Kommandeurs, das den Anforderungen jedes Drill-Sergeants genügt hätte. Ich blieb rechts vom Eingang stehen, direkt vor dem Schreibtisch des Kommandanten.

Legionskommandeur Keller starrte mich aus leuchtend blauen Augen an. Glatze, krumme Nase, ein Kiefer aus Granit. Ich stand bequem da, den Blick auf das Legionswappen gerichtet: ein Schwert, das die Dezi-Zahl vier durchstach, das Symbol der 4. Legion.

»Ihr Jungs«, setzte Keller mit tiefer Stimme an, in der das Selbstvertrauen eines Mannes mitschwang, der schon alles gesehen hatte, »ihr habt da unten ganze Arbeit geleistet.«

»Danke, Sir«, antworteten Wraith und ich wie aus einem Mund.

»Die Republik«, sagte Keller und zeigte auf ein Datenpad auf seinem Schreibtisch, »will die Berichterstattung hierüber überwachen. Nicht nur die Herzen aller, sondern auch ihren Verstand. In diesem Augenblick starren alle Bürger der Republik auf die Holos, um jedes noch so kleine Detail der Ereignisse in Augenschein zu nehmen. Sie fragen sich, wie in Gottes Namen ein ganzes Legionärs-Korps und das Raumschiff, mit dem sie ihr Ziel erreicht haben, verloren gehen kann«, er schnippte mit den Fingern, »einfach so.

Sie werden den Berichten lauschen. Die Familien der Verstorbenen werden trauern, aber der Rest wird sich die Frage stellen… wenn das dort draußen passieren konnte, könnte es dann auch hier passieren? Aber bei ihnen ist natürlich nichts passiert. Diese rückständigen Kubies haben sich den Aufständischen angeschlossen, und die

Legion hat sie *leiden* lassen. Die Republik will die Helden der Schlacht, die Legionäre, die durch die Hölle gegangen sind und überlebt haben — die sich geopfert haben, damit die Infanteristen mit den Evakuierungsshuttles rauskonnten — sie wollen diese Helden zurück auf Utopion, damit die Bürger der Galaxie sagen können: ‚Seht, was die Legion erreicht hat. So wenige gegen so viele.' Und sie werden sich wieder sicher fühlen.«

Er hielt inne. Die Stille war mir unangenehm. »Ja, Sir«, sagte ich und bereute es sofort. *Idiot. Halt deine Klappe.*

Keller lächelte. »Nicht nur die Herzen, auch den Verstand. Das wollen das Haus der Vernunft und der Senat, sofort. Das Töten ist vorbei, und nun müssen Herzen und Verstand erobert werden.« Er starrte auf seine Hände, die auf seinem Schreibtisch ruhten. »Wenn es Helden gibt, die Anerkennung verdienen, dann sind es Sie beide.«

Er sah zu uns auf. »Aber ich werde euch nicht zu diesen Helden machen.«

Ich bewegte mich leicht und hoffte, dass er es nicht bemerkt hatte. Worauf wollte er hinaus?

»Es gibt einen Ernannten unter den Legios — Devers —, der diese Aufgabe übernehmen wird. Falls er überlebt. Scheint, dass dem so ist.« Keller stand auf und verschränkte die Arme hinter dem Rücken. Er starrte uns an, aber in seinem Blick lag keine Bosheit, sondern er musterte uns wie ein stolzer Vater. »Ich weiß, ihr Legios mögt keine Ernannten. Sie sind ein notwendiges Übel, und ich kann diese Entscheidung jederzeit zurücknehmen. Euch mit Ruhm und Reichtum und Paraden überhäufen. Aber ich glaube nicht, dass ich falschliege. Ich erkenne zwei *echte* Legios, wenn sie vor mir stehen. Captain Owens.«

Ein Legionär in schwarzer Panzerung tauchte aus einer Ecke des Raums auf und trat an die Seite des Legionskommandeurs. Dieser Mann gehörte zu den Dark Ops. Ein Legionär, der auf der höchsten Stufe diente, die die Legion zu bieten hatte. Die härtesten Konzentrations- und Ausdauertests, mental und auch physisch, alle Einsätze von höchster Priorität... all dies erlebten diejenigen, die in einem Dark-Ops-Mordkommando dienten. Es gab keinen Zweifel, ein knallharter Legio stand vor mir und Wraith.

Auf das Theater hätte ich allerdings verzichten können.

Captain Owens nahm seinen Knitterfreien ab und stellte ihn vorsichtig auf dem Schreibtisch des Legionskommandeurs ab. Er trug einen dichten roten Bart, die Haare hingen locker hinab fast bis zu den Schultern. Das entsprach zwar gar nicht den Vorschriften der Legion, aber für die Dark Ops machte man Ausnahmen. Mich würde es in den Wahnsinn treiben, so viele Haare unter meinem Helm zu haben.

Der Captain streckte uns seine Hand entgegen. »*Captain Ford* und *Lieutenant Chhun*, wenn ich richtig verstanden habe?«

Das überraschte mich. Ich dachte, Pappys Feldbeförderungen würden nicht langer Bestand haben als unser Flug zur *Mercutio* dauerte. Wir gaben uns die Hand.

»Egal, was passiert, Sie behalten Ihren Rang«, sagte Keller. »Colonel Hilbert war einer der besten Legionäre, der je die Panzerung angelegt hat.«

Ich nickte. »Danke, Sir.«

Owens starrte uns an. »Tut mir leid, dass ich so aus dem Nichts aufgetaucht bin. Für mich zählt immer der erste Eindruck. Ich wollte die Chance haben, sie beide eine

Weile aus der Nähe zu beobachten. Um sicherzugehen, dass mir dieser Eindruck gefällt.«

»Sir, ich bin mir nicht ganz sicher, was der Zweck dieses Treffens ist.«

Ich war ein wenig erstaunt über Wraiths Direktheit, hatte aber dasselbe gedacht. Der Kommandeur der 4. Legion und ein Offizier der Dark Ops standen vor uns in einem Teil des Raumschiffs, den ich nicht einmal *betreten* durfte, außer ich hatte den expliziten Befehl dazu. Ich fühlte mich müde und schlapp. Ich wollte einfach nur schlafen. Und Wraith — er hatte wahrscheinlich noch nicht einmal die Gelegenheit gehabt, einen Happen zu essen, es sei denn, in seiner Ausrüstung hatte sich noch eine letzte Ration versteckt.

Ein Lächeln umspielte Captain Owens bärtiges Gesicht. »Ich brauche ein Dark-Ops-Mordkommando. Und zwar sofort. Die *Mercutio* hat vier Teams. Ich bin der Einzige, der von meinem Team übrig ist. Die anderen drei Mordkommandos sind im Ryori-Cluster im Einsatz. Wir mussten ohne sie springen, als wir das Notsignal abgefangen haben.«

Commander Keller löste ihn ab. »Wir brauchen ein Team, das auf den Planeten zurückkehrt. Das ist alles, was Sie wissen dürfen und so weit wie dieses Gespräch geht — es sei denn, sie sind bereit, das Leben, das sie kennen, hinter sich zu lassen, um sich für Dark Ops zu verpflichten.«

»Tut mir leid, dass dieses Angebot unter solchem Druck ausgesprochen wird«, sagte Owens und kratzte sich durch seinen Bart am Kinn, »aber dies ist zu dringend, als dass sie darüber schlafen könnten. Wir brauchen mehr Legios wie sie in unserer Truppe.«

Dieser Vorschlag war etwas, worüber man *ausführlich* nachdenken musste. Körperlich und geistig war ich auf Dark Ops vorbereitet. Praktisch jeder Legionär war das. Es gab keine gesonderte Ausbildungsstätte, die Neuen wurden direkt aus der Legion geworben. Wenn von hundert Bewerbern nur einer für die Legion in Frage kam, und sie nur einen aus hundert Geeigneten auswählte, dann wurde bei den Dark Ops nur ein Legionär von Hundert eingeladen. Aber ich hatte eine Familie zu Hause — Mama und Papa, meinen Bruder Satteeah — und die dachten wahrscheinlich, ich sei tot. Das würde ihnen zur *Gewissheit*, wenn ich mich jetzt den Dark Ops anschloss. In dem Fall würde ich nicht mal um den Zugang zu einem Schiffskommunikationsgerät bitten, um erst mal zu Hause anrufen zu dürfen. Was war mit meinen Leuten? Den Überlebenden. Und dann war da noch Devers. Ich fand es nicht gut, dass ein Typ wie er dafür belohnt wurde, dass so viele gute Männer gestorben waren.

»Ich bin dabei«, sagte Wraith. »Aber ein Mordkommando besteht aus sieben Leuten. Wir sind zu dritt. Ich würde gerne mitbestimmen, welche Legionäre das Team verstärken. Vorausgesetzt, Lieutenant Chhun ist dabei.«

Ich konnte kaum glauben, was ich da aus Wraiths Mund hörte. Bloß keinen Druck.

Keller und Owens sahen sich mit hochgezogenen Augenbrauen und zusammengekniffenen Lippen an.

»Von mir aus«, antwortete Owens und verschränkte seine wuchtigen Arme vor der Brust. »*Nach* dem Einsatz. Wenn Sie dabei sind, zusammen mit Chhun hier«, er sieht mich eindringlich an, »dann wäre der nächste Schritt, Sie beide in Dark-Ops-Klamotten zu stecken und zum

Geistershuttle zu bringen. Also, was sagen Sie, Chhun? Rein oder raus?«

Ich wusste nicht, was ich darauf antworten sollte. Ich hatte das Gefühl, von Kampfgleitern in ein halbes Dutzend verschiedene Richtungen gezerrt zu werden.

Commander Keller bemerkte das offenbar. Er stützte die Fäuste auf den Schreibtisch, beugte sich vor und sah mich mit durchdringendem Blick an. »Junge, das ist die Gelegenheit, sich für das zu rächen, was dem Rest der 131. passiert ist. Ich kann Ihnen versichern, dass sich Ihnen für den Rest Ihres Lebens keine bessere Gelegenheit dazu bieten wird. TSZ, das ist Ihr Motto? Um sicherzustellen, dass nicht ein einziger Hurensohn der RMK jemals wieder auf die Idee kommt, so etwas zu versuchen? Dann sagen Sie ‚Ja.'«

»Ja, Sir«, antwortete ich, auch wenn die Worte gegen meinen Willen rauszukommen schienen. »Ich bin dabei.«

Owens klatschte in die Hände. »Gut. Hier ist der Plan. Ziehen sie ihre dreckigen Legio-Sachen aus.« Er musterte mich von Kopf bis Fuß. »Oder in Ihrem Fall die Shorts und Badeschlappen — beeindruckend, sich so für ein Treffen mit dem Legionskommandeur herauszuputzen —, und wir treffen uns mit unserem vierten Teammitglied. Einsatzbesprechung auf dem Weg nach unten. Sie können sich ihr Team aussuchen, wenn sie es zurück schaffen.«

Ich neigte den Kopf. »Ich dachte, Sie sagten, wir wären zu dritt.«

Ohne zu zögern antwortete Owens: »Ja, aber das war, bevor ich Ihnen die Wahrheit sagen konnte. Willkommen bei den Dark Ops.«

KAPITEL 9

Das Innere eines Stealth-Shuttles ähnelte dem Inneren eines Kampfgleiters. An den Wänden waren Notsitze angebracht, genug für ein Mordkommando plus eine weitere Person. Zwei Repulsor-Bikes waren auf dem Frachtdeck zwischen den Notsitzen festgeschnallt. Ein drittes Motorrad befand sich im Frachtraum darunter.

Wir drei trugen die schwarze Panzerung der Dark Ops. Der Waffenmeister der Legion hatte meinen Knitterfreien in weniger als dreißig Minuten angepasst. Ich wünschte, ich hätte ihn schon vor ein paar Tagen zur Hand gehabt. Das hätte mich vor einer Menge zukünftiger Hörprobleme bewahrt, da war ich mir sicher.

Ich sah mir die Motorräder an. Sie sahen aus wie typische Repulsor-Bikes. Waffensysteme konnte ich keine erkennen, und ein Blick auf die Sensorbedienfelder ließ einfache Störsender und Lebenszeichenscanner erkennen.

Ich hatte eine ziemlich gute Vorstellung davon, wie wir die *Chiasm* erreichen würden.

Denn das war unser Ziel. Die *Mercutio* hatte einige Satelliten abgesetzt, deren Scans uns das Wrack des Zerstörers zeigten, in dem ich kreuz und quer durch den Rand der Galaxie gesprungen war.

Die Einsatzbesprechung mit Captain Owens verlief ziemlich unkompliziert. Als die RMK und der Moona-Stamm sich in Marsch setzten, brach auf Kublar die Hölle los. Für uns bedeutete es, überrannt und bis auf fast den letzten Mann niedergemacht zu werden. Für den Rest des Planeten bedeutete es Bürgerkrieg. Das empfindliche Gleichgewicht und alle Bündnisse, die unter Vermittlung republikanischer Diplomaten und durch arrangierte Ehen zwischen den Kublarianern geschlossen werden konnten, starben mit dem Senator. Die Stämme führten gnadenlos Krieg gegeneinander, in bisher ungekanntem Ausmaße.

Genozid war ein fast schon alltägliches Wort geworden.

Die Republik hatte gelobt, sich nicht einzumischen. Das würde ihr bei dem Stamm, der den Sieg davontrug, Sympathien einbringen, und dann konnte sie ihre Pläne für Kublar neu schmieden. Aber die Republik brauchte Daten aus der *Chiasm*. Die Betonung lag auf ‚brauchte'. Es ging nicht darum, Technologien und Daten vor dem Zugriff durch den Feind zu schützen, das hätte mit einem Orbitalbeschuss der Absturzstelle erledigt werden können. Es musste etwas geborgen werden.

Daher mussten die Dark Ops runter auf den Planeten.

Und ich gehe mit runter, mit Wraith und Captain Owens und einem weiteren Soldaten.

Kurz bevor unser Shuttle von der *Mercutio* abhob, betrat Andien, die ‚Wissenschaftlerin' von Kublar, von der Pilotenrampe aus das Cockpit. Wahrscheinlich hätte mich das nicht überraschen sollen — ihre Fähigkeiten hatten schon lange vor unserer Rettung sämtliche meiner Alarmglocken läuten lassen —, aber ich war dennoch verblüfft. Während des erschütternden Wiedereintritt in Kublars Atmosphäre, kreisten meine Gedanken um sie.

Diese Shuttles waren schmal, leicht und so gut wie nicht aufzuspüren. Niemand bemerkt, wenn sich eines nähert, es sei denn, man sah es mit bloßem Auge. Es war für praktisch jede Art von Überwachungstechnologie unsichtbar. Näher als durch die Stealth-Technologie war die Galaxie echter Unsichtbarkeit nie gekommen. Man konnte Licht falten und ein Schiff für das bloße Auge unsichtbar machen, aber diesen Trick hatte man schon vor langer Zeit mit entsprechenden Scannern aufgedeckt. Die republikanischen Stealth-Shuttles konnten zumindest die Scanner umgehen. Nicht dass die Kubies über die Technik verfügt hätten, ein getarntes Raumschiff aufzuspüren. Wenn ich darüber nachdachte, war es *wahrscheinlicher*, dass sie uns mit bloßem Auge entdeckten, wenn wir mit dem Ding runterkamen, als dass sie unsere Tarnung hätten auffliegen lassen können. Und wenn man bedachte, wie leicht sich ordentliches Blasterfeuer durch die Außenhülle dieses Shuttles fressen konnte… plötzlich fühlte ich mich deutlich weniger sicher als beim Verlassen der Andockrampe.

Wenigstens flogen wir im Schutz der Nacht. Dann leisteten die Dark Ops ihre beste Arbeit. Wenn die Galaxie schlief. Und hoffentlich die Kubies mit ihr.

Als das Zittern des Shuttles nach dem Wiedereintritt nachließ, und wir sanft dahinglitten — Tarnkappen-Shuttles bewegen sich so leise, dass über achtundsiebzig Prozent aller bekannten Spezies sie nicht hören können —, beschloss ich herauszufinden, wie viel mir Captain Owens über Andien erzählen würde.

»Captain Owens«, sage ich über das L-Komm. »Wer war die Frau, die vor dem Abflug an Bord des Shuttles gekommen ist?«

»Sie haben sie gesehen? Das wird sie ganz schön nerven. Diese Typen denken, sie gehörten zu den Dark Ops. Ihr Name ist Andien Broxin. Zumindest ist das der Name, den sie allen Leuten nennt.«

»Wir kennen sie«, schaltete sich Wraith in das Gespräch ein. »Wir haben sie auf dem Planeten aus einer misslichen Lage befreit. Sie ist diejenige, die uns geholfen hat, die *Mercutio* herbeizurufen.«

»Das überrascht mich nicht«, antwortete Owens. »Sie ist gut, wenn man in der Klemme steckt. Nether Ops.«

Ich tauschte einen Blick mit Wraith. »Was ist Nether Ops?«

Owens stieß einen Seufzer über sein L-Komm aus. »Man nehme die Dark Ops, entferne alle Legios und jeglichen Sinn für Ehre, und dann hat man eine gute Vorstellung.«

Das hörte sich nicht so an, als hätte der Captain eine hohe Meinung von den Nether Ops. Meine Neugierde war geweckt. »Warum habe ich noch nie von ihnen gehört?«

»Weil man nichts von ihnen hören *soll*. Wenn die Dark Ops das schwarze Schwert sind, das die Feinde der Republik in finsterster Nacht auslöscht, dann sind die Nether Ops der giftige Dolch. Außerdem legen sie das Wort ,Feind' sehr großzügig aus.«

»Aber *Sie* wissen doch von ihnen«, merkte Wraith an.

»Ja, das tue ich. Wenn man lange genug mitspielt, bekommt man zwangsläufig mit ihnen zu tun. Entweder auf der einen oder auf der anderen Seite.«

Ich lehnte meine N4 an die Innenseite meines Knies. »Warum kommt sie dann mit uns mit?«

»Sie weiß, wie wir das bekommen, was wir suchen.«

»Moment«, warf Wraith ein. »Wir wissen nicht, was unser Ziel ist?«

Owens schüttelte den Kopf. »Unsere Aufgabe ist es, sie ins Schiff zu begleiten und alle Kubies zu töten, die sich uns in den Weg stellen. Die Nether Ops werden uns tatsächlich nicht sagen, warum.«

Wraith lehnte sich in seinem Notsitz zurück. »Sie meinen, *sie* will uns nicht sagen, warum.«

»Es ist schön zu sehen, dass die Nether Ops alles in ihrer Macht stehende tun, um die Eintracht innerhalb der Republik zu fördern«, sagte ich.

»Ja«, sagte Owens, und der Anflug eines Lächelns schien über das L-Komm zu hören zu sein. »Sie sind scheiße.«

Das Shuttle schwebte einem geräuschlosen Halt entgegen, als sich seine Landestützen nahezu lautlos auf den kublarianischen Boden senkten. Diese Stealth-Shuttle-Piloten haben es echt drauf. Ich hatte keinen so ruhigen Flug mehr erlebt, seitdem ich in der Legion war.

»Wir sind sechs Kilometer östlich der Absturzstelle gelandet«, teilte uns der Pilot über die Bordkommunikation mit. »Die Sensoren melden keine Feinde im Umkreis von drei Kilometern — was auch immer das in Kublars Atmosphäre wert ist.«

Die Rampe des Shuttles begann sich zu senken. Wie alles andere an diesem Raumschiff geschah dies leise, wenn auch etwas langsam.

»Wir halten die Motoren für euch warm. Abflug ist spätestens dreißig Minuten vor Sonnenaufgang, also nicht trödeln, Legios.«

Owens hämmerte gegen die Cockpit-Tür. »He!«, schrie er über das Funkgerät. »Wenn ihr Knallköpfe ohne uns abhebt, verspreche ich euch, dass ich die

Sprengkörper, die ich im Frachtraum verstaut habe, ferngesteuert detonieren lasse.«

Ich lachte und verstummte dann. Mir dämmerte, dass ich keine Ahnung hatte, ob Captain Owens das ernst meinte.

Wir schoben die mattschwarz lackierten Repulsor-Bikes, die in der Nacht möglichst wenig sichtbar sein sollten, aus dem Shuttle. Wraith und Owens öffneten die Ladeluke unterhalb des Rumpfs und holten das dritte Motorrad hervor, während ich die Umgebung überwachte. Es war irgendwie nett, wieder einen Helm zu haben. Vor ein paar Tagen hatte ich noch in die Dunkelheit geblinzelt und versucht, im Sternenlicht zu sehen. Die leuchtend klare Nachtsicht, die ich jetzt durch mein Visier hatte, war viel besser. Und viel schärfer, als ich es gewohnt war. Die Dark Ops schienen besseres Material zu haben.

Das war natürlich prima.

Ich hörte, wie sich Andiens Schritte leise näherten, bevor ich sie unter dem Backbordflügel des Shuttles hervorkommen sah. Sie kam direkt auf mich zu und wischte eine lose Haarsträhne zur Seite, die ihr der Wind ins Gesicht geblasen hatte.

»Wieder auf Kublar«, sagte sie.

Vielleicht sagte sie das für mich. Vielleicht für die Galaxie.

Ich reagierte darauf, da ich annahm, dass sie mit mir sprach. Immerhin stand sie direkt neben mir. »Tja, ich hab mein Erinnerungsabzeichen hier unten vergessen. Da musste ich natürlich zurück, um es zu holen.«

Sie lächelte.

Ich hakte nach. »Sie sind also eine Geheimagentin für ein Regierungsprogramm, von dem ich noch nie etwas gehört habe. Das ist toll, gut für Sie. Es ist mir egal, dass

Sie mir nichts gesagt haben, als wir auf der Flucht vor dem sicheren Tod waren. Dass Sie uns in den Außenposten gebracht haben, hat uns allen das Leben gerettet. Aber... Sie waren aus einem bestimmten Grund auf Kublar.«

Ich beließ es dabei und ließ den Satz wie eine Frage klingen.

Andien schüttelte den Kopf und ließ den Wind die Haarsträhnen zur Seite fegen, die ihr immer wieder über Augen und Stirn flatterten. »War ich. Ja.«

»Ich bin mir sicher, dass Sie das nicht sagen dürfen — Geheimsache, geheime Abteilung, was auch immer —, aber eins muss ich wissen: Sind Sie der Typ, der es zulässt, dass Legionäre sterben, wenn sie dadurch ihr Ziel erreichen, oder waren Sie aus einem anderen Grund hier?«

Wer war ich, dass ich ihr solche Fragen stellte? Und was sollte ich tun, wenn sie mir sagte, ich solle mich verziehen? Sie töten? Mir war klar, dass ich mich auf die Kameradschaft verließ, die wir durch unser Überleben wohl aufgebaut hatten, im Kampf und auf der Flucht. Ansonsten gab es für sie keinen Grund, auch nur eine Sekunde an mich zu verschwenden. Wenn überhaupt, dann hatte sie wahrscheinlich die Anweisung, *nicht* mit einem unbedeutenden Legio — ob nun Dark Ops oder nicht — darüber zu sprechen.

Sie verschränkte ihre Arme vor der Nachtkälte. Eine Kälte, die ich dank meiner neuen Ausrüstung nicht spürte, aber ich hatte sie verdammt noch mal selbst gespürt, als ich das letzte Mal auf dieser Staubwüste von einem Planeten gewesen war. »Ich war hier, um zu verhindern, was passiert ist«, fuhr sie fort. »Nein, das ist nicht ganz richtig. Wir wussten nicht, was passieren würde, nur dass die RMK sich für Kublar interessierten und einige unbekannte Stammeshäuptlinge dieses Interesse erwiderten. Aber… ich weiß, wie euer Schiff explodiert ist.«

Ich stand in der Dunkelheit da und wartete darauf, ob das alles war, was sie sagen würde. Ich wollte sie nicht bedrängen, mir die Informationen zu geben. Reden bringt vieles durcheinander. Manchmal sollte man das Schweigen die eigentliche Arbeit machen lassen.

»Gewaltige Antimateriewaffen.« Sie nannte die Bezeichnung des Sprengstoffs ganz nüchtern, so wie ein Arzt, der einem den Namen der unheilbaren Krankheit mitteilte, die einen erwischt hatte. »Zwei davon sind gestohlen worden und wir glauben, dass sie hier gelandet sind.«

»Gewaltige Antimateriewaffen«, wiederholte ich. Wahnsinn. Ich hatte selbst gesehen, was diese Dinger anrichten können. Die Bösen gruben sich unter einem Berg ein, und eine AMW brachte den ganzen Berg zum Einsturz. Wenn auch nur eine davon in der *Chiasm* explodiert war, dann war es ein Wunder, dass überhaupt noch was von dem Schiff übrig war.

»Was ist mit denen?« Die Stimme, die flüsterleise über die externe Kommunikation zu hören war, gehörte zu Captain Owens. Er und Wraith kamen mit dem dritten Motorrad zu uns.

»Die haben die *Chiasm* zerstört«, sagte ich und fragte mich, ob ich gerade ein im Vertrauen gegebenes Geheimnis verriet. Ein Vertrauen, das Andien mir entgegengebracht hatte.

Owens' Antwort ertönte über das L-Komm. »Sie muss ganz schön auf Sie stehen, Chhun, denn mir wollte sie kein Sterbenswörtchen verraten. Sie kann mit Ihnen fahren.«

Andien musterte uns drei. »Wenn ihr mit eurem kleinen Helmgespräch fertig seid, sollten wir gehen.«

Mir drehte sich der Magen um bei dem Gedanken, dass sie gerade Captain Owens' Worte *mitbekommen* hatte. Aber Owens kaufte ihr das nicht ab. »Sie kann die L-Komm nicht abhören«, sagte er. »Das ist nur eine Gedankenmanipulation à la Nether Ops.«

Andien ließ sich nicht anmerken, ob sie unseren sicheren Kanal abgehört hatte, was mich ein wenig beruhigte.

Owens, Wraith und ich stiegen auf unsere Motorräder und starteten sie. Bevor ich Andien ein Zeichen geben konnte, zu mir zu kommen, war sie schon im Anmarsch. Ich fühlte mich in der Privatsphäre meines L-Komm nicht mehr so sicher und beschloss, dass es am klügsten wäre, nichts über das L-Komm zu sagen, was ich ihr nicht auch ins Gesicht sagen würde. Meine Mama wäre stolz auf mich.

Das Motorrad brummte, und seine Repulsoren waren genauso leise wie das Shuttle. Andien griff in die Radtasche und holte eine Spezialschutzbrille hervor. In dem Augenblick, als sie sie aufsetzte, rasten wir schon los.

Es war dunkel, und wir fuhren ohne Licht. Wir verließen uns auf unsere Helme, um klare Sicht zu haben. Ich vermutete, dass diese Fahrt für Andien wie eine Fahrt im Blindflug sein musste. Man konnte nur hoffen, dass der Fahrer wusste, was er tat. Ich benutzte unseren privaten Kommunikationskanal, um zu sehen, ob wir unser Gespräch fortsetzen konnten.

»Wenn Sie wissen, was zur Explosion geführt hat, warum sind wir dann hier unten?«

Trotz aller Arten von Schalldämpfern konnte ich immer noch das Rauschen des Fahrtwinds wahrnehmen, als sie mir antwortete. »Ich kann den Fertigungsort der AMWs mit Partikelsensoren triangulieren — republikanisches Wehrmaterial hinterlässt immer eine unverkennbare Spur. Das gehört zu den Grundlagen der Gerechtigkeit gegenüber Kombattanten, um wahre Kriegsverbrecher besser verfolgen zu können. Wir können eine fehlgezündete Granate zu dem Bot zurückverfolgen, der sie abgefeuert hat. Aber ich muss mich in die Schiffsdatenbank direkt einklinken, was auch immer davon übrig ist. Wenn es einen Hinweis darauf gibt, wie die AMW an Bord gekommen ist, dann finden wir ihn dort.«

»Können Sie nicht einfach die Datenbank von der *Mercutio* aus überprüfen? Ich dachte, alles läuft doppelt über das Sektorenflaggschiff.«

Andien lehnte ihren Kopf an die Rückenplatte meiner Panzerung, um ihr Gesicht vor dem Wind zu schützen. »Was die *Mercutio* erhalten hat, ist eindeutig gefälscht. Aber hier vor Ort kann ich mit einem Quell-Holo mehr herausfinden.«

»Vorausgesetzt, dass noch alles intakt ist. Ich habe gesehen, was eine AMW anrichten kann. Geschweige denn zwei auf engstem Raum.« Wenn ich es mir recht überlegte, hatte ich wohl gesehen, was zwei auf engstem Raum anrichten können. Ich hatte gesehen, wie die *Chiasm* in die Luft flog und gehört, wie der Himmel zerriss. Kein schöner Anblick.

»Ihr Legios seid nicht die einzigen mit hochspezialisierten Fähigkeiten. Alles, was ich brauche, ist ein intaktes Terminal, über das ich einen Geisterjäger laufen lassen kann.«

Ich hatte kein Wort verstanden, und als ich ihr das gerade sagen wollte, bemerkte ich, dass Wraith und

Owens vom Kurs abwichen. Drei Humanoide waren eine Böschung hinaufgeklettert und auf das Stück Buschland geklettert, das wir als Straße benutzten.

Es waren Kubies.

KAPITEL 10

Wraith und Owens rasten an den drei Kubies vorbei, bevor sie zum Stillstand kamen. Ich hatte mehr Zeit zu reagieren und stieg in die Eisen, riss das Motorrad zur Seite und stellte mich den verwirrten Kubies in den Weg. Meine N4 war im Anschlag, bevor die ersten alarmierten Krächzer aus ihren Luftsäcken entwichen.

»Hände hoch!«, brüllte ich. Ich sprach ihre Sprache nicht, aber sie schienen Standard gut genug zu verstehen. Die N4 brachte wohl auch deutlich zum Ausdruck, was ich zu sagen versuchte. »Ich will eure Hände oben sehen!«

Die Kubies standen einfach nur da und schauten verblüfft. Es war dunkel, aber nicht so dunkel, dass sie nicht erkennen konnten, was sich gerade vor ihnen befand. Die Sterne schimmerten am Himmel, und offensichtlich war das genügend Licht, um unterwegs zu sein. Alle drei trugen alte Projektilwaffen auf den Rücken geschnallt. Ich hörte das Klingeln von Glocken hinter ihnen und erhaschte einen Blick auf ein paar Dutzend reptilienartige Viecher. Kubie-Hirten. Na, toll. Ich informierte Wraith und Owens über das L-Komm.

Einer der Kubies, wahrscheinlich der älteste, machte einen Schritt auf mich zu.

»Zurücktreten!«, rief ich. »Zurück und die Hände auf den Kopf!«

Der Kubie blieb auf halbem Weg stehen. Er hob seine Hände nicht, griff aber auch nicht nach seiner Waffe.

»Ledschio!«, krächzte der Kubie, gefolgt von einer Reihe Klickgeräusche, bevor er zu gebrochenem Standard zurückkehrte. »Leedschio. Republiiik... ganz gut!«

Oh, Mann. Auf einem riesigen Planeten stoßen wir mitten in der Nacht auf drei Hirten. Typisch Legios. Wir haben's nie leicht. Und wer wusste schon, auf welcher Seite die Kubies standen? Die Republik war jetzt ganz gut, während ein Legio eine N4 auf ihn richtete, aber wenn wir weiterfuhren... wie viele Kubies waren noch da draußen? Und wie schnell könnten sie die Kubies am Wrack der *Chiasm* warnen, dass wir auf dem Weg waren?

Mein L-Komm pingte leise, und ich versuchte mich gleichzeitig auf das Geplapper des Kubies und Captain Owens zu konzentrieren.

»Wir haben keine Zeit für so etwas, Chhun«, sagte Owens. »Plattmachen.«

Schallgedämpftes Blasterfeuer ertönte hinter mir, dreimal. *Diit — diit — diit!*

Die Kubies stürzten zu Boden, und der Boden saugte ihr phosphoreszierendes Blut auf wie ein Schwamm, während ihren Luftsäcken ein letztes Todesröcheln entströmte. Andien hatte die Schüsse abgegeben. Offenbar war ihre Schutzbrille mit einem Nachtsichtgerät ausgestattet. Das — oder sie besaß eine Art Nether-Ops-Implantat. Ihre Augen hatten einen *merkwürdigen* Blauton. Wer wusste schon, ob sie das L-Komm abhören konnte oder nicht. Aber TSZ, das hatte sie gerade umgesetzt. Und sie hatte es schneller geschafft als ich. Ehrlich gesagt, wusste ich nicht, ob sie so schnell war, oder ob es ein Fehler in meinem Kopf war, der mich davon abgehalten hatte in dem Moment abzudrücken, als der Captain den Befehl erteilte: »Plattmachen.«

Ich machte mir eine mentale Notiz. Wir waren auf Kublar, Kubies waren Wilde, TSZ. Wenn es sich um einen Fehler in meinem Kopf gehandelt hatte, würde es nicht noch mal passieren.

Owens kicherte leise über den Kanal. Mein HUD zeigte mir, dass er über den Privatkanal für uns vier sprach, also konnte Andien es auch hören. »Chhun, da Sie ja Ihre Eier offensichtlich nicht mehr in der Hose haben, können Sie die auch direkt der Frau hinter Ihnen geben. Denn die ist der härtere Legio von Ihnen beiden.«

Wraith sagte nichts, aber er war ja auch kein Schwätzer. Er wirkte immer noch wie ein Offizier, der immer nach Vorschrift handelte. Natürlich war er nicht nur ein Captain der Legion. In dieser Panzerung steckte ein Mann. Aber wenn ich darüber nachdachte, so hatte ich keine wirkliche Ahnung, wer dieser Mann war. Als Offizier ließ Wraith nichts Persönliches durchschimmern, wohingegen Captain Owens seine Persönlichkeit in den Vordergrund stellte. Vielleicht lag es daran, dass er mich als Lieutenant Chhun und nicht als Sergeant übernommen hatte. Er kannte diese Kluft zwischen Unteroffizier und Offizier bei mir nicht.

Ich teilte dem Captain mit, wo er sich seinen Vorschlag hinschieben konnte. Natürlich mit allem nötigen Respekt. Wir fuhren weiter, und ich dachte nicht weiter darüber nach. Exo hätte mich nicht so ungeschoren davonkommen lassen. Bis heute ritt er noch darauf rum, dass ich beim Abstieg von einer Sanddüne auf Renoy den Halt verloren hatte und wie ein ungeschicktes Kind auf einer Spielplatzrutsche hundert Meter hilflos in die Tiefe geschlittert war. Ich musste mir von Exo und der ganzen Gruppe Blödsinn anhören, während ich mich wieder nach oben quälte und dabei verlorengegangene

Ausrüstungsteile einsammelte. Das war vor über einem Standardjahr passiert, und ich war *immer noch nicht* sicher, dass ich den Sand komplett losgeworden war.

Kilometer um Kilometer vergingen, und vor uns tauchte ein sanftes Glühen auf — einige noch schwelende Feuer, die im Inneren der *Chiasm* brannten. Wir waren fast am Ziel. Während vor uns die Aufbauten des Schlachtschiffs aus der Finsternis immer größer aufragten, rasten wir an Hindernissen vorbei, die sich durch den Aufprall auf dem Planeten verteilt hatten. Verkohlte, verbogene Blastergeschütze. Kommunikationsschüsseln. Verbogener Impenetrastahl. Und Tausende von irgendwelchen winzigen Teilen, die alle darauf warteten, vom Deckmantel der Zeit begraben zu werden, denn die Kubies würden sich nicht für sie interessieren.

Wir bewegten uns zu schnell, als dass ich das, was ich vor mir sah, in seinem ganzen Ausmaß begreifen konnte. Ich konnte mir einfach nicht vorstellen, dass ein Schiff dieser Größe durch zwei AMW-Explosionen vernichtet worden und brennend auf diesem Planeten aufgeschlagen war.

All diese kleinen Teile waren Menschen, Chhun. Sie sind deine Schiffskameraden. Und sie sind alle tot.

Ich sah an der albtraumhaften Landschaft aus verbrannten Knochen und Körperteilen vorbei, an all den Schädeln und Knitterfreien, die nun unter der drückend heißen kublarianischen Sonne liegen würden, und riss mich aus meinen düsteren Gedanken.

Konzentration auf den Einsatz.

Der größte Teil des Schiffes lag halb begraben am Boden eines riesigen Einschlagkraters. Mit den Motorrädern kamen wir näher heran, als ich es für möglich gehalten hätte — vielleicht zweihundertfünfzig Meter. Wir hielten hinter den Überresten eines riesigen JL-PZ-Mech an — oder zumindest hinter dessen Oberkörper —, keine Ahnung, wo sich der Rest der Kampfstation befand. Er diente unseren Flitzern als ausgezeichneter Schutzschild. Jeder, der in die Richtung unserer geparkten Motorräder blickte, hätte Schwierigkeiten, sie von dem anderen technischen Gerümpel zu unterscheiden.

Ich kauerte mich in den Schatten, um nach Kubies Ausschau zu halten. Ein paar Wachposten liefen umher, die alte Projektilwaffen mit Automatikfunktion lässig in den Armen hielten. Was auch immer das für ein Stamm war, er hielt es für wichtiger, die Augen offen zu halten als es bei Stamm Moona der Fall gewesen war.

»Zeit, sich den Lohn für die Dark Ops zu verdienen«, ertönte Owens' Stimme über die gemeinsame Leitung. »Ich brauche einen Legio, der mit mir den nächstgelegenen Terminal-Anschluss findet und sichert, damit Madame Nether Ops ihr Ding machen kann. Der andere hält Wache.«

»Ich komme mit«, sagte Wraith. Seit ich ihn kannte, hasste er es, Wache zu schieben. Er war nicht der Typ, der zuschauen und warten konnte, wenn es nicht unbedingt sein musste.

»Gut. Abgemacht.« Owens schlich sich an den Rand des Schattens, der uns verbarg. »Chhun, fangen Sie an, Feinde auf dem HUD zu markieren.«

Ich zog meinen Feldstecher hervor und begann, alle Kubies, die ich sehen konnte, zu markieren. Auf dem HUD meines Visiers tauchten rote Punkte für jeden Gegner auf, den ich entdeckte. Meistens waren es Nester aus schlafenden Kubies, aber gelegentlich gab es auch einen Wachposten. Ich markierte die Wachen mit hoher

Priorität, und über ihrem Punkt auf dem HUD tauchte ein kleines Ausrufezeichen auf.

Während ich das tat, bahnte sich Owens seinen Weg aus der Deckung. »Das ist Messerarbeit. Feuern Sie Ihre N4 nicht ab, ob schallgedämpft oder nicht, es sei denn, Sie müssen.«

Mit einer N4 kann man auch schallgedämpfte Schüsse abgeben, indem man einen Knopf neben dem Batteriepack betätigt. Der Blasterschuss wird dann in einer Kammer aufgehalten, die Zündgase wurden mit leisem Zischen und der Schuss mit geringerer Geschwindigkeit abgegeben. Das richtet nicht so viel Schaden an, die Feuerrate ist wesentlich geringer und das typische Geräusch eines Blastergewehrs ist trotzdem zu erkennen. Allerdings war das nichts im Vergleich zu dem üblichen Krach, wenn man seine N4 mit voller Leistungsstärke abfeuerte, und es reichte aus, um einen ungepanzerten Feind auf mittlerer Entfernung auszuschalten.

Wraith und Owens schlichen sich langsam vorwärts, bis sie aus meinem Blickfeld verschwanden, aber mein Knitterfreier zeigte ihre Bewegungen weiterhin als grüne Punkte auf meinem HUD an.

»He, Chhun.« Wraith meldete sich. »Wir sehen ein paar weitere Kubies in dieser Richtung, unter dem Rand des Kraters. Können Sie einen höheren Standpunkt einnehmen und sie für uns einzeichnen?«

Ich blickte zu dem zertrümmerten JL-PZ-Mech hinauf. »Ja, kein Problem.«

Andien sah sich wachsam um und hielt ihre kleine Blasterpistole griffbereit. »He«, sagte ich ihr, »ich klettere hoch, um eine bessere Sicht zu haben. Kommen Sie hier unten klar?«

Sie nickte.

Ich bahnte mir einen Weg nach oben und fand in den ramponierten Überresten der Mech-Panzerung reichlich Halt. Schließlich entdeckte ich eine nette, kleine Ecke, in die ich mich fallen lassen konnte und in der ich mich wie ein Baby fühlte, dass sanft im Arm gewiegt wurde. Im einzigen noch vorhanden Arm übrigens. Mein HUD zeigte mir die letzte bekannte Position von Wraith und Captain Owens an, und dorthin richtete ich meinen Feldstecher. Sie standen schon bereit, Vibromesser zur Hand, und zu ihren Füßen lagen zwei tote Kubies.

»Okay, ich habe Sichtkontakt. Gute Arbeit.« Ich begann von meinem höheren Aussichtspunkt aus die Umgebung zu scannen. Rote Punkte tauchten auf. Jede Menge davon. »Sehen Sie das?«

»Ja«, antwortete Wraith. Er klang nicht allzu besorgt, aber es war deutlich, dass dies nicht der Kublar-Urlaub war, den er sich erträumt hatte. »Schlafen die meisten von denen?«

»Ziemlich viele«, antwortete ich und markierte die Wachen, während ich meinen HUD-Feed durchging. »Bin gerade mit dem Markieren fertig. Am besten schlängeln sie sich an den Trümmern an ihrer aktuellen Position vorbei. Sieht so aus, als kämen sie zu einem Teil des Schiffes, den die Explosion weit aufgerissen hat. Könnte das Freizeitdeck sein. Lässt sich schwer sagen, so zerstört wie das alles ist.«

»Verstanden«, bestätigte Owens. »Nether Ops, können Sie das, was Sie brauchen, auch aus einem Freizeitdeck holen?«

»Das sollte möglich sein, ja.«

»Gut«, antwortete Owens. »Chhun, wie schaut's aus, kann sie sich uns anschließen?«

Ich wechselte meine Position, sah zu Andien hinunter und kontrollierte den Weg vor ihr. »Alles klar. Sollte ein Spaziergang ohne Zwischenfall werden.«

»Bin unterwegs«, sagt Andien. Ich glaubte ihre Stimme zittern zu hören. Nervosität.

Sie bewegte sich vorwärts, die Blasterpistole im Anschlag, und huschte von Deckung zu Deckung, während sie die kurze Strecke hinter sich brachte und in den Einschlagkrater hinabstieg. Sie duckte sich unter einer Art Tragebalken hindurch und sprang dann über ein meterhohes Objekt — vielleicht ein Hangarräumer, ich konnte es nicht erkennen. Ich war beeindruckt von der Art, wie sie sich bewegte — gelassen, geschmeidig, fast schon elegant. Sie wusste, was sie tat. Das war nicht die unbeholfene und wütende Wissenschaftlerin, die mich und Wraith in unserem Kampfgleiter zusammengestaucht hatte.

Ich fragte mich, ob der andere Wissenschaftler, der Typ, dessen Frau gestorben war... Ich fragte mich, ob er es geschafft hatte. Ich fing an, über ihn nachzudenken. Und dann merkte ich, dass ich mit den Gedanken nicht mehr bei meiner aktuellen Situation war.

Konzentrier dich, Chhun.

Ich verschaffte mir einen Überblick. Andien war immer noch in Position. Wraith und Owens warteten auf ihre Ankunft. Die Kubies hatten ihre Positionen so gut wie nicht verlassen.

Und ich lag da, und mir war warm. Meine Beine und Arme waren schwer.

Schlaf. Ich brauchte Schlaf. So ungern ich es auch zugab, die Ereignisse der letzten Tage hatten mich endlich eingeholt. Die Legionärsausbildung brachte uns an unsere absoluten Grenzen. Wir verbrachten praktisch

Wochen ohne Schlaf, vielleicht eine Stunde hier oder da, bevor ein Ausbilder uns in Abschnitt eins mit Wasser übergoss oder uns in Abschnitt zwei so hart wie möglich gegen unsere Helme trat. Wir schliefen beim Marschieren. Beim Kriechen. Ich konnte ohne Schlaf funktionieren, aber nicht optimal. Wenn das so weiterging, würde mein Helm meinen verlangsamten Puls feststellen und meinen Befehlshabenden alarmieren. Ich nahm an, dass das Captain Owens war und nicht Captain Ford, aber sicher war ich mir nicht. Wie auch immer, ich war nicht scharf darauf, dass mein erster Tag bei den Dark Ops der Tag war, an dem ich bei der Arbeit einschlief. Ich biss mir auf die Zunge, konzentrierte mich auf den Schmerz und hoffte, dass er die Müdigkeit vertrieb.

Das tat er nicht. Ich musste mich zwingen, die Augen offen zu halten, als würde ich versuchen, in die Sonne zu starren und dabei dem natürlichen Drang widerstehen, die Augen zusammenzukneifen. Die Augen zu schließen. Ich beschloss, es zu melden. »He«, verkündete ich über das L-Komm. »Ich habe seit Tagen kaum geschlafen, und hier oben ist es furchtbar gemütlich. Ich rede nur, damit ich nicht einschlafe. Wuah?«

»Wuah«, antwortete Wraith.

Aber Owens wählte einen anderen Ansatz. »Nein, ist schon gut, Chhun. Nehmen Sie ruhig ein Nickerchen. Wir kommen klar.«

Was? Nein. Nein... einfach nein.

»Nein danke, Captain«, antwortete ich. Meinte der Typ das ernst?

»Nein, wirklich. Schließen Sie die Augen für ‚ne Weile, entspannen Sie sich. Das ist ein Befehl.«

Er befahl mir auf meinem Beobachtungsplatz einzuschlafen. Das konnte nicht stimmen. Ich kämpfte gegen die Müdigkeit an, aber ganz allmählich überwältigte sie mich. Ich spürte, wie sich meine Augenlider senkten und... Zack! Ein Stromstoß durchfuhr meinen Schädel. Ich fühlte mich, als hätte mir jemand auf die Lippe geschlagen. Mein Herz raste, und ich war nur froh, dass ich nicht von dem Mech gestürzt war, auf dem ich gerade saß. Was war das denn?

Mein Aufschrei musste über das L-Komm übertragen worden sein, denn Owens unterdrückte mühsam ein Lachen. »Das wird bald in allen Helmen Standard sein, aber wir haben es schon. Die neue Technologie erkennt, wenn man einzuschlafen droht, und verpasst dir einen Stromstoß, damit man wach bleibt. Es ist sogar besser, sich nicht dagegen zu wehren, damit der Weckruf schneller passiert. Wenn man die Kontrollmenüs kennt, dann kann man sich selber schocken, aber es tut so verdammt weh, dass ich mich das nie getraut habe.«

Tja, das war richtig scheiße, aber es hatte funktioniert. Ich war hellwach.

»Und was sehen Sie?« fragte der Captain.

Ich scannte die Umgebung. »Nichts. Ein paar der Wachen haben sich hingesetzt. Keine Bewegung im näheren Umkreis oder in Ihrem Abschnitt.«

»In Ordnung«, sagte Owens. »Klingt doch gut.«

Andien näherte sich ihrer Position, und ich teilte ihre voraussichtliche Ankunftszeit mit.

»Verstanden«, sagte Wraith mit ruhiger Stimme. »Wir haben Sichtkontakt zu ihr.«

Ich hätte schwören können, dass er für die Dark Ops geboren war. Beim Captain war ich mir nicht so sicher. Er war anders, als ich erwartet hatte. Ich hatte immer gedacht, die Jungs von den Dark Ops wären die ernsten, tödlichen Typen, aber Captain Owens schien alles andere als das zu sein.

Andien und die Legios verschwanden aus meinem Blickfeld und bewegten sich gemeinsam ins Innere des aufgerissenen Decks der *Chiasm*. Andien brauchte dreißig Minuten, um welches Programm auch immer an den Terminals des Freizeitdecks laufen zu lassen. In dieser Zeit bekam ich keinen weiteren Stromschlag, denn der von eben hatte genug Adrenalin freigesetzt, um mich wachzuhalten.

Das Trio tauchte wieder auf.

»Irgendwas Auffälliges zu sehen?«, fragte Owens.

»Nichts. Die Kubies bewegen sich nicht einmal. Die meisten der Wachen schlafen.«

»Gut. Wir kommen zurück.«

Sie schickten Andien voraus, in gleichmäßigem Tempo, aber mit etwas Abstand. Ich beobachtete, wie Andien an einer ramponierten Sprengtür vorbeihuschte, die gerade so aus dem kublarianischen Boden hervorragte. Einen Augenblick später traten drei Kubies, jeder mit einem Blastergewehr bewaffnet, zwischen Andien und die sie beschützenden Legionäre.

»Andien, stopp!«, rief ich in das Funkgerät.

Sie erstarrte. Wraith und Owens bewegten sich auch nicht. Ich beschrieb die Situation. »Drei bewaffnete Kubies haben sich zwischen euch geschoben. Ich glaube nicht, dass sie euch sehen können, aber so wie sie sich verhalten, glaube ich, dass sie wissen, dass Andien vorbeigekommen ist.«

Andien drehte sich langsam um. Ich war mir sicher, dass sie dank ihrer Schutzbrille die Kubies in der Dunkelheit sehen konnte. Sie hob ihre Blasterpistole, aber im Gegensatz zu den Kubies auf der Straße hatten diese ihre Gewehre im Anschlag.

»Warte!«, sagte ich. »Wenn Sie einen abknallen, wird ein anderer entweder krächzen oder einen Schuss abgeben können und alle anderen in der Nähe warnen.«

»Was soll ich also tun?«, fragte Andien ein wenig angespannt. Mir fiel es natürlich leicht, sie zum warten aufzufordern, während ich hier hinten saß und praktisch keiner Gefahr ausgesetzt war. »Einfach hoffen, dass sie weitergehen?«

»Sie wissen definitiv, dass da draußen was ist«, meinte Wraith. »Freie Schussbahn, Chhun?«

»Ich habe sie im Visier, aber das Problem bleibt. Man wird uns hören.« Ich dachte mir einen Plan aus. »Andien, zielen Sie mit ihrem Blaster auf den mittleren Kubie. Wraith, Captain, glauben Sie, Sie könnten nah genug an die anderen beiden herankommen, um sie mit dem Messer zu erledigen?«

»Schon auf dem Weg«, flüsterte Owens.

Die beiden Legionäre schlichen sich wie Zwillingsgeister hinter die sich unruhig bewegenden Kubies. Sie hätten die Hinterköpfe der Außerirdischen streicheln können, wenn sie nur wollten.

»Andien, schießen auf drei«, sagte ich. »Eins... zwei... drei.«

Ein schallgedämpfter Blitz aus ihrer Blasterpistole. Ihr Ziel brach als plumper Haufen auf dem Boden zusammen. In den Millisekunden der Verwirrung rammen die Legionäre ihre Messer tief in ihre Opfer, bevor die beiden anderen Kubies die Chance hatten zu reagieren. Als sie die Klingen nach oben rissen, wurden die Luftsäcke zerfetzt und Hirnstämme durchtrennt.

Langsam ließen Wraith und Owens die Kubies, aus deren tödlichen Verletzungen Blut strömte, zu Boden gleiten.

Hindernis beseitigt. Niemand hatte etwas gemerkt. Zumindest für den Moment nicht.

Als sich mein Team den Motorrädern näherte, kletterte ich hinab. Unten stellte ich fest, dass ich an der Reihe war hinten zu sitzen und sprang hinter Andien auf. Leise rasten wir durch die Nacht.

Bis zum Sonnenaufgang waren es noch locker neunzig Minuten. Wir würden die Frist einhalten, was die Knallköpfe bei Laune halten sollte.

»He«, rief ich über das Funkgerät. »Sie haben nicht wirklich einen Sprengsatz im Shuttle gelassen, oder?«

»Zur Hölle, nein«, antwortete Owens. »Wenn ich Sprengstoff übrighabe, dann will ich den mit mir führen. Aber wenn uns ein Pilot verarschen will und damit droht, uns vor dem Altar stehen zu lassen, weil er kalte Füße bekommt... dann ist es mir egal, wenn er seine Wartezeit damit verbringt, nach einer Bombe zu suchen, die gar nicht da ist.«

Wir stießen auf keine weiteren Kubies. Das Shuttle wartete schon auf uns, als wir ankamen. Meine erste Dark-Ops-Mission war vorbei. Ich hatte nicht einmal jemanden umgelegt.

So hatte ich mir das nicht vorgestellt.

KAPITEL 11

Der Besprechungsraum schien zu schön für Leute wie uns. Der Konferenztisch war auf Hochglanz poliert und die Deckenbeleuchtung spiegelte sich darin. Wenn wir uns über den Tisch beugten, glichen unsere eigenen Spiegelbilder einer zitternden Fata Morgana. Der Teppich war makellos, abgesehen von den staubigen Fußabdrücken, die unsere Stiefel und der an ihnen festgebackene Staub Kublars hinterließ. Die Rückfahrt zum Shuttle auf unseren Motorrädern hatte ausgereicht, um das Kubie-Blut auf Wraiths und Owens' Armen zu trocknen. Die windige Fahrt hatte ihr gelbes Blut in feinen Linien die Arme hinauf ziehen lassen, und das Ergebnis ähnelte Gangster-Tätowierungen.

Wir warteten auf den Legionskommandeur. Bei unserem ersten Treffen hätte man meine Kleidungswahl als ‚underdressed' bezeichnen können, aber jetzt sah ich einfach nur furchtbar aus. So wie wir alle. Wir waren weit entfernt vom Standard einer sauberen Rasur und frisch polierter Stiefel, den man eigentlich voraussetzte, wenn man auf einen so wichtigen Legio traf. Und das war kein Witz. Ich hatte Situationen erlebt, in denen wir gerade von einem einwöchigen Kampf zurückgekommen waren, während dem wir ganze Stadtbezirke von verbarrikadierten RMK geräumt hatten — die Panzerung schmutzig, blutig, voller Rußspuren — und meine Gruppe einfach nur in unserer Basis herumlag und dankbar war, einfach nichts tun zu müssen, als irgendein Ernannter auf uns zukam und verlangte, dass wir uns hübsch machten: Helme ab, auf Standard bringen und auf das Treffen mit General Ist-mir-doch-auch-egal vorbereiten. Das Beste daran war, dass die ganze Zeit alle so taten, als würden sie *uns* einen Gefallen tun. »Seid ihr nicht stolz, Jungs? Ihr werdet euch immer an den Tag erinnern, an dem ihr General   Ich-bin-hier-weil-meine-Tante-im-Rat-des-Senats-sitzt getroffen habt.«

Das konnte ich meinen Enkelkindern erzählen. Super!

Wir hatten jetzt keine Zeit, uns auf Vordermann zu bringen. Die Nachbesprechung sollte in fünf Minuten beginnen. Und nach dem, was ich in meiner kurzen Zeit mit dem Legionskommandeur über ihn erfahren hatte, war er nicht der Typ, der über unser Aussehen meckern würde. Er hatte sich seinen Weg nach oben erkämpft. Er hatte sich seinen Rang und den Respekt seiner Kameraden verdient. Er hatte all das erlebt, was wir auch erlebt hatten. Er wusste, wie es läuft.

Captain Owens zog den Helm aus und ließ ihn auf den Tisch fallen. Schmutz und Dreck verunstalteten die perfekt gepflegte Oberfläche. Noch mehr Arbeit für die Bots — als ob sie das interessierte. Dann ließ er sich in einen Stuhl plumpsen. Einen Augenblick lang ging ich fast davon aus, dass er die Füße hochnehmen und seine schmutzigen Stiefel auf den Tisch legen würde, aber das tat er nicht.

Ich folgte seinem Beispiel und nahm meinen Helm ab, legte ihn aber etwas vorsichtiger auf den Tisch. Nachdem ich tagelang ohne einen funktionierenden Helm gekämpft hatte, schätzte ich ihn jetzt, wo ich wieder einen hatte, umso mehr. Ich nahm Platz, Wraith auch. Er nahm seinen Helm nicht ab. Ich wusste, wie Captain

Ford aussah, wenn er nicht Wraith war, aber im Moment konnte ich mich nicht an sein Gesicht erinnern.

Ich brauchte Schlaf.

Andien stand in einer Ecke und hielt die Arme verschränkt, als ob ihr kalt wäre. Sie hatte nicht viel gesagt, seit wir im Shuttle losgeflogen waren, aber das hatte keiner von uns. Es war ein ruhiger Flug gewesen. Wahrscheinlich wollte sie so schnell wie möglich die Daten analysieren, aber sie wollte auch den Einsatz gemeinsam mit uns zu Ende bringen. Das wusste ich zu schätzen.

Ich schaute zu ihr hinüber, bis sie mich bemerkte und nickte ihr zu. Sie lächelte sanft und freundlich und erwiderte mein Nicken. Mir wurde klar, dass dies wahrscheinlich das letzte Mal war, dass ich sie sehen würde. Sie würde ihren Spionagemist machen, und für mich galt immer TSZ. Für einen Augenblick war ich... traurig. Aber nur einen Moment.

Dieses Gefühl verflüchtigte sich wie Schweiß unter der kublarischen Sonne, als sich die Tür zischend öffnete und der Legionskommandeur den Raum betrat. Mit ihm kam ein weiterer Legio, auf dessen Panzerung der Drache eines Lieutenant Colonel aufgemalt war. Wir sprangen alle auf und salutierten.

Der Kommandeur erwiderte kurz unseren Gruß und bat uns, wieder Platz nehmen. »Bleiben Sie sitzen, Männer. Sie haben sich eine Auszeit verdient.« Keller deutete auf den Lieutenant Colonel. »Dies ist Lieutenant Colonel Bergh. Er ist hier, um herauszufinden, ob seine Jungs auf Grundlage Ihres Berichts weitere Maßnahmen ergreifen müssen. Captain Owens?«

Ich erwartete, dass Owens aufstand, um seinen Bericht abzugeben, aber das tat er nicht. Er drehte sich einfach auf seinem Stuhl, während er das Wesentliche wiedergab. Zeitlicher Ablauf. Feindkontakte. Getötete Feinde. Der Zustand der *Chiasm*.

Legionskommandeur Keller unterbrach ihn. »Diese Absturzstelle sieht aus dem Orbit wie eine absolute Katastrophe aus. Sie haben es mit eigenen Augen gesehen. Die Republik will, dass wir uns von Kublar fernhalten, aber wenn es auch nur die geringste Chance auf Überlebende gibt...«

»Keine Chance, Sir«, antwortete Owens ernst. »Das ist ein Friedhof. Die einzigen Lebewesen dort sind Kubies und ein paar Aasfresser, die in den Knochen wühlen. Sie sind alle tot.«

Lieutenant Colonel Bergh ergriff zum ersten Mal das Wort. »Mir gefällt der Gedanke nicht, dass Kubies oder Geier über unsere Toten herfallen. Ich kümmere mich darum, einen Orbitalbeschuss zu arrangieren. Das sollte kein Problem sein, solange wir haben, was wir brauchen.«

Commander Keller sah zu Andien hinüber, die immer noch in der Ecke stand. »Wie sieht es aus, Miss Broxin? Haben Sie bekommen, was Sie brauchen, um die Schweine zu finden, die das getan haben?«

Andien trat vor. »Es ist zu früh, um zu sagen, ob ich genau das habe, was wir brauchen, um sie zu finden, aber ich kann Ihnen sagen, dass wir alles gefunden haben, was die *Chiasm* uns mitteilen konnte.«

»Gut.« Keller wandte sich wieder an Bergh. »Es hat keinen Sinn, hier zu warten. Captain Avery soll mit dem Bombardement beginnen. Wenn er auch nur den geringsten Anflug von Widerwillen zeigt, dann verbinden Sie mich direkt mit der Brücke. Nicht dass er das tun würde. Guter Mann, dieser Avery.«

Der Lieutenant Colonel entschuldigte sich und verließ den Konferenzraum.

Andien wandte sich an den Kommandeur. »Ich muss anfangen, die Sache zu untersuchen. Die Zeit drängt.«

»Wegtreten, Miss Broxin «

Es waren nur noch Legionäre im Raum.

»Captain Owens«, sagte Keller und ließ das Datenpad vor sich aus dem Ruhezustand zurückkehren. »Waren Sie mit der Leistung von Captain Ford und Lieutenant Chhun zufrieden?« Der Kommandeur drehte sich uns zu. »Ihre Ränge sind jetzt übrigens offiziell. Wenigstens das habe ich geschafft, während sie auf Kublar waren.«

»Danke, Sir«, antworteten wir im Einklang.

Owens nickte Keller zu. »Ja, Sir. Beide haben das Niveau der Dark Ops erreicht. Sie sind gute Legios.«

Ich verspürte Erleichterung. Vermutlich hatte ich es nicht bemerkt, aber der Druck, dass Andien die Hirten vor mir erledigt hatte, hatte mich belastet. Owens musste zu dem Schluss gekommen sein, dass sie nur ein bisschen schneller am Abzug gewesen war, mehr nicht.

»Ausgezeichnet.« Keller schob uns das Datenpad hin. »Hier ist eine Liste der Überlebenden der Victory Company. Das Dark Ops Team besteht aus sechs Personen plus ihrem Führungsoffizier. Das wird Captain Owens sein. Wie vereinbart wählen sie den Rest Ihres Teams aus. Ich warne Sie jetzt schon, die Auswahl ist nicht groß. Die meisten haben nicht überlebt, und die wenigen, die es geschafft haben, sind schwer verwundet. Sie brauchen ein Team, das sofort einsatzbereit ist, denn wir haben viel zu tun.«

Ich stellte meinen Stuhl neben den von Wraith, und wir begannen die Liste durchzusehen, während Captain Owens hinter uns stand. Es war eine vollständige Liste, mit Gefallenen, Vermissten, für den Kampfeinsatz Untauglichen... Wir mussten eine Weile blättern, bis wir zu jemandem kamen, der als diensttauglich eingestuft wurde. Und dass es mein Name war, half nicht wirklich.

Ich erblickte Twenties' Namen: Denino, Baeus.

Mein Herz machte einen Sprung, als ich sah, dass ein Kumpel es geschafft hatte. Auf der Liste stand, dass er aus medizinischen Gründen nicht einsatzfähig war, aber ich hoffte, dass es nur um seine Augen ging. Das sollte in einem Tag wieder in Ordnung gebracht werden können.

»Da ist einer«, sagte ich. »Twenties. Specialist Denino.«

»Ja«, stimmte Wraith zu.

Keller gab den Namen auf einem anderen Datenpad ein. Er sah auf. »Hier steht, er war wegen einer Augeninfektion auf der Krankenstation war und ins Quartier entlassen wurde.«

»Er wird wieder gesund werden«, sagte ich. »Der beste Scharfschütze, den ich je gesehen habe.«

»Klingt gut«, sagte Owens. »Wenn es etwas ist, das mit Tabletten in Ordnung gebracht werden kann, nehmen wir ihn mit. Wer noch?«

»Masters und Exo«, sagte ich.

Wraith nannte ihre Kennziffern, damit sie über das Datenpad überprüft werden konnten.

Ich blätterte weiter und suchte nach weiteren Kameraden.

Doc Quigs war tot. Rook auch. Maldorn. Clauderro. Alle tot.

Devers war noch am Leben, aus medizinischen Gründen nicht einsatzfähig, aber auf ihn geschissen. Ich würde lieber einen Kubie fragen, ob er unseren Team beitreten würde.

Sergeant Powell war als nicht einsatzfähig aufgeführt: medizinische Gründe. Aber vielleicht war es wie bei Twenties, etwas, das er zwischen den Sprüngen auskurieren konnte. »Was ist mit Feldwebel Powell? Er war Captain Fords rechte Hand.«

»Das glaube ich kaum«, sagte Wraith und schüttelte den Kopf. »Ihn hat es während des Kampfs schwer erwischt. Ich habe ihn zu einem Transporter geschleppt, aber ich glaube, er ist aus dem Kampf raus. Vielleicht für immer.«

Commander Keller bestätigte dies, als er ein paar Mal mit der Hand über das Datenpad wischte. »Er wird gerade einer umfangreichen bionischen Rekonstruktion unterzogen.«

»Wir brauchen noch einen«, sagte Owens. Er hatte uns überhaupt nicht widersprochen. Das Vertrauen, das er uns bei der Auswahl dieses Teams entgegenbrachte, war bemerkenswert, aber ich vermutete, dass er natürlich wusste, dass wir diejenigen sein würden, die Seite an Seite zu stehen hatten, ob nun im Kampf oder bei Verletzungen. Seine Aufgabe war es, die Einsätze zu planen und bei Bedarf mitzukämpfen. »Wenn es niemanden mehr gibt, kann ich bei den Legionären an Bord des Schiffs um Empfehlungen bitten. Ich bin mir sicher, dass es mehr als nur ein paar Qualifizierte gibt.«

Ich nickte und war bereit, dem zuzustimmen, wenn Wraith der gleichen Meinung war. Dann schoss mir ein Name durch den Kopf und ich sprach ihn aus, bevor ich darüber nachdachte. »Kags.«

»Ja«, sagte Wraith. »Der Junge kann kämpfen. Hat sich bei uns gut geschlagen.«

Keller verglich den Namen mit seiner Liste. »Ich sehe hier nirgendwo einen Kags.«

»Er ist von der Republikanischen Armee«, sagte Wraith. »Aber er ist gut. Hat so hart gekämpft wie jeder Legio. Er ist fit. Mental hart im Nehmen. Hat uns geholfen, die Ohio-Klasse zu erobern... Er wird eine Bereicherung sein. Der Junge hätte direkt in der Legion anfangen sollen.«

Der Legionskommandeur seufzte. »Sehr unorthodox. Captain Owens?«

»Wir machen das. Jemanden zu haben, der sich leicht bei den Infanteristen einfügen kann, könnte hilfreich sein. Die ganze Sache mit der *Chiasm* und *Camp Forge* war das Werk von Insidern. Ich bin dabei.«

Keller rieb sich über das Gesicht und stimmte zu. »Er muss zwei Wochen lang hierbleiben. Ich möchte, dass er die Legions-Protokolle lernt und sich mit der Panzerung vertraut macht. Lieutenant Colonel Bergh war Drill Instructor. Er wird ihm beibringen, was er können muss.«

»Hervorragend«, sagte Owens und klatschte in die Hände. »Wir haben ein Team. Ihr zwei geht duschen und dann ruht euch aus. Ich werde herausfinden, ob wir auf der *Mercutio* bleiben oder mit dem Shuttle woanders hinfliegen. Seid von jetzt an jederzeit bereit für die Hölle.«

»Nein...«, sagte Keller und zog die Stirn in Falten, fast zu einem finsteren Blick. »Es ist ein Mann zu wenig.«

Ich zählte die Namen in meinem Kopf durch. Ford. Chhun. Exo. Masters. Kags. Twenties. Das waren sechs. »Wer fehlt?«, fragte ich.

»Exo — Specialist Gutierrez — ist nicht mehr an Bord.«

»Sir?«, fragte Wraith. »Er war bei uns, kurz bevor ich Lieutenant Chhun zu unserem Treffen brachte.«

»Er wurde von Bord gebracht, um auf Utopion sofort vor ein Kriegsgericht gestellt zu werden.«

»Auf wessen Befehl?« Ich weiß, ich sollte so nicht mit einem Legionskommandeur reden. Man könnte behaupten, dass ich mich auf halbem Wege zwischen plumper Vertrautheit und Insubordination befand.

Keller schien das nicht zu stören. Er sah mich an und hob eine Augenbraue. »Was glauben Sie?«

Wir stürmten in die Krankenstation, als ob wir ein Haus räumen würden. Ich war an der Spitze, gefolgt von Wraith und Owens. Wir hatten alle unsere Panzerungen an, und wir waren alle wütend. Nachdem die Ärzte ihn zusammengeflickt hatten, musste Devers als Erstes Jagd auf Exo gemacht haben. Und einen Vorteil, den jeder Ernannten hatte, wenn er sich auf einem Schiff voller Leute befand, die ihn beeindrucken wollten, war schnelles Handeln. Das Shuttle mit Exo an Bord war gesprungen, während wir im silbernen Licht der Sterne Kubies töteten.

Ein Bot sah uns von seinem Platz hinter dem Empfangstresen aus an. »Wie kann ich Ihnen helfen?«, fragte er mit süßer, synthetischer Stimme. Völlig unbeeindruckt von der Tatsache, dass drei große, angepisste Legios vor ihm praktisch Schaum vor dem Mund hatten.

»Wir müssen Captain Devers sprechen«, sagte Wraith. »Unverzüglich.«

Der Bot tat so, als würde er auf ein Datenpad hinunterschauen. Das taten sie, um menschlicher zu wirken. In Wirklichkeit ließ er Devers' Namen durch seine eigene Verbindung zum Schiffsnetz laufen. »Es tut mir leid«, sagte der Bot, der programmiert war, mitfühlend zu klingen. »Captain Silas Devers erholt sich und kann nur während der normalen Besuchszeiten besucht werden: 9 Uhr bis 15 Uhr, *Mercutio* Standardzeit.«

»In welchem Zimmer ist er, wenn wir wieder zu Besuch kommen?«, fragte Owens.

Der Bot tat wieder so, als würde er etwas nachschlagen. »Krankenstation 6, Aufwachraum 14-A.«

»Danke«, sagte Owens, völlig unaufrichtig. »Jungs, gehen wir ihn besuchen. Brecht die Tür auf, wenn es sein muss, verdammter Ernannter.«

Der Bot stand auf. »Es tut mir leid, Sie dürfen nicht...«

»Halt die Klappe, Bot.« Owens packte den Kopf des Bots und stieß ihn weg, was die Maschine mit einem metallischen Klirren gegen die Wand kippen ließ.

»Ich bin verpflichtet, diesen Vorfall der Schiffssicherheit zu melden.« Der Bot hatte noch nicht aufgegeben.

Owens ging weiter. »Autorisationscode: Foresight Six. Und Klappe halten.«

Der Bot setzte sich hin. »Autorisationscode bestätigt. Ich halte die Klappe, Sir.«

Wir gingen den Flur entlang zu Devers' Aufwachraum, vorbei an verwirrten Krankenschwestern und Pflegern, Menschen und Bots gleichermaßen. Sie dachten wahrscheinlich, wir wären hier, um einen Freund zu besuchen — nur ein paar Legios, die einen verwundeten Kumpel sehen wollten. In Wahrheit wusste ich nicht wirklich, *warum* ich hier war. Vermutlich, um Exo aus seinen Schwierigkeiten herauszuhauen. Devers hatte verdient, was ihm jetzt blühte.

Tatsächlich war er glimpflich davongekommen.

Als sich die Tür öffnete, lächelte Devers tatsächlich, als er uns sah. »Oh, he, Ford«, sagte er mit schwacher Stimme. »He, Chhun. Schön, dass ihr vorbeikommt.

Haben Sie schon gehört? Sie geben mir auf Utopion eine Medaille.«

Ich hatte das deutliche Gefühl, dass Devers immer noch ein wenig von den Medikamenten benebelt war, aber das war mir egal. Ich ging direkt auf ihn zu. »Haben Sie dafür gesorgt, dass Exo vor ein Kriegsgericht gestellt wird?«

Devers setzte sich in seinem Bett auf und sah zu Wraith und Owens hinüber, den er vermutlich noch nie gesehen hatte. Er hatte offensichtlich begriffen, dass dies die Frage war, die wir alle beantwortet haben wollen. »Ja, das habe ich. *Natürlich* habe ich das. Chhun, Sie sind neu im Offizierskorps, Ihr Unteroffiziershirn muss sich erst noch umgewöhnen, aber so ein Verhalten ist inakzeptabel. Er hat einen vorgesetzten Offizier angegriffen. Diese Art von Vergehen kann nicht toleriert werden. Sie müssen Ihre Emotionen für einen Augenblick vergessen und sich den Verlust an Einsatzmoral vorstellen, wenn Sie diese Art von Ungehorsam in den Reihen der Unteroffiziere erlauben. Um ehrlich zu sein, war ich ein wenig entsetzt, dass keiner von Ihnen die Meldung gemacht hat, während ich in der Behandlung der Bots war.«

»Wir hatten auf Kublar noch etwas zu erledigen«, sagte Wraith. »Nimm es zurück, Silas. Wir sind noch am Leben, und das ist zu einem großen Teil Exos Verdienst. Wir haben das von dir verursachte Schlamassel nur knapp überlebt.«

»Das von mir... Schlamassel! Ich bekomme eine Medaille, Ford. Einen Orden! Den Orden des Zenturios!«

Dieser Kerl... Ich schlug ihm nicht die Zähne ein. In meinem gesamten Leben hatte ich wohl noch nie derart an mich halten müssen. Ich redete mir immer wieder ein, dass er von den Medikamenten benebelt sein musste. Er war ein Idiot, aber doch nicht ein so großer Idiot.

»Gut«, sagte Wraith. »Wie auch immer. Glückwunsch. Aber lass es gut sein, damit der Legionskommandeur sich nicht einschalten muss, denn er wird es tun.«

»Was soll das heißen, er wird es tun?«

»Das ist Twark-Scheiße, und das wissen Sie auch«, sagte ich zu ihm. »Sie haben sich in einer Weise verhalten, die eines Offiziers nicht angemessen ist. Nehmen Sie Ihre Medaille, machen Sie Karriere und lassen Sie Exo in Ruhe. Wir brauchen ihn.«

Devers mustert meine Panzerung von oben bis unten. »Ja. Wie ich sehe, sind Sie jetzt bei den Dark Ops. Das ging aber schnell. Aber die Antwort bleibt Nein. Die Legion hat Regeln, und die Regeln müssen befolgt werden.«

Klar. So wie du die Regeln für das Verlassen eines Kampfgleiters befolgt hast. Ich behielt das für mich.

»Das war's dann?«, sagte Wraith, und aus seiner sonst so ruhigen und festen Stimme war der Unglaube deutlich herauszuhören. »Du bist bereit, all dein Prestige wegzuwerfen, nur um dich an Exo zu rächen?«

»Ich werfe nichts weg, und Exo hat es verdient, sofort erschossen zu werden. Mit einem Kriegsgericht kommt er viel zu glimpflich davon.«

»Sie irren sich«, sagte ich in der Hoffnung, den Punkt deutlicher zu erklären, den Wraith auf subtile Art und Weise zu machen versucht hatte. »Legionskommandeur Keller will Exo in unserem Team sehen. Er wird einen Gegenantrag zu Ihrem Antrag auf ein Kriegsgerichtsverfahren stellen, und dann fangen die Leute an, Fragen zu stellen, warum man einem hochdekorierten Legionsoffizier nicht traut. Sie werden Fragen stellen. Die Überlebenden, die Infanteristen und ein paar Legios werden erzählen, was Sache ist — dass Sie Mist gebaut haben. Dass Ihre Entscheidungen dazu geführt haben, dass Männer und Frauen ohne Notwendigkeit oder Nutzen gestorben sind.«

Devers wies das alles mit einer Handbewegung von sich. »Sie leiden unter Wahnvorstellungen. Ich wurde von *Orrin Kaar* ernannt. Er ist einer der angesehensten Männer im Haus der Vernunft. Wenn Keller eine große Sache daraus machen will, sollten sie sich um seine Karriere Sorgen machen.«

»Na gut«, sagte Owens und ging auf Devers zu. »Scheiß drauf.« Er schlang seinen gewaltigen Arm um Devers' Hals und nahm ihn von hinten in einen Würgegriff.

Devers' Augen quollen hervor, und die Venen an seinem Kopf begannen anzuschwellen. Er lief erst rot, dann lila an. Verschiedene Geräte gaben Warngeräusche von sich.

»Chhun, halten Sie nach Krankenschwestern Ausschau. Lassen Sie sie nicht rein, wenn sie sich nähern«, befahl Owens.

Ich ging zur Tür und warf einen Blick den leeren Korridor entlang. Aus den Augenwinkeln bemerkte ich, wie Owens seinen Mund nahe an Devers' Ohr brachte, aber der Captain senkte seine Stimme nicht. Er achtete darauf, dass jedes seiner Worte deutlich zu verstehen war. »Hör mal zu, du kleine, ernannte Weltraumratte. Du wirst das mit Exo rückgängig machen, alles. Hast du verstanden? Du wirst es auf Halluzinationen schieben, die durch Schmerzmittel hervorgerufen wurden. Und du wirst das in dem Augenblick tun, in dem ich dich wieder loslasse. Klopf mit deinen Fingern aufs Bett, wenn sich das für dich gut anhört. Wenn nicht... wirst du nicht lange genug leben, um deine funkelnden Medaillen zu bekommen.«

Devers klopfte verzweifelt aufs Bett.

»Gut«, sagte Owens, aber er ließ noch nicht los. »Du weißt, dass ich zu den Dark Ops gehöre. Du weißt, was ich tue. Diese Sache ist hiermit erledigt. Wenn du das Thema noch einmal ansprichst oder einem meiner Männer auch nur einen Hauch von Ärger machst, dann wirst du eines Nachts in deinem bequemen Bett aufwachen und mich über dir stehen sehen. Und ich werde dich töten. Darauf kannst du Gift nehmen.«

Owens ließ Devers los, und der Captain schnappte nach Luft.

Ein Krankenpfleger kam den Flur entlanggerannt. Ich winkte ihm zu, in den Raum zu kommen.

Wraith nahm das Heft in die Hand. »He, Sie müssen sofort einen Deckoffizier hierher holen. Unser Kumpel hat unter dem Einfluss von Medikamenten falsche Angaben gemacht.«

Der Krankenpfleger zögerte.

»Es geht um Menschenleben«, brüllte Owens. »Beweg deinen Arsch!«

Devers schaffte es, zustimmend zu nicken. Der Krankenpfleger rannte davon.

Wir blieben, bis Devers die ganze Sache abgeblasen hatte. Als ich mich zum Gehen aufmachte, sagte ich ihm, dass dies hoffentlich das letzte Mal war, dass ich ihn sehen musste.

Wraith blieb in der Tür stehen. »Silas, wenn du dir den Orden ansiehst, den sie dir verleihen, denk daran, wie viele Legios sterben mussten, damit du so tun kannst, als wärst du ein Krieger.«

Owens knackte mit den Fingerknöcheln. »Und vergiss nicht, dass ich dich umbringe, wenn du uns jemals wieder in die Quere kommst.«

Ich glaube, ich habe mich in die Dark Ops verliebt.

KAPITEL 12

Du bist Tom. Das ist Pthalo.

Pthalo war eine Welt blauer Ozeane, trockener brauner Küsten und goldenen Sonnenlichts. Riesige, schwimmende Luxusanwesen schwebten von einer Party zur nächsten. Nur die Reichen und Schönen unterhielten auf dem geheimen, steuerfreien Pthalo eine Residenz. Dem Haus der Vernunft gefiel das so. Dieser Planet war eine Belohnung für diejenigen, die der Republik so viel gaben.

Waffenhändler.

Drogendealer.

Korrupte Anwälte.

Banker, die die Syndikate in der Republik finanzierten.

Alle, die mit anpackten und die Dinge taten, die getan werden mussten, aber eigentlich nicht getan werden durften — vom juristischen Standpunkt aus gesehen, natürlich.

Pthalo war der Ort des Reichtums und der Freuden.

Und als der Frachter *Hoplyte* — auf dem du drei Tage lang geschlafen hast, während er durch die als Hyperraum bekannte Leere raste — unter Lichtgeschwindigkeit geht und den Kurs zur Oberfläche einschlägt, fängst du an zu packen. Du ordnest die Dinge, die dich bis zur Andockstelle des Frachters verfolgt haben, wo du dich heute Morgen eingefunden hast. Den Roman, den du so gut wie möglich zu Ende gelesen hast, um dich von all den Möglichkeiten abzulenken, wie du für immer verschwinden könntest. Und die *Chiasm*. Und Camp Forge. Und... Und... Und...

Du schaust dir nicht an, wie der Frachter den Anflug meistert, du gehst einfach weiter zum Boardingbereich, als das Schiff bereits aufsetzt. Du hörst das Beben der Repulsoren und wie die Triebwerke noch einmal aufheulen, und dann ist alles still.

Die Besatzung ist während der gesamten Reise auf Distanz geblieben, und du hast den deutlichen Eindruck, dass sie dich einfach nicht kennenlernen wollen, und nicht, dass sie dich nicht mögen. Dich kennenzulernen bedeutet Wissen, und Wissen ist gefährlich. Als du bei ihnen ankommst, ist die Besatzung in heller Aufregung.

Die Nachrichten, die du über dein Datenkommunikationsgerät empfängst, während sich die Einstiegsrampe auf das Deck senkt, erzählen nichts über Kublar. Nichts über einen Zerstörer, der in zwei Teile zerbrochen und in der Atmosphäre verbrannt ist. Nichts über ein Lager voller republikanischer Soldaten, die von einer riesigen Bombe getroffen wurden, die du mitten in sie hinein gesteuert hast.

Während du dir diese Nachrichten anschaust, ist es fast so, als wären diese schrecklichen Dinge nie passiert.

Wäre das nicht schön?

Wenn sie doch nie passiert wären. Denn jetzt, wo du mit ihnen leben musst, wünschst du dir, dass du sie niemals hättest passieren lassen.

Aber sie sind geschehen.

Die warme Luft des süßlich duftenden Planeten schlägt dir entgegen. Du riechst Bougainvillea, Salzwasser. Die beiden Söldner folgen dir und schleppen ihre übergroßen Taschen voller Waffen und Ausrüstung mit sich. Du hast immer noch den Blaster. Den mit dem Schalldämpfer.

Jenseits der Einstiegsrampe und unter dem auf Entlüftung gestellten Frachter hindurch sieht man das Glitzern der Sonne auf dem Meer, das wie eine Milliarde kleiner Diamanten zu funkeln scheint. Das Schiff ist auf der hinteren Plattform eines riesigen Anwesens gelandet, das zwischen zwei in der Ferne befindlichen Halbinseln über das blaue Wasser gleitet.

Eidechsenähnliche Drachen von der Größe eines Adlers tanzen und wirbeln in den Sonnen über dir. Das Anwesen erhebt sich vor dem restlichen Schiff in elegant weißer Keramik und mit getönten Bullaugen. Hoch oben ragt ein runder, rechteckiger Turm empor. Wahrscheinlich die Brücke. Das Deck schmücken alle möglichen Spielzeuge. Du interessierst dich für diese Dinge, als ob sie interessant wären.

Warum?

Weil du sicher bist, dass man dir die Angst ansehen kann. Und Scarpia, Frogg, Illuria und der Anwalt warten am Rande der Plattform auf dich. Sie lächeln. Strahlen. Entweder begutachten sie dich wie hungrige Wölfe, oder ihnen ist nach Feiern. Die Grenze zwischen beidem ist fließend.

Du schaust dir also all die Spielzeuge rund um die Plattform an. Kleine Tauchboote, Boote mit Wasserstrahlantrieb, die neueste Generation der Schnellsegelboote. Dem verheißenen Vergnügen scheinen keine Grenzen gesetzt.

»Da ist unser Junge«, sagt Scarpia triumphierend, wie ein Vater, der seinen Sohn bei der Rückkehr von einer Universität auf einer fernen Kernwelt willkommen heißt. »Gute Arbeit, mein Junge. Gute Arbeit.«

Frogg lächelt. Das Lächeln ist echt, und der Blick in den Augen des Mörders gewinnend. Als ob etwas von großem Wert verloren gegangen ist, und was immer es auch war, auf seltsame Weise verlangte man immer noch danach. Verzehrte sich danach.

Und dann ist da noch Illuria, die dir eine gekühltes Glas Kryopagner reicht. Ein eiskalter Wein, der nach Pfirsich schmeckt und wie ein unterseeischer Vulkan sprudelt. Ihr Lächeln ist echt. Perfekt, wie bei einem Model. Wahrscheinlich war sie das mal. Könnte es immer noch sein. Ihre grüne Haut verheißt Lust und käufliche Liebe, während ihre vier schlanken Arme dir zuwinken und das erhoffte Vergessen versprechen, jenseits hilflos im Weltraum treibender Raumschiffe und auf fernen Planeten gestrandeter Legionnäre.

Aber vielleicht treiben die Pheromone einfach ihr Spiel mit dir.

»Lass uns nach unten gehen. Wir haben ein ganz hervorragendes Abendessen geplant und dann einen Abend, den du nicht vergessen wirst.« Mr Scarpia führt alle in den breiten Tunnel, der in das Schiff hinunterführt. Die beiden Söldner verabschieden sich, und es gibt nur noch dich , das Ziel und sein Gefolge. Du bist dir bewusst, dass du Kontakt zu deinen Wächtern aufnehmen solltest. Dem Jahrmarkt.

Aber zu wem?

Doch jetzt ist nicht die Zeit, um über solche Dinge nachzudenken.

Stattdessen gehst du eine geschwungene Halle entlang, die sich in einer Spirale um das Innere legt. Du kommst an Privatkabinen und Lounges vorbei, die mit allem modernen Komfort und Unterhaltungsangeboten ausgestattet sind. Die Gruppe bleibt neben einem breiten

Sichtfenster stehen, von dem aus man auf die flachen Korallenbänke sehen kann.

»Oh, sieh nur«, stöhnt Illuria mit ihrer tiefen Samtstimme. Sie tänzelt auf das Fenster zu. »Sie sind für dich rausgekommen, Tom.«

Tom.

Tom.

Dein Name ist Tom. Auch wenn sie es sagt.

Jenseits des Fensters tauchen die Murrianer auf, Unterwasser-Humanoide, die diese Welt bewohnen. Eigentlich Kinder. Selbst du hast schon von ihnen gehört. Sie wollen nichts mit der Republik zu tun haben. Stattdessen schwimmen sie zwischen den Korallen und versunkenen Ruinen einer alten Zivilisation, knacken Schalentiere und sonnen sich auf den Felsen. In der Dämmerung singen sie ihre unvergesslichen Lieder.

Sie sind Außerirdische, und doch haben sie etwas so Ursprüngliches und Uraltes an sich. Wie ein Blick in eine Vergangenheit, an die man sich nicht erinnern kann.

Sie tauchen in der mittleren Säule unter dem vorbeifahrenden Schiff auf, schlagen Purzelbäume und drehen sich in den Luftblasen der Motoren, um dann in die weißen Sandtiefen und die rosafarbenen Korallen unter ihnen zurückzukehren. Sie sind wunderschön. Besonders die Weibchen. Unschuldig und kindlich. Ihre schmalen Gesichtszüge und elfengleichen Augen zeigen den wissenden Blick, den du schon bei deinen Recherchen auf dem Weg hierher im Planetarischen Datennetz gefunden hast.

Ihre Augen haben dich beunruhigt — die Art und Weise, wie sie dich vom Datenpad aus anzustarren schienen. Als ob sie deine Geheimnisse kennen. Sie beunruhigen dich auch jetzt, als sie sich dem Fenster nähern und deine Gruppe betrachten. Dich betrachten.

»Ich frage mich, wie sie wohl schmecken«, murmelt Frogg neben deinem Ellbogen, das Gesicht an das Glas gedrückt. Er mustert sie mit den leblosen Augen eines Hais.

Scarpia lacht und zerzaust dem klein geratenen Mann die Haare. Die Haare des gewalttätigen Psychopathen. Scarpia ist die Art von Mann, die aus solchen Ungeheuern Haustiere und Spielzeuge macht und sie sogar Freunde nennt. Er ist diese Art von Mann. Er ist diese Art von Ungeheuer.

Das ist die Lehre, die du aus dem Anblick der spielenden Murrianer ziehst und hoffst, dass sie Scarpia nicht irgendwie mitteilen, wie sie in deine Seele geschaut und nichts gefunden haben. In der Hoffnung, dass sie dich nicht verpfeifen.

Aber sie haben recht.

Deine Seele, oder wie auch immer du sie nennen willst, ist fort. Sie ist weg. Du hast sie verloren, oder sie wurde dir genommen. Schon auf Ankalor begann sie zu verschwinden, und auf Kublar ging sie auf und davon. Wenn die schwimmenden Elfenkinder jenseits des Glases dich plötzlich verraten würden... Nun, du würdest ihnen zustimmen. Und Scarpia würde sagen...

... Das wussten wir schon, Kinder. Deshalb haben wir ihn für den Job ausgewählt.

Das ist die erste Kluft, die sich in dir auftut.

Der erste Augenblick, in dem du dich... getrennt fühlst von dem, was du bist, warst und von der Operation Geisterjäger. Als du dich wie der andere Typ fühlst, zu dem du die ganze Zeit geworden bist.

Der erste Augenblick, in dem du wirklich Tom bist. Der Mann, der üble Taten aus reiner Gier begeht. Der Unschuldige auslöscht, wenn der Preis stimmt.

Das ist der Augenblick, in dem sich die Kluft in dir auftut, als du mit den unschuldigen Kindern jenseits des Glases konfrontiert wirst. Der Augenblick, in dem du einfach weggehen und für immer Tom sein könntest und nie wieder zurückkehren würdest.

»Es ist, als könnten sie direkt in uns hineinsehen«, schmachtet Illuria.

Und hast du gerade eine ihrer vier Hände auf deiner Schulter gespürt? Es war elektrisierend.

Die folgenden Tage auf Pthalo sind Tage des Sonnenscheins und des Meeres, während Scarpias Anwesen — er nennt es *Smuggler's End* — durch die Ausläufer einer Wüsteninselkette treibt. An manchen Tagen seht ihr unter euch alte Ruinen, die mit nichts zu vergleichen sind, was die Alten irgendwo in der Galaxie hinterlassen haben. Das sind keine rätselhaften Pyramiden, die im Hinterland oder fast unerreichbaren Ödlanden irgendwelcher Planeten verborgen sind. Nein, es sind seltsame, versunkene Städte direkt unterhalb der Wasserlinie, manchmal in einer Tiefe von drei bis sechs Metern. Hohe Säulen und perfekt geformte Schrägdächer warten direkt unterhalb der grünen Gischt, die durchscheinender wirkt als alle anderen Farben. Das Wasser ist angenehm und schmeckt nach Salz, und selbst im Dunklen ist es noch warm genug, um darin zu schwimmen.

Wunderschöne bunte Fische schwimmen in den Ruinen ein und aus, und das tust du auch. Gelegentlich spießt du einen auf und bringst ihn zurück auf das schwimmende Anwesen, wo Chefkoch Tyrol ihn zubereitet, oft roh mit einigen Zitrusfrüchten und grobem malasianischen Feuersalz. Frogg begleitet dich, und natürlich trägt er immer ein grausam aussehendes, gezacktes Tauchermesser bei sich, aber das liegt daran, dass Scarpias Frau, wie er Illuria nennt, auch gerne taucht. Du versuchst sie in ihrem Nichts an Badeanzug nicht zu betrachten, aber es fällt schwer, das nicht zu tun. Selbst Frogg, dessen Loyalität zu dem Mann, der nur Scarpia genannt wird, mit nichts zu vergleichen ist, was du je gesehen hast. Scarpia, der nicht gerne taucht, sondern immer oben wartet und euch wie heimkehrende Helden mit gefüllten Kryopagnergläsern begrüßt, hört gebannt zu, wenn Illuria davon schwärmt, was sie in den durchsichtigen, traumhaften Tiefen direkt unter ihm entdeckt haben.

»Hast du da unten irgendwelche Ungeheuer gesehen, meine Liebe?«, fragt Scarpia sie immer mit einem Augenzwinkern.

Ihre Haut nimmt einen noch helleren Grünton an, sie verdreht träge die Augen und antwortet ihm. »Du immer mit deinen Ungeheuern. Nein, mein Liebster«, neckt sie ihn. »Das einzige Ungeheuer, das wir gesehen haben, war das, das wir gesehen haben, als wir zurück an Bord gekommen sind.«

Und dann ahmt Scarpia mit seinen Fingern Hörner auf seinem Kopf nach und knurrt böse, während er um die Feuerstelle herumtrampelt, wo Chefkoch Tyrol manchmal den Fisch über knisternden Dufthölzern brät und ihn mit saftigen Früchten oder mit gebratenen

Kartoffeln serviert, die er in Salz und seltsamen Kräutern gewälzt hat.

Manchmal.

So sind einige Tage.

Andere Tage verbringt ihr damit, die Küste und die einsamen Vorgebirge der kleinen Inseln zu erkunden, an denen ihr vorbeikommt. Ihr nehmt die Thermogleiter vom Deck des Anwesens und ein ‚Überlebenspäckchen‘ — so nennt Scarpia einen Rucksack voll Wein, Käse und einem knusprigen Sauerteigbrot —, und dann schwebt ihr alle in den Doppelsitzern zu der kleinen Insel, die ihr für euer Tagesabenteuer ausgewählt habt. Die Gleiter unterstützen mit ihren Repulsoren die Wasserung in den kleinen Buchten, und sie sind so leicht, dass man sie an den Strand und bis auf den weichen weißen Sand ziehen kann.

Dann schaut ihr euch um.

Was hoffst du hier zwischen dem trockenen Gras, dem roten Felsgestein und den seltsamen, kleinen Eidechsen zu entdecken? Manchmal Pfeilspitzen. Manchmal eine merkwürdige Ansammlung von Steinen, die von einer anderen, verlorenen Zivilisation stammt, die unter den Wellen lebte. Manchmal Dinge in der großen gähnenden Stille, die diese Welt darstellt.

Und manchmal, gegen Ende des Tages, wenn der Wind vom Meer her weht und du den Kamm der hügeligen Insel erklimmst, auf den du dich den ganzen Tag zubewegt hast... Manchmal ist es nicht das, was du zu finden versuchst... sondern das, was du zu verlieren suchst.

Am Anfang ist es einfach nur ein Spiel.

Verliere dich in der Rolle des Tom.

Warum?

Weil sie, wenn du in dieser Rolle versagst und du auch nur eine schlechte Kritik bekommst, dann... Nun, dann werden sie sich einfach irgendwo am Wegesrand zurücklassen. Oder etwa nicht?

Es fängt also damit an, dass man sich in jemandem verliert, der man nicht ist. So fängt es an. Außer... wie lautet das alte Sprichwort? Wenn man eine Lüge lange genug erzählt, fängt man an, sie zu glauben.

Und so bricht die Kluft weiter auf, an den glücklichen, faulen, trägen Tagen der Ausflüge und des Luxus. Nie wieder die Sorge, man selbst sein zu müssen. Dieser verängstigte, ängstliche Mann, der schon viel zu lange fort ist und zu viele Dinge getan hat, die man im Namen der Republik hatte tun ‚müssen', muss gar nicht mehr hier sein. Du musst nie wieder er sein.

Du kannst jetzt Tom sein.

Alle lieben Tom.

Scarpia behandelt Tom wie eine Art Sohn. Tom ist gut aussehend und sportlich. Gutmütig und freundlich. Alles, was ein Vater sich von einem Sohn wünschen kann. Und es ist klar, dass Scarpia große Hoffnungen in Tom setzt, während der nächste Einsatz auf einer einsamen Insel bei Wein und Käse bei Schwelgen und Müßiggang besprochen wird. Er hat Geheimtipps für Tom. Träume, die sich Tom erfüllen könnte, wenn alles gut geht.

Und Frogg liebt Tom, auch wenn Tom oft von der Vorstellung geplagt wird, wie ihn der böse, kleine Frogg mit gefletschten Zähnen festhält und das furchtbare Tauchermesser hebt, bevor er es wieder und wieder hinunterstößt, denn darauf wird es wohl hinauslaufen. Das begreifst du doch, Tom? Wenn du Frogg siehst, dann siehst du, dass er ein Psychopath ist. Und nicht nur ein ‚He, der Typ ist ein Psychopath'-Psychopath. Sondern ein echter, wandelnder Albtraum, der von der Legion als solcher diagnostiziert und dann rausgeschmissen wurde, weil er zu gewalttätig, geistesgestört und blutrünstig war.

Zu gewalttätig für die Legion. Das will wirklich etwas heißen.

Nein. Frogg ist nichts anderes als Freundschaft. Er erzählt schreckliche Geschichten über die Dinge, die er getan und gesehen hat, und manchmal, wenn es dir kalt den Rücken runterläuft und du alles in deiner Macht stehende tun musst, um nicht schreiend vor ihm wegzurennen und damit deine Rolle als Tom zu versauen, lässt Frogg durchaus aufschlussreiche Momente unglaublich einsichtiger Selbstdiagnose zu.

Und das bringt dich dazu, ihn zu lieben. Ihn zu bemitleiden. Es bringt dich dazu, deine eigenen Erkenntnisse zu hinterfragen und ihn zu deinem Freund zu machen. Denn ein psychotischer Killer wie der unsympathische Frogg wäre ein großartiger Verbündeter, wenn du jemals Vollzeit als Tom arbeiten würdest.

Denk drüber nach, ja?

Und das tust du.

Und Illuria...

Es gibt diesen einen Augenblick. Der Augenblick, an dem du die Spitze eines Kliffs auf einer kleinen, namenlosen Insel erreichst. Es befindet sich auf der anderen Seite der Insel, weit weg von Scarpias schwimmendem Vergnügungspark. Von hier aus sieht man nichts als den weiten, leeren Ozean, der sich in alle Winkel dieser Welt zu erstrecken scheint.

Das mag langweilig erscheinen, aber aus irgendeinem Grund ist es das nicht. Du siehst sie am Rande des Kliffs stehen, als der Tag sich seinem Ende nähert. Weit draußen auf dem Meer erliegt der Osten dem Purpur der

Dämmerung. Der erste Stern geht auf. Alle sind dort. Dies ist kein alberner Moment, den nur ihr beide teilt. Frogg ist da und sucht nach Steinen, die er ins Meer werfen kann. Scarpia hat sich von euch entfernt, um ein paar Geschäfte per Komm zu erledigen. Er ist auf die andere Seite des Hügels gegangen, weil er Geschäfte erledigen will, und obwohl du ein Teil dieser Geschäfte bist, darfst du nicht alle Geschäfte kennen. Du bist nicht Teil des inneren Kreises. Noch nicht.

Aber gewisse Versprechen hat man bereits angedeutet.

Tom wird es weit bringen, mein lieber Junge.

Es gibt diesen Moment, in dem du sie auf das Meer hinausschauen siehst. Ihr perfektes Kinn leicht vorgereckt. Die Brust nach vorne. Als ob die Essenz ihrer Lebenskraft da draußen nach etwas suchte. Nach etwas, das sie bei ihrer ständigen Fröhlichkeit und ihrer angeborenen, sinnlichen Sexualität und während all eurer Gespräche am Lagerfeuer und bei euren Inselabenteuern niemals als das eingestanden hat, wonach sie sich wirklich sehnt. Diese andere Seite an ihr lässt dich an ein kleines Mädchen denken, das sich verlaufen hat und das nach etwas sucht, von dem es weiß, dass es dieses Etwas niemals finden wird.

Und du willst zu ihr gehen und sie trösten... als Tom.

KAPITEL 13

Ich saß in einem Shuttle auf dem Weg nach Utopion, der Hauptwelt der Republik. Der Name schien sich durchgesetzt zu haben. Utopion. Ich erinnerte mich, dass sie, als ich noch ein Kind war, eine Zeit lang Liberinthine hieß. Sie änderten den Namen ständig und benannten sie nach so gut wie jedem, solange er berühmt war und mit der herrschenden Klasse in allen wesentlichen Punkten übereinstimmte. Ich glaube nicht, dass der Planet jemals nach einem Legio benannt worden ist. Zumindest habe ich nie davon gehört. Das war nicht gerade mein Fachgebiet. Und wenn, dann hätte man ihn wohl nach General Rex benannt, da er für das Ende der Barbarischen Kriege verantwortlich zeichnete.

Aber... mit der Gründung der Dark Ops hatte Rex nicht gerade das getan, was die Republik sich gewünscht hatte.

Jedenfalls war er jetzt lange tot, und die Legion war die einzige Truppengattung, die ihn nicht als Verräter betrachtete. Er hatte alles richtig gemacht. Er und alle, die mit ihm dienten. Es gab mal das Gerücht, dass Pappy Rex gekannt hatte. Pappy meinte, das ganze Verräterzeug wäre Blödsinn, und uns reichte das.

Wie auch immer, ein Wuah für alle treue Legios.

Die Legion wurde vor langer Zeit ins Leben gerufen. Nicht lange nach dem Ausbruch der Barbarischen Kriege. Wie lange das her war? Zweitausend Jahre? In jedem Fall wurde die Legion gegründet, weil überall in der Galaxie Menschen starben. Und die Legion wurde stark. Stark genug, um den Kampf zu gewinnen. So stark, dass der Senat und das Haus — damals war es nur das Haus, es wurde erst später zum Haus der Vernunft, als es die Funktion des Hohen Gerichtshofs übernahm — Angst bekamen, die Legion würde die Kontrolle über die Galaxie übernehmen. Damals hätte sie das tun können. Heute vermutlich nicht mehr, auch wenn wir uns tapfer schlagen würden. Es würde knapp ausgehen.

Der damalige Legionskommandeur schlug also einen Deal vor, um den Frieden in der Galaxie zu sichern und gleichzeitig die Legion als unabhängige, militärische Streitkraft zu erhalten. Die Legion würde dem Haus und dem Senat unterstellt, aber sie besäße die Befugnis als Kontrollinstanz zu dienen, sollte jemand die Macht über diese wundervollen — und mit wundervollen meine ich schäbigen — Institutionen übernehmen wollen und somit eine Bedrohung für die Verfassung der Republik bedeuten. So lautete die Abmachung. Die Legion würde die Galaxie so lange schützen, wie das Haus und der Senat nicht versuchten, das Kommando über die Legion zu übernehmen. Einige von uns hatten das Gefühl, dass diese Abmachung mit jedem neuen Ernannten, der sich unseren Reihen anschloss, immer weiter verwässert wurde. Ich gehörte zu diesen Leuten.

Schon eine spannende Geschichte, aber ich befand mich nicht zu einer Schulstunde im Shuttle. Wir waren endlich auf dem Weg, Exo in unser Team aufzunehmen... nach diesem Einsatz. Denn es gab immer einen weiteren Einsatz.

Die Genehmigung zu bekommen, Exo ins Team zu holen, dauerte länger, als wir gehofft hatten. Erst verbrachte Exo gut drei Wochen in einer Arrestzelle in der

Nähe des Republikanischen Strategie Stützpunkts. Jetzt war er draußen, aber er wusste nicht, dass die Dark Ops ihn aufnehmen wollten, und er wusste nicht, dass wir auf dem Weg waren. Captain Owens ließ aber einen Mann ein Auge auf ihn behalten. Es hieß, dass Exo jede Menge Zeit in Kneipen verbrachte, und ich konnte es ihm nicht verdenken. Was ihm passiert war, war scheiße.

Wir hatten schon früher dort sein wollen, aber es hatte einfach nicht geklappt. Es gab ein Dark-Ops-Team, das in irgendeinem Drecksloch namens Pory Bory die Aufgabe hatte, mit seinen Scharfschützen die Legionäre vor Ort zu unterstützen. Ich hatte auch noch nie davon gehört — nur ein weiterer Ort, an dem sich Idioten mit Stimulanzien und Blastergewehren versorgten und versuchten, die Galaxie zu Fall zu bringen. Einer dieser Orte, an denen immer Krieg herrschte und dein Gegner wahrscheinlich mehr Kämpfe erlebt hatte als du, aber nicht so gut ausgebildet war.

Die Dark Ops dort konnten die Bösen nicht schnell genug umlegen, und sie brauchten eine Pause. Der Captain meldete uns freiwillig und meinte, er wolle sich ansehen, wie unser ganzes Team arbeitete, und wir hatten ihn beeindruckt. Twenties arbeitete wie eine Maschine. Neunzehn bestätigte Tötungen in der Woche, in der wir dort waren. Wuah. Knallhart. Wir wurden wieder abgelöst und brachen nach Utopion auf, nachdem wir Kags von seinem Legions-Fortbildungslehrgang abgeholt hatten. Ich glaube, ihm gefiel sein neuer Platz in der Kriegsmaschinerie der Republik.

Ich war also im Shuttle und überprüfte meine Brecherausrüstung dreimal. Das war jetzt mein Posten: Brecher. Ich sprengte, spaltete oder öffnete eine Tür auf irgendeine Weise, damit unsere Schützen einen

Raum stürmen, die bösen Jungs töten oder unser Ziel in Gewahrsam nehmen konnten. Das hatten wir alle schon als Legios gemacht, aber jetzt gingen wir dabei unglaublich systematisch vor. Wenn wir nicht kämpften, trainierten wir für den Kampf. Ich stand diesen Jungs schon vorher nahe, aber jetzt konnten wir die Gedanken des anderen lesen.

Wir alle warteten darauf, dass Captain Owens mit uns die Einsatzbesprechung vornahm. Wir hatten einen Einsatz, um ein hochrangiges Ziel — HRZ — auf Utopion zu schnappen. Danach würde es endlich zum Familientreffen mit Exo kommen.

Wraith fummelte an seiner Blasterpistole herum. Er liebte dieses Ding. Liebte es wirklich. Wahrscheinlich würde er am liebsten eine Wette daraus machen, immer nur eine Pistole zu verwenden, wenn nicht bei jedem Einsatz unser Leben auf dem Spiel stünde. Kags machte abwechselnd Liegestütze und Kniebeugen auf dem Deck. Der Junge war ein Energiebündel ohne Ende, und das machte er, wenn er zu heiß auf den Einsatz war. Masters und Twenties waren mitten in einer Unterhaltung, die gerade interessant wurde, also hörte ich mit.

»Nein, nein, nein«, sagte Masters. »Siehst du, das ist der Mist, den sie in den Schulen unterrichten. Aber denk doch mal nach: In den Schulen wird *auch* gelehrt, dass das Haus der Vernunft und der Senat an mehr interessiert sind als einfach nur wegzuschauen, damit sie sich gegenseitig bereichern können, richtig?«

»Ja, aber...«, setzte Twenties an, aber Masters unterbrach ihn.

»Richtig. Und sie reden über die Notwendigkeit, dass ernannte Offiziere der Legion beitreten, damit unser

‚veralteter' Kriegerkodex an ‚moderne, galaktische Befindlichkeiten' angepasst werden kann.«

Twenties schüttelte den Kopf. »Ja, sicher, aber darum geht es doch nicht. Was du sagen willst, ist...«

Masters hielt einen Finger hoch. »Nein, nein. Zieh noch keine voreiligen Schlüsse. Das *klingt* nur verrückt. Aber mein Vater hat mir das erzählt, als ich aufgewachsen bin, und ich habe es von mehr als einem Mädchen in irgendwelchen Kneipen gehört, ja, von Mädchen aus der gesamten Galaxie. Und sie wissen, wovon sie reden. Sie haben *Gebärmütter.*«

»Einige von ihnen nicht«, sage ich. »Die Eierlegenden.«

Masters warf mir einen ‚Halt dich raus'-Blick zu. »Die *meisten* von ihnen haben eine. Und genau das ist der Punkt. Frauen wissen Dinge, Mann. Sie verstehen, dass Dinge auf einer grundlegenden Ebene wahr sind.«

»Du klingst wie jemand, der noch nie eine Frau getroffen hat«, rief Kags zwischen den Wiederholungen rüber.

»Ich hab schon viele getroffen. Frag deine Mutter, wenn du einen Beweis brauchst.«

Twenties atmete tief durch. »Masters, zwei Dinge. Erstens: Du bist ein Idiot. Du kämpfst wie ein wilder Drusikaner, aber du bist trotzdem ein Idiot. Du kannst mir nicht erzählen, dass du ernsthaft glaubst, jedes intelligente Wesen in der Galaxie stamme von einem gemeinsamen Vorfahren ab.«

Ich lächelte und war auf Masters' Antwort gespannt. Der Junge hatte nur zwei Dinge im Kopf: schmutzige Gedanken zum anderen Geschlecht und Verschwörungstheorien.

»Ich sage ja nicht *alle*«, sagte Masters und hob eine Hand, um Einsicht zu signalisieren. »Ich sage, die *meisten*. Ich werde es dir beweisen.«

Twenties verschränkte die Arme. »Gut. Dann lass mal hören.«

Masters beginnt eine Art Verhör. »Wie lautet der Name unserer Spezies?«

»Die Menschen.«

»Richtig. Wer hat den Hyperraum zuerst entdeckt?«

»Die Menschen.«

»Ja. Und wer hat die Galaxie kolonisiert?«

»Auch die Menschen?«

»Ja!«

Ich stand auf, um mich zu strecken. »Ich weiß nicht, worauf das hinauslaufen soll, Masters.«

Masters sah zutiefst betroffen zu mir auf. »Sie verderben mir die Pointe, Lieutenant. Also, wie nennen wir eine Spezies, die zwar nicht menschlich ist, aber menschlich *aussieht*?«

»Humanoid?«, riet Twenties.

»Genau.« Masters lehnte sich zurück, als hätte er gerade einen überwältigenden Sieg errungen. Als er bemerkte, dass wir seiner Argumentation nicht folgen konnten, verdrehte er die Augen. »Kommt schon, Leute. *Humanoide?* Es liegt nicht daran, dass die Menschen eine schreckliche Spezies sind, die sich selbst als Vorbild für alles Leben ansehen, so wie die Regierung euch das weismachen will. Sondern weil fast jede Spezies zum Teil menschlich ist.«

»Wie denn das?«

»Die Menschen entdecken den Hyperraum. Danach beginnt die Erforschung des Weltalls. Wer geht auf Entdeckungsreise? Die Menschen. Aber welche Art von Menschen? Okay, Männer. Richtig, Männer. Und als diese Schiffe voller Männer — denn statistisch gesehen sind die Frauen nicht annähernd in gleichem Maße auf diese

Reisen gegangen, das Verhältnis von Männern zu Frauen war ziemlich unausgewogen, das ist eine Tatsache — diese Schiffe waren voller Männer, und diese Männer kamen auf fernen Planeten an, und bauten sich ihre Unterkünfte und wurden es leid, auf Schiffe mit Frauen zu warten, und wurden einsam und...«

Ich starrte Masters ausdruckslos an. »Du behauptest, dass fast jede Spezies in der Galaxie, wie wir sie kennen, existiert, weil einsame Männer anfingen, mit jedem einheimischen Tier auf diesen Planeten zu schlafen, auf denen sie gelandet sind?«

»Genau.« Er verschränkte die Finger hinter seinem Kopf und lehnte sich zurück. »Und einige dieser Spezies — Überraschung! — waren sexuell kompatibel. Als die anderen Kerle sahen, dass dieser fiese Typ, Nate, ein Kind hatte, das ziemlich menschlich aussah, machten sie es ihm nach. Nun, nach ein paar Generationen war nur noch die neue Spezies übrig, richtig? Und als das nächste menschliche Schiff ankommt — weil die Erforschung des Weltalls endlich so richtig in Gang gekommen war -, gibt es überall diese humanoiden Populationen. Und niemand weiß, dass die Menschen damit angefangen haben, denn sie wurden alle ausgerottet.«

Keiner sagte etwas, und Masters grinste wie ein Kind, das einen Pokal gewonnen hatte.

Ich wandte mich an Wraith. »Haben Sie das mitbekommen, Captain Ford?«

Er sah kurz vom Polieren seines Blasters auf, und meinte: »Klingt plausibel.« Dann ging er wieder an die Arbeit.

»Nein«, sagte Twenties und schüttelte völlig übertrieben den Kopf. »Auf keinen Fall. Die Spezies haben sich mit humanoiden Merkmalen entwickelt, weil dies die Merkmale sind, die es diesen Spezies ermöglichen, in den verschiedensten Umgebungen zu überleben. Und *deshalb* sehen wir heute so viele davon.«

Masters ließ sich nicht beirren. »Wenn die Sataarianer nicht auf diese Weise entstanden sind, wie erklärst du dann, dass sie so unglaublich heiß aussehen? Ihr Planet ist doch der letzte Dreck. Keine Spezies mit einem Mindestmaß an Selbstachtung würde sich auf einem solch lausigen Planeten so entwickeln, dass sie auf Menschen heiß wirken.«

Noch bevor der Streit weiter an Fahrt aufnehmen konnte, öffnete sich die Tür, und Captain Owens kam herein. Ein Holo-Bot folgte ihm und projizierte das holografische Bild eines Mannes mittleren Alters auf das Deck vor uns.

»Das ist euer Ziel, Legios.« Owens zeigte auf die Holofigur. Der Mann war gut gekleidet, der Typ solide, obere Mittelklasse auf Utopion. »Sein Name ist Cantrell Saan. Mr Saan arbeitet für den Referenten eines unbedeutenden Senators. Er hat gesehen, wie die Dinge auf Utopion laufen, und dachte sich, da niemand wirklich darauf achtet, könnte er sich ein bisschen Geld dazuverdienen, indem er republikanische Waffen dorthin verkauft, wo sie am gefragtesten sind. Er sieht vielleicht nicht nach viel aus, aber er ist der Kopf einer Schmugglerzelle, die alle Arten von Technologien aus den Waffenlagern der Legion und der Republik in die Hände des Feindes schmuggelt. Lagerarbeiter und korrupte Quartiermeister suchen sich das Beste aus den Beständen raus, Saan sagt ihnen, wo sie den besten Preis bekommen, und niemandem fällt irgendwas auf. Außer der Legion. Wir wissen Bescheid.«

Die Holoprojektion wechselte zu einem Apartmenthaus. Ein Hochhaus, das aussah wie jedes andere Hochhaus in seiner Umgebung. Die Ansicht zoomte heran und konzentrierte sich auf den achten Stock von oben.

Das Bild blieb schließlich stehen, und Owens fuhr fort. »Wie sie sehen können, wohnt unser Ziel viel näher an der obersten Etage als an der untersten. Es ist fraglich, ob das Dach das Gewicht eines Shuttles tragen kann, also seilen wir uns auf das Dach ab. Wir sichern das Dach, gehen das Treppenhaus hinunter und stürmen die Wohnung der Zielperson. Wir haben das starke Gefühl, dass dieser Kerl reden wird, also versuchen Sie, ihn nicht zu töten.«

Twenties hob die Hand. »Kann man von einem benachbarten Gebäude die Fenster der Wohnung einsehen? «

»Ja«, sagte Owens und nickte kurz. »Wir legen einen Zwischenstopp ein, und setzen Sie auf dem Dach des Gebäudes gegenüber ab. Dort haben Sie freie Sicht auf das Fenster des Apartments.«

Ich hob meine Hand. »Drehen wir den Strom ab, oder kümmert sich jemand drum?«

»Da kümmert sich jemand drum.«

»Wie sieht's mit Sicherheitsvorkehrungen vor Ort aus?«, fragte Wraith.

»Dazu wollte ich gerade kommen, ja.« Owens rief eine weitere Holoprojektion der Zielperson auf. Diesmal standen ihm zwei mürrisch aussehenden Kerle zur Seite. »Unser Beobachter hat diese beiden Männer heute Morgen zusammen mit der Zielperson die Wohnung betreten sehen. Keiner von ihnen wurde beim Verlassen der Wohnung gesehen, also gehen wir davon aus, dass sie immer noch da drin sind und wahrscheinlich nicht, um eine Partie Trexxo zu spielen. Haben Sie noch weitere Fragen?«

Wir alle schüttelten den Kopf. Es hörte sich nach dem üblichen Zeug an. Sachen, wir die alle schonmal am Rand der Galaxie getan hatten. Wenn wir die Anführer solcher Zellen schnappten, ging es nicht nur darum, sie aus dem Rennen zu nehmen, sondern auch an Informationen kommen, die möglicherweise unsere Leute am Leben erhielten. Allerdings sollten wir diesmal kein Lager auf Grevulo stürmen, sondern wir befanden uns auf der Hauptwelt der Republik. Aber wenn man bedachte, was mit uns und der *Chiasm* passiert war, dann erschien es logisch, dass das Problem seinen Ursprung in den Kernwelten hatte. Das war der einzige Ort, an dem ein so großes Problem seinen Anfang nehmen *konnte*.

Die Republik war sich selbst ihr schlimmster Feind, verdammt.

KAPITEL 14

Wir hatten Kags mit Twenties zur Beobachtung auf dem Dach postiert. Dies war sein erster echter Einsatz in Legio-Panzerung, und er wollte unbedingt die Wohnung stürmen, aber der Captain entschied sich dagegen.

»Der Job hier ist genauso wichtig für den Einsatz. Sie werden noch eine Menge Gelegenheiten bekommen, böse Jungs zu töten. Machen Sie sich keine Sorgen. Wuah?«

Wuah.

Unser Shuttle schwebte über dem Dach des Zielgebäudes. Die Tür öffnete sich, und die Seile zum schnellen Abstieg entrollten sich zum Dach hinab wie wild zuckende Schlangen. Ich stand als Erster zum Einsatz bereit. Ich hörte, wie unser Teamleiter Wraith den Befehl gab, und ich spürte den Druck von Masters hinter mir. Ich sprang aus dem Shuttle, rutschte dreißig Meter hinunter und landete in einer Hocke auf dem Dach. Wir hatten diesen Bereich bereits aus der Luft als sauber erklärt, und Twenties und Kags waren unsere Schutzengel.

Bevor Masters die Chance hatte, mir zu folgen, fiel in einem Umkreis von vier Querstraßen der Strom aus. So konnten die Zielpersonen nichts mehr sehen, und wir waren nicht so leicht zu erkennen, wenn uns tatsächlich außer Twenties noch jemand von einem anderen Gebäude aus beobachtete. Es wäre besser gewesen, wenn die Lichter ausgegangen wären, bevor wir mit dem

Einsatz begannen, aber ich konzentrierte mich auf das, was vor mir lag.

Ich bewegte mich in Richtung des frei stehenden Dachaufbaus, in dem der Schnellaufzug und die Treppe endeten. Sowohl die Tür des Schnellaufzugs als auch die Tür zur Treppe waren verschlossen, aber das war kein Problem. Ich nahm neben der Treppentür Position ein. Schnellaufzüge waren schneller, aber wenn wir in einem eingeklemmt wären...

Ich war unter dem Bedienfeld in die Hocke gegangen. Mir gegenüber befand sich Masters und deckte die Tür ab. Sollte jemand mit einem Blastergewehr in der Hand diese Tür aufreißen, hätte Masters freie Schussbahn ins Innere. Ein gutes Gefühl, ihn dort zu sehen.

Wraith hatte sich hinter mir platziert, und Owens stand hinter Masters. Unter normalen Umständen hätte der Captain die Planung übernommen und dann den Einsatz überwacht, aber uns fehlte immer noch ein Exo, und dem Captain machte es nichts aus, in den Kampf zu ziehen.

Ich spürte, wie Wraith meinen Arm drückte, wo er nicht durch die Panzerung geschützt war. Das war mein Signal zum Durchbruch.

Eine Tür wie diese könnte man wahrscheinlich einfach eintreten. Sie könnte sicherlich auch gesprengt werden. Aber es war gut möglich, dass das Ziel noch nicht wusste, dass wir hier waren, und eine Menge Lärm zu machen würde das ändern. Also zog ich eine Rolle Knack-Tape heraus, eine Art programmierbares Klebeband. Man brachte es auf einfachen Schließmechanismen an wie einem Augenscanner, einem Fingerabdrucksensor, einer Gesichtserkennungskamera oder sogar einer nicht-militärspezifischen Generalschlüsselkonsole. Der Klebestreifen fuhr dann hoch, verband sich mit dem jeweiligen Computersystem und ließ sein kleines KI-Hirn fleißig arbeiten, bis der Zugang gewährt wurde. Bei den meisten Schlössern dauerte das nur fünf Sekunden.

Bei dieser Tür waren es sogar nur zwei. Ich stieß sie auf, und sofort ertönte ein schriller Alarm. Masters stürmte hinein. Wraith rannte an mir vorbei, um ihm zu folgen. Dann Owens, dann ich. Der Alarm schaltete sich in dem Moment ab, als sich hinter mir die Tür wieder schloss. Wahrscheinlich hörte man ihn nur im Treppenhaus, also dachte ich nicht weiter darüber nach.

Die Notbeleuchtung strahlte in einem sanften Rotton, und in die Treppenstufen waren Rettungswegleuchten in Form von Pfeilen eingebaut, die den kürzesten Weg zum Dach oder zur Etage darunter wiesen. Wir flogen die Treppe praktisch hinunter, die Waffen einsatzbereit. Ich hatte eine NK4 dabei, genau wie Wraith und Masters. Das war im Grunde eine N4 mit einem etwas kürzeren Lauf. Man verlor zwar etwas an Reichweite, war dafür aber einen Sekundenbruchteil schneller am Ziel, was den Unterschied ausmachen konnte, ob man jemanden plattmachte oder beten musste, dass die Panzerung das schon aushielt. Sie war das perfekte Blastergewehr für Nahkämpfe. Owens hatte eine Blast-Schrotflinte, die aus technischer Sicht *noch* idealer für den Nahkampf war, denn mit ihr musste man praktisch nicht zielen, und alles, was sie erwischte, war ziemlich tot.

»Twenties, haben Sie Sichtkontakt mit dem Ziel?«, fragte Wraith über das L-Komm.

»Negativ. Ich habe keine Bewegung innerhalb des Zielfensters gesehen.«

»Verstanden.«

Wir erreichten das Stockwerk der Zielperson und bewegten uns schnell den Flur entlang, wobei wir auf unserem Weg die Türen zählten. Wie es der Zufall so wollte, befand sich dieser Typ natürlich am Flurende. Ein Nachbar öffnete seine Tür und trat heraus, um einen Blick auf das zu werfen, was da gerade geschah. Als ich stehenblieb, um ihn wieder seine Wohnung zu bugsieren, machte ich mir fast in die Hose. Er war ein Vulin. Sieht aus wie ein Werwolf, mit roten Augen und scharfen Zähne. Sie sind eigentlich eine ziemlich freundliche Spezies, eher wie Hunde als wie wilde Wölfe — sie sind einem gute Freunde, aber sie sind auch verdammt unheimlich, wenn man ihnen im Dunkeln begegnet. Als ich den Vulin zurück in seine Wohnung schob, versank mein Handschuh fast in seinem dichten Brustfell. Er wich ein paar Schritte zurück, und ich hielt einen Zeigefinger an meinen Helm, das universelle Zeichen für ‚pscht'.

Seine roten Augen wurden groß, als ihm die Situation dämmerte. *Heiliger Strohsack, da ist ein Mordkommando aus Legionären in meinem Wohnkomplex. Ich gehe besser wieder rein.*

Er schloss die Tür und verriegelte sie ordentlich. Braver Junge.

Mein Team nahm Position vor der Tür des Ziels ein. Sie warteten darauf, dass ich auftauchte und entschied, wie sie geöffnet werden sollte. Ich ging in Position und beschloss, dass Knack-Tape erneut ausreichen sollte. Nur stimmte das nicht. Wir warteten etwa fünfzehn Sekunden, aber das Bedienfeld gab uns kein grünes Licht. Wenn es nach so langer Zeit nicht funktionierte, dann würde es auch nicht mehr funktionieren. Unser Ziel musste die Sicherheitsstufe seiner Haustür erhöht haben. Kluger Schachzug.

Inzwischen hatte sich Wraith bei Twenties gemeldet und ihm mitgeteilt, dass wir uns darauf vorbereiteten, die Tür aufzubrechen und den Raum dahinter zu säubern. Unsere Panzerungen sollten in seinem Visier deutlich als freundliche Ziele zu erkennen sein; die Information war nur eine weitere Vorsichtsmaßnahme. Aber manchmal passierten einige Dinge zu schnell, der Scharfschütze wusste nicht, dass wir uns schon im Raum befanden, und gab einen Schuss ab… So was passierte halt, und das war der schlimmste Albtraum eines Legios. Es dauerte vier Sekunden, über das L-Komm zu kommunizieren, und das war die Zeit wert.

»Knack-Tape funktioniert nicht«, teilte ich meinem Team mit. »Die Zielperson hat ihr Türschloss aufgerüstet.«

»Keine Sorge, Kumpel«, sagte Captain Owens, »lassen Sie sich Zeit und bringen Sie uns in den nächsten dreißig Sekunden da rein.«

Das war kein Witz, und er hatte auch nicht unrecht. Leute wurden erschossen, wenn sie zu lange vor einer Tür rumlungerten. Ich ließ meinen Helm die Schlosstechnik analysieren, weil ich keinen Markennamen erkennen konnte. Mein Helm lieferte mir schnell die entsprechenden Informationen.

Hersteller: Premafortress, Inc.
Modell: Protektor 89E
Herkunftsplanet: Ellepses
Zulassung: Cantrell Saan
UVP: 549 republikanische Credits oder entsprechende regionale Währungseinheit
Benutzerhandbuch anzeigen? J/N

Die Zielperson hatte es auf seinen eigenen Namen registrieren lassen. Nun, ich konnte wohl beruhigt sein, dass wir uns vor der richtigen Tür aufgebaut hatten. Die Möglichkeit, die Bedienungsanleitung einzusehen, lehnte ich ab. Ich kannte Marke und Modell aus den Unterrichtsmaterialien, die ich bei meinem Brecher-Einführungskurs erhalten hatte. Das waren die Sachen, die ich las, wenn ich nicht trainierte. Also Lesen zum Vergnügen. Dieses Modell verfügte über einen besseren Verschlüsselungsschutz als die üblichen Schlösser, weshalb das Knack-Tape versagt hatte, aber es war immer noch ein Billigmodell. Ein Schloss mit echter Verschlusssicherheit würde etwa das Fünffache dessen kosten, was die Zielperson bezahlt hatte. Das hier konnte umgangen werden, indem man die Verbindung zu den Antriebsmotoren der Tür unterbrach.

»Captain, ich brauche Ihre Schrotflinte.«

Owens und ich tauschten die Waffen. Ich stand auf und zielte mit der Schrotflinte direkt auf die Sperrvorrichtung. Eine Blast-Schrotflinte würde selbst im Rumpf einer republikanischen Korvette aus nächster Nähe abgefeuert eine Delle hinterlassen. Jetzt würde sie sich durch den Impenetrastahl fressen, der zur Verstärkung dieses Apartmenttürschlosses verwendet worden war.

Bumm!

Das Türschloss versagte, und die Tür glitt auf. Das zeigten sie einem nie in den Produktvorstellungsvideos.

Masters warf eine Blendgranate hinein...

... und nichts geschah. Blindgänger.

Wir hörten Schritte im Raum. »Wer ist da draußen?«

Mist.

»Marsch!«, brüllte Owens. All das dauerte nur wenige Sekunden.

Masters stürmte hinein und bog nach rechts ab. Ich folgte ihm mit der Schrotflinte und bog links ab. Ein Mensch mit einer billigen Kopie einer N16 stürmte direkt vor mir aus einer Tür auf mich zu. Nicht die Zielperson, nur einer seiner Freunde. Ich betätigte den Abzug, und im Sturz zu Boden drehte er sich wie in einer Pirouette. »Ausgeschaltet«, rief ich ins Komm

Masters' NK4 meldete sich lautstark. Er meldete: »Ich habe den anderen Kerl erledigt.«

Ich ging an dem Mann vorbei, den ich ausgeschaltet hatte und in einen Flur, der zu einer Küche führte. Auf dem Weg dorthin sicherte ich ein kleines Badezimmer und bestätigte das über Funk.

»Schlafzimmer sauber«, berichtete Masters.

»Zweites Schlafzimmer sauber«, meldete sich Wraith.

Owens war direkt hinter mir, und wir gingen durch eine Küche. Auch sie war leer. »Küche sauber«, bestätigte ich.

Alles, was noch übrig war, war ein tiefer liegendes Wohnzimmer. Sollte sich unsere Zielperson dort nicht befinden, mussten wir zurück und nach Verstecken suchen. Owens ging voran und stürmte in den Raum wie ein eingesperrter Agro-Bär, den man gerade freigelassen hatte. Man durfte nicht vergessen, dass dieser gesamte Ablauf weniger als sechzig Sekunden dauerte.

Wir entdeckten die Zielperson in der Mitte des Wohnzimmers — auf den Knien, die Hände auf dem Kopf. »Überraschung, Arschloch!« Owens stürzte sich auf den Mann und trat ihm mitten in die Brust. »Unten bleiben!«

Der Mann duckte sich ängstlich zu Owens' Füßen.

Owens streckte mir eine Hand entgegen. »Gib mir meine Schrotflinte. Ich durfte noch niemanden abknallen, und jetzt ist der hier dran.«

Ich übergab sie ihm. Der Captain würde den Kerl nicht wirklich erschießen, aber das gehörte nun mal auch zu den Einsätzen von Mordkommandos. Die meisten Leute dachten, dass alles vorbei war, wenn ein Mordkommando bei ihnen auftauchte. Dann war man halt tot. Das war ein weit verbreiteter Irrglaube, und angesichts der Tatsache, dass man uns *Mord*kommandos nannte, konnte ich das gut verstehen. Aber in Wirklichkeit nahmen wir genauso oft Leute gefangen, wie wir sie umlegten. Verhöre führten oft dazu, dass wir noch mehr Bösewichte ausschalten konnten.

Owens zielte mit der Schrotflinte auf den Kopf der Zielperson.

»Nein! Ich wusste es nicht!«, schrie die Zielperson.

»Was wusstest du nicht?«, fragte Owens.

»Ich wusste nicht, dass die AMWs dafür verwendet werden sollen!« Dem Kerl liefen die Tränen über das Gesicht. So waren diese Typen nun mal. Sie wurden zu wehleidigen Feiglingen, sobald man mit ihnen in den Ring stieg. »Ich wollte bloß, ein paar große Kunden an Land ziehen.«

»Captain«, sagte ich zu Owens, »der Typ ist ein Stück Dreck. Knall ihn ab.«

»Nein!«, flehte der Mann, der verzweifelt seinem Leben ein paar zusätzliche Minuten verschaffen wollte. Er würde alles dafür tun. »Ich... wir dachten, wenn die Leute wüssten, dass wir AMWs besorgen können, würden sie sich vielleicht bei uns umsehen. Aber wir gingen davon aus, dass sie sich, wenn wir ihnen den Preis nannten, mit dem anderen Zeug zufrieden geben würden. Präzisionsgelenkte Abwehrlenkwaffen und N18. Aber jemand hatte die Credits zur Hand. Bitte, bitte töten Sie mich nicht. Bitte.«

Owens senkte die Schrotflinte, was der Zielperson Hoffnung machte. »Ich werde Ihnen alles sagen. Ich kenne den Lagerarbeiter, der den Verkauf gemacht hat. Wo das Geschäft stattgefunden hat, den Betrag, alles bis hin zur Transaktion selbst.«

»Chhun«, sagte Owens, »nehmen Sie ihn mit und sperren Sie ihn ein.«

»Oh, danke«, sagte die Zielperson.

Owens antwortete ihm mit einem Tritt ins Gesicht, der dem Mann die Lippe aufplatzen ließ. »Du solltest tot sein für das, was du getan hast. So könnte es dir immer noch ergehen. Halt's Maul.«

Ich legte der Zielperson so hinter dem Rücken Energiehandschellen an, dass es richtig unbequem für ihm war, und stülpte ihm dann eine Kapuze über den Kopf, die ihn blind und taub machte. Er würde nichts sehen oder hören können, bis wir sie wieder abnahmen. Man brach den Widerstand eines Manns oft leichter als man dachte, wenn man ihn einfach über einen längeren Zeitraum den meisten seiner Sinne beraubte, es sei denn, er war darauf trainiert, sich dagegen zu wehren. Bei den meisten war das nicht der Fall. Viele fangen in dem Moment an zu reden, in dem wir ihnen erlaubten, wieder in die reale Welt zurückzukehren.

Wir durchsuchten die Wohnung nach Informationen. Wir entdeckten einen geheimen Safe, einige Aufzeichnungen, nahmen das Datenpad und die Holo-Laufwerke des Kerls mit. Fotos, alles. Jedes Einzelteil wurde mit einer eindeutigen Seriennummer versehen, und unsere Helme machten 360-Grad-Holo-Aufnahmen des Raums, in dem wir die Teile gefunden hatten. Das beschleunigte die Informationsverarbeitung erheblich. Da wir alles eingesammelt hatten, übergaben wir den Tatort an einige Infanteristen, die in der Lobby positioniert worden waren. Sie würden sich um die Nachbarn kümmern, bis die Polizei von Utopion eintraf.

Wir stiegen mit unserer Zielperson zurück auf das Dach und beeilten uns dabei. Es waren noch keine fünfzehn Minuten vergangen. Die Shuttle-Besatzung ließ Hand- und Fußstützen an den Seilen herab. Wir brachten diese an den Seilen an, hängten uns ein und wurden ins Shuttle hochgezogen. Ich passte immer noch auf die Zielperson auf, und ich war mir ziemlich sicher, dass er bei der plötzlichen Erfahrung von einem windigen Dach in die Luft gesaugt zu werden laut schrie. Nicht dass ihn jemand hätte hören können.

Als wir das Shuttle-Deck erreichten, warf ich die Zielperson hart in dessen Mitte. Als alle an Bord waren, brachen wir auf, um Kags und Twenties abzuholen.

Ich hatte ein gutes Gefühl bei diesem Einsatz. In der Nachbesprechung heute Abend würden wir die ganze Sache durchgehen und brutal ehrliche, aber konstruktive Kritik üben, wo sie berechtigt war. Ich hatte vor, von nun an eine Schrotflinte mit mir zu führen, denn wenn der Captain seine nicht dabei gehabt hätte, wäre die Tür nur mit Sprengladungen zu öffnen gewesen. Etwas, was wir in einem Utopion-Apartmenthaus alle vermeiden wollten.

Aber wir hatten den Kerl. Und ich war zuversichtlich, dass er uns zu der Person führen würde, die den RMK die AMWs gegeben hatte. Und dann...

... würden wir sie teuer bezahlen lassen.

KAPITEL 15

Du bist Tom. Du bist im Paradies.

Die große Enthüllung, wie X sie genannt hätte, wird endlich geschehen, an einem goldenen, sonnenbeschienenen Nachmittag in einer der vielen bequemen Lounges hoch oben auf dem zentralen Kommandoturm der *Smuggler's End*.

Es ist an der Zeit, dass du die Details herausfindest und dich dann von der Bühne verabschiedest. Sobald du alles weißt, was du wissen musst, kannst du verschwinden, Hamlet.

Kannst du das?

Kann Tom das?

Ja, sagst du zu dir selbst, während du in der Nacht vor der großen Enthüllung daliegst und versuchst, nicht an sie zu denken.

An wen?

Natürlich die... zu der du zurückkehrst. Der Mutter deines Kindes.

Aber als der Mond in der Nacht jenseits deiner geöffneten Fenster über das Meer gleitet, und die *Smuggler's End* ihrem nächsten Ziel entgegensegelt, denkst du an Illuria. Illuria mit Scarpia. Illuria allein.

Illuria allein mit dir.

Du stehst auf, zündest dir eine Zigarette an und gehst auf den Balkon hinaus, der sich weit oberhalb des Hauptdecks erstreckt. Du redest dir ein, dass das bloß

Tom ist. Tom ist diese Art von Kerl. So einer, der sich an die Frau des Chefs ran macht. Seine Freundin. Wie auch immer. Tom nimmt sich, was er will. Immer.

Und im Grunde genommen … bist du Tom. Du musst wie Tom denken. Das sind einfach Toms Gedanken.

Du weißt, dass sie da oben ist, mit Scarpia. Über dir, in seiner Privatetage. Also verdrängst du diese Gedanken.

Die große Enthüllung kommt am nächsten Tag.

»Also, das hier ist unser kleines Spiel, Tom«, sagt Scarpia. Er entspannt sich mit einem Whiskey auf einer breiten Couch. Frogg schlendert durch den Raum, zieht seine Kreise, erforscht ihn unaufhörlich, aber eigentlich hört er nur zu. Natürlich hat er das Messer dabei. In letzter Zeit hat er das Messer immer dabei.

Der Autor, der all die Kurse für kreatives Schreiben an der Universität belegt hat, bevor du der republikanischen Navy beigetreten bist, denkt… *Das Messer wurde in die Handlung eingeführt. Und deshalb ist es wichtig.*

»Es ist uns gelungen, eine echte republikanische Korvette zu übernehmen, die wir aus der Werft auf Tantaar gekapert haben. Sie ist ein Prachtstück, Tom.«

Du lächelst und versuchst, beeindruckt und verblüfft auszusehen. Das ist etwas, was Tom sehr gut kann. Charmant verwirrt sein. Ich meine, Waffen, Blastergewehre, Panzerungen, militärische Ausrüstung für Rebellen, das ist ja alles schön und gut. Auch tragbare Torpedowerfer. Gelegentlich ein Abwehrraketensystem gegen Raumschiffe. Ja. Das sind die Dinge, mit denen Waffenhändler und Schmuggler handeln. Es war bekannt, dass Scarpia mit diesen Dingen in großen Mengen handelt. Deshalb hat man dich ja auf ihn angesetzt. Natürlich.

Deswegen tust du also so, als seist du charmant verwirrt, ja sogar beeindruckt von dem Mann, der eine Korvette der Republik aus einer Werft gekapert hat.

Aber ursprünglich ging es darum, herauszufinden, wer der Endkunde ist. Die Waffen sollten dort ankommen, wo sie ankommen sollten. Dann würden sie die Mordkommandos schicken, die Legionärsdivisionen, alle in ihren großen Kriegsschiffen, und alles könnte im Kampf Mann-gegen-Mann ausgetragen werden, und dann wärst du mit diesem Einsatz fertig. Du solltest nur die Informationen weitergeben. Das hatte man dir versprochen, als das alles begann.

Aber ein militärisches Kriegsschiff... das ist eine ganz andere Sache. Das ist eine ziemlich große Sache. Möglicherweise größer als alles, was X und der Jahrmarkt erwartet haben. Oder haben sie sich das erhofft? Die Grenzen zur Realität werden immer unschärfer und verschieben sich ständig.

»Das ist ... beeindruckend«, sagst du. Weil es das ist.

Scarpia lässt ein kleines, selbstgefälliges Lächeln über sein Gesicht huschen, unter den stets berechnenden, leblosen Augen, die er nicht verbergen kann.

Du fragst dich, ob sich seine Augen verändern, wenn er mit Illuria zusammen ist. Oder sieht er sogar sie so kalt an? Sieht sie etwas in ihm, was der Rest der Galaxie nicht sehen kann? Ist das ihre besondere Gabe?

Das sind nur die Pheromone, ermahnst du dich. Dagegen kann man etwas nehmen. Frogg tut das wahrscheinlich auch.

»Und da kommst du ins Spiel, Tom. Wir müssen diese Korvette tief in das Gebiet der RMK bringen, und sie mit einer erbärmlichen, kleinen, zusammengewürfelten ,Flotte' zusammenbringen, die sie sich zusammengeklaubt haben. Glaub mir, was sie da haben, ist alles ziemlich enttäuschend.« Scarpias Ton ist zugleich trocken und fröhlich. Er trinkt einen Schluck Whiskey aus dem Kristallglas-Tumbler, den er locker in seiner gepflegten Hand hält. »Da du bei der Navy warst, kannst du dich um die Besatzung kümmern, das Schiff dorthin bringen und ordentlich abliefern. Allerdings musst du noch einen Zwischenstopp einlegen, um noch ein paar ordentliche Bordwaffen abzuholen.«

Dem stimmst du zu, denn was sonst kannst du tun? Allerdings schaffst du es, ein bisschen nachzubohren. Behutsam natürlich, aber du tust es. Das sollen Spione ja auch tun. Genau das ist, was der Jahrmarkt haben will. Deswegen ist das mit der *Chiasm* geschehen, mit Camp Forge und all den toten Legionären. Dieser Augenblick, an dem der Endkunde seinen Auftritt hat, ohne Rücksicht auf Verluste.

»Und was haben die RMK mit der Korvette vor, wenn ich sie ihnen übergebe? Also, wenn ich sie ihnen tatsächlich übergebe?«, fragst du auf eine sehr Tom-typische Weise. Egal, was du machst, immer auf den eigenen Nutzen bedacht.

»Tja, nun... zum Glück müssen wir daran nicht beteiligt sein, Tom. Aber es wird eine ziemlich große Sache werden. Der Plan lautet, so wie ich es verstehe, und jetzt, wo du dazugehörst... warum nicht. Jetzt, wo du einer von uns bist... Der Plan lautet als Selbstmordflotte nach Utopion zu springen, und dann die Korvette direkt in das Haus der Vernunft zu rammen. Sie wird mit einem Planetenbrecher beladen sein, was eine ziemlich gute Chance bedeutet, dem Planeten ein paar ordentliche Risse zu verpassen. Wenn dann in hundert Jahren die Strahlung abgeklungen ist, wird derjenige, der dort das Sagen hat, eine schöne Mine auf dem Gelände der ehemaligen galaktischen Hauptstadt haben.«

Von den sieben Milliarden Toten abgesehen, die du auf dem Gewissen haben wirst, Scarpia, wenn du das durchziehst, ist der Gedanke, der dir durch den Kopf schießt.

Du erlaubst dir, schockiert zu sein. Du lehnst dich in dem üppig gepolsterten Sessel zurück, in dem du dich niedergelassen hast. Es wäre absolut falsch, im Angesicht eines solchen Chaos und solcher Zerstörung gleichgültig zu sein. Bei Frogg wäre das natürlich völlig normal. Aber bei dir... nein. Dein Selbsterhaltungstrieb muss sich zumindest ein wenig bemerkbar machen. Wenigstens andeuten, dass dies zu weit geht. Du kannst nicht anders

»Ach, komm schon, Tom«, sagt Scarpia nach einem weiteren Schluck, nachdem er deine Reaktion beobachtet und eingeschätzt hat. »Es ist ja nicht so, als ob sie damit tatsächlich durchkämen. Ich mein, ernsthaft? Eine Flotte, die an Utopions planetaren Verteidigungssystemen vorbeikommt? Unmöglich.«

»Warum es dann überhaupt versuchen?«

»Weil sie es wollen.« Er seufzt verärgert. »Und sie sind bereit, uns viel Geld zu zahlen, damit wir ihnen helfen. Genau das tun wir. Wir liefern das Feuerwerk. Wen kümmert es schon, wenn der Kunde sich den eigenen Zeh wegschießt? Oder in manchen Fällen halt die Tentakel. Geht uns nichts an. Nach dieser Aktion werden wir in aller Sicherheit auf unserem eigenen Planeten leben. Und ich meine unseren eigenen, *ganzen* Planeten, Tom. So viel verdienen wir an dieser Sache.«

Du hast das Gefühl, als hättest du es vermasselt mit deiner Sorge um Utopion und die sieben Milliarden, die dort leben. Scarpia hat dich beobachtet. Er hat auf deine Reaktion gewartet. Hat er in dir Tom gesehen, den Typen, der sich nur um sich selbst kümmert und so viel Kohle wie möglich raffen will? Oder hat er dein anderes Ich gesehen?

Du beugst dich vor. »Ich bin dabei.«

»Sehr gut, Tom. Das ist gut. Und übrigens ... auf dem Weg dorthin musst du dich für mich um etwas kümmern. Es gibt da noch ein ungelöstes Problem zu klären.«

Du nickst zustimmend, als gäbe es nichts, was du lieber tätest, denn du freust dich wirklich darauf, die Korvette und den Planeten zu erreichen, den man dir nach Abschluss dieses kleines Deals versprochen hat. Genau das würde Tom tun. Genau das würde Tom wollen.

Damit die Fassade nicht bröckelt und du nicht kotzen gehst, was du *eigentlich* tun willst, denkst du an Illuria. Sie liegt da draußen faul in der warmen Sonne im stoffärmsten aller Bikinis. Du denkst an ihre Haut. An ihre Lippen. An den rauen Klang ihrer Stimme, wenn sie »Tom« sagt.

»Du musst dich um Folgendes kümmern«, sagt Scarpia. »Du musst dich um den Kontaktmann kümmern, der dir diese wunderbaren Bomben verkauft hat, mit denen sie diesen Zerstörer ausgeschaltet haben, und mit ihm all diese Legios. Offenbar hat man ein Mordkommando auf ihn angesetzt. Ich kann nicht zulassen, dass diese Spur zu dir führt.« Scarpia tätschelt dein Knie. »Erledige diese Kleinigkeit für mich, und dann holen wir die Korvette ab, Tom.«

KAPITEL 16

Unser Team hatte endlich die Erlaubnis, Exo zu uns zu holen. Also zogen wir unsere Zivilkleidung an und gingen hinaus auf die Straße.

Die Sonne schien, und eigentlich hatten wir wunderschönes Wetter, aber das half meiner Stimmung überhaupt nicht. Das Letzte, was ich zu Captain Devers gesagt hatte, war, dass ich hoffte, ihn nie wieder sehen zu müssen. Tja, heute war Silas-Devers-Tag auf Utopion. Der ‚Held von Kublar' war nach Utopion zurückgekehrt, um seinen Orden zu erhalten. Den Orden des Centurios. Das war die höchste Auszeichnung, die die Republik zu vergeben hatte. Neunzig Prozent der Empfänger erhielten ihn posthum.

Deswegen ergab es natürlich total Sinn, ihn Devers zu verleihen.

Ich begriff's einfach. Natürlich *begriff* ich es,... Ich verstand, was Legionskommandeur Keller uns gesagt hatte. Die Republik brauchte einen Helden, damit sich die Bürger sicher fühlten, sobald sich das, was mit uns passiert war, in der Galaxie herumsprach. Die wahren Helden waren tot oder bei den Dark Ops, und man konnte ja kaum die Legionäre der Dark Ops präsentieren. Devers aber ließ sich bestens präsentieren, und nach den ersten Pressefotos zu urteilen, auf denen er Senatoren und Abgeordneten die Hand schüttelte, würde er für den Rest seiner militärischen Karriere der Goldjunge der Republik sein. Die vermutlich gerade lange genug dauern würde, um ihm einen Platz im Rat zu sichern.

Ich betrauerte unsere Zukunft.

Wenn es einen Lichtblick gab, dann war das die Tatsache, dass Devers nicht mehr in der Legion war. Natürlich regten wir uns alle darüber auf, wie man es gehandhabt hatte. Die offizielle Erklärung lautete, dass das Haus der Vernunft der Meinung war, dass ihr ernannter Offizier alles für die Legion getan hatte, was er für die Legion tun konnte, und man vertrat die Ansicht, dass die Navy ihn am meisten brauchte.

Also beförderten sie ihn zum Commander.

Tja.

Wenn man die richtigen Leute kannte, konnte man anscheinend direkt zum Lieutenant Commander aufsteigen.

Twenties las die Holo-Erklärung vor. »Leute, hört euch diesen Mist an. ,Commander Devers' Heldentaten auf Kublar, wo er die angeschlagenen Reste der Victory Company der 131. Legion (offiziell außer Dienst gestellt) anführte, waren entscheidend für die Rettung des Unterstützungspersonals der Republikanischen Armee und anderer Militärangehöriger vor einer feindlichen Übermacht. Devers, der den Einsatz im Rang eines Captains begann, erhielt von seinem vorgesetzten Offizier, Major Jorleth Hilbert, eine Feldbeförderung zum Major, als Hilbert bei einem Hinterhalt Verletzungen erlitt, bei dem seine Truppe von fast fünfhundert Feinden angegriffen wurde.'«

»Einhundertfünfzig«, korrigierte Masters.

»Höchstens zweihundert«, meldete sich auch Kags zu Wort.

Twenties fuhr fort. »Als er das Kommando übernommen hatte, führte Major Devers mit taktischer Brillanz und in unerschütterlicher Entschlossenheit, seine Männer am Leben zu halten, einen Feldzug an, bei dem er die Rebellen der Mittleren Kernwelten und ihre Verbündeten durch Ausweichbewegungen und einer Politik der verbrannten Erde dazu zwang ... Bla, bla, bla. Das geht noch eine Weile so weiter, und jetzt darf er bei der Navy die Besatzung und Marineinfanteristen umbringen, anstelle von Legionären.«

»Hundert Credits, dass er Admiral ist, bevor ich Sergeant werde«, sagte Kags. »Euch Jungs erzähle ich ja nichts Neues, aber außerhalb der Legion finden sich echte Leistungen und Pflichterfüllung ziemlich abgeschlagen auf Platz drei hinter Beziehungen und Macht, wenn es um den beruflichen Aufstieg geht.«

»Sind Sie sicher, dass unser Aufklärer Exo tatsächlich in dieser Bar gesehen hat?«, fragte ich. »Weil ich mir die ganze Zeit vorstelle, wie er irgendwo während der Zeremonie in einem Scharfschützenversteck sitzt und darauf wartet, Devers eine Kugel in den Kopf zu jagen.«

Owens pulte in seinem Ohr, und sein riesiger Bizeps bewegte sich mit, was die Tätowierungen auf seinem Arm tänzeln ließ. »Ich hätte diesem Ernannten den Kopf abreißen sollen, als ich die Chance dazu hatte.«

»Das ist nun mal der Preis«, sagte Ford. Ich brachte es im Moment nicht über mich, ihn Wraith zu nennen. Es war seltsam, ihn ohne seinen Helm zu sehen. Irgendwie schien er größer zu sein. »Niemand wird je erfahren, welche Opfer Pappy, Rook und Maldorn gebracht haben... nicht wirklich. Sie können Medaillen bekommen. Es können Holofilme und Bücher über sie erscheinen. Aber niemand wird wirklich die Wahrheit wissen. Außer uns. Wir kennen sie. Und wie Legionskommandeur Keller sagte, nur so können wir weiterkämpfen. Lasst ruhig Devers den Ruhm. Es wäre für die Republik ein Verlust, wenn stattdessen ein echter Legio seinen Platz einnehmen müsste.«

Wir setzten unseren Spaziergang fort und dachten darüber nach, was Ford gesagt hatte.

»Ich habe gehört, dass sie einen Film über Devers drehen«, sagte Masters schließlich. »Ich frage mich, wer mich spielen wird?«

»Es gibt eine ganze Reihe von Schauspielern mit Übergewicht für diese Rolle, da bin ich mir sicher«, sagte Kags.

»Das nimmst du zurück.« Masters blieb mitten auf der Straße stehen. Dann zog er sein Hemd hoch und enthüllte eine versteckte Blasterpistole, aber wir wussten alle, dass er bloß seine Bauchmuskeln zur Schau stellen wollte. »Ich sollte mich selbst spielen, wenn ich schon so aussehe. Captain Owens, ich bitte jetzt um Urlaub, wenn die Studios mit den Dreharbeiten beginnen.«

Owens rief über die Schulter zurück: »Ich warte nur darauf, dass sie anrufen, und dann darfst du sofort los, Kumpel.«

Die lockere Stimmung erweckte unsere Lebensgeister wieder — und wir freuten uns alle sehr darauf, Exo schon bald wiederzusehen. Die Geschichte auf Kublar war ein harter Brocken, und er hatte damit allein fertig werden müssen.

Wir stolzierten förmlich über die Straßen von Utopion - die allerdings nicht aus Gold waren, denn damit hatten sich die Politiker die Taschen vollgestopft. Die Sonne schien, wir trugen alle Eclipse-Martin-Sonnenbrillen, und Masters hatte recht: Wir sahen aus wie Filmstars. Wir waren die fittesten Typen auf der Straße, und mit jedem Schritt strahlten wir dieses Selbstvertrauen aus, das nur Legios ausstrahlen können. Nein, wir setzten sogar noch eins drauf. Legio plus eins. Wir hatten das Selbstvertrauen der Dark Ops. Was sich in jedem Blick und jedem Lächeln bestätigte, das man uns auf unserem Weg zuwarf.

Der Captain nickte in Richtung einer Bar, die direkt vor uns war. »Da ist sie. Immer an den Plan denken. Ich werde zuerst mit ihm reden. Ihr habt ihn ausgesucht, aber ich muss ein gutes Gefühl bei ihm haben.«

Was mir ernsthaft Sorgen machte. Wenn es Exo schlecht ging, dann traute ich ihm problemlos zu, dass er einen Streit mit dem Captain anzettelte, nur um sich besser zu fühlen.

Ein Junge, vielleicht vierzehn oder fünfzehn Jahre alt, schien Owens zu erkennen. Er rannte auf ihn zu, und Owens reichte ihm einen Credit-Chit. Der Junge lief sofort wieder weg. Der Captain warf mir einen Blick zu und sagte: »Das war unser Aufklärer. Billiger und diskreter als jeder andere, den wir auf der Basis haben.«

Kurz bevor wir die Tür erreichten, schwang sie auf, und ein alter Mann kam herausgestolpert. Er marschierte mitten in unsere Gruppe hinein, weil wir alle so dicht beieinander standen, und blinzelte ein wenig, weil die Sonne ihn blendete. Dann richtete er sich auf. An seiner Haltung erkannte ich sofort, dass es sich bei ihm um einen alten Legio handeln musste. Offenbar erkannte er uns auch, weil er uns zuzwinkerte und sagte: »Seit wann ist das hier eine Legio-Bar?«

Wir lachten und gingen unserer Wege.

Wuah. Ich liebte alte Legios. Wenn wir nicht aus wichtigem Grund hier hergekommen wären, hätte ich ihn auf einen Drink und eine Geschichte eingeladen.

Ich erinnerte mich daran, wie ich mal an einer Abschlussfeier teilgenommen hatte, und da hatte ich gerade selbst erst mein Legions-Wappen erhalten. Dort gab es auch ein Bankett mit ehemaligen Legionären, eine ziemlich große Sache auf dem Planeten, auf dem sich meine Legions-Akademie befand. Ich gehörte damals zur ersten Klasse, die einen Hindernisparcours unter sauerstoffarmen Bedingungen absolviert hatte. Im Grunde genommen wurde man in einen Raum mit einem ziemlich normalen Hindernisparcours gesteckt, wo sie dann den Sauerstoffgehalt so weit senkten, dass man das Gefühl hatte auf den Gipfeln des Witomco herumzulaufen. Es war furchtbar, aber ich hatte es geschafft.

An diesem Abend, bei der Zeremonie, sah ich diesen alten Legio, der einfach nur in einem Repulsor-Stuhl saß. Das war so eine Sache bei den alten Legios — viele von ihnen lehnten jegliche Kybernetik ab. Sie wollten keine Halb-Bots sein. Sie hatten eine Abneigung gegen die Kriegs-Bots, die man bei den früheren Feldzügen mit ihnen und gegen sie eingesetzt hatte. Ich schlenderte zu ihm hinüber und sagte ganz freundlich: »He, alter Knabe, hast du sowas schon mal gesehen?« Und ich zeigte ihm meine Anstecknadel, die ich nach dem Kurs erhalten hatte. »So eine hast du nie bekommen, oder?«

Das sollte natürlich ein Witz sein.

Er sah mir direkt in die Augen und antwortete: »Da liegst du falsch, Legio. Ich habe eine bekommen.«

Tja, das konnte natürlich nicht stimmen, denn dieser Kurs war damals brandneu, und der Legio vor mir war alt genug, um die Barbarischen Kriege von Anfang bis Ende mitgemacht zu haben.

»Wann?«, fragte ich.

»Junico, 1980, RBK.«

Ich kam mir wie ein Narr vor. Junico, eine der letzten großen Schlachten der Barbarischen Kriege. Legionäre hatten sich auf schwindelerregend hohen Berggipfeln eingegraben und kämpften gegen unerbittliche Barbaren, die einfach nicht aufgaben. Und dieser alte Knabe war dabei gewesen. Ja, er hatte sich an diesem Tag seine Anstecknadel verdient. Und ich hatte meine Lektion gelernt. Es war heute toll ein Legio zu sein, und es war damals toll, ein Legio zu sein. Man wurde alt, aber man blieb immer ein Legio. Wuah.

Wir betraten die Bar. Es war dunkel hier drin, und das Licht von draußen zuckte wie ein Dolch durch die Dunkelheit und verschwand wieder, als sich die Tür hinter uns schloss. Ich konnte Exo an der Bar sehen, wie er einen Drink zu sich nahm. Er saß mit dem Rücken zu uns. Wir alle blieben zurück, während Captain Owens zu ihm hinüberschlenderte. Man konnte kaum was erkennen, aber Owens behielt trotzdem seine Sonnenbrille auf. Er setzte sich auf den Hocker neben Exo und bestellt eine Flasche Bier.

Die anderen Jungs blieben im Schatten, aber ich bewegte mich vor und sah mir alles von der Seite aus an, weil ich hören wollte, was sie zu sagen hatten. Aber ich stand auch im Schatten, und obwohl Exo in meine Richtung schaute, konnte er mich nicht sehen.

Aber ich sah ihn. Exo musterte Owens gerade, als stünde er in einer menschenleeren Toilette, und irgendein Kerl hätte sich an das Pissoir direkt neben ihm gestellt.

Owens sagte kein Wort. Er schlang einfach seine Pranken um das Bier und nahm einen tiefen Schluck. Als er es wieder abstellte, gab er mit angespanntem Bizeps an, als wollte er Armdrücken. Exo konnte das nicht einfach so stehen lassen, obwohl er seine Raumfahrerjacke trug, und stellte seine muskulösen Arme auf die Theke. Owens Bart konnte sein breites Grinsen nicht verbergen.

»Die Zeremonie heute war ein Haufen Scheiße.«

Exo nickte zustimmend. »Ja, das war sie. Aber ich glaube, dass solcher Mist schon seit Langem passiert.«

Owens hob seine Flasche und sagte: »Darauf trinke ich.« Er leerte sie und bedeutete dem Barkeeper, ihm direkt eine Neue zu bringen.

»Bist du in der Legion?«, fragte Exo.

Owens zog seinen Hemdsärmel hoch und enthüllte seine Legions-Tätowierung. »Jepp. Du?«

»Ich bin durch mit der Legion.«

»Warum das?«, fragte Owens und nahm einen Schluck aus der Flasche, die eben vor ihm aufgetaucht war.

Exo zuckte mit den Schultern. »Naja... Die Kameraden sind alle tot oder wer-weiß-wo stationiert. Bin wegen dem Ernannten, der heute seine falsche Medaille bekommen hat, fast vor dem Kriegsgericht gelandet — die haben wohl bloß den Papierkram zu mir verlegt. Meine Dienstzeit beträgt nur noch zwei Monate, die werde ich noch abreißen. Danach schaue ich halt, was die Galaxie für mich bereithält.«

»Klingt nach einer guten Ausrede, um zu trinken.« Owens stellte seine Bierflasche ab und sah Exo direkt in die Augen. »Aber was ist, wenn die Galaxie die Mistkerle für dich bereithält, die die *Chiasm* in die Luft gejagt haben?«

Exo wollte gerade einen Schluck nehmen, aber er hielt auf halbem Weg inne. Das Glas schien in der Luft zu hängen und hätte ihm jeden Augenblick aus den Fingern gleiten können. Dann stellte er es ab und dreht sich auf seinem Stuhl, um Owens direkt ansehen zu können. »Wie bitte?«

Owens wiederholte seine Worte, nur langsamer. »Was ist, wenn die Galaxie die Mistkerle für dich bereithält, die die *Chiasm* in die Luft gejagt haben?«

Exo kniff die Augen zusammen. »Wer bist du? Denn ich *weiß* ziemlich genau, dass du bestimmt nicht hier bist, um mich zu verarschen.«

Der Captain streckte ihm die Hand entgegen. »Captain Ellek Owens. Du wurdest für die Dark Ops ausgewählt.«

Exo starrte die Hand ungläubig an. »Von wem?«

»Meinem Team.«

Und damit traten wir aus dem Schatten heraus und begrüßten unseren eigensinnigen Kameraden. Wir waren froh, ihn wiederzuhaben.

Twenties schüttelte ihm die Hand, gefolgt von Masters.

Ich zog ihn an mich heran und umarmte ihn. »He, Mann, lass den Ernannten da, wo er sich nicht mehr in die Legion einmischen kann. Sorgen wir dafür, dass diese RMK für ihre Taten bezahlen. Die Galaxie wird sie weinen hören.«

»Ja«, sagte Exo und schlug mir auf die Schulter. »*Das* kann ich mir gut vorstellen, Sergeant.«

»Tatsächlich durfte ich meine Beförderung behalten. Es heißt also *Lieutenant* Chhun, Soldat.«

Exo lächelte. »Tja, vielleicht erinnert sich der Lieutenant ja daran, dass er Exo einen Drink schuldet, weil Exo einen Panzer in die Luft gejagt hat, bevor der Panzer ihn in die Luft jagen konnte. Also... wird Zeit, die Zeche zu begleichen, Lieutenant.«

Ich bestellte eine Runde für alle, und dann kam Kags dazu. »He«, sagte er zu Exo, »schön, dich zu sehen.«

Exo starrte Kags ausdruckslos an. »Willst du mich verarschen? Ein Infanterist ist vor mir bei den Dark Ops gelandet? Das war's, da mache ich nicht mehr mit.«

Alle lachten, aber ich merkte, dass Kags immer noch das Gefühl hatte, nicht wirklich Teil des Team zu sein. Ich gab Exo ein Zeichen, damit er dem Jungen helfen konnte.

»He«, sagte Exo, packte sich Kags und nahm ihn kurz in einen Schwitzkasten. »Du kämpfst wie eine wilde Bestie. Mit dir würde ich jederzeit in den Krieg ziehen.«

Kags lächelte verlegen, während der Barkeeper die nächste Runde Bier austeilte. Ich bemerkte, wie der Captain nach seinem Funkgerät griff, während Twenties einen Toast sprach.

»Auf die Victory Company! Ihr Opfer war nicht umsonst.«

Wir wiederholten begeistert den Trinkspruch und leerten unsere Flaschen in einem Zug. Dann stand der Captain mit verschränkten Armen vor uns. »Unsere Vernehmungsoffiziere haben unser Ziel bereits ausfindig gemacht. Wir haben den Lieferanten. Das Shuttle startet in zwei Stunden.«

KAPITEL 17

Das ist absolut unmöglich.

Das teilst du Scarpia mit. Nicht Mr. Scarpia. Er sagte, du sollst ihn Scarpia nennen.

Also tust tu das.

Du gehörst jetzt zum inneren Kreis.

Was wohl alle schon wussten, und im Grunde war das ja auch in Ordnung. Nur bemerkst du, dass Frogg dich beobachtet. Als ob du unerlaubt heiligen Boden betreten oder einem Kind sein Lieblingsspielzeug weggenommen hättest. Oder... dich zwischen ein Grubenmonster und seine Beute gestellt hättest.

Hast du ja auch.

Und du bemerkst den Blick des Psychopathen, der sich für deinen Freund hält. Das war's dann wohl.

Spielt im Augenblick aber auch keine Rolle. Du lässt Scarpia wissen, dass es absolut unmöglich ist, jemanden in eine republikanischen Navy-Stützpunkt oder in ein Versorgungsdepot einzuschleusen. Nicht nach dem, was auf Kublar passiert ist. Niemand kann jetzt einen Versorgungsoffizier ausschalten, ob korrupt oder nicht. Die Ereignisse auf Kublar bedeuteten unvorstellbare Sicherheitsvorkehrungen.

»Natürlich nicht«, bemerkt Scarpia trocken, während er Frogg seinen Kristallglas-Tumbler hinhält, um sich nachschenken zu lassen. Der lässige Blick, den Frogg dir zuwirft und der dir deinen Tod verheißt, sollte dich zittern lassen. Aber das darfst du dir nicht anmerken lassen. Nicht vor diesen Killern. Diesen Halsabschneidern. Diesen Piraten.

Wenn du wie Espenlaub zitterst, dann werden sie wissen, dass du nicht Tom bist. In deinem Inneren schreist du das immer wieder, während du dir Scarpias wahnsinnigen Plan anhörst, in einem von der Republik abgeriegelten Versorgungsdepot ,ein ungelöstes Problem zu klären.'

So nennt er die Ermordung des korrupten Versorgungsoffiziers. Ein ungeklärtes Problem klären.

Es gibt einen kaum noch vorhandenen Teil von dir, obwohl du als Navy-Offizier, der du ja bist, oder warst, nein, bist, natürlich unsichtbare Feinde hast beschießen lassen, der dich etwas empfinden lassen sollte, wenn es darum ging, ,ein ungelöstes Problem zu klären'.

Empörung?

Nö.

Entrüstung?

Nö.

Nichts?

Genau.

Es macht dir nichts aus, den Mord an einem Menschen vorzubereiten. Du wirst Scarpias Plan sogar eine kleine Änderung hinzufügen. Du willst gar nicht so auf die Details eingehen... Aber eine Kleinigkeit lässt sich ja immer ändern. An einem Mord.

Bezaubernd.

Und wieder einmal versuchst du dir einzureden, dass du den Schlamassel fast hinter dir gelassen hast, und dass das Mordkommando mit seinen großen, bösen Legionären anrücken kann, um alles wieder in Ordnung zu bringen.

Red dir das ruhig weiter ein, Tom.

Scarpias verrückter Plan besteht darin, von einem havarierten Frachter einen Notruf abzusetzen, der dann am Nachschubdepot Ootani andocken muss, irgendwo im Jack-Taar-Nebel, wo der Typ brav seinen Dienst ableistet.

Wenn er nicht gerade seine republikanischen Kameraden verrät, indem er den RMK die Bomben liefert, die sie alle umbringen.

Aber das interessiert dich nicht. Doch, dich interessiert das schon. Nur Tom nicht. Also interessiert es dich nicht. Denn Tom würde das auch nicht.

Scarpia will einfach einen der alten Massenfrachter ins Depot fliegen und ihn dann auf dem Hangardeck in die Luft jagen. Du fliegst ihn rein und steigst kurz vor der Detonation aus. Genau wie bei der *Chiasm*.

Nur wird das für sie ein gefundenes Fressen sein. Zumindest sagst du das Scarpia. Nach dem, was mit der *Chiasm* passiert ist, werden sie jeden, der an einem Depot andocken will, doppelt überprüfen — egal, ob es sich um einen Notfall handelt oder nicht. Unautorisierte Landungen sind nicht erlaubt, und wenn es doch eine geben sollte, wird man sie mit den Argusaugen eines Überwachungs-Bots im Blick behalten. Nur sind das dann keine Bots, sondern Legionäre. Beim kleinsten Anzeichen von Ärger jagen sie dein Schiff in die Luft. Sie werden sogar jedes Schiff in die Luft jagen, das auch nur ansatzweise verdächtig erscheint.

Und, fügst du noch hinzu, wenn man diesen süßen, kleinen Plan wiederholt, dann ergibt sich ein Muster. Die Dark Ops interessieren sich sehr für solche Pläne. Die Dark Ops wissen bereits zu viel über diesen Plan. Und je mehr sie wissen, umso mehr Energie werden sie im Laufe ihres Geheimdiensteinsatzes in ihre Arbeit stecken. Der entscheidende Unterschied könnte die Fähigkeit sein, einfach unbemerkt zu bleiben. Das könnte der ausschlaggebende Grund für den Erfolg sein — oder wenn es nicht klappt, eben zum Fehlschlag führen. Natürlich gerade in der Endphase.

Scarpia hört dir schweigend zu, und du bist dir ziemlich sicher, dass es ihm gar nicht gefällt, wenn er sich sagen lassen muss, dass er nicht immer überragend ist. Dass sein Plan tatsächlich fantasielos und schlecht ist. Er genießt Lob und Bewunderung, aber nicht, wenn man es vortäuscht. Er freut sich über echtes Lob im Angesicht seiner ehrlichen Bemühungen. Vermutlich würde er die Tatsache, dass er Rebellen mit illegalen Waffen beliefert und Terror, Zerstörung und unzählige Tode verursacht, tatsächlich so bezeichnen: *ehrliche Bemühungen.*

Aber wer kann schon beurteilen, was falsch ist? Redete nicht das republikanische Haus der Vernunft auf seinem kontinuierlichen Weg in Richtung Sozialer Perfektion genau über diese Dinge?

Was ist denn überhaupt falsch?

Nun, Antrag zur Geschäftsordnung, denkst du in diesem Augenblick. Ein ganzes Nachschubdepot in die Luft zu jagen, um einen einzigen Mann zu erwischen, ist... nun ja, falsch.

Aber das gilt auch für die Sprengung der *Chiasm* und Camp Forge. Und das hat dich nicht davon abgehalten.

Zögerst du also, weil es falsch ist? Oder weil du ein schlechtes Gewissen hast, wegen all der falschen Dinge, die längst passiert sind? Selbst wenn Tom sich nicht schlecht fühlt.

Ist das vielleicht der Grund, warum du nur den Versorgungsoffizier erwischen willst? Das wäre in dieser

Situation ein Erfolg. Man muss nur den einen korrupten Kerl erledigen, und alle anderen auf dem Stützpunkt — so um die Fünfhundert, mehr oder weniger — dürfen weiterleben.

»Was sollen wir denn sonst mit diesem Drecksack anstellen, Kumpel?«, fragt dich Frogg. Er genießt dein kleines Theaterstück, aber nur, weil es dazu führen könnte, dass du Goldjunge bei Scarpia in Ungnade fällst.

Er setzt große Hoffnung in dich.

»Du«, sagst du.

»Ich?«, sagt Frogg mit übertrieben aufgerissenen Augen.

»Du und ich, wir werden als Frachterpiloten dort auftauchen. Auf einem Schiff, das wirklich kaputt ist. Wir müssen gerettet werden. Wir durchlaufen alle üblichen Prozeduren. Und ja... wir machen ziemlich deutlich, dass wir ehemalige, heruntergekommene Soldaten sind, die da draußen Waffengeschäfte machen. Wir haben sogar unseren eigenen Frachter, einen echten Schrotthaufen. Aber wir haben nichts an Bord, wofür wir verhaftet werden könnten. Sobald wir die Sicherheitskontrollen passiert haben, geht's an die Messerarbeit. Und dann verlassen wir das Depot in einem Schiff, das plötzlich wieder funktioniert.«

Frogg gefällt das, aus... nun ja, zwei Gründen.

Weil er morden darf.

Und ihn das zum Star macht.

Er schenkt dir ein Lächeln.

Wie von dir erwartet.

Das Lächeln eines Hais vor dem nächsten Fressen.

Lass sie nur nicht sehen, dass du zitterst.

Ihr fliegt mit Volldampf rein. Der Frachter, den Scarpia für euch zusammengebaut hat — oder eigentlich auseinandergefrickelt —, verlässt in einem unkontrollierten Sprung den Hyperraum. Ignoriert einfach alle System- und Kollisionswarnungen. Du bemühst dich verzweifelt, diesen alten Schlepper daran zu hindern, einfach auseinanderzufliegen.

Frogg starrt teilnahmslos aus dem Cockpit und betrachtet das Nachschubdepot, das wie in den Wolken schwebend irgendwo tief im Jack-Taar-Nebel hängt.

Plötzlich fallen die Haupttriebwerke aus, und du steuerst euch mit kurzen Stößen der Manövriertriebwerke so, dass eure Vorwärtsbewegung weiter auf die Ootani-Station ausgerichtet ist.

»Ootani-Anflugkontrolle, hier spricht der Frachter *Hoplyte*. Mayday, Mayday, Mayday. Wir haben unseren Antrieb verloren und ein Reaktorleck. Wir brauchen sofortige Notfallreparaturen.«

Keine Reaktion.

Während vor euch die im Wirbelstrudel des Nebels schwebende, rautenförmige Station mit ihrem langen Andockarm immer größer wird, wird das Schiff von heftigen Erschütterungen erfasst. Zum Glück befindet sich in der Umgebung kein Verkehr.

Und die Ootani-Station meldet sich nicht.

Ansonsten läuft fast alles nach Plan, und obwohl du kein guter Pilot bist, hast du es bisher geschafft, dich und Frogg nicht umzubringen. Noch nicht. Die Backbordtriebwerke verabschieden sich, nachdem ein Kurzschluss die Leiterplatten an der Rückseite des Flugdecks durchgebrannt hat.

Frogg schwenkt seinen Kopf wie ein Bot, und sieht dir zu, wie du die Trägheitsdämpfer aktivierst, um euren Anflug zu verlangsamen. Er betrachtet dich mit ausdruckslosem Gesicht, und sein Tonfall könnte der eines geborenen Komikers sein.

»Macht Spaß, oder?«

»Ootani-Station, hier spricht…«

»Wir empfangen sie, *Hoplyte*. Diese Station ist Sperrgebiet. Springen sie zum Dulataar-Riff. Dort gibt es eine Instandsetzung, die die meisten Schiffe in Ordnung bringen kann. Viel Glück.«

In diesem Augenblick werden die Batterien der Trägheitsdämpfer am Heck überlastet und explodieren. Denn das sollen sie ja auch. Sie sind Teil des Plans. Teil der Show.

Die nächsten Sekunden sind entscheidend, weil ihr euch nur noch treiben lassen könnt. Solltet ihr weit genug treiben und den Sicherheitsperimeter der Station verletzen, dann könnt ihr nur noch hoffen, dass sie nicht die Automatikgeschütze auf euch richten. Und wenn sie euch an der Station vorbeitreiben lassen, dann könnt ihr nur hoffen, dass sie rauskommen, um euch zu holen.

Alles andere wäre eine fehlgeschlagene Mission.

Ihr sollt eine verzweifelte Besatzung sein, die einen Schrotthaufen fliegt. Also müsst ihr natürlich verzweifelt sein und einen Schrotthaufen fliegen. Sensoren lügen nur selten.

Frogg zuckt mit seinem Kopf zur Seite. Eine seltsame, knappe Bewegung, die zu sagen scheint: »Tja, das war's dann wohl.«

Du beugst dich vor und betätigst den Hauptschalter, mit dem sich der Lebenserhaltungsgenerator mit der Leere des Weltalls fluten lässt. Das wird normalerweise nur im Falle eines Feuers gemacht. Ihr habt kein Feuer an Bord. Aber der Tiefenraum hat das Talent, diese Generatoren durchschmoren zu lassen, und die Sensoren auf der Station werden ein durchgeschmortes Lebenserhaltungssystem zweifellos erfassen.

Nur Sekunden später schaltet sich der Generator ab, und die Station vor euch wird immer größer. Du versuchst die Automatikgeschütze zu ignorieren, die euer Schiff erfasst haben und eurem Treiben folgen.

»Ootani-Station, wir haben gerade unsere...«

»Ja, haben wir schon gesehen. Bereit machen für Traktorstrahl. Wir bringen euch rein, *Hoplyte*.«

Einen Augenblick später erfasst der leistungsstarke, aber unsichtbare Traktorstrahl der Station den Frachter. Unser Schiff reagiert, als würde es gleichzeitig gewürgt und durchgerüttelt. Der Strahl zerrt uns in den klaffenden Schlund der nun riesig wirkenden Station.

Frogg holt den kleinen Blaster hervor, den er mitgebracht hat, wischt ihn einmal mit einem Tuch ab und schiebt ihn dann unter seinen Sitz. Er steht auf, als sich die oberen Decks der Andockrampe über dem Frachter abzeichnen. Dunkle Schatten ziehen über das Cockpit hinweg, und die einzigen verbliebenen Lichter stammen von den wenigen noch funktionierenden Instrumenten.

»Ich machte 1D-20 bereit. Wir treffen uns an der Einstiegsrampe«, sagt Frogg, während du das Fahrwerk ausfahren lässt und die Schiffssysteme herunterfährst.

Draußen auf dem Deck eilen drei Legionärsgruppen heran — alle in Stationsbereitschaft —, dem sich nähernden Frachter entgegen. Nach der Sache auf Kublar geht die Republik kein Risiko ein.

Am Ende der Einstiegsrampe steht ein republikanischer Navy-Offizier, gelangweilt und desinteressiert. Er kann es sich leisten, denn er hat dreißig Elitekiller hinter sich.

Dann streckt er seine Hand nach deinem Ladungsverzeichnis aus.

Du reichst ihm das Datenpad.

Einen Augenblick später schaut er vom Bildschirm hoch.

»Wirklich, ihr habt nichts dabei? «

Du zuckst mit den Schultern, lächelst und tust so, als wärst du bei etwas ertappt worden.

Ein echter Waffenschmuggler würde so etwas *nicht* tun. Aber du tust es.

»Wir waren mit einer Ladung Reis aus dem Cluster unterwegs. Haben alles verkauft und sind jetzt auf dem Weg zurück nach Denku.«

»*Reis?*«, wiederholt der Offizier und versucht nicht einmal, seinen Unglauben zu verbergen. »Die Sensoren zeigen an, dass euer Schiff über normale und versteckte Laderäume verfügt. Keiner davon ist groß genug, um Reis in ausreichender Menge zu transportieren und damit Profit zu machen.«

Er sprach das Wort ‚Profit' aus, als wäre es etwas, das einen üblen Geschmack im Mund hinterlässt. Dir ist natürlich klar, dass dieser Typ ein Ernannter ist. Stammt aus einer gut situierten Familie und hat in seinem ganzen

Leben noch keinen einzigen Tag ehrliche Arbeit verrichtet. Du hast solche Typen gehasst. Dein Offizierspatent hast du auf die altmodische Art und Weise bekommen. Tom hat solche Typen auch gehasst.

Und du bist Tom. Also ist es okay, diesen Kerl zu hassen. Denn Tom hasst diesen Kerl.

Nur hatten diese Typen schon immer das Sagen, und du hast vor langer Zeit gelernt, wie man sie mit ihren eigenen Waffen schlägt. Tu einfach so, als ob sie so schlau wären, wie sie meinen. Sorg dafür, dass sie deine Lüge glauben.

»Das möchte ich gar nicht bestreiten«, sagst du. Schritt Nummer eins ist immer: Gib zu, dass er dich ertappt hat. »Es war ganz besonderer Reis.« Das ist Schritt zwei: Versuch es mit einer dummen Ausrede, die er durchschauen kann. Wenn er den Köder schluckt, den du vor seiner Nase baumeln lässt, wird er sich mit gutem Grund überlegen fühlen.

Ein kurzes Schnippen, und einer der Legio-Unteroffiziere tritt blitzschnell an ihn heran.

»Sir?«, meldet sich der Legionär mit knackigem Ton.

»Holen Sie einen Spürtrupp und scannen Sie das Schiff. Verwenden Sie den Kohlenstoffdetektor. Ich möchte wissen, wie *besonders* dieser Reis ist. Oder *war*, wie man so schön sagt.«

Du weißt genau, dass der Legionär nur den Befehl ausführen will, aber die meisten Ernannten können einfach nicht aufhören und reden immer weiter, damit alle wissen, wie toll sie sind. »Ich vermute, dass es kein Reis war. Ich vermute, dass sie Blaster und anderes Wehrmaterial für den Abschaum der RMK transportiert haben. In ein paar Stunden werden wir sehen, ob ich richtig geraten habe.«

Der Offizier wendet sich wieder an dich. »Bis dahin... können Sie beide und Ihr Bot das Warten im Aufenthaltsraum genießen.«

KAPITEL 18

Der Aufenthaltsraum enthält nur die einfachsten Annehmlichkeiten und einige uralte, an die Wand geschraubte Notsitze. Hier schickt man die Leute hin, die so lange warten müssen, bis die Prüftrupps der republikanischen Navy in den Hangar kommen und ihr gesamtes Schiff durchsuchen können. Aber das wusstest du natürlich. Darauf hast du dich verlassen.

Frogg überprüft den Zugang zur Station und beginnt, sich in das lokale Netzwerk zu hacken, während du dich um den Bot kümmerst.

ID-20 ist ein Standardwartungsdiener mit einer Spezialisierung auf Schiffssysteme.

Er wäre für jede Frachterbesatzung die naheliegende Wahl. Und natürlich sollte ein Bot wie dieser, der gemütlich durch die Gegend trudelt, keinen Verdacht erregen. Hat er auch nicht.

»Gib mir das Paket, D20«, befiehlst du dem Ding.

»Watn fürn ein Paket, Sir?«

Aus irgendeinem Grund ist er so programmiert, auf diese Art zu reagieren — mit diesem Akzent. Es hat euch während des gesamten Sprungs genervt, aber nicht genug, um dich dazu zu bringen, ein Handbuch über seine Programmiersprache auszugraben und die Parameter neu einzustellen. Stattdessen hast du beschlossen, damit zu leben. Und wenn sich irgendwelches republikanisches Personal für diesen Bot interessiert, dann werden sie sich auf die Sprache konzentrieren und nicht auf seinen verborgenen, tatsächlichen Nutzen, was für deinen Plan hilfreich ist.

»Das, was ich dir vor dem Sprung gegeben habe«, erinnerst du den Bot, an dessen Kopf reichlich Schrauben prangen.

Seine visuellen Systeme leuchten im programmierten Versuch auf, die nonverbale Kommunikation zu erleichtern. Vor sehr langer Zeit war das alles mal sehr wichtig für die Menschen, die Bots bauten. Sie zu vermenschlichen. Jetzt interessiert das niemanden mehr, oder?

Einen Augenblick später gleitet ein zuvor verborgenes Fach aus seinem fettverschmierten, mülleimerartigen Torso hervor. Er wackelt ein wenig hin und her, um damit eine Art niedrigschwelliger Freude nachzuahmen.

»Soll ich das Schiff jetzt reaktivieren, Sir?«

Du seufzt und ignorierst das arme, dumme Ding, während du kontrollierst, dass alles da ist, was du brauchst, um deine Aufgabe zu erledigen.

Zwei Messer. Ein Schlossknacker. Und zwei Uniformen republikanischer Wartungstechniker.

»Sir?«, beharrt der Bot. »Soll ich das Schiff jetzt reaktivieren?«

Du weißt, dass der Bot nicht in der Lage ist, deine nonverbalen Signale zu erkennen. Anstatt zu seufzen, sagst du also: »Noch nicht. Bereithalten.«

»Sehr gut, Sir.«

»Ich bin im Netz«, flüstert Frogg.

Du ziehst dir schnell deine Wartungstechnikeruniform an. Sie ist im Grunde nur ein Overall. Einen Augenblick später rollst du den gefalteten Hut aus und setzt ihn auf. Du überprüfst dein Spiegelbild im Fenster, das auf den rotvioletten Nebelwirbel hinausgeht — dann greifst du hinüber zu dem schrottreifen, kleinen Bot, wischst dir etwas Fett von ihm ab und schmierst es dir auf die Uniform. Sicherheitshalber ziehst du dir auch eine Spur über die Wange. Es trägt dazu bei, das Aussehen eines Technikers zu vervollständigen, der eine Schicht damit verbracht hat, die umständlichen Wartungsarbeiten zu erledigen, die auf jeder Station völlig unbemerkt ablaufen.

»Wo ist er?«, fragst du Frogg, während du das Karbonstahlmesser mit der Diamantklinge in deinen Stiefel schiebst. Wirst du diesen Versorgungsoffizier wirklich abstechen? Ja, natürlich. Es ist besser als Scarpias Plan, die Station in einem Selbstmordattentat mit einem Frachter zu rammen. Auf diese Weise... bleiben einige Leute am Leben. Und du rechtfertigst deine Entscheidung damit, dass dieser Kerl republikanische Ausrüstung an Kriminelle und Aufständische verkauft, die republikanische Soldaten töten werden.

Republikanische Soldaten *getötet haben.*

Was?

Getötet. Es ist bereits geschehen. Und du hast dabei geholfen. Also ist es nur ein bisschen inoffizielle Gerechtigkeit. Doch wann musst Rechenschaft ablegen? Wenn Frogg herausfindet, dass du nicht Tom bist? Wird dich die Gerechtigkeit dann einholen?

Du schüttelst den Gedanken ab. Begründungen. Ausreden. Du brauchst sie nicht. Und du kommst damit klar, dass du sie nicht brauchst. Oder zumindest braucht Tom diese Gründe nicht. Tom hat immer nur das Ziel vor Augen. Für Tom ist das Ziel der Riesenbatzen an Kohle in Planetengröße, den er nach diesem Waffenhandel bekommen wird.

Aber du bist nicht daran interessiert, oder?

»In diesem Augenblick auf Ebene sechsunddreißig«, murmelt Frogg und gibt den Standort des Kerls an, den ihr beide töten wollt. »Nachschubeinheit vierzehn.«

Du gehst den Weg im Kopf durch. Gehe bis zum Zentralkernzugang, dann siebzehn Ebenen nach unten. Dort unten treibt sich niemand herum. Keine Legionäre. Keine Blaster. Erledige den Kerl und kehre zum Hangar zurück. 1D-20 sollte das Schiff wieder zum Laufen gebracht haben, denn das Ding ist eigentlich gar nicht so kaputt, wenn man ein paar Dinge wieder richtig einstellt.

Als ehemaliger Deckoffizier weißt du, dass wahrscheinlich nur zwei Legionäre im Dienst sind, die den Sicherheitsscan überwachen. Vielleicht nicht einmal das. Manchmal werden die Legios abberufen, und Marineinfanteristen übernehmen die Überwachung, wenn man das so nennen will. Dienst auf einem Raumdepot ist genau so langweilig, wie man sich das vorstellt.

Und niemand verdächtigt Bots. Schon gar nicht einen 1D-20. Diesen 1D-20 ganz besonders nicht. Er ist ein fahrender Mülleimer mit einer nervigen Sprachsteuerung und einem seltsam hoffnungsvollen Auftreten, das nur als lästig empfunden werden kann.

Der Notstart des Raumschiffs wird die Republikaner überraschen, und der Sprung ist bereits berechnet. Das Gravitationsfeld der Station macht die Sache nicht *super*sicher, aber es ist schon mal gemacht worden. Die Chancen stehen gut genug, um das Risiko einzugehen.

Zumindest ist das der Plan.

Als Frogg angezogen ist, nimmt er das Schloss-Hacker-Tool an sich, und zwei Minuten später seid ihr bereits hinter der Sprengtür. Die Stationssicherheit wird erst in zwanzig Minuten davon erfahren, wenn sie eine Redundanzprüfung durchführt. Dann wird man die asynchronen Messwerte bemerken. Reichlich Zeit, wie man so schön sagt...

Ihr stellt eure Smartwatches, während 1D-20 rollend zu seiner Mission aufbricht.

Eine Minute später habt ihr den Verkehrsknotenpunkt des Zentralkerns erreicht, wo sofort ein Schnellaufzug eintrifft. Eine weitere, sehr lange Minute vergeht, während du beobachtest, wie die Etagen an dir vorbeigleiten. Dann öffnet sich die Tür, und ihr habt achtzehn Minuten Zeit, bevor der Wachoffizier darauf aufmerksam gemacht wird, dass sich in dem Aufenthaltsraum keine Gäste mehr befinden.

Ihr verlasst den Aufzug und betretet einen Raum, der eigentlich ein Arbeitsplatz für Frachttechniker sein sollte. Du erwartest einen gelangweilten Techniker, der höchstwahrscheinlich ein Nickerchen macht. Als Navy-Offizier warst du oft genug in Nachschubdepots, um Schiffsvorräte abzuholen, um zu wissen, was dich erwartet. Stattdessen stehen drei Legionäre vor euch.

Und ja, du erstarrst — weil du kein richtiger Mörder bist. Du vermutest, dass du eher so etwas wie ein Attentäter bist, aber auch das ist mehr Theorie als Wirklichkeit. Du weißt schon, dass du den Sprung brauchst. Die Position im Schatten. Das Dach mit dem Scharfschützen-Blastergewehr.

Du brauchst den Abstand.

Das Töten aus nächster Nähe ist mehr Froggs Sache.

Die Legionäre wenden sich euch zu und sehen bloß zwei weitere Techniker. Sie scheinen nur hier unten zu sein, weil sie etwas für die Gruppen auf den Decks abholen wollen. Vielleicht neue Neoprenanzüge oder frisch kalibrierte Zielkristalle für das diese Woche stattfindende

Training, wo es um die Beherrschung kleinkalibriger Waffen geht. Wer weiß das schon?

Frogg tötet sie alle drei.

Einfach so.

Ihr erster Fehler ist es, ihm den Rücken zuzukehren. Was sie für einen kleinen, pummeligen Wartungstechniker halten, ist in Wirklichkeit einer von ihnen. Er *war* einer von ihnen? Ja. War. Er war zu gewalttätig. Ein Major. Außerordentliches Talent im Nahkampf und im Umgang mit Messern. Hätten sie gewusst, dass in seiner Akte über dem Stempel der unehrenhaften Entlassung eine Empfehlung für eine Auszeichnung stand – den Orden des Zenturios für den Kampf in den Tunneln auf Murlon, der aber nicht verliehen wurde, nun... dann hätten sie sich nie von ihm abgewandt.

Natürlich wären wir tot gewesen, wenn sie all das gewusst hätten. Nicht sie. Aber sie wussten es nicht. Wir blieben am Leben.

Den ersten greift er an, indem er dem Mann das Knie bricht, weil er es mit einem plötzlichen und bösartigen Tritt in die falsche Richtung zwingt. Die Panzerung eines Legionärs kann dagegen nicht viel ausrichten. Der Mann geht schreiend zu Boden und fällt erst einmal auf sein anderes Knie. Gleichzeitig greift Frogg nach oben und zieht ganz vorsichtig den mittleren Legionär, der wahrscheinlich ein Corporal ist und schon überall in der Galaxie gekämpft hat, zu sich. Er zerrt einfach sanft an der Rückseite des Helms dieses Mannes. Die Legionäre nennen das einen Knitterfreien.

Du erinnerst dich an dieses kleine Detail, während sich vor deinen Augen plötzlich ein schreckliches Gemetzel abspielt. Du erinnerst dich daran, während Frogg wie ein unerwarteter Wirbelsturm grausamer Energie durch diese Männer hindurchfegt.

Als Frogg am Helm des Legionärs zerrt, wehrt sich der Legionär — der Corporal — instinktiv dagegen. Seine Reflexe setzen sich durch, und er zwingt seinen Oberkörper und seinen Kopf weg von der sanften Zugbewegung, um sich ihr zu widersetzen. Das ist genau das, was Frogg von ihm wollte. Nun schlägt Frogg mit der offenen Handfläche auf den Helm und zwingt so den Kopf des Corporal nach unten auf die Kante des Empfangstresens, wo eigentlich der Wartungstechniker ein Nickerchen hätte machen sollen. Der Aufprall erfolgt so plötzlich und so heftig, dass der Helm, der Knitterfreie, beim Aufschlag ein dumpfes Krachen von sich gibt, aber nicht zerbricht. Allerdings ist der Mann kurz betäubt. Frogg stützt sich mit seinem ganzen Gewicht auf die Panzerung, während er den Schreibtisch als Angelpunkt benutzt, auf dem der Helm sauber aufliegt. Eine halbe Sekunde später ertönt ein leisen Knacken. Eigentlich mehr ein Knirschen. So hört sich ein gebrochenes Genick an.

Zumindest glaubst du das.

Du glaubst..., dass so ein gebrochenes Genick klingt.

Der letzte noch lebende Legionär weicht zwei Schritte zurück und zieht seine Handfeuerwaffe. Der Standard-Legionärsblaster, den sie bei sich tragen, wenn sie sich nicht in einem Kampfgebiet befinden. Dieser Blaster ist kleiner und leichter, nur ein bisschen größer als eine Pistole.

Der Legionär zieht ihn, während Frogg sich zu Boden wirft und direkt auf ihn zurollt. Einen Moment später, als der Junge — er ist eindeutig viel zu jung — versucht zu zielen und zu schießen, richtet sich Frogg auf und rammt sein Messer in den schmalen Spalt, der sich zwischen dem Ausrüstungsgürtel und dem Brustschutz der Panzerung befindet. Da ist nur Neopren. Schwarzes, dünnes Neopren.

Eine Bewegung… eine schnelle Bewegung mit dieser miesen, kleinen Klinge, die eigentlich nur für den Versorgungsoffizier gedacht war… und der Legionär hat gerade seine Innereien verloren.

Als er auf das Deck kracht, reißt Frogg dem Jungen den Blaster aus den Händen. Den Händen, die jetzt nach den hervorgequollenen Eingeweiden greifen.

Man kann ihn in seiner Panzerung stöhnen hören.

So wie der Typ mit dem kaputten Knie in seiner Panzerung schreit. Aber sie werden schon bald zu ihren Funkgeräten greifen. All dies ist sehr schnell geschehen. Unglaublich schnell. Aber sie sind immer noch Legionäre. Frogg muss das zu Ende bringen. Er muss sich beeilen, sonst werden wir entdeckt.

Mit dem kleinen, immer noch blutigen Messer in der Hand und dem Hauch eines Lächelns auf seinem grimmigen Gesicht zielt Frogg auf die Lücke zwischen dem Helm des Jungen — sie nennen die Dinger Knitterfreie — und dem Brustschutz. Dann durchtrennt er seine Kehle, und der Junge verblutet mit einem entsetzlichen Gurgeln.

Du hast in deinem Leben schon viele schreckliche Dinge gesehen.

Strahlenverbrennungen.

Blasterwunden.

Zerfetzte Gliedmaßen.

Aber irgendwie ist diese kleine Szene mit Frogg, der über zweien der Elite-Tötungsmaschinen der Republik steht, viel schlimmer.

Weil es dein Plan ist?

Tom?

Aber alles geht schief. Weil Frogg ein ungelöstes Problem hinterlassen hat. Er hat den Legionär mit dem kaputten Knie schreien lassen. Und seine Ausbildung wird letztendlich über den Schmerz siegen. Hat sie schon. Denn diese Legionäre haben Funkgeräte in ihren Helmen.

Tom würde eingreifen. Tom würde Frogg helfen, denn Tom würde wollen, dass diese Legionäre sterben. Weil das den Erfolg der Mission bedeutete.

Ein Blaster wird abgefeuert. Der Legionär kippt um, ein schwarzes Loch in seinem Helm. Wie bei einer Hinrichtung. Du schaust auf deine Hände und siehst den rauchenden Blaster. Du hast das nicht getan. Tom hat das getan.

Du nicht.

Tom.

Frogg schmunzelt über dein Werk.

Frogg ist die Barbarei, die die Galaxie hervorbringt.

Frogg ist der Grund, warum es eine Legion gibt.

Ihn rauszuschmeißen war ihr größter Fehler.

Nicht weil sie ihn brauchten, sondern weil sie ihn hätten töten sollen. Ihn wie das tollwütige Tier, das er ist, zur Strecke bringen.

Er wischt das Messer an seinem Oberschenkel ab und nickt in Richtung der Zugangstür, die zu den Nachschublagern führt.

Das Ziel erwartet euch.

Ein Alarmsignal ertönt, weil Tom den ersten oder quasi letzten Legionär nicht schnell genug getötet hat. Und dieser Legionär hat einen Funkspruch absetzen können. Und der Deckoffizier hat gerade die Mitteilung bekommen.

Tja, das war's dann wohl.

KAPITEL 19

Frogg will aber trotzdem den Kerl erwischen. Den Versorgungsoffizier. Er steckt irgendwo in den Tiefen der Lagerräume der Station, als die Sirenen zu heulen beginnen.

»Gibt es einen anderen Weg hier raus?«, fragt dich Frogg. »Weil wir einen finden müssen, und zwar schnell. Wenn ich das Kommando hätte, wären zwei Gruppen Legios in zwei Minuten hier.« Dann huscht er in die Dunkelheit des Lagerraums, und du weißt, dass der Versorgungsoffizier so gut wie tot ist. Du brauchst ja nur einen Blick auf die drei toten Legionäre auf dem Boden vor dir zu werfen.

Also… der Plan ist Geschichte. Sie wissen, dass ihr hier seid. Es gibt nur noch eine Möglichkeit, und die hast du für dich behalten, weil du eben der Typ dafür bist. Die Art von Typ, der schon von Anfang an nach einer Möglichkeit gesucht hat, aus dieser Geschichte auszusteigen.

Diese Art von Typ.

Tom.

Du trittst an eine der Nachschubsteuerungskonsolen heran und hoffst, dass alle Zugriffsprotokolle noch funktionieren. Denn hier unten liegen eine Menge Waffen, Munition und Sprengstoffe. Und natürlich hast du schon mal diesen Dienst geschoben. Man hat dir mal einen Vortrag über die Schlimmstfall-Szenarien in der langweiligen Welt aller Nachschubler gehalten, und einer der schrecklichsten Albträume ist die Explosion von Wehrmaterial. Die Sorte Explosion, die das Potenzial besitzt, weitere Explosionen auszulösen. Es gibt zwar im Tiefenraum Kraftfelder, die die Stationsatmosphäre schützen, und Schotts, die auch bei Sternenkreuzern zum Einsatz kommen... aber Explosionen sind trotzdem immer noch eine ziemlich gefährliche Angelegenheit.

Du gibst einen alten Autorisationscode ein, der immer noch funktioniert. Sekunden später löst du die automatischen Feuerkontrollsysteme aus und trägst eine Meldung ein, dass einsatzbereites Wehrmaterial »gerade abfackelt.«

Das sollte die Legionäre daran hindern, die Lagerräume hier unten zu stürmen. Erst müssen die Schadenskontrollteams dieses Gebiet säubern.

Aber das ist nicht das eigentliche Ziel dieses kleinen Manövers. Wenn das System alle Prüfungsabschnitte durchläuft, wird es die Notfallsprengtüren versiegeln und die Rettungskapseln auf diesem Deck aktivieren. Die meisten Rettungskapseln sind auf einen Sprung vorprogrammiert, in der Regel zur nächstgelegenen Raumstation oder einem Raumhafen, sollte dieses Nachschubdepot komplett in die Luft fliegen. Da dies aber automatisch abläuft, ist es eine knifflige Angelegenheit. Denn was nützt es dir, direkt wieder in die Hände der Republik zu springen?

Aber du *bist* doch Teil der Republik, schreit der Teil deines Gehirns, der nicht Tom ist, und der sich zu Tode gehungert hat. Du bist nur ein Spitzel, ein Spion, als Maulwurf eingeschleust. Dies ist ein geheimer Einsatz, und du bist nicht wirklich ein Pirat, der mit Leuten wie Scarpia, Mr. Scarpia, zusammenarbeitet.

Du bist nicht wirklich du.

Auf dem gähnend leeren Deck schließen sich zischend die Sprengtüren. Du kannst hören, wie sie sich versiegeln. Du holst dein Funkgerät hervor und versuchst, Frogg zu erreichen, aber er kommt in den Empfangsbereich des Nachschubdepots zurückgerannt, kurz bevor euch die Sprengtür einschließt.

»Es ist erledigt«, sagt er atemlos und ignoriert die Tatsache, dass du ihn fast ausgesperrt hättest. Du bist dir sicher, dass er einen Ausweg gefunden hätte. Er überlebt immer, koste es, was es wolle. »Wie viel Zeit haben wir?«

Du gibst einige weitere Befehle ein, um dem System mitzuteilen, dass ihr in der Falle sitzt. Die Stations-KI wird nun versuchen, euch zu retten.

Du blickst wieder von der Konsole auf. »Ich habe die Legionäre vorläufig aufgehalten, aber irgendjemand hat bestimmt ein Auge auf die Holocams. Wenn sie uns sehen, werden sie wissen, was los ist, und alle notwendigen Autorisierungen freigeben.«

Frogg dreht sich um und beginnt auf alle Holocams zu schießen, die er finden kann. Mit jedem Schuss schlagen Treffer in die Wände ein und hinterlassen brennende Kameras. Das muss man ihm lassen: Er bewahrt die Ruhe, obwohl alles schief gelaufen ist. Du hingegen...

Dein Herz rast.

Deine Hände zittern, während sie über die Konsole huschen.

Es besteht durchaus die Möglichkeit, dass die Legionäre in diesen Raum eindringen und ihn säubern werden. Das heißt, sie erschießen zuerst jeden, der mit einem Blaster bewaffnet ist, und stellen die Fragen später.

»Ich bin nicht Tom!«, wirst du noch schreien, bevor dir irgendein Junge in einer Legionärs-Panzerung in die Brust schießt.

Das wird dir hier überhaupt nichts bringen.

Du denkst an die anderen Bitten, die dir dein Leben retten könnten. »Ich bin ein Undercover-Agent für den Jahrmarkt! Für die Nether Ops. Ich bin einer von euch...«

Aber sicher doch.

Für sie siehst du aus wie ein Pirat. Ein Attentäter. Ein Waffenhändler.

Tom.

Auf dem Bildschirm wird dir der Weg zur nächstgelegenen Rettungskapsel angezeigt. Der Text wird von den für die Republik üblichen goldfarbenen, blinkenden Richtungspfeilen begleitet.

Eine Nachricht fordert dich auf, dich zur Rettungskapsel zu begeben.

Am Ende des Korridors gleitet eine Tür zur Seite.

Dann wird der Bildschirm gesperrt, und dir schlägt das Herz bis zum Hals, denn wenn das nicht klappt, wird der Blastertreffer in deine Brust bald schon Realität.

Tut mir leid... Ich war nicht wirklich Tom. Aber das wusstest du ja nicht.

Gute Nacht, Tom.

»Komm schon!«, brüllst du Frogg zu, der den Schnellaufzug im Auge behält. Ein Teil von dir fragt sich, ob er sich nicht wünscht, in ein Feuergefecht mit den nahenden Legios zu geraten.

Ein anderer Teil von dir hofft, dass sie *tatsächlich* auftauchen.

Er folgt dir nur zögernd und rast dann plötzlich an dir vorbei, sodass er den Zugangskorridor zur Rettungskapsel vor dir erreicht.

Du wirfst einen Blick hinein. Ein schmaler Steg führt durch das Innenleben der Station, vorbei an blinkenden Wartungskonsolen und anderer Maschinerie, und ist eigentlich nur als Zugang für die Stationstechniker gedacht. Aber ganz hinten befindet sich eine Rettungskapsel, die sich auf den sofortigen Abflug vorbereitet.

Das Standardprotokoll der Republik sieht vor, dass sie sich von der Station abkoppelt und dann zum nächsten verbündeten Raumhafen springt. Also für den Fall, dass die Überlebenden darauf hinweisen, dass es sich nicht um einen Wartungsfehler oder eine nur vorübergehende Situation handelt.

Du hast nur zwei Minuten, um dem Ding zu sagen, dass es etwas anderes tun soll.

Was wirst du ihm sagen?

»Rein«, befiehlst du Frogg und folgst ihm in die Rettungskapsel. Noch hat sich die schwere Sicherheitstür nicht gesenkt. Die Rettungskapsel hat Platz für drei Personen. Nicht gerade geräumig. Es wird eng.

Frogg rennt hinein, du folgst ihm, und setzt dich auf eine leere Schwerkraftliege. Die Computerstimme der Rettungskapsel ertönt: »Bestätigen Sie für den Start, dass kein weiteres Personal zu erwarten ist.«

»Starten!«, schreist du.

Die Sicherheitstür gleitet nach unten. Überall um euch herum erwachen Schaltkreise und Systeme zum Leben. Die Rettungskapsel hat mit den Vorbereitungen zum Start begonnen. Lautes Zischen beweist, dass die Trennung vom Stationsbereich erfolgt ist, und die Rettungskapsel ruckelt in Richtung Startrampe.

»Halt dich fest«, murmelt Frogg mit makabrem Lächeln. »Dieser Teil hat mir noch nie gefallen.«

Dann wird die Rettungskapsel hinausgeschleudert und wirbelt schneller in den Tiefenraum, als die Trägheitsdämpfer kompensieren können. Einige lose

Teile fliegen durch den Innenraum. Etwas klatscht dir ins Gesicht.

Du fragst dich, ob dein Messer gerade herumfliegt. Ob das Schicksal dich für deine Taten büßen lassen wird. Auf der Flucht, denn das Schicksal liebt die Ironie.

Wenn die Station ihre Jäger ausschickt, seid ihr erledigt. Du beugst dich vor, stemmst dich gegen die g-Kräfte und schaust durch das hintere Bullauge auf die sich drehende Station, die vor deinen Augen in den wirbelnden Tiefen des Nebels zu verschwinden beginnt.

»Protokoll Alpha«, meldet sich die Rettungskapsel. »Lebenserhaltung in Betrieb. Übermittle Notrufsignal. Vorbereitung zum Notfallsprung zur republikanischen Raumstation Starlyte.«

»Da können wir nicht hin«, knurrt Frogg durch zusammengebissene Zähne.

Du wuchtest dich von der Liege, während die Rettungskapsel sich weiter heftig dreht. Die Manövrierdüsen werden aktiviert, um dem entgegenzuwirken, aber sie schaffen es nicht. Du liegst auf dem Boden und zerrst ein Bedienfeld aus seiner Konsole, weil du euer Sprungziel ändern musst.

»Eine Minute bis zum Sprung«, verkündet die Rettungskapsel. Die Stimme ist programmiert, optimistisch zu klingen, denn wenn man diese Rettungskapsel für den vorgesehenen Zweck benutzt, dann möchte man so schnell wie möglich von dort verschwinden. Aber eine Minute könnte nicht reichen...

Du tastest blind umher und findest in der Dunkelheit unter der geöffneten Bedienfeldklappe das Montagegehäuse des Hauptnavigationscomputers. Du fährst mit den Fingern an seiner Kante entlang und suchst nach der Datenschnittstelle, aber du kannst sie nicht finden. Du versuchst die nächste Kante. Nichts.

Dein Verstand meldet sich mit dem düsteren Gedanken, dass es sich nicht um das Modell handelt, dass du kennst. Dass es sich um eine Art direkte Schnittstelle handelt, die man nicht einfach aus der Rettungskapsel ausbauen kann.

Du ignorierst deinen von Angst getriebenen Verstand, während dir kalter Schweiß in die Augen rinnt. Du setzt deine Suche fort, und deine Finger gleiten über die Gehäuseoberfläche.

»Was immer du auch tust...«, knurrt Frogg, der immer noch seinen Blaster umklammert hält, obwohl das Ding ihm keinen Schutz mehr bieten kann, »mach es schnell, oder diese Kiste springt direkt in den größten Navy-Stützpunkt diesseits von Antaris.«

Du findest die Datenschnittstelle.

Und dann ziehst du sie einfach aus dem Gehäuse. Und plötzlich fliegt ihr nirgendwo mehr hin.

»Navigationsstörung«, meldet die Rettungskapsel.

Du rollst dich auf den Rücken. Der Schweiß läuft dir in Rinnsalen über den Körper, während Angst und Adrenalin darum wetteifern, deinen Herzschlag auf die höchstmögliche Stufe zu treiben.

»Zielprogrammierung ändern«, bringst du keuchend hervor.

Sehr lange Sekunden vergehen.

Du weißt, dass die Rettungskapsel eine Notfall-Redundanzprüfung durchführt. In der Hoffnung, dass der Navigationscomputer mit der Sprungantriebsbatterie kommunizieren wird.

Der nächste Schritt wird knifflig.

Du wartest.

Und wartest.

Das Nachschubdepot könnte seine Jäger ausschicken. Erfahren würdest du das nie. Sie würden euch einfach ins Visier nehmen und...

»Komm schon«, flüsterst du.

»Zieländerung akzeptiert. Ich bin bereit.«

»Nimm Kurs auf Gypsus V.«

Du wartest.

»Suche in der Speicherdatenbank...«

Du wartest.

Bilder von Lancer-Suchpatrouillen und schießwütigen Piloten tauchen vor deinem inneren Auge auf.

Ich bin nicht Tom. Bitte nicht schießen.

»Warnung! Diese Navigationsdaten sind möglicherweise nicht vollständig, um aktuelle stellare Mindestsprungbedingungen zu erfüllen«, meldet die Rettungskapsel mit Nachdruck.

»Akzeptiert.«

»Ein unkontrollierter Sprung?«, kreischt Frogg. Das ist das erste Mal, dass du ihn Angst zeigen siehst. »Bist du verrückt?«

Du nickst ihm zu. »Eigentlich nicht, aber auch nicht weit davon entfernt.«

»Das ist dein Plan?«

»Nein«, antwortest du keuchend. »Mein Plan war es, sich still und leise zu verabschieden. Aber dann hast du diese Legionäre getötet. Also... ist das unsere einzige Chance.«

»Da hattest du auch deine Hände im Spiel. Und wenn du schneller geschossen hättest...« Frogg starrt dich mit eiskaltem, blutrünstigen Blick an. Dann schließt er seine Augen wie eine prähistorische Echse, lehnt den Kopf zurück und lässt seinen Blaster auf die Liege sinken.

Du schnallst dich wieder an und stellst fest, dass sein Blaster die ganze Zeit ungefähr in deine Richtung gerichtet war. Irgendwie fühlt sich das schlimmer an, als wenn er ihn einfach direkt auf dich gerichtet hätte.

»Sprung jetzt ausführen«, sagst du in die Leere der Rettungskapsel. Und einen Augenblick später überwindet die Rettungskapsel unvorstellbare, astronomische Entfernungen. Es ist dir egal, dass du jeden Moment durch ein nicht vorher berechnetes Hindernis getötet werden könntest.

Ein sofortiger Tod wäre dir völlig egal.

KAPITEL 20

Wir waren auf Ankalor, der Heimat der Zhee. Also einer ihrer Heimatplaneten. Sie hatten vier. Die meiste Zeit führten diese vier Welten offenen Krieg miteinander, denn nur eine Welt war die wahre Ursprungswelt dieser Spezies, und jede Welt beanspruchte diese hohe Auszeichnung für sich. Die Gelehrten waren der Meinung, dass die Zhee ursprünglich von einem anderen Planeten stammten, und ihre vier derzeitigen Heimatwelten kurz nach Beginn des Zeitalters der Entdecker erobert hatten. Aber wenn man das laut sagte, konnte man leicht abgestochen werden.

Es waren noch etwa zwei Minuten vor dem Absprung per Stealth-Shuttle, das uns zu einem Zhee-Gelände auf der fiesen Seite von Ankalor bringen würde. Nicht weil sich der Versorgungsoffizier, der den RMK die AMWs verkauft hatte, hier aufhielt. Der war auf irgendeiner Raumstation und träumte davon, was er mit seinem Geld machen würde, wenn er seinen Dienst bei Navy abgesessen hatte. Den konnten wir jederzeit erwischen. Wahrscheinlich würden wir ihn gar nicht abholen. Ein paar Sheriffs konnten diese Aufgabe problemlos übernehmen, wenn sie anstand.

Ich würde Geld darauf setzen, dass der Kerl zu weinen anfing, sobald sie in seinem Büro auftauchten.

Bei dieser Razzia ging es nicht um ihn, den Versorgungsoffizier. Er würde uns einen Namen nennen, und ob der nun der war, den er beim Verkauf der AMWs bekommen hatte oder nicht, er würde sowieso nicht stimmen. Die Nachrichtendienste würden ihn zurückverfolgen und nach Hinweisen suchen, während wir uns ein paar Wochen lang die Beine in den Bauch standen oder zu einem anderen Einsatz geschickt wurden.

Diese Razzia war die Chance, den ganzen Einsatz mit einem Schlag abzukürzen. Unsere Freundin Andien von den Nether Ops hatte uns mitgeteilt, dass es einen Zhee-Milizenführer auf Ankalor gab, der über die ganze Geschichte Bescheid wusste. Er kannte unseren Versorgungsoffizier. Er kannte den Käufer, wusste, von wem der Käufer den Tipp bekommen hatte, und wer die Verbindung hergestellt und die Rechnung in Namen der RMK bezahlt hatte.

Der Kerl wusste 'ne Menge.

Aber die Nether Ops hatten bisher kein Glück gehabt, ihn zum Einlenken zu bewegen. Die Zhee, die sie bezahlt hatten, um mit ihm Kontakt aufzunehmen, berichteten nur, dass er erst dann reden würde, wenn die Republik genügend Credits zu bieten hatte. Und Andiens verdeckt arbeitende Zhee verlangten sowieso noch mehr Geld, denn nach Stamm und Familie war Geld für die meisten Zhee das Wichtigste. Natürlich gab es da jede Menge Fanatiker. Aber die meisten Leute wären sehr überrascht, wie schnell man selbst die mit genügend Credits auf seine Seite ziehen konnte. Wollte ein Zhee sein Seelenheil erlangen, dann konnte er das auch noch später erledigen, indem er einem Ungläubigen das Messer an den Hals setzte.

Ich dachte an meine früheren Begegnungen mit ihnen zurück. Ziemlich einfache Situationen, bei dem es im Häuserkampf um die Kontrolle von Territorium ging.

Damals hatte uns die *Chiasm* abgesetzt, um in einer neuen Kolonie auf einem Planeten, den sie als mögliche, fünfte Heimatwelt auserkoren hatten, für Recht und Ordnung zu sorgen. Im Grunde waren sie den Kubies sehr ähnlich, nur geschickter im Umgang mit Technologie. Allerdings würde keine noch so gute Technologie ihre Vorliebe für Messer gefährden. Heilige Waffen für eine unheilige Spezies. Aber auch das sollte man auf *keinen* Fall in ihrer Nähe aussprechen.

Dieser Milizenführer wollte also Kohle. Wir redeten hier von Milliarden. Eine bescheuerte Summe, aber durchaus im Bereichs des Möglichen, wenn man es mit der Republik zu tun hatte. Dennoch war diese Summe nicht gerade etwas, das die meisten Agenten zwischen den Kissen ihrer Sofas versteckt hielten. Der Rat des Senats oder das Haus mussten so etwas genehmigen, und bis sie sich wirklich damit befassten, wäre es längst an die Öffentlichkeit gelangt, und der Mann mit der Information wäre tot. Und die Dark Ops konnten diese Art von Zahlung weder genehmigen noch leisten — nicht dass wir das wollten. Wir hätten es vorgezogen, dem Kerl die Tür einzutreten und so hart durchzugreifen, dass er *uns* ein Angebot machte, für das Gespräch zu bezahlen. Was übrigens genau das war, worum Andien uns gebeten hatte.

Das Shuttle schwebte hoch über unserem Zielgelände, leicht südlich davon. Die Türen öffneten sich, und ich konnte hören, wie der Wind hereinblies und Verpackungsreste einer weggeworfenen Einmannration herumwirbelte. Wahrscheinlich die von Masters. Der Junge aß immer auf dem Weg zum Einsatz. Mein Magen würde das nicht verkraften. Er rumorte immer herum, bis es tatsächlich losging und die Sache ernst wurde. Danach ging es mir gut.

»Okay, ich sehe zwei bewaffnete Zhee auf dem Dach.«

Captain Owens beobachtete unsere Fortschritte von einem Kampfgleiter aus, der mit einem kompletten Team als schnelle Eingreiftruppe positioniert war. Nur für den Fall, dass wir in Schwierigkeiten gerieten. Insgesamt waren drei Kampfgleiter im Einsatz, alle bis unters Dach mit Legionären vollgestopft. Er beobachtete uns durch einen TT16-Überwachungs-Bot, der irgendwo über uns flog.

Unsere HUDs zeigten die beiden roten Punkte an, und wir konnten sie durch die offenen Türen sehen, während das Stealth-Shuttle leise vor sich hin schwebte. Ich konnte mir nicht vorstellen, wie viel es kostete, so leise Repulsoren zu bauen. Ein republikanischer Buchhalter musste jedes Mal eine Träne vergießen, wenn einer von ihnen abgeschossen wurde. Zum Glück war das ein ziemlich seltenes Ereignis.

Wraith antwortete Owens. »Verstanden.«

Wir alle kommunizierten über den Gruppenkanal unseres L-Komms. Wir hatten keinen Namen für unser Mordkommando, aber wir hatten Twenties gebeten, uns ein neues Logo auf unsere Panzerung zu malen: einen Kubie-Schädel, der auf zwei Blitzen ruhte. Die Kubies sollten die Überlebenden der Victory Company fürchten, bis ihre Spezies ausstarb und durch etwas ersetzt wurde, was der Galaxie mehr zugute kam. Wie zum Beispiel parasitäre Fleischfliegen.

»Twenties«, sagte Wraith, »diese Typen werden es uns schwer machen, innerhalb des Geländes herumzulaufen. Ich denke, wir schalten sie jetzt aus und setzen dich und Kags auf dem Dach ab.«

»Habe klare Schusslinie«, sagte Twenties. »Wäre wahrscheinlich am besten, wenn sich jemand anders Ziel Nummer zwei vornimmt. Ich denke, ich kann sie beide erwischen, aber ich möchte nicht, dass einer von ihnen die Treppe hinunterläuft und seinen Freunden erzählt, dass wir hier sind.«

»Chhun«, sagte Wraith. »Sie sind dran.«

Ich zog meine Zweitwaffe hervor, eine N18, und legte mich auf das Shuttledeck. Die Mündung des langen Laufs ragte wie der Stachel eines Rhynozins aus der offenen Tür. Ich nahm mein Ziel ins Visier und beobachtete es, während das Shuttle sanft an Ort und Stelle auf- und abschwebte.

Twenties hingegen nahm eine sitzende Schussposition ein. Die war zwar komplizierter, aber am Ende ging es immer nur darum, wie sich der Schütze am wohlsten fühlte. Wenn Twenties der Meinung war, dass er seinen Schuss so abfeuern wollte, würde ihm niemand widersprechen. Der Kerl konnte wahrscheinlich auch auf dem Kopf stehen und sein Ziel erwischen, so gut war er.

Vermutlich unterhielten sich unsere Zielpersonen, aber das war schwer zu sagen. Immerhin blieben sie mehr oder minder an derselben Stelle. Zumindest meine. Twenties' Ziel trat immer wieder an den Rand des Gebäudes und sah hinunter. Ich wusste nicht, ob er einfach nur spuckte oder die Büsche bewunderte, aber er ging regelmäßig hin und her. In diesem Moment befand er sich am Rand.

»Ich werde warten, bis mein Mann sich von der Kante des Gebäudes entfernt«, sagte Twenties ruhig. »Ich will nicht, dass er in den Innenhof fällt.«

»Hast du Angst, dass er auf dem Weg nach unten an die Haustür klopft?«, warf Exo ein.

Twenties antwortete nicht.

Ich hatte den Finger am Abzug und wartete auf das Geräusch seiner schallgedämpften N18. Ich war bereit abzudrücken und den Zhee in meinem Blickfeld zu erledigen.

Krach!

Ich betätigte vorsichtig den Abzug, und dasselbe Geräusch ertönte ein zweites Mal. Nun lagen zwei tote Zhee auf dem Dach. Ich hatte kein schlechtes Gewissen. Diese Zhee führten vielleicht keinen offenen Krieg gegen die Republik, aber sie *gehörten* der Miliz unserer Zielperson an. Wahrscheinlich hatten sie republikanische Bürger gefangengenommen und Lösegeld für sie gefordert. Möglicherweise hatten sie sie gefressen. Und wenn sie all das nicht getan hatten, dann waren sie dennoch Typen, die Raketen in die grünen Zonen von Ankalor abfeuerten. Nur so zum Spaß.

Sie sagten, sie machten das, weil wir hier waren. Aber wir waren hier, weil sie es taten — und noch viel Schlimmeres, wenn man sie sich selbst überließ.

Wie auch immer.

Zwei Bösewichte weniger auf der Welt.

»Zwei Langohren erledigt«, verkündete Twenties.

So nannten wir sie. Langohren. Die Zhee sahen nämlich aus wie Esel.

Wir warteten ab, ob das Geräusch ihrer Leichen, die auf das Dach klatschten, irgendwelche neugierigen Kumpel anlockte. Als es so aussah, als käme niemand, befahl Wraith unserem Piloten, uns über das Dach zu bringen.

Das war der Moment, an dem wir am verwundbarsten sind. Eine zufällig, aus irgendeinem Fenster abgefeuerte Rakete konnte diesen Vogel zu Fall bringen. Eine Rakete, die durch Zufall bei uns durch die Tür rauschte, würde uns durch die Luft schleudern, und ich bezweifelte, dass wir alle die Explosion überleben würden.

Aber die Knallköpfe im Cockpit waren cool. Sie waren Profis. Diese Jungs wurden ausgewählt, um die Dark Ops durch die Gegend zu fliegen, weil sie Nerven aus Stahl besaßen und selbst unter extremen Bedingungen immer ruhig und gelassen blieben. Oft entkamen sie dem Tod nur in allerletzter Sekunde und dann kamen sie zurück und machten genau das Gleiche noch einmal.

Als Twenties und Kags auf dem Dach waren, sank das Shuttle hinab in die Absetzzone. Das Gelände bestand aus einem einzigen Gebäude innerhalb eines ummauerten Hofs. Wir schwebten so weit wie möglich vom Haus entfernt und so nahe an einer der drei Meter hohen Mauern, dass ich sie hätte berühren können. Wir waren leise, aber selbst eine so ausgeklügelte Technologie wie ein Stealth-Shuttle konnte nicht verhindern, dass die Repulsoren Staub und Schutt aufwirbelten.

Wir sprangen heraus, als wir noch etwa anderthalb Meter vom Boden entfernt waren. Nachdem der letzte Legio gelandet war, hob sich das Shuttle wieder. Es begab sich auf einen Sicherheitsabstand und würde so lange in der Nähe schweben, bis wir es wieder brauchten.

So weit, so gut.

Das Gebäude war nicht riesig. Es hatte ein Flachdach und eine Fläche von vielleicht gut hundertfünfzig Quadratmetern. Zwei Stockwerke, was bedeutete, dass wir uns auf Twenties und Kags verließen, das oberste Stockwerk von der Treppe aus zu säubern, die vom Dach hinunterführte.

Ich lief zur Eingangstür des Anwesens, gefolgt von Masters, der meine Flanke schützte. Die Audiosensoren meines Helms registrierten, wie im Inneren Personen hin- und herhasteten. Ein deutliches Anzeichen dafür, dass die Zhee vermuteten, dass sich draußen jemand aufhalten könnte. Aber bisher war das nur eine Vermutung. Hätten sie uns sehen können, dann hätten sie schon längst das Feuer eröffnet. Exo und Wraith verschwanden in den dunklen Ecken des Anwesens und nahmen Positionen ein, aus der sie alle Zhee erwischen konnten, die versuchten, uns vom Hintereingang aus in die Zange zu nehmen.

»Ich höre, wie sie sich da drinnen bewegen«, teilte ich über das L-Komm mit.

»Wir sind bereit, beim Durchbruch von oben dazuzustoßen«, sagte Kags.

Wraith meldete sich zu Wort. »Chhun, sprengen Sie die Tür auf. Macht euch nicht die Mühe, eine Blendgranate durchs Fenster zu werfen. Wenn sie schon ahnen, dass wir da sind, ist das Risiko zu groß, dass sie sie zurückschmeißen. Wir steigen hart ein.«

Ich brachte eine Sprengstoffscheibe an, dann rannten Masters und ich etwa acht Meter weit weg, um der Explosion zu entgehen. Ich betätigte den Schalter am zylinderförmigen Bombenzünder, und das Anwesen explodierte. Staub und Rauch wirbelten um den Gebäudeeingang herum. Die Tür war nicht mehr. Mein Helm ermöglichte mir, durch den Rauch in das verdunkelte Haus sehen. Mehrere Zhee lagen auf dem Boden und versuchten, wieder auf die Beine zu kommen.

Exo betrat als Erster den Raum, gefolgt von Masters. Dann ich. Dann Wraith. Zwei weitere Langohren gingen zu Boden. Exo hatte einen erledigt, Masters den anderen.

Die Eingangstür lag am anderen Ende des Raums auf dem Boden. Eine tiefe Delle zeichnete sich an der Wand ab, wo die Tür aufgeprallt war, und ein Blutfleck von dem Zhee, der hinter der Tür gestanden hatte, als sie explodierte. Dieser Zhee war jedoch nicht tot. Er kämpfte sich gerade auf die Beine und sah mich aus leblosen Augen an. Als er mit der behuften Hand in seinem Mantel nach etwas tastete, setzte Wraith ihn mit zwei schnellen Kopfschüssen aus seiner Blasterpistole außer Gefecht. Ein Zhee-Messer fiel zu Boden, als das Langohr zu Boden ging.

Ein Messer.

Er hatte versuchen wollen, meinen Helm — und meinen Kopf — abzuschneiden. In Anbetracht der Situation hoffte ich, dass die Zhee, die noch im Haus waren, dasselbe versuchen würden. Böse Jungs mit Messern waren mir viel lieber als böse Jungs mit gestohlenen republikanischen Blastergewehren.

Ich durchquerte den Raum — ein spartanisch eingerichtetes Wohnzimmer — zu einem noch nicht gesäuberten Durchgang. Ich konnte die Treppe, die nach oben führte, im nächsten Raum erkennen. Ich musste wachsam sein, denn daraus ergaben sich eine Reihe möglicher Feuerstellungen.

»Zielperson erfasst«, meldete Kags über das L-Komm. »Ich habe ihn im Schlafzimmer im ersten Stock festgesetzt. Twenties säubert den Rest.«

»Ja, alles sauber«, meldete sich Twenties zu Wort. »Ich habe freien Blick auf ein Geländer am oberen Ende der Treppe. Erster Stock und Treppe sind sauber, also erschießt mich nicht, wenn ihr in meine Richtung kommt.«

»Ich gehe jetzt zur Treppe«, sagte ich und war froh, dass ich mich nur um das kümmern musste, was sich im Erdgeschoss befand.

Der Eingang neben der Treppe hatte eine Tür, aber sie stand offen und gab den Blick frei auf einen breiten

Flur, der in die Schlafzimmer oder Badezimmer führte. Das Durchschreiten einer Tür war der gefährlichste Teil bei der Räumung eines Hauses. Auf beiden Seiten gab es zwei Winkel, in denen sich die Schützen gerne aufhielten in der Hoffnung, ein ganzes Energiepack in dich zu versenken, während du durch die Tür stürmst. Das Ganze war ein Glücksspiel, denn sobald ich durch war, konnte ich nach links und dann nach rechts schauen, um sicherzugehen, dass sich niemand in der Ecke versteckte, aber ich musste auch aufpassen, dass keine Feinde aus einem der Zimmer kamen und das Feuer im Flur eröffneten. Dies war die Sorte Ort, an dem viele Legios ihre Panzerung testeten.

Ich bewegte mich schnell durch die Tür und hoffte, dass die Nachtsicht meines Knitterfreien in dem dunklen Haus ausreichte, um mir einen Vorteil gegenüber allen zu verschaffen, die sich dem Kampf anschließen wollten. Ich sah nach links und rechts und sah nur leere Ecken. Es konnte aber immer noch ein Zhee hinter der Tür sein.

In diesem Augenblick sprang einer der Esel auf den Gang hinaus, bereit mich über den Haufen zu schießen.

Ich hatte die schnelleren Reflexe. Zwei Feuerstöße mit meiner NK4 trafen den Zhee zweimal im Schädel.

Aber dann setzte mein Herzschlag aus, und trotz der Temperaturregelung meines Helms lief mir kalter Schweiß den Nacken hinab. Denn hinter mir hörte ich ein rachsüchtiges Brüllen und das Geräusch, wie eine Tür aufgetreten wurde. Ich ließ mich zu Boden fallen und drehte mich dabei.

Ein Blasterblitz zischte die Treppe hinab und traf den Zhee mitten in der Brust. Er sackte tot in der Ecke zusammen.

»Ja, alles sauber, Chhun«, sagte Twenties über das L-Komm.

Aus einem der hinteren Räume trat Exo auf den Flur hinaus. Für einen kurzen Augenblick richteten wir unsere Gewehre aufeinander. »Oba, Chhun!«, rief Exo. »Ich hätte dich fast erschossen. Nur noch ein Raum.«

Wir stürmen in das letzte Zimmer, das, aus dem der Zhee gesprungen war, den ich erledigt hatte. Es war ein Schlafzimmer, und auf dem Bett lagen drei kleine Zhee... nun ja, vermutlich Füllen, dachte ich. Sie schienen unbewaffnet, was bei Zhee-Kindern aber nicht immer was zu bedeuten hatte. Ich blickten auf den toten Zhee hinab und bemerkte, dass es eine Frau war. Diese Kinder hatten gerade zugesehen, wie ihre Mutter vor ihren Augen erschossen worden war. Zweifellos war ihr Mann irgendwo anders im Haus, auch tot. Diese Kinder waren nun Waisen.

»Haus ist sauber!«, verkündete Exo.

Ich meldete die *Ausnahme* zu Exos Bericht über das L-Komm. »Ja, nur habe ich einen Raum voller Langohren-Kinder.«

»Wir schicken einen Übersetzer-Bot, der sie zum nächsten Nachbarn bringt«, antwortete Captain Owens. »Ist der Innenhof frei von Legios?«

»Alles klar«, sagte Wraith.

»Schussabwurf unterwegs.«

Exo beugte sich hinab und sah die Kinder an. »He, Langohren-Kinder, werdet nicht so wie eure Eltern. Wir sind nicht die ersten Legionäre, die einem Zhee den Garaus gemacht haben, und es wird in Zukunft noch viele von uns geben.«

»Masters«, sagte ich ins L-Komm, »kommen Sie rüber zur Treppe und helfen Sie Exo auf diese Baby-Langohren aufzupassen, bis der Bot auftaucht.«

»Bin schon unterwegs.«

Ich hörte das sich nähernde, lauter werdende Summen des Schussabwurfs und kurze Zeit später den dumpfen Aufprall, als sich das Paket in den Dreck des Innenhofs bohrte. Ich sah nach draußen, um nach einem Gegenangriff Ausschau zu halten, aber nur aus Gewohnheit. Wir hatten so viele Augen der Legion auf uns gerichtet, dass die Meldung über bevorstehenden Ärger uns schon längst erreicht hätte, bevor der Ärger auch nur in die Nähe kam. Im Augenblick sah es so aus, als ob die Zhee für diese Nacht die Schnauze voll und keine Lust mehr hatten, sich mit einer Truppe anzulegen, die gerade den Bösewicht der Nachbarschaft ausgeschaltet hatte.

»Der Übersetzer-Bot ist hier«, sagte Kags. »Zielperson nach unten bringen?«

»Haltet ihn da oben fest«, sagte Wraith. »Wir ziehen uns vom Dach zurück, damit sich die Knallköpfe nicht wieder zwischen Haus und Hofmauer quetschen müssen.«

Ich kehrte ins Wohnzimmer zurück und sah, wie Wraith den toten Zhee nach Informationen durchsuchte. »Irgendetwas?«

»Nein. Aber mit dem Übersetzer-Bot sollten ein paar Scanner gekommen sein.«

Wie gerufen trat der zweibeinige Übersetzer-Bot unbeholfen durch die offene Tür. In den Anfängen der Robotik kam jemand auf die Idee, dass diese Bots wie elegante Diener aussehen sollten. Die meisten hatten polierte Metallgehäuse, und die hochpreisigeren Modelle waren mit Juwelen verziert, die verschiedene kulturelle oder Spezies-spezifische Muster nachahmten. Die

Legion bestellte ihre Übersetzer-Bots immer in einem mattgrauen Ton.

»Hallo, meine Herren«, sagte der Bot. »Wie lauten Ihre Anweisungen für den heutigen Abend?«

Wraith zeigte den Flur entlang zu dem Raum, in dem Masters und Exo auf die Langohren-Kinder aufpassten. »In dem Zimmer da hinten sind ein paar Zhee-Kinder. Finde heraus, ob sie Familie in der Gegend haben. Begleite sie zu ihrer Familie, wenn sie im Umkreis von ein paar Straßenzügen wohnen. Wenn nicht, dann bring sie zum nächsten Nachbarhaus und lass sie dort.«

»Natürlich, Sir.«

Der Bot bewegte sich steif davon. Ich konnte hören, wie er sich in der seltsamen, schreienden Sprache der Zhee unterhielt. Schon bald kehrte er mit den Zhee-Kindern im Schlepptau zurück.

»Die Zhee *deskha* — das ist ihre Bezeichnung für kleine Kinder — behaupten, sie hätten einen Onkel zwei Häuser weiter. Ich werde sie dorthin führen. Werde ich allein gehen oder in Begleitung?«

»Du bist auf dich gestellt«, sagte Wraith.

Der Bot wich einen Schritt zurück. »Oh. Ich verstehe.« Er drehte sich zu den Kindern um und sagte etwas in ihrer Sprache, das vermutlich ‚kommt mit' bedeutete.

Sie verließen das Haus, als die beiden Scanner-Bots hereinschwebten, die beide so groß waren wie eine Wassermelone. Sie waren ebenfalls mit dem Schussabwurf gekommen und hatten wahrscheinlich gerade das Einscannen des Außenbereichs abgeschlossen. Direkt mit dem Eintritt in den Raum begannen sie alles aufzuzeichnen und zu katalogisieren, Abmessungen, Materialien, von allem, was sie erfassten. Anhand ihres fertigen Berichts würden wir wissen, wie lang die Vorhänge und aus welchem Holz die Vorhangstangen gefertigt waren.

Die Bots flatterten zu Boden und fuhren aus ihren kugelförmigen Körpern je vier Beine aus. Sie krabbelten zu den toten Zhee hinüber und übernahmen für Wraith das Durchwühlen der Leichen nach Informationen. Sie würden das ganze Haus für uns durchsuchen. Es war praktisch, dass wir eine Legions-Basis in der grünen Zone von Ankalor hatten, die die Vorarbeit für uns übernahm.

Draußen ertönte ein Knall.

»Was zum Teufel war das?«, rief Exo über das L-Komm.

»Schrotflintenschuss«, meldet sich Captain Owens. »Ich habe es von meinem Beobachtungsposten aus gesehen. Der Übersetzer-Bot hat die Kinder abgeliefert, und der Onkel hat es nicht gut aufgenommen. Er hat dem Bot den Kopf weggeschossen.«

»Besser er als wir«, sagte Kags.

»Verstanden«, antwortete Wraith. »Alle nach oben zur Evakuierung.«

Ich wartete, bis Masters und Exo die Treppe hinaufgingen, und folgte ihnen schließlich die Stufen hinauf. Twenties und Kags hatten jeweils eine Hand an der Zielperson. Eine speziell für Zhee entworfene Kapuze mit Reizabschirmung bedeckt ihren Kopf.

Was wird uns dieses Langohr wohl erzählen?

KAPITEL 21

»Das Haus der Vernunft gewährt mir gewisse Freiheiten!«

Der Reporter vor uns sprach diese Worte aus, aber ich konnte an seinem Blick erkennen, dass er selbst nicht daran glaubte. Nicht mehr. Nicht nachdem ihn ein Mordkommando nach einer durchzechten Nacht in der grünen Zone von der Straße geholt hatte. Nein, er glaubte kein einziges Wort mehr davon. Seine roten Augen wiesen immer noch dieselbe Angst auf wie damals, als wir in einem nicht gekennzeichneten Speeder neben ihm anhielten, und sein Date — ich verwende diesen Begriff großzügig, denn der Kerl, den wir praktisch überfahren hatten, sah aus, als würde er dafür bezahlt, dem Reporter Gesellschaft zu leisten — in einen Obststand mit Zitrusfrüchten und Hanfpflanzen stießen und schließlich davonfuhren, nachdem wir ihm eine Kapuze mit Reizabschirmung über den Kopf gezogen hatten.

Wir hatten ihn in einen leeren Vorbereitungsraum eines ankalorianischen Restaurants geschleppt. Ein paar Credits hatten das Küchenpersonal überzeugt, früher zu schließen und den Raum für uns offen zu lassen. Dann hatten wir den Reporter an den Stuhl gefesselt und die Kapuze abgezogen. Seine Sinne waren vom Brummen der Kühlaggregate, die gegen die Hitze von Ankalor ankämpften und dem unnatürlichen Schein der billigen Deckenlampen überflutet worden, die viel zu hell leuchteten und praktisch keine Schatten warfen.

Wir trugen keine Panzerung. Wir trugen Zivilkleidung, und nur unsere Sonnenbrillen, unsere Frisuren und unsere Muskeln deuteten auf unsere Zugehörigkeit zur Legion hin.

Das Erste, was der Reporter ansprach, als er sah, dass wir keine Zhee waren, die ihn in in dieser Küche zerhacken wollten, waren seine Rechte als Reporter. Er wiederholte es noch einmal.

»Das Haus der Vernunft gewährt mir gewisse Freiheiten!«

»Du bekommst einen Tritt in die Eier, wenn du nicht die Klappe hältst«, sagte Exo.

In diesem Fall hatten wir Exo als den Mann ausgewählt, der für uns sprechen sollte. Weil er gut darin war. Weil er es ernst meinte.

»Nein«, sagte Exo und ging auf und ab, als ob er sich auf den Kerl stürzen wollte. »Weißt du was? Ich will nicht hören, wie dieser Journalist mit dem großen Herzen über seine Rechte jammert. Setzt ihm die Kapuze wieder auf. Typen wie er sind der Grund, warum ich Berichterstatter-Bots jederzeit vorziehe.«

»Nein!«, schrie der Reporter aus Protest. »Ich... Ich werde mich beruhigen. Ich... es war nur der Schock, als ich wieder in die Realität zurückkam, als ihr Kapuze abgezogen habt.« Er sieht jeden von uns sechs flehend an. »Ich bin ruhig. Ich bin ein professioneller Reporter. Ich werde dafür bezahlt, ruhig und sachlich zu sein. Ich bin ruhig. Ich bin ruhig.«

»Okay«, sagte Exo, beugte sich vor und brachte sein Gesicht bis auf einen Zentimeter an das des Reporters heran. »Die Kapuze bleibt unten. Ein Mann sollte die letzten Minuten seines Lebens damit verbringen können, die Welt um sich herum zu sehen.«

»Du wirst mich... umbringen?«

Exo schüttelte den Kopf. »Nein, werde ich nicht. Aber mein Boss wird es wahrscheinlich tun. Du hast es vermasselt, Steadron. Du hast großen Mist gebaut, und jetzt wissen wir Bescheid.«

Steadron, der Reporter mit der grauen Haut und den roten Augen, einem Grat aus verhärmter, ledriger Haut entlang seiner Kieferpartie, Steadron vom Spiral News Network, schluckte schwer. Er begann noch mehr zu schwitzen, als man der Hitze Ankalors zuschreiben konnte.

Wir wussten eigentlich gar nicht so viel. Der Zhee, den wir gefangen hatten, kam nicht aus Ankalor. Seine Heimatwelt war Nidreem. Aber auf Ankalor gab es mehr Stützpunkte der Republik, also kam unser Zhee her, um ein zweifach heiliges Werk zu tun: Raketen auf die Ungläubigen zu schießen, und die Ankalorianer zu der einen Wahrheit zu bekehren, dass die Zhee-Götter ihr Volk zuerst auf Nidreem erschaffen hatten. Das machte die Nidreem allen anderen Zhee überlegen — sie waren die Auserwählten. Alle anderen Zhee — und in der Tat alle anderen Spezies — mussten ihnen untertan sein.

Wenn du aber ein Ankalorianer warst oder von einem der beiden anderen Planeten stammtest, dann würdest du natürlich genau dasselbe glauben — nur dass du den Namen deines Planeten anstelle von Nidreem einfügen und jeden Zhee bekämpfen würdest, der etwas anderes behauptete.

Aber Steadron war kein Zhee. Er war nur der Typ, auf den unser Zhee hingewiesen hatte. Der Typ, der von dem Versorgungsoffizier mit den AMWs wusste und den RMK einen Tipp gegeben hatte. Der Typ, der, warum auch immer, Tausende von republikanischen Soldaten getötet hatte.

Die Tür zum Essbereich des Restaurants wurde aufgestoßen, und Captain Owens schritt hindurch. Er ging an der stillgelegten Großküche vorbei und trat in den Vorbereitungsraum. Er zog einen Stuhl hinter sich her, die Sonnenbrille noch aufgesetzt, und sah aus wie ein hungriger Sandbär, der gerade aus dem Winterschlaf erwacht war. Er warf den Stuhl praktisch in Steadrons Richtung, dann setzte er sich rückwärts drauf, die Arme auf die Rückenlehne gelegt.

»Ich stelle drei Tatsachen fest, gleich zu Beginn«, sagte er. »Erstens: Sie sind Steadron Pawoe vom Spiral News Network. Zweitens: Sie haben jemandem etwas gesagt, was Sie nicht hätten sagen sollen. Drittens ...« Owens beugte sich bedrohlich auf den Reporter zu. »Ich bin die lebende Verkörperung deines schlimmsten Albtraums.«

Steadron stotterte eine unzusammenhängende Antwort.

Owens hielt eine Hand hoch. »Wir warten noch auf einen weiteren Gast.«

Andien betrat den Raum. Sie trug eine Kernweltmacht-Bluse und sah aus, als wäre sie gerade aus dem Gartenpavillon des Senats hierher gekommen. So hatte ich sie noch nie gesehen. Zog sie sich immer so an? Immer wenn sie nicht im Einsatz war?

Was kümmerte dich das, Chhun?

Mit dem Daumen auf Andien gerichtet sagte Owens: »Ich werde dir ihren Namen nicht sagen, weil du ihn nicht zu wissen brauchst und auch nicht wissen *darfst*. Ich werde dir Fragen stellen. Ich möchte, dass du sie ansiehst, wenn du antwortest. Sie ist die Einzige, der du es recht machen musst, denn wir...?« Owens musterte kurz seine Legionskameraden der Dark Ops. »Wir haben einstimmig beschlossen ‚tötet den Verräter'. Aber ihre Stimme entscheidet über alles.«

»Ihr seid Teil der Republik«, sagte Steadron, und zum ersten Mal war Erleichterung in seiner Stimme zu hören.

Exo beugte sich vor, anscheinend zu sehr in Gedanken versunken, um sich an den Plan zu erinnern: Klappe halten, sobald Owens und Andien eintreffen. »Wir sind der Teil der Republik, von dem du keinen Besuch haben willst.«

Owens nickte. »Vor einer Weile, Steadron, hast du jemandem von einem Navy-Versorgungsoffizier erzählt, der AMWs zu verkaufen hatte. Zwei sogar.«

Steadron erblasste schlagartig.

»Ich... ähm...«, setzte Steadron an. Er war verunsichert und konnte seine Stimme nicht unter Kontrolle halten. »Er war ein Navy-Offizier. Wir haben geflirtet. Geredet. Haben nur Klatsch und Tratsch ausgetauscht.«

Owens starrte Steadron ausdruckslos an. Seine dunkle Sonnenbrille reflektierte Steadrons zitternde Lippen wie ein schwarzer Spiegel.

Der Reporter sah zu Andien hinüber. Sie war eiskalt. Keine Emotionen. Sie stand nur da und wartete. Er räusperte sich. Mehrere Male. Als ob er nicht mehr genug Feuchtigkeit im Mund hätte, um die nächsten Worte hervorzubringen.

»Hören Sie, ich weiß nicht, was ich falsch gemacht habe. Ich habe an einem sicheren Ort in der grünen Zone über Gerüchte gesprochen, die die Zhee für ein paar kleine Atomblaster verkauften. Wenn Sie seinen Namen wissen wollen, oder den Namen des Versorgungsoffiziers, den ich...«

Owens stand auf und schleuderte seinen Stuhl quer durch den Raum. Dann trat er gegen die untersten Stäbe von Steadrons Stuhl, sodass dieser nach hinten rutschte und mit der Wirbelsäule gegen einen mehrere Meter entfernten Tisch krachte. Dann ging der Captain ging wie ein wroemianischer Berglöwe, der sich an seine Beute heranpirschte, auf Steadron zu. »Hör auf, deine *Spielchen* mit mir zu treiben, Reporter. Glaubst du, wir wissen das nicht? Alles?«

Er streckte eine Hand aus, und Andien legte ein Datenpad in Owens' riesige Pranke. Der Captain hielt es hoch. Beim Anblick des grausigen Holofotos schreckte Steadron zurück. Die leblosen Augen eines Navy-Lagerarbeiters, dem man die Kehle aufgeschlitzt und die Innereien aus dem Leib gerissen hatte, starrten ihm entgegen.

»Da hast du deinen Lieferanten«, sagte Owens. Er zeigte ein weiteres Bild — einen hässlichen, glotzäugigen Mann, der in die Kamera zu knurren schien. »Und das ist der Typ, der ihn getötet hat. Ein Ex-Legionär namens Grufua Cartyney. Und ich meine Ex, nicht ehemalig. Wurde rausgeschmissen, aber eigentlich hätte er erschossen werden sollen.«

Steadron versuchte, den Blick abzuwenden, aber Exo war zur Stelle, packte seinen Kopf und hielt ihn fest. »Zwing mich nicht, dir die Augenlider mit meinem Vibromesser aufzuhalten«, warnte er und fügte zischend ein Schimpfwort hinzu. »Du hast geholfen, unsere Brüder zu *töten*.«

Auf dem Gesicht des Reporters dämmerte Erkenntnis. Die AMWs, die *Chiasm*, Camp Forge... Das war die einzige Geschichte, über die berichtet wurde, seit das alles passiert war. Ich sah den Augenblick, in dem Steadron begriff, dass er derjenige war, der es demjenigen erzählt hatte, der denjenigen getroffen hatte... bis hin zu diesem verdammten Tag auf Kublar.

»Nein!«, brachte Steadron mühsam hervor, »ich hatte keine Ahnung — keine Ahnung! — als ich mit Tom sprach, dass er-«

»Zeig ihm das letzte Bild«, sagte Andien, ihre Stimme voller Bosheit. Vielleicht hatte ich vergessen, dass das, was auf Kublar geschehen war, auch für sie von Bedeutung gewesen war, genau wie für das gesamte Mordkommando. Genauso wie es für die Legion von größter Bedeutung war.

Owens wischte kurz über das Datenpad, woraufhin es zum nächsten Holo wechselte. »Da ist dein Kumpel Tom«, sagte er. »Ex-Navy, der mit irgendjemandem ein Hühnchen zu rupfen hat. Er rennt zu den RMK und kauft — dank dir — Waffen, die er nicht haben sollte. Er war dabei, als der Versorgungsoffizier getötet wurde. Er ist wahrscheinlich auf dem Weg hierher, um als Nächstes dich zu töten. Aber die Dark Ops, ja, wir sind schlauer als die RMK. Du wirst leben... *falls*...« Owens ließ dies kurz sacken. »Du darfst leben, falls du die nächste Frage zur Zufriedenheit meiner Freundin beantwortest.«

Der Captain schwieg und Stille breitete sich im Raum aus. Bis das Schweigen von Steadrons raschen, abgehackten Atemzügen abgelöst wurde, weil er reden würde.

»Du bist ein lausiger Reporter«, sagte Owens. »Du erfindest die Hälfte deiner Geschichten und bist zu sehr damit beschäftigt, Flaschen zu leeren und den heißen, jungen Männern von Kublar hinterherzusteigen, als dass du irgendetwas Wichtiges machen könntest. Du hast keine echte Story mehr erzählt, seit du sechs Monate als ziviler Berichterstatter bei den Zhee auf Nidreem gewesen bist.

Es liegt also auf der Hand, dass ein Kerl wie du, ja, so ein Typ würde nicht von einem Zhee-Straßenjunkie hören, dass so was Großes wie zwei AMWs zum Verkauf stehen. Aber du *hast* es von jemandem gehört. Und wir glauben zu wissen von wem. Also, du wirst es entweder bestätigen… oder das *falls* kommt nicht zur Anwendung, und du wirst keinen weiteren Morgen auf Ankalor erleben.«

Exo zog langsam seine Dienstpistole hervor. Er achtete darauf, dass Steadron ihn aus dem Augenwinkel wahrnehmen konnte. Die Aufladung erfolgte, und er entsicherte die Waffe.

Steadron sah sich im Raum um auf der Suche nach einem Verbündeten. Ich hatte das Gefühl, er wollte uns erneut an die Rechte erinnern, die ihm das Haus der Vernunft gewährt hatte. Aber er tat es nicht. Er sank auf seinem Stuhl in sich zusammen.

»Jarref Varuud«, sagte er.

Owens drehte sich um und sah Andien an. Sie nickte ihm zu.

»Herzlichen Glückwunsch«, sagte der Captain zu dem Reporter. »Du bist einer der wenigen, die das Glück haben, auf ein Mordkommando zu treffen und nicht getötet zu werden.« Er sah sich um. »Männer.«

Masters und Exo packten Steadron an den Armen und fingen an, ihn in Richtung eines Kühlraums zu zerren, dessen Tür von Kags offen gehalten wurde. Die Beine des Stuhls ächzten und knackten, als sie über den Küchenboden schleiften.

»Warte!«, protestierte Steadron, als er in der Mitte des Kühlraums abgesetzt wurde. »Sie haben gesagt … Sie haben gesagt …«

»Ich sagte, ich würde dich nicht töten«, sagte Owens. Er zeigte mir ausholender Geste auf uns alle. »Ich sagte, wir würden dich nicht töten. Aber ich habe den Zhee, die hier arbeiten, auch gesagt, dass wir teils bar, teils mit Fleisch bezahlen werden. Also werden sie sich morgen früh die Ehre geben. Schlaf gut!«

Twenties schlug die Tür zu, was Steadrons Schreie verstummen ließ, und verriegelte sie. Ich wusste, dass Andien gesagt hatte, jemand aus der grünen Zone würde ihn abholen und von Ankalor wegbringen. Ich wusste, dass dies die Art des Captains war, den Kerl leiden zu lassen — und sei es auch nur ein bisschen — für das, was er zu verantworten hatte. Es spielte keine Rolle, ob er es nicht gewusst hatte, denn er hätte es besser wissen müssen.

Ich wusste das alles, aber während ich ging, hoffte ich, dass die Zhee-Tagesschicht vielleicht etwas früher auftauchen würde. Dass Owens Steadron vielleicht doch die Wahrheit gesagt hatte.

Wir saßen in unserem Mannschaftsraum an Bord der *Intrepid*. Sie war ein normaler Zerstörer, viel kleiner als die *Mercutio*, aber sie diente uns in diesem Sektor der Galaxie als Operationsbasis. Wir befanden uns im Zhee-Cluster, dem Gebiet zwischen den vier Heimatwelten der Zhee. Es war etwa eine Woche her, dass wir in einem Shuttle von Ankalor hierhergeflogen waren.

Welches Mordkommando auch immer vor uns auf der *Intrepid* gewesen war, sie hatten uns eine ziemlich gute Bude hinterlassen. Riesiges Holo-Display, nette Spielesammlung, angrenzender Kraftraum mit

Fitnessgeräten und Sauerstoffkontrolle. Wir lebten uns ein, genossen das Leben auf dem Schiff. Wir schätzten es, dass sich die Dinge entspannt hatten.

Wir hatten den Ort zu unserem eigenen gemacht und uns entschieden, unser Mordkommando Gruppe Victory zu nennen. Es fühlte sich richtig an. Wir sammelten, was wir an Erinnerungsstücken von der Gruppe auftreiben konnten. Holofotos von Rook, Quigs, Maldorn... all unsere verlorenen Kameraden. Kags konnte über ein paar alte Kumpel einen Deal aushandeln, um eine der Blasterkanonen aus Pappys Kampfgleiter auf Kublar zu bergen — die Republik war erst spät in den Kampf eingetreten und hatte sich auf die Seite der Kublarianer geschlagen, die am ehesten zu gewinnen schien — und sie hierherzubringen. Die Läufe waren in entgegengesetzte Richtungen gebogen. Wir brachten das Ding an der Wand an, mit einem Holofoto von Pappy darunter. Wenn wir Besucher hatten, erzählten wir ihnen, wie Pappy, wahrscheinlich noch mit einem Zykler-Bot im Körper, sich aus unserem Verletztensammelpunkt hievte, auf einen Gleiter kletterte, um die Zwillingsgeschütze zu bemannen, und den Kubies die Hölle heißgemacht hatte, bis ihn die Übermacht übermannt hatte.

Wuah, was für ein Legio.

Ich reinigte meine NK4, während Kags Klimmzüge an einem Türrahmen machte. Exo und Twenties erreichten die zweite Stunde eines Streits darüber, ob die Vorherrschaft der Spezies in der Galaxie als Beweis für oder gegen die Existenz einer Gottheit angeführt werden sollte. Ich hatte keine Ahnung, wo Wraith steckte, und Masters sah sich auf dem Holo-Display etwas an, das seine Mutter bestimmt nicht gutgeheißen hätte.

»Also…«, sagte Kags zwischen zwei Grunzlauten, während er sein Kinn zur Stange hoch wuchtete, »warum hängt die *Intrepid* im Zhee-Raum fest? Hast du was gehört?«

»Ich habe nichts gehört«, antwortete ich. »Hast du etwas gehört?«

»Nein.«

»Ich habe auch nichts gehört«, sagte Twenties und entzog sich seinem Streit mit Exo, um sich ins Gespräch einzubringen. »Du, Exo?«

»Nee, ich habe nicht das Geringste gehört.«

Masters war zu vertieft in das… Medium seiner Wahl, um etwas zu sagen. Aber ich bezweifelte stark, dass er eine Ahnung hatte, warum wir hier waren.

Ein Klingeln ertönte, als sich die Tür mit einem Zischen öffnete. Captain Owens kam mit Wraith herein.

»Schalten Sie diesen Müll aus, Masters«, befahl Owens. »Meine Frau würde mir eine Splittergranate in die Hose stecken, wenn sie sich auch nur *vorstellen* müsste, dass ich mir diese Art von Unterhaltung anschaue.«

»Holo-Bildschirm aus«, sagte Wraith, ohne noch auf Masters' Ansage zu warten. Der Bildschirm wurde abgeschaltet.

»Ich habe hier was ganz anderes für euch«, sagte Owens und hielt ein ramponiertes Holo-Laufwerk hoch. »Das verlässt diesen Raum nicht, und es ist eine Aufmerksamkeit unserer Freundin bei den Nether Ops. Sie ändert im Alleingang meinen Eindruck von dieser Organisation. Sie wollen die Bösewichte genauso fangen wie wir. Oder zumindest will sie das.«

Owens synchronisierte das Holo-Laufwerk mit dem Display, und wir sahen zu, wie die Aufnahme eines Verhörs abgespielt wurde. Ein Zhee, der nicht gefesselt war, saß in einem typischen Verhörraum der Republikanischen Navy. Er wirkte ruhig und unbesorgt. In einem schwarzen Balken in der unteren rechten Ecke liefen die Sekunden mit.

Andien trat in die Szene. »Ich danke Ihnen, Jarref Kash Varuud, dass Sie diesem Treffen zugestimmt haben. Es zeugt angesichts unserer Vergangenheit von großem Vertrauen in die Republik, und wir hoffen, dass wir auf diesem Vertrauen zum gegenseitigen Nutzen der Galaxie aufbauen können.«

Der Zhee ließ das eselartige Äquivalent eines Lächelns aufblitzen. Er sprach Standard mit starkem Akzent. »Der einzige Nutzen für die Galaxie besteht darin, die vier wahren Götter zu akzeptieren und vor ihren Erstlingen, den Nidreem, niederzuknien.«

Andien lächelte, als wollte sie sagen: »Niedlich.« Sie scrollte sehr betont durch ihr Datenpad. »Wie dem auch sei, wir beide wissen, dass das nicht der Grund ist, warum Sie hier sind.«

»Das ist er nicht«, stimmte Varuud zu.

»Sie haben Informationen über den illegalen Erwerb republikanischer Waffen durch die RMK.«

»Ein guter Tag war das, die Zerstörung der *Chiasm*.«

»Mann!«, schrie Exo den Bildschirm an. »Scheiß auf den Kerl!«

Wir reagierten nicht auf den Ausbruch unseres Kameraden, aber ich wusste, dass wir alle das Gleiche empfanden.

Im Holo-Video hatte Andien etwas gesagt, das ich wegen Exos Gebrülle nicht ganz verstanden hatte. Ich schnappe erst ihre Frage am Ende wieder auf. »Ist das wahr?«, beendete sie die Frage.

Varuud nickte. »Das ist es.«

»Und wie heißt dieser Kontakt?«

»Scarpia.«

»Aufnahme anhalten«, sagte Wraith zum Holo-Bildschirm. Das Bild fror auf seinen Befehl hin ein.

Scarpia. Diesen Name kannte jeder in der Legion. Er war ein RMK-Waffenhändler, ein hochrangiges Ziel, dem niemand jemals auch nur nahe gekommen war, obwohl einige Legions- und Dark-Ops-Einsätze es versucht hatten. Er war ein Geist. Und er war auch der einzige Grund, warum die RMK bei ihren planetarischen Überfällen auf einheimische Milizen und Polizeikräfte auch nur ansatzweise Erfolg hatten. Gegen die Legion und die republikanische Militärmaschinerie waren sie immer noch machtlos.

Oder zumindest... war dem früher so. Seit Kublar hatte sich das geändert.

Wenn Scarpia hinter dem steckte, was dort geschehen war, dann musste die Jagd auf ihn... sie musste endlich Erfolg haben.

»Von jetzt an«, verkündete Owens gegenüber allen Anwesenden, »ist die Ergreifung von Scarpia die Hauptaufgabe dieses Mordkommandos.«

Twenties starrte immer noch auf den Holo-Bildschirm. »Haben wir eine Ahnung, wo er ist?«

»Genau«, sagte Masters. »Sind wir nicht deshalb nicht auf Kublar?«

»Nicht ganz«, sagte Owens und kratzte sich durch seinen dichten Bart an der Wange. »Aber von hier aus werden wir am besten in der Lage sein, das Wichtige zum entsprechenden Zeitpunkt zu tun. Ford, springen Sie zu der markierten Stelle auf dem Holo-Video.«

Wraith teilte dem Holo-Bildschirm mit, einen bestimmten Zeitstempel aufzurufen. Andien saß da und schien an den Lippen des Zhee zu hängen.

»Aber warum hier«, sagte sie, »wenn er sich irgendwo weiter draußen am Rand befindet?«

»Die *Chiasm* — gesegnet seien die Götter für ihren Untergang — war, wie Sie sagen würden, der erste Akt. Eine noch größere Zerstörung, ein noch glorreicherer Triumph, wird gerade von Scarpia vorbereitet. Es ist das Schicksal der Zhee, dass ihre Macht den Untergang der Republik herbeiführen wird.«

»Und was ist dieser ‚glorreiche Triumph'?«, fragte Andien.

»Das weiß ich nicht. Aber er wird von den Zhee kommen.«

»Aber warum soll er dann aufgehalten werden?«, fragte Andien und sprach damit meine Gedanken aus.

Varuud breitete seine behufte Hand aus, als sei seine Argumentation selbsterklärend. »Die Zerstörung der Republik darf nicht durch den Planeten Ankalor erfolgen. Wenn die Republik gestürzt wird, dann durch die Hände der Nidreem, damit alle wissen, wem die Götter den Vorrang gegeben haben.«

KAPITEL 22

Du bist Tom. Du bist sicher auf Scarpias Schiff. In Sicherheit.

Die Nacht auf der *Smuggler's End* ist eine Zeit der Ruhe. Ruhe und Stille. Nichts im Vergleich zu den drei Tagen, an denen du mit Frogg in einer Rettungskapsel festgesessen hast. Nein, überhaupt kein Vergleich.

Du liegst also nachts wach und redest dir ein, dass du, egal wie die Situation ist, gut schlafen wirst. Denn drei Tage in der Rettungskapsel mit Frogg und all seinen melancholischen Horrorgeschichten — zusammen mit dem Messer, das er ständig schärfte -, nun ja, das ging dir ehrlich gesagt an die Nieren.

Seit sechs Monaten arbeitest du als Undercoveragent, und deine Nerven liegen blank. Das war zu erwarten, lieber Junge, hätte X sagen können. Hat er aber nicht.

Und doch denkst du, dass es in diesem Moment wunderbar wäre, wenn er das gesagt *hätte*. Diese einfache Absolution könnte so vieles ausgleichen. Denn nach dem Treffen und dem Sprung zurück nach *Smuggler's End* beginnst du aus den Fugen zu geraten.

Das war zu erwarten, lieber Junge.

Eine pauschale Absolution würde so vieles rechtfertigen.

Tom zu sein.

Dein Verschwinden.

Illuria.

Dein Herz bleibt stehen, wenn du an sie denkst, wie sie allein in ihrem Bett liegt. Das ist nicht wahr. Es hört nicht auf zu schlagen. Es beginnt zu rasen und zu glühen.

Und so stehst du aus dem Bett auf in dem großen, kühlen Gemach, das das Gegenteil der beengten Rettungskapsel ist, und schleichst leise über den dicken Teppich zum draußen liegenden Balkon. Es ist eine kühle Nacht, und das Meer scheint wie von einer Silberschicht überzogen. Eine einsame Insel liegt weit entfernt an Backbord. Heute Nacht ist kein anderes Schiff hier draußen auf dem Meer, und irgendwie fühlt sich das an wie das Bild, das du von dir selbst hast zu dieser späten, schrecklichen, schlaflosen Stunde. Du bist wirklich allein im Meer der Galaxie, und es gibt keinen bekannten Hafen auf der Karte deines Herzens.

Ist es Mitternacht?

Ist es das in letzter Zeit nicht immer?

Du zündest dir eine Zigarette an und verdrängst die Gedanken an Illuria, während du versuchst, deine beiden größten Probleme zu lösen.

»Wir sind so froh, dass du es zurück geschafft hast, Tom«, hat sie an diesem Nachmittag am Landeplatz gesagt. Du konntest spüren, wie dich alle vier ihrer zierlichen grünen Arme umarmten. Du warst von ihren Pheromonen umhüllt. Berauscht von ihrem Duft, bis zum Anschlag. Die Möglichkeit, ein Teil von ihr zu sein. Ein Teil ihrer Flugbahn.

Und wie Körper in Bewegung eine Art von Schwerkraft ausüben, die niemand wirklich erklären kann, außer einem Gesetz, das sie beschreibt.

Du hast an der Universität mal eine Kurzgeschichte gelesen. Eine uralte Geschichte über die Raumfahrt.

Die Schwerkraft ist Liebe im Schwimmbecken des Universums.

»Ganz ruhig, mein Schatz«, scherzte Scarpia auf der Plattform, während die Meeresbrise an deiner Kleidung zerrte und ihre Haare durcheinanderwirbelte.

War es wirklich ein Scherz gewesen?

»Du wirst unseren Jungen Tom umbringen. Er war mit Froggy eingesperrt. Wahrscheinlich ist er schon ein halb verrückter Killer, nach diesem Einfluss.«

Frogg lächelte schwach über diese Bemerkung, als sie euch nach unten zu den Saunen in der Nähe des Pooldecks drängten. Ein Ort, der weit weg von der Besatzung Ungestörtheit bot. Schließlich mussten einige Dinge besprochen werden.

Du wurdest abgerieben. Es gab eine ärztliche Untersuchung. Essen, Obst und kalter Whisky, während dein Körper im Dampf der Sauna gedünstet und aller Dreck abgewaschen wurde. Das Gemetzel auf der Ootani-Station und die Rettungskapsel, und der Versuch die Spuren zu verwischen.

»Wie ist es gelaufen?« fragte Frogg Scarpia, der das Gesicht verzog. Denn natürlich hatten wir unseren Einsatz vermasselt und waren nicht sauber davongekommen. Tatsächlich hatten wir ein Schiff und einen Bot zurückgelassen.

»Tja... wir haben es zur Hälfte hinbekommen, Froggy«, antwortete Scarpia wie ein unzufriedener Lehrer. Was bedeutete, du hast dein Bestes gegeben, aber offensichtlich überstieg diese Aufgabe deine Fähigkeiten.

Offensichtlich.

Das Schweigen danach reichte aus, allen klarzumachen, dass dieser Patzer Frogg angelastet wurde, auch wenn du kein Wort darüber verloren hast, was wirklich passiert ist. Natürlich wussten alle — sogar Frogg -, dass du die Lage gerettet hast. Sie wussten, dass du dafür gesorgt hast, dass ihr beide nicht in einem geheimen Versteck der Dark Ops verhört wurdet, um alles auszuplaudern. Denn wenn die Legion es darauf abgesehen hatte, dann würdest du gestehen.

Alle gestehen.

Aber das war nicht passiert.

»Ich bin so froh. Tom...« Illuria stöhnte fast, als sie sah, wie du deine Abreibung bekamst. Alle waren da. Scarpia steckte sich gekühlte Gauki-Obststücke in den Mund. Er hörte zu, er redete. Illuria würde schon bald den Planeten zu einem Einkaufsbummel verlassen. Sie war ganz gespannt auf die neueste Mode. Scarpia schenkte ihr das Lächeln eines liebenden Vaters.

Es war in Wirklichkeit eine eher informelle Nachbesprechung, dort unten in der Sauna, wenn man hinter die freundlichen Platitüden blickte.

»Ich bin so froh, dass du nicht gefoltert wurdest, Tom«, sagte Illuria wieder, als die Fragen ein wenig knackiger wurden.

In diesem Augenblick wurde dir schlagartig klar, dass selbst wenn Frogg dich nicht mit diesem fiesen, kleinen Porcusaurus-Messer, das er an seinem fetten Oberschenkel trug, ausnehmen würde, Scarpia dich vom obersten Deck der *Smuggler's End* in haifischverseuchte Gewässer werfen lassen würde, weil du sein Mädchen verführt hast, einfach nur weil du du warst. Tom, meine ich. Selbst wenn er die Haie dafür importieren müsste.

Du hast gelächelt.

Sie hat gelächelt.

Und du hast gedacht...

Weil du dich einfach nicht daran hindern konntest. Weil es genau das ist, was Tom tun würde, und du bist nun mal Tom. Ob es dir gefällt oder nicht. In guten wie in schlechten Zeiten.

Jetzt stehst du hier des Nachts auf der *Smuggler's End*, einem riesigen, schwimmenden Anwesen, das einer Hightech-Version eines alten Piratenschiffs ähnelt, mit einem Hauptturm, der sich vor dem Mond und der Nacht erhebt. Du stehst hier und rauchst, während du versuchst, alle deine Probleme zu lösen und nicht an Illuria zu denken.

Du versuchst zu überlegen, wie du deine — nicht Toms — Probleme lösen könntest.

Problem Nummer eins: Finde heraus, wo Scarpia sich mit der gestohlenen Korvette treffen will.

Problem Nummer zwei: Nimm Kontakt zu deinem Betreuer auf und teile ihm mit, dass die Mordkommandos jetzt kommen müssen. Jetzt sofort. Sie müssen Scarpia vor diesem Treffen aufhalten. Bevor die Korvette in das Kernsystem der Republik springt. Denn irgendetwas in dir weiß, dass, wenn das passiert, alle Sicherheitsprotokolle für planetennahe Sprünge an Bord des Schiffes deaktiviert sein werden. Eine verdammte, fünfhundert Tonnen schwere Korvette wird schnell im Tiefflug auf das Haus der Vernunft zurasen.

Und tja... der Tod der Republik erfolgt ein paar Minuten später.

Es ist absolut unmöglich.

Das sagst du dir sehr oft. Und es ist immer wieder falsch. Aber du siehst keine Möglichkeit, jemandem im Jahrmarkt eine Nachricht zukommen zu lassen.

Und der Tag dieser Operation rückt immer näher.

RMK-Offiziere, echte Rebellen, tauchen tatsächlich mit ihren Bankern auf Scarpias schwimmendem Anwesen auf. Und ihre Anwälte. Verträge werden geschlossen, und natürlich bist du dabei, Tom, und siehst zu, wie alles abläuft, denn Scarpia vertraut dir. Jetzt mehr denn je.

Froggs Aktienwert ist nach dem verpfuschten Auftrag auf der Ootani-Station im freien Fall.

Du bist der neue, strahlende Tyrus Rechs. Du versagst nie. Du bist Perikles. Oder Agamemnon. Oder Kurth von Dentaar.

Der Mann der Stunde, was Scarpia anbelangt.

Ihr seid also alle da. Einschließlich Illuria, die ein paar Wochen vor dem Sprung zum Treffen einen Einkaufsbummel machen wird.

In dieser Nacht veranstaltet Scarpia zur Feier der Vertragsunterzeichnung und der Überweisung der Hälfte der Credits im Voraus eine Party für die RMK auf einer einsamen Insel.

Alle sind da.

Die RMK-Trottel sehen alle so stolz auf sich selbst und gleichzeitig ziemlich mies aus. Nicht dass diese Typen jemals wirklich für die Freiheit kämpfen würden. Aber sie sehen mies aus, weil sie sich verpflichtet haben. Sie sind entschlossen, den Konflikt auf eine ganz neue Ebene zu heben. Und sie sind sich bewusst, dass der Zorn der Republik — und die Legion ist das am häufigsten gewählte Werkzeug dieses Zorns — jeden hart treffen wird, den er finden kann.

Nur wenige werden überleben.

Aber natürlich ist auch dies für das Allgemeinwohl, verkünden die RMK-Blödmänner bei jedem Trinkspruch.

Immer noch hast du keine Möglichkeit, X eine Nachricht zukommen zu lassen. Du musst das aber schaffen. Sonst... eine Korvette im Haus der Vernunft. Und bei dieser Geschwindigkeit und Ladung kann man einfach nicht sagen, wie groß die Auswirkungen sein werden.

Es wird die Stadt zerstören. Dessen bist du dir sicher.

Konnten sie damit den Planeten zerstören?

Du ermahnst dich, dass du paranoid wirst. Natürlich nicht. Wäre das möglich, dann hätte es schon jemand getan.

Aber du weißt es nicht. Nicht mit Gewissheit.

Du weißt es nicht.

Du musst es X sagen.

Die Porcusaurier werden über heißen Kohlen gebraten. Die Zecher lassen goldenen Whisky ihre Kehlen hinabrinnen, während der Rauch des verkohlten und gesalzenen Fleisches in die Abendluft aufsteigt. Tänzer und Trommler werden von einem fernen Ort zur Unterhaltung herbeigeholt. Der stampfende, primitive Rhythmus und diese Party stehen für das Leben und alles, was dieser bevorstehenden Todesmission widerspricht.

Die RMK-Offiziere stopfen sich voll und lachen und leben auf großem Fuß, weil sie wissen, dass ihnen nicht mehr viel davon bleibt... von ihrem Leben. Sie wissen, dass sie nun die wilde Bestie auf eine Art und Weise reizen werden, die nicht länger toleriert werden kann. Das ist mehr als nur Geplänkel mit mehr oder minder ungeschützten Planeten. Schlimmer als die *Chiasm* und Kublar.

Scarpia schenkt dir einen Drink ein. »Sieh sie dir an, Tommy. Dummköpfe.« Er steht nah bei dir und betrunken ist er auch. Der Blick in seinen Augen ist reine neurotische Kälte. Keinerlei Liebe. Kein Einfühlungsvermögen. Kein Kundenservice vom leutseligsten und praktisch unfassbaren Waffenhändler der Galaxie. Scarpia starrt seine Kunden mit Abscheu und Verachtung an, und es ist gut, dass ihr hier hinten steht, weit weg von der Feuerstelle, zwischen den übelriechenden Schatten, die im Takt des Trommlers, der für die hübschen Mädchen trommelt, die sich für die RMK-Offiziere aufreizend bewegen, über eure Gesichter huschen.

»Sie haben sich mit den Zhee verbündet. Die Außerirdischen werden beim Aufprall für ihre Sache sterben, und diese Rebellen werden sterben, wenn die Legion die Konsequenzen zieht. Was für ein Witz.« Scarpia spuckt dies mit leiser Abscheu aus. »Wir werden auf dem Weg ins Paradies sein und Milliarden an Zinsen verdienen, wenn sie auf Lichtgeschwindigkeit gehen.«

Und du betest, hoffst und *wünschst* dir herbei, dass er dir jetzt den Treffpunkt mitteilt, denn es ist schon spät, und du bist so verzweifelt, dass du vielleicht einfach die Kommunikationskanäle des Schiffs übernehmen und versuchen wirst, eine Nachricht zu übermitteln, ohne Rücksicht auf die Konsequenzen.

So viele Tote. Das sind die Konsequenzen.

Aber er sagt es dir nicht. Und fast scheint es, als wüsste er eine Sekunde lang, als seine betrunkenen Augen kurz wieder klar werden, dass es vielleicht das ist, worauf du wartest.

Die Koordinaten des Treffpunkts.

Vielleicht ist es aber auch nur das Flackern des Feuerscheins, eine Täuschung der Schatten. Und der Alkohol.

Vielleicht ist es einfach nur deine Angst.

Er lächelt dich an. Herzlich, aufrichtig. Irgendwie.

»Allein die Zinsen, Tommy-Boy. Für den Rest unseres Lebens.«

Und dann kehrt Scarpia zum Feuer zurück und füllt jedem sein Getränk aus einer Karaffe nach, die so teuer ist, dass eine Familie auf einer der teuersten Kernwelten ein Jahr lang von von ihrem Verkauf leben könnte.

Die RMK-Offiziere jubeln und schreien. Ein Großteil des Alkohols schafft es gar nicht erst ihre Kehlen hinab. Er wird auf dem reinen weißen Sand der Insel verschüttet.

Noch vor Ende des Monats wird alles über die Bühne gehen.

Das weißt du jetzt. Es wird alles so schnell passieren, und du hast keine Ahnung, wo oder wie du X Bescheid sagen kannst, damit es verhindert werden kann.

Das Haus der Vernunft und alles drum herum.

Du gehst hinunter zum Strand und dann zurück zum Schiff. »Sagen Sie Mr. Scarpia, dass ich mich nicht wohl gefühlt habe«, sagst du zu dem Bootsmann.

Es gibt nur noch einen Weg, eine Nachricht zu übermitteln.

Nur eine Person.

KAPITEL 23

Es ist Illuria, die *dich* verführt. Ist es nicht so, Tom? Ist es nicht immer so? Haben wir das nicht schon längst so kommen sehen? Du gehst zurück zum Schiff, weil sie nicht auf die Party gehen konnte. Es geht ums Geschäft, Liebes, hatte Scarpia ihr gesagt.

Und sie schien aufrichtig verletzt zu sein. Damals.

Scarpia hatte verhindern wollen, dass ein betrunkener RMK-Offizier, der nichts als Fatalismus und Ruhm im Sinn hat, sich auf sie einschoss, sie begrapschte und die ganze Angelegenheit verdarb. Das Zins-und-Zinseszins-Paradies wäre dahin gewesen.

»Schlechtes Benehmen«, hätte Scarpia im Anschluss an die Party gesagt.

Also blieb sie außer Sichtweite. Pheromone sind gefährlich. Es bringt nichts, wegen eines Mädchens alles zu vermasseln.

Du kehrst also zurück aufs Schiff, weil sie am übernächsten Tag auf irgendeiner Vergnügungswelt einkaufen geht, während du, Scarpia und Frogg Scarpias Schiff nehmen werdet, um die Korvette mit einer nicht näher bestimmten Sprenglast auszustatten und sie dann offiziell an die RMK zu übergeben. In die Hände der Zhee.

Dann würden alle abtauchen und in dem Paradies leben, das, wie Scarpia dir ständig verspricht, sich allein durch die Zinsen finanziert.

Und wenn Illuria feine und spitzenbesetzte Sachen einkauft, in denen sie sich Scarpia präsentieren kann, dann fallen natürlich die Arbeiten am Schiff und der Treffpunkt mit den RMK mit dem letzten Tag ihres Ausflugs zusammen. Zwei Fliegen mit einer Klappe, sozusagen. Typisch Scarpia.

Alles, was du tun musst, ist herauszufinden, wo — sobald du deine Botin verführt hast. Dann kannst du eine Nachricht übermitteln.

Also kehrst du zum Schiff zurück. Nicht weil Illuria es weiß... sondern weil sie die Nachricht für dich überbringen könnte. Aber zuerst... muss sie es auch wollen.

Die Lebewesen auf dem Weg dieser Selbstmordkorvette retten und die Hirngespinste alter Piraten über Zins und Zinseszins über Bord werfen — das muss sie wollen.

Und dann ist da noch das... Als Scarpia sagte, dass sie nicht zu der Party kommen kann, da hat sie dieses wirklich traurige Gesicht gemacht. Sie liebt Partys. Und Musik. Und Tanzen. Und Essen. Und neue Freunde.

Aber sie hat dir diesen Blick zugeworfen, den niemand sonst gesehen hat.

Der Blick, der sagte... jetzt. Heute Abend. Oder nie, Tom.

Da bist du dir ganz sicher. Das waren nicht die Pheromone. Das war sie ganz allein. Sie will dich.

Und während du das Meer auf dem Weg zum Anwesen überquerst, hofft Tom, oder du, oder wer auch immer du in dieser Nacht geworden bist, in der alles auf dem Spiel steht, verzweifelt, dass Frogg ihren Blick nicht auch bemerkt hat.

Weil er dich in letzter Zeit beobachtet.

Er beobachtet dich unaufhörlich.

Und ja. Es gibt immer noch das Messer.

Die Barkasse dümpelt an der Wasserlinie des riesigen schwimmenden Anwesens an ihrem Anleger. Der größte Teil der Besatzung ist entweder im Dienst oder hilft bei der Party an Land mit. Einige *sind* jedoch an Bord. Und alles Ungewöhnliche wird bemerkt und gemeldet. Wenn es denn gesehen wird.

Aber du bist gut darin geworden, unsichtbar zu sein. Wer hat Tom schon durchschaut?

Und natürlich... gefährlicher geht es kaum. Dies ist der Punkt, an dem du von Scarpia vom Schiff geworfen wirst, wenn ihr weit draußen auf dem Meer seid. In von Haien verseuchte Gewässer, die man extra importiert hat, und wo du nirgendwo hinschwimmen kannst und keine schwarz gekleideten Jahrmarkt-Männer kommen, um dich aus dem Wasser zu ziehen.

Hier gibt es keine Mordkommandos, die den drohenden Verlust republikanischen Lebens aufhalten oder die Spielregeln ändern könnten, um die Feinde der Republik zu eliminieren.

Aber vielleicht...

Nein. Deshalb musst du das tun. Damit sie Bescheid wissen.

Du musst das tun, weil es da Leute gibt — zwei Personen aus deinem anderen Leben, nicht Toms Leben —, die auf Utopion leben. Eine fast schon luxuriöse Unterbringung, mit freundlicher Unterstützung der Nether Ops. Sehr schön, nur Senatoren haben es noch schöner. Sie warten darauf, dass du aus den Kriegen nach Hause kommst.

Vielleicht wird es auch Frogg mit dem Messer sein.
Was?
Anstelle der angeheuerten Haie draußen in der Tiefe.

Oh. Nein. Froggs Aktien sind gefallen.

Aber auf diese Art stünde Frogg natürlich Scarpia wieder ganz nah.

Ja. So ist es halt. Ich werde vorsichtig sein.

Es ist also wichtig, dass niemand etwas sieht, was nicht gesehen werden sollte, gerade jetzt, an Bord der recht ruhigen *Smuggler's End*. Das perfekte Szenario ist, dass sie irgendwie im Pool schwimmt. Das stellst du dir vor. Das blau schillernde Wasser, sie darin, ein Hauch an Nichts tragend. Du stellst dir das vor, weil sie weiß, dass du zu ihr zurückkommen wirst. Sie hat es gewusst. In Wirklichkeit hat sie dafür gesorgt.

Denn hat nicht sie das Sagen, Tom?

Jemand muss bei all dem das Sagen haben, und das kann genauso gut sie sein. Sie ist die Einzige, die kein Halsabschneider und kein Mörder ist. Sie genießt bloß ihre Gesellschaft. Und das war die Autobiographie deines Lebens in den letzten sechs Monaten.

Du warst in der Gesellschaft von Halsabschneidern und Mördern.

Irgendjemand muss das Sagen haben, denn du willst nicht hören, dass nicht alles nach Plan läuft. Du willst nicht hören, dass das Schicksal des Hauses der Vernunft und der Stadt Utopion, die darum herum gebaut wurde, und vielleicht der Republik selbst, davon abhängt, dass du eine Geliebte verführst. Das Universum toleriert keinerlei Vakuum und jedes, das dennoch entsteht, wird sofort mit etwas anderem gefüllt. Ob dabei Meinschen sterben oder nicht, ist dem Universum herzlich egal.

Es fällt dir schwer, nicht an ihren Körper zu denken, während du durch das Schiff schleichst, vorbei an großen Wartungsräumen und dunklen, sauber und ordentlich gehaltenen Lagerräumen voll gefährlicher Spielzeuge.

Und dann kommt dir ein weiterer Gedanke.

Heute Abend kommen alle hierher zurück.

Warum nicht das Schiff mit Scarpia, Frogg und allen RMK-Generälen an Bord in die Luft jagen? Das würde das Problem doch irgendwie lösen, nicht wahr, Tom, oder wer auch immer du bist?

Nur ist das leider nicht der Fall, denn niemand weiß, was als Nächstes passiert. Niemand beim Jahrmarkt weiß, dass die RMK so viele ihrer Ressourcen eingesetzt haben — in einem Ausmaß, dass dies ihre einzige verbliebene Chance ist -, um genug Sprengstoffe auf dem Schwarzmarkt zu kaufen, dass die AMWs daneben wie billige Feuerwerkskörper aussehen, um sie anschließend in eine gestohlene Korvette zu stopfen. Die groß genug ist, ihre Ladung zu transportieren, und schnell genug, um durchzukommen, wenn der Sprung an den Rand des Planeten führt. Um das Haus der Vernunft zu zerstören und die darum befindliche Stadt für die nächsten hundert Jahre mit atomarer Halbwertszeit zu versorgen.

Niemand in der Republik weiß von diesem Plan. Aber die RMK und ihre Zhee-Kumpel kennen ihn. Sie werden ihn nicht vergessen, nur weil ein paar ihrer Offiziere und Waffenhändler abkratzen. Danach wären sie sogar noch stärker, oder? In dem Fall müssten sie nur noch herausfinden, wo Scarpia das Ding versteckt hat, in seinem untergehenden Finanzimperium, und sie müssten nicht mal mehr die Rechnung begleichen.

Wären die RMK schlau, so denkst du, würden *sie* das Schiff mit Scarpia darin in die Luft jagen. Aber das sind sie nicht.

Und das ist gut so, ermahnst du dich selbst.

Du betrittst das Hauptdeck. Die ‚Vergnügungskuppel', so hat Frogg das in der Vergangenheit immer genannt.

Dort wartet nichts auf dich außer den einsamen Liegestühlen und dem schimmernden Wasser des Pools, das sanft in der Nacht hin- und herwogt, als wäre erst vor Kurzem jemand darin geschwommen und hätte ihn dann verlassen. Du hörst das leise Plätschern des Wassers, das gegen die Ränder des schönen Beckens schlägt. Die Lichter, die sich im Wasser spiegeln, wirken irgendwie beruhigend. In diesen Wellen könntest du Vergessen finden.

Für das, was du getan hast.

Für das, was du gleich tun wirst.

Du wolltest doch nicht wirklich eine Frau verführen, die nicht deine Frau ist, nur um die Republik zu retten, oder?

Tom?

Oder doch?

Und natürlich würdest du es nicht genießen.

Tom?

Tom hat dazu nichts zu sagen. Und das stört dich sehr, aus vielerlei Gründen.

Illuria ist nirgendwo zu sehen. Das ist auch gut so, denn so bleibt deine Ehe sicher. Es ist nur so, dass all diese Leute auf Utopion schon tot sind.

Du zündest dir eine Zigarette an und gehst die technischen Schwierigkeiten durch, wie du die *Smuggler's End* mit dir selbst an Bord in die Luft jagen könntest. Denn das ist die letzte Möglichkeit. Die einzige Möglichkeit.

Du denkst an dein Ende, als du die zierlichen, perfekten, nassen Fußabdrücke bemerkst, die vom Beckenrand wegführen.

Die zur Sauna führen.

Als hätte sie gesehen, wie die Barkasse von der Insel losfuhr und wusste, dass du zu ihr kommen würdest. Endlich.

Sie hat alles unter Kontrolle.

Du wirfst einen verstohlenen Blick über deine Schulter, Tom, hinüber zur Insel. Keine anderen Boote zu sehen. Und selbst hier, ganz weit entfernt, hörst du über die Wellen hinweg wie die Party, die alle anderen Partys aussticht, dort drüben in vollem Gange ist.

Du hast ein kleines Mädchen. Deine Frau. Du bist Navy-Offizier.

Und ein Spion.

Diese Menschen *werden* sterben.

Tom betritt also den Saunabereich, wo es kühl und dunkel ist und der Widerhall seiner Schritte auf den Kacheln so klingt, wie es sich anhören muss, wenn man allein in die Hölle geht.

Und dort findest du sie. Sie wartet, als hätte sie diesen Augenblick schon seit langem kommen sehen, seit dem ersten Augenblick, als sie deinen Namen aussprach.

Tom.

»Machst du dir Sorgen?«, fragst du sie. Hinterher. Ihr beide liegt eng umschlungen auf den wohlduftenden Brettern der beheizten Sauna.

Aber eigentlich hattest du fragen wollen, ‚bedauerst du es?'

Denn das ist der Punkt, an dem du dich befindest, nicht Tom. Denn selbst wenn du die Republik rettest und verhinderst, dass die Korvette in das Haus der Vernunft auf Utopion kracht... nun, du wirst der Mutter deiner Tochter davon erzählen müssen.

Muss ich das?, fragst du dich selbst. Denn das warst ja nicht du. Es war Tom. Tom hat Ehebruch begangen. Nicht du.

Tom kann keinen Ehebruch begehen. Tom ist nicht verheiratet.

Das ist alles deine Schuld. Du hast das getan. Nicht Tom.

Du.

Sei ehrlich zu dir selbst.

Also wirst du es ihr gestehen. Deiner Frau. Und dann wird sie wissen, an welchem Punkt deine Treue versagt hat. Es ging um all diese Menschen. Aber wenn sie dich wieder aufnimmt, wird sie das immer wieder infrage stellen. Sie wird sich immer fragen. Was wäre, wenn es nur halb so viele Leute gewesen wären? Was, wenn es nur ein Leben gewesen wäre? Was wäre, wenn du nur nach eine Ausrede gesucht hast?

Du ziehst an deiner Zigarette und hasst dich selbst. Wenn auch nur für die idiotische Vorstellung, dass du jemals irgendetwas hättest retten können. Jetzt ist sowieso alles verloren. Ein schlimmerer Verlust als Utopion es jemals sein könnte. Was immer du einmal gewesen bist... es ist fort.

Und dann gibt es Dinge, die du ihr nie sagen kannst, weil die Details wehtun. Du wirst mit all den Freuden und all den Schmerzen leben müssen. Und weil Illuria, die verlorene, die glückliche Illuria, deine Brust streichelt und du ihre Tränen auf deiner Haut spürst. Und sie flüstert den Namen, den Namen, der nicht deiner ist, immer wieder, als sei er das Ziel auf einer Karte, die sie in ihrem Herzen trägt. Ganz sanft, mit ihrer samtig tiefen Stimme.

Du kannst dir nicht vorstellen, sie jemals zu vergessen.

Es ist nicht so einfach, wie es aussieht, Tom. Du.

»Illuria...« Du sprichst leise. Leise, weil eure Stimmen in den Tiefen des Saunabereichs widerhallen.

Gefährlicher geht es nicht mehr.

»Illuria...«, setzt du wieder an.

Sie sieht dich mit diesen dunklen Rehaugen an, die du niemals vergessen wirst. Nicht wegen der Pheromone, die dich übermannen. Nicht wegen der sechs Monate voller Angst und Schrecken und der Flucht durch eine Gasse, gejagt von stumpfsinnigen Mördern, den monströsen Eseln bekannt als die Zhee. Die ganze Zeit, in der du darauf gewartet hast, dass es bei Frogg endlich klickt, und er dich ausweidet. Das Wissen, dass man keine Möglichkeit hat, sich gegen etwas zu verteidigen, was gefährlicher und bösartiger ist als ein Mensch. All die anderen nächtlichen Waffendeals mit Mördern und Halsabschneidern, die dir lieber das Leben nehmen würden als sich von ihren miesen, blutverschmierten Credits zu trennen. Die fliegenden Schrotthaufen, die Frachter, die dich ins Niemandsland des Alls gebracht haben, damit du, wie X es so schön ausdrückte, »dich tief im Dreck der galaktischen Unterwelt eingraben kannst, mein lieber Junge.«

Nicht aus diesen Gründen, nicht wegen all den anderen Dingen.

Sondern weil sie dich so sieht, wie du in diesem Augenblick wirklich bist. Du bist nicht Tom. Du bist nicht du. Du bist nicht der Sündenbock der Nether Ops.

Sie sieht dich als dich, als du sie in der Sauna entdeckt hast und sie dich zu sich winkte und dir eine andere Art des Vergessens versprach. Versprach, gemeinsam mit dir diesen Weg zu beschreiten.

Und du hast dich ihr ergeben und bist in sie hinein gestürmt... und mit ihr verschwand all die Dunkelheit.

»Ja«, sagt sie in der Stille der Sauna und blickt zu dir auf. Irgendwo zischt ein Rohr leise.

»Er ist ein Monster«, sagst du.

»Ja«, antwortet sie. »Ich weiß.«

Du seufzt. Du seufzt, weil du endlich… nach all der Zeit hier draußen, weit weg von der Zivilisation, ganz allein in der Rolle des verdeckten Ermittlers, in der du dich verloren hast, endlich hast du eine Verbündete. Jemandem, dem du die Wahrheit sagen kannst.

»Du musst mir helfen, ihn aufzuhalten«, flüsterst du.

»Ich weiß, Tom.«

Sie spricht ganz leise. Sie klingt verängstigt.

Am nächsten Nachmittag wird Illuria von einem gecharterten Frachter abgeholt. Du siehst von deinem Zimmer aus zu. Du hältst Abstand vom Fenster. Die Triebwerke zünden, nachdem die Repulsoren das elegant geschnittene Schiff von der Landeplattform gehoben haben, und dann rast es in Richtung Sonne und zu einer der Kernwelten, zum grenzenlosen Shoppen. Nichts ist zu viel für die Geliebte des mächtigen Mannes.

Illuria wird deine Nachricht übermitteln.

Jetzt, da du weißt, wo das Treffen stattfinden wird.

Jetzt weißt du es.

Du hast ihr eine echte, handschriftliche Nachricht mitgegeben und einen toten Briefkasten im RepubNetz genannt, damit sie sie weiterleiten kann. Jeder Hotel-Concierge ist in der Lage, das für eine so hübsche Frau zu erledigen. Selbst ohne Pheromone.

»Gibt es noch etwas, was wir tun können, um Ihren Aufenthalt im Epsilon Maximus angenehmer zu gestalten, Miss...?«

Illuria trägt ein prächtiges Seidenkleid. In jedem Blick, der auf ihr liegt, liegt Begehren, und oft genug hemmungslose Lust. Und jeder in der Lobby sieht sie an. Die Leibwächter, die Scarpia engagiert hat, um ihre Pakete zu tragen, halten respektvollen Abstand.

»Oh...« Sie beugt sich zu ihm vor. Lächelt. Der Mann läuft am ganzen Körper rot an. Die Leibwächter wissen, dass ihr das immer passiert. Das ist der Grund, warum sich Leute für sie ein Bein ausreißen. »Könnten Sie diese Nachricht für mich übermitteln?«

Unbemerkt drückt sie sie dem Concierge in die Hand.

Sollten die Leibwächter das bemerken, dann werden sie es für ein Trinkgeld halten. Der übliche Handel. Ein Geschäft. Um einen guten Service zu gewährleisten.

»Natürlich«, sagt der Mann, und ihm bleibt fast die Stimme weg. »Ich kümmere mich persönlich darum.«

Und mehr musst du nicht tun, hast du zu ihr gesagt. Nicht Tom, denn Tom würde die Zinsen haben wollen. *Du* hast das Illuria gesagt. Gib die Nachricht weiter.

Und da das Schiff nun das Deck der *Smuggler's End* verlassen hat, hoffst du, dass dies funktioniert. Denn das ist deine letzte Chance.

Die RMK-Generäle waren schon am Morgen weg.

An dem Morgen, als du noch im Bett liegst. Erschöpft und immer noch nach ihr riechend. Und du denkst an sie.

Du kehrst in dein Zimmer zurück, duschst und versuchst dich an die anderen Menschen zu erinnern, an die Menschen in deinem wirklichen Leben.

Aber alles, woran du denken kannst, ist die tapfere Illuria, wie sie unter dir legt und nun auf dem Weg ist, die Republik zu retten.

An die Botschaft, die sie überbringt.

Zeichnen und Gegenzeichnen der Codeworte. *Gekaperte Korvette trifft sich mit Zielperson auf Makchuria. Um jeden Preis aufhalten. Wird bei Terroranschlag auf Utopion eingesetzt. Sofortiger Einsatz von Mordkommandos empfohlen. Höchste Priorität.*

Das Wasser in der Dusche plätschert an dir hinab. Aber du bist nicht einmal mehr du selbst.

Als ob du überhaupt nicht mehr existiertest.

In Illurias Abwesenheit herrscht düstere Stimmung. Während du durch das stille Schiff schlenderst, siehst du für einen Augenblick Frogg im Fitnessraum trainieren. Der Ausdruck auf seinem Gesicht ist fest entschlossen. Gedanklich ist er weit weg. Blutrünstig.

Hinterhältig und gefährlich.

Und dann bemerkt er dich und schenkt dir ein Lächeln. Ganz plötzlich. Aber nicht aus tiefstem Herzen. Damit ist es vorbei.

Vielleicht ist das nur dein schlechtes Gewissen.

Vielleicht.

Du suchst nach Scarpia, aber er findet dich zuerst.

»Tom!«, ruft er ein wenig zu energisch. Er trägt eine dunkle Sonnenbrille. »Habe dich gestern Abend vermisst. Und heute Morgen. Ich soll dir Grüße von Luria ausrichten.«

Mustert er dein Gesicht, um deine Reaktion zu beurteilen?

Sie hat es dir gesagt. Sie hat dir gesagt, wo das Treffen stattfinden wird, weil sie es wusste. Weil er es ihr gesagt hatte. Und dann sagte sie es dir, nachdem du sie gebeten hattest, dir zu helfen. Dabei. Ein letztes Mal wart ihr zusammen und konntet euch vormachen, dass ihr nach all dem noch eine weitere Chance haben würdet.

»Tom ... ich weiß ...«, wimmerte sie.

Aber das war dir in diesem Moment egal, weil du in ihr ertrunken bist und irgendwie versucht hast, alles noch einmal in Ordnung zu bringen. Oder dieses andere Leben, in dem du wirklich du bist, verschwinden zu lassen.

»Sie treffen sich bei Makchuria«, weinte sie.

Du teilst Scarpia mit, dass du dich nicht wohlgefühlt hast.

»Also, Tom...«

Kein »lieber Junge.« Oh, oh.

»Wir springen heute Abend. Müssen uns ja auf das Treffen vorbereiten. Sei bereit. Und offen gesagt...« Er zieht dich auf dem Pooldeck zur Seite. In Sichtweite der Sauna.

Wo sie dir alles erzählt hat.

Wo du mehr versprochen hast, als du hättest versprechen sollen.

Hat sie dir wirklich geglaubt?

»Du bist der Einzige, dem ich vertraue, Tom. Froggy ist in letzter Zeit ein wenig seltsam. Nur so unter uns gesagt. Ich erwarte nicht, dass etwas schiefgeht, aber bei diesen Rebellen kann man nie wissen. Sie wollen vielleicht so viel Geld wie möglich behalten. Also bring alle Waffen aus dem Schließfach mit, wie du zu brauchen glaubst, und ein paar, die du verdeckt tragen kannst. Es hat sich da was ergeben...«

Du runzelst die Stirn.

Du fragst dich, ob das Wasser heiß genug war, um Illurias Duft von dir abzuwaschen. Und dann ist da noch der andere Teil von dir, der gar nicht will, dass er verschwindet.

Scarpia, er muss von ihr besessen sein.

Du behandelst mich nicht so, wie er es tut, sagte sie. *Für ihn bin ich nur ein Spielzeug, Tom. Hier bei dir... bin ich ich.*

»Die Zhee bestehen darauf, dass sie nicht nur die Besatzung des Schiffes stellen, sondern ein ganzes Bataillon an Bord bringen. Diese stinkenden, gefährlichen Dinger werden bis an die Zähne bewaffnet sein, mit dem besten Material, das ich ihnen verkaufen konnte, und im Grunde ist das alles nur Verschwendung.«

»Warum?«

»Ein Selbstmordkommando, Tommy. Sie halten diese Mission für eine so große Ehre, für so wichtig, dass sie bis zum letzten Moment ihrer Existenz dabei sein wollen. Auf diese Weise kann die Legion das Schiff nicht stürmen, bevor es aufprallt, und sie werden als neue, prächtige Kapitel in ihren heiligen Büchern weiterleben. Nicht dass die Legion überhaupt die Zeit bekommen würde, das Schiff zu entern, hätten sie von Anfang an *meinen* Plan befolgt. Aber... in meiner Branche geht es darum, die Kunden zufriedenzustellen. Und das wollen sie haben.«

Tja, das war's dann wohl.

Später am Abend taucht Scarpias Raumschiff auf, und alle gehen an Bord. Mit Ausrüstung und allem drum und dran. Es fühlt sich an wie das Ende aller Dinge. Oder eher wie... der Anfang vom Ende aller Dinge.

Alle, sogar du, Tom, schweigen. Alle sind grimmig. Entschlossen.

Gefährlich und hinterhältig.

KAPITEL 24

Ich hockte vor einer Sprengtür, die zur Brücke einer republikanischen Korvette führte, und brachte zwei rote Sprengstoffbänder an. Eine Tür im Inneren eines Raumschiffs zu sprengen war eine kniffflige Angelegenheit. Man befand sich in einem begrenzten Raum, und die Explosionskraft musste irgendwo hin. Man hoffte, dass sie die Tür in Richtung Brücke sprengte. Aber diese Türen waren sehr robust und hielten unglaublichen Kräften stand, weil sie ja von uns stammten. Man dachte eigentlich nie daran, gegen seine eigene Technologie kämpfen zu müssen. Aber vielleicht war das eine Schwachstelle in unserer Planung. Wir hätten es einplanen müssen.

Es gab Hacker-Tools und Autorisationscodes, aber diese Sicherheitssysteme hatten Redundanzprotokolle und Schutzmechanismen. Was bedeutete, dass wenn sich die richtige Person auf der Brücke befände, sie jeden dieser Befehle stoppen könnte. Ein allein arbeitendes Hacker-Tool würde über fünfundvierzig Minuten brauchen, wenn nicht sogar länger. Und nach dem internen Zeitmesser meines Knitterfreien blieben uns noch genau acht Minuten und achtundzwanzig Sekunden bis zum Scheitern der Mission.

Also war die Sprengung der Tür die einzige Möglichkeit. Und obwohl sechs Sprengsätze ausreichen würden, konnte ich nicht garantieren, dass die Explosion nicht auch uns zerfetzte, während wir Deckung hinter irgendwelchen Schotts suchten. Oder schlimmer noch, es könnte die Außenhülle aufreißen, sodass wir in das Vakuum des Weltraums gesaugt würden. Da draußen konnten wir wohl kaum was Sinnvolles anstellen — sechs in der Dunkelheit treibende Legios, die darauf warteten, an Sauerstoffmangel zu sterben.

Dafür war dieser Sprengstoff gedacht. Er funktionierte ein wenig wie ein Raketenhilfstriebwerk. Ich befestigte ihn an der Tür, sicherheitshalber die doppelte Menge, und wenn er ausgelöst wurde, gab er konstanten Schub ab. Mit so viel Kraft, dass die internen Türmechanismen mit roher Gewalt umgekehrt wurden. Als hätte ein Riese das Ding gepackt und aufgedrückt, ungeachtet aller Schlösser und Türbremsen.

Meine Hände zitterten. Ich muss ruhig bleiben, ermahnte ich mich. Aber wir waren durch die Hölle gegangen, nur um die Brücke zu erreichen.

Masters hatte es praktisch sofort erwischt. Nur wenige Augenblicke, nachdem wir ins Raumschiff eingedrungen und auf dem Deck gelandet waren. Es waren zu viele Zhee. Wir säuberten die Korridore und drangen in den Maschinenraum vor. Das hatte uns die meiste Zeit gekostet. Als die Sprengladungen den Antrieb der Korvette ausschalteten, hatten wir nur noch etwa zwanzig Minuten Zeit. Und dann hatten wir Wraith durch eine Verletzung verloren. Er saß da hinten mit einer Pistole in jeder Hand und knallte jeden Zhee ab, der auftauchte.

Jetzt ging's ums Überleben. Wie lange konnten wir durchhalten? Konnten wir den Job in der uns verbleibenden Zeit erledigen?

Captain Owens hatte es klargemacht: Entweder erledigten wir unsere Mission, oder wir starben bei dem Versuch. Es gab keine zweite Chance. Es gab keine schnelle Eingreiftruppe.

Ich brachte die Sprengstoffbänder an und signalisierte den einsatzbereiten Mitgliedern des Kommandos, in Deckung zu gehen. Dann lief ich hinter das nächstgelegene Schott und aktivierte das Ding. »Los geht's!«

Der Korridor füllte sich mit dem weiß-orangefarbenen Glühen des begrenzt feuernden Schubs. Rauch stieg auf, und unsere Helme wechselten die Sehleistung, damit wir ihn durchdringen konnten. Die Filter funktionierten. Ich roch nichts von dem, was in dem Gang vor sich ging. Nach nur einer Sekunde begannen die Innenmechanismen der Sprengtür zu ächzen. Das Ächzen gipfelte in einem Knacken, und dann war das Geräusch von Zahnrädern zu hören, wie sie aus ihren Führungen herausgerissen wurden, weil die vom Sprengstoff ausgehende, rohe Gewalt die Tür aufdrückte.

»Wir haben eine Öffnung!«, brüllte Exo. Er warf in dem Moment eine Splittergranate durch die offene Tür, als ich den Sprengstoff und seine Schubleistung abschaltete.

Bumm!

Ich folgte Exo durch die Bresche. Die Tür war gerade mal halb offen, aber breit genug für einen Legio, um hindurchzukommen. Exo feuerte einmal, und aus dem Inneren der Brücke zuckte höllisches Gegenfeuer auf. Ein Blastertreffer erwischte Exo mitten am Helm, und er krachte zu Boden. Ich wollte stehen bleiben und meinen Kumpel aufheben, seinen Körper aus der Schusslinie ziehen, aber das hätte auch mich umgebracht. Also stürmte ich an ihm vorbei, feuerte meine NK4 ab und erschoss in schneller Folge drei Zhee, die alle nur aus der Hüfte schossen.

Die Typen zielten überhaupt nicht. Sie vertrauten darauf, dass ihre Götter ihre Kugeln lenkten. Exo hatte einfach Pech gehabt.

Ich hatte keine Zeit, mich um ihn zu kümmern, und verschaffte mir einen kurzen Überblick. Es war praktisch keine Besatzung vorhanden, nur ein paar Menschen in RMK-Uniformen. Wo Steuermänner, Navigatoren und Sensorentechniker stationiert sein sollten, sah ich nur bewaffnete Zhee, die nach meinem Tod lechzten und mich mit leblosen Augen anstarrten.

Die Splittergranate, die Exo geworfen hatte, war direkt rechts neben der Tür gelandet. Am Ort ihrer Explosion lagen im Kreis mehrere tote Bösewichte. Ich warf mich dorthin, denn das auf mich einprasselnde Blasterfeuer war zu heftig, als dass ich es stehend überstanden hätte. Kags und Twenties waren noch nicht durch die Tür gekommen, obwohl sie in meinem HUD immer noch als im Kampf angezeigt wurden. Ich kam zu dem Schluss, dass das Dauerfeuer der Zhee durch die Tür sie daran hinderte, sich überhaupt zu bewegen.

Ich hatte auch nicht viel Platz zum Manövrieren und suchte Deckung hinter einer Sensoren-Relaisstation. Das Blasterfeuer nahm sie zwar Stück für Stück auseinander, aber besser als gar nichts. Ich zog eine Splittergranate hervor und warf sie sie in Richtung der Zhee. Sofort danach war ich wieder auf den Beinen und schoss im Dauerfeuer auf den Gegner. Das bedeutete zwar, dass mir nicht viel Zeit blieb, bevor mein Energiepack leer sein würde, aber ich hoffte, dass die Feuerkraft ausreichte, damit Twenties und Kags sich dem Kampf anschließen konnten.

Einer der Zhee bückte sich, um die Splittergranate aufzuheben. Es wäre besser gewesen, sie wegzutreten, denn sie explodierte und riss ihm den Arm und sein

Eselsgesicht ab. Ein paar weitere Außerirdische gingen durch die Sekundärexplosion zu Boden. Schrapnellsplitter prallten auf meine Panzerung, und plötzlicher Schmerz zwischen Schulter und Brustkorb verriet mir, dass einige durchgekommenen war.

Dumm. Aber gleichzeitig war ich mir nicht sicher, was ich sonst hätte tun können.

Ich feuerte weiter, als Kags und Twenties in den Raum sprangen. Twenties erreichte meine Position, aber Kags geriet ins Kreuzfeuer und wurden von mehreren Blasterschüssen getroffen. Mein HUD zeigte ihn als tot an, noch bevor er auf dem Boden aufschlug. Twenties und ich drängten uns beide an die Relaisstation, um so viel Deckung wie möglich zu haben, aber die Langohren zerfetzten sie immer weiter mit ihren Blasterschüssen.

»Energiepackwechsel«, verkündete ich, ließ mein verbrauchtes Energiepack fallen und schob ein neues hinein.

Nur wir beide waren noch übrig, während Captain Owens irgendwo zusah und nicht in der Lage war, irgendetwas zusammenzurufen, was uns noch hätte helfen können. Von den ursprünglich zwanzig Langohren waren vielleicht noch sechs Zhee übrig und noch ein paar RMK. Wir saßen in der Klemme, aber mit sechs Zhee wurden wir fertig.

Das mussten wir. Dafür bezahlte uns die Republik.

»Tja, dann mal ran und abknallen«, sagte ich zu Twenties über das L-Komm.

»Okay«, antwortete er und wechselte das eigene Energiepack. »Auf drei?«

»Lass uns auf vier gehen«, sagte ich. Ich hatte keine Ahnung, warum. Die letzten Momente meines Lebens wollte ich als Klugscheißer beenden.

Twenties zählte schnell runter. Es ging darum, gleichzeitig vorzugehen, nicht mit großer Geste. »Vier-drei-zwei-eins.«

Wir gingen jeder auf seiner Seite raus. Als ich einen Zhee mit meiner NK4 erledigte, spürte ich, wie sich brennende Blasterblitze durch meine Panzerung in meinen Oberkörper bohrten. Der Schmerz sorgte dafür, dass ich wie ein Sack Blei zu Boden ging.

Ich war tot. Und als ob der Schmerz noch nicht genug gewesen wäre, sorgte mein HUD dafür, dass ich es auch wusste.

LS-55, Lieutenant C. Chhun: Gefallen

Ich konnte nur zusehen, wie Twenties den Kampf beendete. Er entledigte sich des letzten Zhee und machte sich auf den Weg zur Steuerkonsole der Korvette. Gerade als er einen Autorisationscode eingeben wollte, ging das Licht an und Warntöne erschallten. Auf den Laufstegen über uns brüllten und schrien die Ausbilder der Legion. Sie alle gaben uns Feedback zu unseren Trainingsfortschritten. Alle gleichzeitig.

»Viel zu viel Zeit im Maschinenraum verbracht! Das muss mindestens fünf Minuten schneller gehen!«

»Nächstes Mal sollte einer von euch Weicheiern lieber die Muskeln spielen lassen und einen SAB tragen! Es ist mir egal, wie sehr ihr eure winzig kleinen Knarren liebt!«

»Glückwunsch, meine Herren. Die Galaxie ist am Arsch.«

Es war, als nähme man noch einmal am Legionstraining teil. Aber Captain Owens hatte das Richtige getan, als er diese Kerle, allesamt Gruppenführer und erfahrene Legios, als Beobachter hierher gebracht hatte. Sie blickten auf den dachlosen Nachbau einer republikanischen Korvette hinab und taten alles, was sie konnten, um diese militärische Sonderausbildung zum Erfolg zu führen. Und keiner von uns war zu stolz, um konstruktive Kritik von einem anderen Legio anzunehmen.

Ich wuchtete mich aus meinem ,Tod' auf dem Deck der Korvette hoch. Die toten Zhee, die um mich herum lagen, verwandelten sich wieder in Ziel-Bots, deren holografische Projektionen mit dem Ende der Übung eingestellt wurden.

Wir hatten versagt. Schon wieder.

Exo stieß sich vom Deck hoch. »Das war doch kacke. Ein Schuss ins Gesicht, wollt ihr mich verarschen? Langohren können nicht so gut schießen.«

»He«, warf Masters über das L-Komm ein, »wenigstens hast du es so weit geschafft. Ich wurde plattgemacht, als ich gerade mal zwei Schritte aus dem Angriffsshuttle gemacht hatte. Ich habe die ganze Zeit auf diesem Deck gelegen. Und was noch schlimmer ist, diese blöde Elektroschocktechnologie hat mich nicht einmal schlafen lassen. Dämliche, republikanische Ingenieure und ihre Kampfoptimierungen.«

»Bei mir sammeln«, befahl Wraith. »Wir versuchen es nochmal.«

»Einen Augenblick«, meldete sich Captain Owens. »Ich glaube, wir müssen erst mal was mampfen gehen. Den Einsatz durchsprechen. Danach versuchen wir es noch einmal, und dann machen wir Schluss für heute.«

Wir aßen in unserem Mannschaftsraum und schaufelten uns Empanadas rein, die mit dem Fleisch eines Vogel-Fisch-Hybrids gefüllt waren, das man heute Morgen frisch direkt vom Shuttle in die Kombüse geliefert hatte. Zumindest hatten uns das die Jungs aus der Bordküche erzählt. Im Allgemeinen wussten sie aber schon, was los war. Es war auch ziemlich egal, ob das Zeug frisch war oder aus einer sechs Jahre alten Stasis-Ration stammte, es schmeckte jedenfalls gut. Ich hatte einen Bärenhunger und biss eine Hälfte der Fleischpastete ab und verdrückte den Bissen mit einem großen Schluck schwarzen Koffs. Seit ich bei den Dark Ops war, trank ich mehr Koff als Wasser.

Captain Owens rülpste einen Dankesspruch für seine Mahlzeit, dann griff er nach einer Flasche Wasser. Er nahm einen Schluck und fasste die Punkte zusammen, über die am Tisch Einigkeit erzielt worden war. »Priorität Alpha ist also die Zeitersparnis im Maschinenraum, denn das ist nicht verhandelbar. Die Übung gilt als gescheitert, wenn die Triebwerke nicht abgeschaltet werden.«

»Die meisten Esel stecken in diesem Raum«, bemerkte Twenties. »Vielleicht sollten wir ein paar Sprengstoffbeutel da reinwerfen. Das erledigt sie und den Antrieb in einem Schlag.«

Ich nickte. »Das wäre zwar einfacher, aber das Risiko, eine Sekundärexplosion auszulösen, die zu einem Hüllenbruch führt, ist zu hoch. Splittergranate, Blendgranaten und Blasterfeuer sind alles, was wir mitbringen sollten. Und selbst dann... ist es eine ziemlich brisante Angelegenheit.«

»Stimmt«, sagte Owens. »Wenn ihr Legios ins Vakuum des Weltalls gesaugt werdet, bevor ihr die Brücke einnehmen könnt, ist das das gleiche Missionsergebnis wie ein totaler Teamausfall beim Kampf in den Korridoren. Wir müssen alle Schritte der Reihenfolge nach durchgehen.«

»Der Zugang zum Maschinenraum ist wesentlich leichter als zur Brücke«, sagte Wraith. »Wir wissen alle, was passiert, wenn wir durch die Sprengtür der Brücke stürmen. Der Maschinenraum hat viel mehr Zugangspunkte, und die Langohren können sie nicht alle maximal verteidigen. Wir wissen, dass wir sie mit ausreichend Zeit ausschalten können, wir müssen uns nur zu den Reaktoren durchkämpfen und die dann mit einem Impuls abschalten.«

Wir alle nickten. Er hatte recht. Der Kampf im Maschinenraum war einer, den Legios in fünfzig von zehn Fällen gewinnen würden.

»Wir können den Maschinenraum auch ohne eine komplettes Team einnehmen. Das haben wir heute gesehen. Masters wurde in den Korridoren sofort ausgeschaltet...«

»Danke, dass du mich daran erinnerst, Arschkrampe«, sagte Masters und entlockte dem Rest der Gruppe ein Lachen.

Wraith fuhr fort, als ob diese Unterbrechung nicht stattgefunden hätte. »Und ich wurde in den ersten dreißig Sekunden des Kampfes ausgeschaltet. Aber der Rest des Teams hat praktisch alleine die Sache erledigt.«

»Ja«, stimmte Exo zu, »aber bis wir uns durch die Korridore und auf die Brücke gekämpft haben, war die Zeit schon zu weit abgelaufen.«

»Was ich damit sagen will«, Wraith beugte sich vor und tippte mit den Fingern auf unseren gemeinsamen Esstisch, der eigentlich nur ein von allem Kram befreiter Couchtisch war, »ist, dass wir im Maschinenraum sichere

Stellung beziehen und uns dann aufteilen. Drei von uns bleiben dort, und der Rest des Teams räumt die Korridore und beginnt mit den Vorbereitungen für den Durchbruch auf die Brücke.«

Owens hörte aufmerksam zu. Vielleicht hielt er sich mit seiner Meinung zurück, bis der Rest der Truppe die eigenen Ansichten geäußert hatte.

»Das setzt voraus, dass Masters beim Verlassen des Angriffsshuttles nicht ständig ins Gesicht geschossen wird«, sagte Exo lachend.

»Alter!«, brüllte Masters. »Wegen dir kriege ich noch einen Komplex. Ich bin erst drei Mal gestorben, seit wir diese Trainingseinheiten begonnen haben.«

Es war alles nur ein Spaß. Zumindest hörte es sich so an. Aber wir waren es nicht gewohnt, auf diese Weise zu scheitern. In Wahrheit fühlten sich diese Trainingsmaßnahmen so an, als wären sie dazu bestimmt, unmöglich zu schaffen zu sein. Zum Scheitern verurteilt. Ich bezweifelte nicht, dass hinter jeder scherzhaften Bemerkung ein Funken Wahrheit steckte. Exo glaubte wirklich, dass einige von uns sterben würden, bevor sie den Maschinenraum erreichten. Und Masters wurde langsam wirklich unruhig, weil er bei drei der sieben Versuche, in denen wir dieses Szenario heute durchgespielt hatten, plattgemacht worden war.

»Ich glaube, dieser Plan kann funktionieren«, sagte ich und beschloss in diesem Augenblick, reinen Tisch zu machen. »So sieht's in Wirklichkeit aus. Wir sind bei diesen Trainingsübungen nicht in Topform gewesen. Masters, du bist so aufgeregt, bei diesen Übungen erschossen zu werden, dass du übervorsichtig bist, und das führt dazu, dass du abgeknallt wirst. Exo, du versuchst, die Aufgaben des gesamten Teams allein zu erledigen und stürzt dich wie ein wilder Stier auf die Langohren. Ich hatte kaum Zeit, die Sprengstoffbänder abzuschalten, da bist du schon durch die Tür gestürmt. Das hätte dich den Kopf kosten können. Wir alle spüren die Anstrengung, weil wir diese Übung ständig wiederholen. Aber jetzt müssen wir uns zusammenreißen und Wraiths Plan umsetzen.

Der Kampf im Korridor war eine leichte Angelegenheit, sobald wir den Widerstand um das Angriffsshuttle beseitigt hatten. Wenn wir durch die Sprengtür der Brücke kommen, müssen wir den Raum dahinter mit Splitter- und Blendgranaten vollpacken. Die Hülle hält das aus, Langohren und RMK nicht. Also packt dieses Mal mehr davon ein. Einer der Ausbilder meinte, dass wir mindestens eine der Nahkampfwaffen gegen einen großen, alten Automatikblaster austauschen sollten. Der ist schwer, und es ist mühsam, ihn durch das Schiff zu schleppen. Aber wenn ich den anstelle meiner NK4 auf der Brücke gehabt hätte, hätten wir beim letzten Mal dieses Szenarios erfolgreich abgeschlossen und hätten noch mehrere Minuten Zeit übriggehabt. Da bin ich mir sicher.«

»Ich kann den SAB tragen«, meldete sich Kags. In seinem Gesicht stand Entschlossenheit, und ich sah sie auch bei den anderen Männern. »Ich bin für diese Waffe aus meiner Zeit als Infanterist zertifiziert. Ich war Teil eines SAB-Trupps, bevor sie mich auf Kublar zu den Zwillingsgeschützen eingeteilt haben.«

»Okay«, sagte Owens. »Mehr als okay. Das ist genau das, was ich von diesem Team erwarte. Noch ein Versuch heute. Lasst uns diese Übung endgültig abreißen.«

»Ja, klar«, meinte Exo trocken. »Wir werden ihnen in den Arsch treten. Wir treten ihnen in die Eier. Aber dieser Einsatz braucht mehr als ein Mordkommando. Das sehen wir doch alle ein, oder? Zwei Teams, mindestens. Eins für den Maschinenraum, eins für die Brücke. Oder, wenn wir nur ein Team haben, schaltet die Triebwerke aus, steigt wieder in das Shuttle und lasst ein Jagdgeschwader das ganze verdammte Schiff in die Luft jagen.«

»Stimmt schon«, pflichtete Owens ihm bei. »Aber in den Dark Ops trainieren wir nicht für den einfachen Modus.«

»Captain«, sagte Twenties und klang so, als wollte er das Thema wechseln. »Ich weiß, Sie wissen das noch nicht, aber das hat alles mit der *Chiasm* zu tun, oder? Die Typen, hinter denen wir her sind, die werden in einem Shuttle der Republik sitzen?«

»Keine Ahnung«, sagte Owens. »Aber ich habe von Freunden aus anderen Mordkommandos das Gerücht gehört, dass dieser Trainingskurs überall stattfindet. Also selbst wenn es nicht unsere ganz persönliche Vendetta ist, dann können wir trotzdem darauf wetten, dass es eine verdammt große Sache ist. Wuah?«

Wuah.

KAPITEL 25

Weltraum über Makchuria. Tag des Treffens.

Legionskommandant Keller schritt an den massiven Backbordfenstern der *Mercutio* entlang und blieb dann stehen, um sich all die republikanischen Zerstörer und Fregatten noch einmal genauer anzuschauen. Er konnte sie nicht alle zählen, aber er kannte ihre Gesamtzahl. Achtzehn. Eine beeindruckende Zurschaustellung republikanischer Feuerkraft, die in diesen Teil der Galaxie beordert worden war, weil sich die Nether Ops sicher waren: »Priorität Alpha«, die größte Bedrohung für die Stabilität der Republik seit den Barbarischen Kriegen, würde hier auftauchen. Direkt bei Makchuria.

Die Schiffe, die alle ihren jeweiligen Raumsektor verlassen hatten, um für den Fall eines größeren Zwischenfalls präsent zu sein, waren von Admiral Ubesk so positioniert worden, dass jedes Raumschiff, das in den Raum bei Makchuria eindrang, sofort angegriffen werden konnte.

Mordkommandos entlang des gesamten Rands der Galaxie hatten pausenlos einen Trainingskurs absolviert, bei dem sie praktisch zum Scheitern verurteilt waren, und bei dem es darum ging, in das Schiff einzudringen, ihm die Flugfähigkeit zu nehmen und die Brücke zu stürmen.

Marineinfanteristen und Legionäre mit Fronterfahrung warteten in Angriffsshuttles, bereit, den Kampf gegen jeden Widerstand an Bord des Zielschiffs aufzunehmen

— vermutlich eine republikanische Korvette —, während die Mordkommandos sich auf ihre Ziele konzentrierten.

Es bestand die Möglichkeit, dachte Keller, dass die Korvette mehr republikanische Soldaten an Bord hatte als Besatzungsmitglieder und Kämpfer der RMK. Gott stehe allen *tatsächlich* republikanischen Korvetten bei, die das Pech hatten, heute in den makchurianischen Raum einzudringen. Obwohl das nicht zu erwarten war.

»Das gefällt mir nicht.«

Keller blickte nach links und sah, dass der Captain der *Mercutio*, ein Mann namens Slooce Avery, sein Leben lang Offizier in der Navy, sich seiner Wache angeschlossen hatte.

»Wir haben mehr vom Tag hinter uns als vor uns«, stellte Avery fest. Er stellte den Becher kalten Koffs auf den Sims des Backbordfensters. »Meine Besatzung wird immer müder, und die ankommenden Schichten sind ebenso genervt wie die abgehenden. Alle sind in höchster Alarmbereitschaft, und ihre Nerven liegen blank.«

Keller nickte zustimmend. »Meine Legionäre — ganz zu schweigen von den Marines — sind den ganzen Tag lang in diesen Angriffsshuttles zusammengepfercht. Sie essen Rationen und benutzen die Verpackungen für den Müll. Alle drei Stunden wird der Müll abgeholt. Und ich kann ihnen nicht erlauben, sich mal auszustrecken oder frische Luft zu schnappen, weil die Nether Ops diese Geschichte als Priorität Rot eingestuft haben.«

»Das Schicksal der Republik«, grunzte Captain Avery.

»Wäre gut, wenn dem so wäre«, sagte Keller. »Haben Sie etwas von Ubesk gehört? Ist es ihm gelungen, ein Status-Update von demjenigen zu bekommen, aus dem die Nether Ops diese Informationen herausgepresst haben?«

»Er ist immer noch in der Besprechung. Aber wenn sich das alles als sinnlos herausstellt... könnten die Nether Ops dieses Mal nicht einfach mit den Schultern zucken und sich wieder folgenlos verabschieden.« Avery verschränkte die Arme und nahm die wütende Haltung eines Captains an, die Keller in seiner Karriere schon so oft erlebt hatte. Wenn die Leute endgültig genug hatten. »Ich sage Ihnen, Commander Keller«, schwor er, »dieses Mal wird das Haus der Vernunft von allen Admirälen eine Standpauke bekommen. Und von der Legion auch, hoffe ich. Der Rand der Galaxie ist extrem verwundbar, weil wir uns alle hier versammelt haben. Und das nach dem, was mit der *Chiasm* passiert ist.«

»Das dicke Ende kommt noch«, stimmte Keller zu und starrte erneut in die Tiefen des Weltraums, die sich hinter den waffenstarrenden, republikanischen Zerstörern erstreckten.

Der leere Weltraum.

Und keine Korvette in Sicht.

Ihre Zeit lief ab.

Du bist Tom. An Bord der Korvette *Ankalor's Pride*.

Tom. Tu etwas, Tom. Überleg dir was, und zwar schnell. Denn das hier... das ist der schlimmste Fall. Das ist der Punkt, an dem jegliche Hoffnung stirbt.

Tu etwas!

Das sagst du dir immer wieder. Du wünschst dir, dass Tom einen Ausweg aus diesem Schlamassel findet.

Selbst als Scarpia ziemlich gelangweilt dir und Frogg die Planänderung erklärt.

»Der beste Plan...«, sagt Scarpia, als ob diese komplette Kehrtwende nicht viel mehr wäre als ein kleines Missverständnis bei einer Reservierung fürs Abendessen. Du dachtest, es wäre um sieben, aber sie hatten sich sieben Uhr dreißig aufgeschrieben, und jetzt kommst du vermutlich zu spät zur Show.

Tu etwas. Tom. Tu etwas.

Es war alles so gut gelaufen. So gut, dass du sogar einen Funken Hoffnung in dein Leben gelassen hattest. Hoffnung, die dich den Umbau der republikanischen Korvette *Revive* in eine gigantische, fliegende Bombe hat überstehen lassen, die nun als *Ankalor's Pride* in den Dienst der Rebellen der Mittleren Kernwelten gestellt wurde. Die RMK-Generäle hätten gerne etwas Bedeutungsvolleres gehabt, wie *Return of Liberty*, aber der Zhee-Besatzung, die das Raumschiff tatsächlich in das Haus der Vernunft steuern würde, musste man Zugeständnisse mache. Um all diese Menschen töten zu können. Und damit die gesamte Republik zu destabilisieren.

Illurias Nachricht hat ihr Ziel erreicht. Da bist du dir sicher. Du bist dir sicher, weil du, während du mit Frogg und Scarpia in der Lounge gesessen hast, während private Auftragnehmer fieberhaft daran arbeiteten, jeden Teil des Schiffes in einen Laderaum zu verwandeln, der mit Sprengstoff gefüllt werden konnte, während all das geschah, hast du Scarpia beobachtet, wie er mit Illuria redete. Du hast gesehen, wie entspannt sie war. Wie sie über die schönen Dinge sprach, die sie gekauft hatte, und auf die unanständigen Dinge hinwies, die nur für Scarpia bestimmt waren. Und du dachtest, vielleicht konnte sie dich sehen, wie du dort hinter Scarpia gesessen hast, sichtbar für die Holocam. Vielleicht sah sie dich, und alles, was sie versprochen hatte, war nur für dich gewesen. Für eine Zeit, so stellst du dir das vor, wenn all dies vorbei wäre, wenn Scarpia tot oder gefangen genommen wäre. Für eine Zeit, in der sie mit dir glücklich sein würde.

Weil sie daran glaubte.

Was?

Dass du anders bist. Dass du sie wirklich glücklich machen wolltest. Dass du der Richtige bist. Derjenige, der sie nicht einfach nur wie ein Spielzeug benutzt. Derjenige, der sich um sie sorgte. Der sie liebte.

Aber das war nie der Plan, nicht wahr, du Scheißkerl? Du hast sie benutzt. Du hast sie benutzt, um die Nachricht weiterzuleiten. Du wusstest, wenn du überlebst, würdest du nie wieder mit ihr sprechen.

Das war Tom.

Das warst du.

Aber sie ist glücklich. Sogar Scarpia scheint das zu bemerken. »Illuria, so gut gelaunt habe ich dich schon lange nicht mehr gesehen. Ich glaube, wir sollten häufiger einkaufen gehen, wenn wir dieses Geschäft hinter uns haben, was meinst du?«

Sie war glücklich, und das gab dir Hoffnung. Sie war unbeschwert. Die Nachricht lastete nicht mehr auf ihren Schultern, weil sie sie überbracht hatte. Und sie hatte ihre Meinung nicht geändert, denn Frogg schmollte auch weiterhin. Anstatt sein Messer in die weiche Unterseite deines Kopfes zu rammen, direkt hinter dein Kinn. Um es dann nach oben zu schieben, bis du spürst, wie es deine Zunge durchbohrt und sie am Gaumen festklemmt, während du würgst, dich selbst weiter aufschneidest und an deinem eigenen Blut erstickst.

Das war nicht geschehen. Also hast du dich ziemlich optimistisch gefühlt. Überzeugt davon, dass sich die Mordkommandos bereit machten. Dass die Sache auf Makchuria enden würde.

Diese Hoffnung ermöglichte es dir, Vorgehensweisen vorzuschlagen, mit denen du die notwendigen Sicherheitsprotokolle der Korvette außer Kraft setzen könntest. Die verhindern sollten, dass ein Schiff im Hyperraum auf einen Planeten prallte. Denn wer würde das schon wollen?

Hoffnung hatte dich wegschauen lassen, als Scarpia alle unabhängigen Auftragnehmer — die mit einem Lohn, der ihre Familien auf Jahre hinaus ernähren würde, zu diesem Job gelockt worden waren — zusammentreiben und in die Luftschleuse stecken ließ. Die Hoffnung ließ dich damit leben, dass man sie ins All verfrachtete, wo sie qualvoll starben. Keine Ausnahmen. Keine Zeugen. Sie mussten ja keinen Platz verbrauchen und auch nicht mit den restlichen Zhee gemeinsam sterben.

Wenn sie das Haus der Vernunft zerstörten.

Aber all das war in Ordnung, redetest du dir selbst ein. Denn auf Makchuria würde es enden.

Aber jetzt war diese Chance vorbei, und du musst etwas tun.

»Ihr müsst verstehen«, fährt Scarpia fort, »ich habe den RMK *gesagt*, dass der Plan, den ich entworfen habe, ihre beste Chance auf Erfolg ist. Ihr wisst ja beide, was passieren kann, wenn ein Plan nicht exakt befolgt wird.«

Frogg blickt deprimiert zu Boden. Diese kleinen, miesen Sticheleien. Diese spitzen Bemerkungen von Scarpia. Sie werden ihn zu noch größerer Hingabe treiben. Er wird noch bösartiger sein. Rücksichtsloser. Noch gnadenloser in allem, was er tut. Scarpia weiß das.

»Die RMK sind nicht bereit, für diese Mission zu sterben. Das liegt nicht in ihrer Natur, was ich verstehen kann. Aber die Zhee sind es. Das Treffen bei Makchuria ist also vom Tisch. Wir treffen uns mit den Zhee auf Ankalor. Ein Shuttle wird vom Planeten zur Korvette fliegen, die von den Zhee gesteuert und mit ihren Kriegern vollgestopft sein wird. Wir kehren mit demselben Shuttle und den RMK zurück zum Planeten, und gehen dann nach einem letzten Sprung getrennte Wege.«

»Bei Ankalor sind mindestens drei republikanische Zerstörer stationiert«, sagt Frogg mit einem Hauch von Sorge in der Stimme. Nicht Angst. Besorgnis. Über einen weiteren Fehlschlag. Etwas, das er sich nicht leisten kann, auch wenn es nicht in seiner Macht liegt.

»Das ist richtig, Froggy.« Scarpia zeigt sein unbekümmertes Lächeln. »Aber an dieser Korvette stimmt alles, bis hin zur Registriernummer und den Erkennungszeichen. Die RMK haben sich Navy-Uniformen besorgt und werden behaupten, dass sie einen VIP aus der grünen Zone abholen wollen. Sollte sich also ein Zerstörer für uns interessieren, halten wir sie einfach so lange hin, bis das Shuttle an Bord ist, machen einen vorausberechneten Sprung in den leeren Raum und trennen uns dann von den Zhee. Alles ganz einfach. Ein Plan, den ich mir selbst ausgedacht habe, wenn auch nicht so vorteilhaft wie der erste.

Tom, was hältst du von meinem Plan?«

Tu etwas.

»Tom?«

Was sagen die Legionäre immer? TSZ?

Das wirst du tun. Du wirst der Selbstmord-Krieger sein, der die anderen Selbstmord-Krieger aussticht.

»Hallo...? Scarpia an Tom?«

Dir wird mit einem Mal deutlich bewusst, dass sowohl Scarpia als auch Frogg dich anstarren. Scarpia mit Belustigung, Frogg mit verdächtigem Spott. Du tust so, als ob du in Gedanken versunken wärst. Das warst du auch. Du warst in Gedanken versunken. Das ist keine Show.

»Es tut mir leid«, sagst du. »Ich habe darüber nachgedacht, was Sie gesagt haben. Ich weiß, das war nicht Ihr erster Plan, aber das ist genial. Wirklich genial. Sie wissen, dass ich das nicht sagen würde, wenn dem nicht so wäre. Habe ich ja, als es um den Versorgungsoffizier ging. Ihr zweiter Plan ist genau so gut wie der erste, Mr. Scarpia.« Du fügst das ‚Mister' hinzu, weil du denkst, dass Scarpia das im Moment hören muss. »Wenn überhaupt, dann ist dieser Plan noch besser.«

Scarpia lehnt sich in seinem Sitz zurück und lächelt. »Es ist also geklärt. Froggy, sag der Besatzung, dass wir jetzt zum Sprung nach Ankalor bereit sind.«

Du konzentrierst dich auf dieses Lächeln. Scarpias selbstgefälliges, selbstbewusstes Grinsen. Du denkst darüber nach, wie du diese schreckliche Sprengladung lange vor Utopion zur Explosion bringen kannst. Du denkst an Pläne, Eventualitäten und mögliche Hindernisse. Aber hauptsächlich denkst du an Scarpia. An sein Lächeln. Du fragst dich: Wird dieses Lächeln wie festgefroren auf seinem Gesicht sein, in den letzten Augenblicken eures Lebens, kurz bevor ihr zerfetzt werdet?

Wird er dann auch lächeln?

Du wirst lächeln, Tom.

Du schon.

Captain Eliyah Deynolds sitzt in ihrem Stuhl mit Blick auf die Brücke der *Intrepid* und geht die nicht enden wollenden Berichte durch, die immer auf ihrem Datenpad auf sie warten. Es gab eine Zeit, da hätte sie sich in ihrem Büro eingeschlossen und wäre erst dann wieder zur Brückenbesatzung zurückgekehrt, wenn sie das Gefühl hatte, dass genug brennende Fragen beantwortet worden waren. Aber die Erfahrung hat sie gelehrt, dass ihre bloße Anwesenheit bei ihrer Besatzung den Zusammenhalt fördert, die für schnelles und entschlossenes Handeln unerlässlich ist, wenn es darauf ankommt. Ihre Offiziere und ihre Besatzung sind Profis. Ausgebildet, um in der besten Navy zu dienen, die die Galaxie — das Universum — je gesehen hat. Aber selbst die kann man noch verbessern.

Captain Deynolds ist stets präsent. Sie ist zugänglich. Respektiert. Eine, deren Werdegang man im Blick haben sollte.

Dass man ihr das Kommando über einen Zerstörer, vielleicht sogar einen Super-Zerstörer in den mittleren Kernwelten erteilten wird, gilt als so gut wie sicher. Und das ist auch gut so.

Aber es ist auch in Ordnung, am Rande der Galaxie zu dienen. Wenn eine Besatzung auf den Kernwelten lernt, wie man Politiker wird, dann lernt sie am Rande der Galaxie zu Kriegern heranzureifen. Und da die *Intrepid* allein über den brisanten Zhee-Planetencluster wacht, die Nachrichten über das Schicksal der *Chiasm* noch in aller Munde sind, selbst wenn schon Monate vergangen sind, nun... Dann braucht es eine Kriegerin auf der Brücke.

Ihre Nummer Eins, der vom Senat ernannte Commander Wulf Mercall, ist kein Krieger. Captain Deynolds weiß das. Sie hat es daran gemerkt, wie anders er von den Legionären an Bord behandelt wird. Sie war noch nie Gegenstand solchen Spotts. Und sie weiß, dass es nichts mit seinem Rang zu tun hat.

Der Commander ist ein aufstrebender Politiker, und deshalb überlässt sie ihm nur selten die Brücke. Selbst wenn das bedeutet, untätig in ihrem Stuhl zu sitzen und die gefühlt hundertste Bitte abzulehnen, den riesigen Korvetten-Übungsplatz zu entfernen, den die Legion auf ihren Decks gebaut hat. Nicht dass die Nachschubleute, die diese Anfragen stellen, wüssten, was da so viel von ihrem kostbaren Frachtraum beansprucht.

Sie lehnt die Bitte kommentarlos ab und nimmt einen Schluck des dampfenden Gewürztees, den sie mit einigen Tropfen Sahne zu sich nimmt. Genug, um das Getränk zu trüben und ihm eine samtige Geschmeidigkeit zu verleihen.

»Captain Deynolds!«

Die Stimme gehört einem Ensign, der gerade einer der Sensorenstationen auf der Brücke der *Intrepid* zugeteilt wurde. Ensign Pollet, erinnert sich der Captain. Der Ensign klingt gestresst, besorgt, aufgeregt.

»Bericht, Ensign Pollet«, sagt Deynolds ruhig.

»Eine republikanische Korvette ist soeben in das System gesprungen. Sie hält sich gerade über Ankalor auf.«

Oba, schrie Captain Deynolds in ihrem Inneren. Das war's. Es ist soweit. Sie sammelt sich. Kontrolliert den Adrenalinschub. »Rufen Sie sie an. Commander Mercall.«

»Ja, Captain?« Der Ernannte scheint überrascht zu sein, angesprochen zu werden.

»Reden Sie mit der Korvette. Finden Sie heraus, was sie zu sagen haben. Wir haben keine Berichte, die darauf hindeuten, dass irgendwelche republikanischen Schiffe über Ankalor eintreffen sollen.«

»Captain«, meldet sich der Waffenoffizier. »Soll ich die Artilleriebatterien scharfmachen?«

Er muss die Spannung auf der Brücke bemerkt haben, denkt sich Deynolds. Die Anspannung, die sie offenbar ausstrahlt. »Nein, Lieutenant Rasham. Geben Sie keinen Hinweis auf Kampfbereitschaft.«

Sie blickt zum Commander hinüber und sieht, wie er sich mit einem Menschen in republikanischer Uniform unterhält, in ein scheinbar freundliches Gespräch vertieft. Sie hört Wortfetzen zum Thema. VIPs. Abholung außer der Reihe. Nicht geplant.

»Captain«, sagt Ensign Pollet von der Sensorenstation aus, mit leiser Stimme, als ob derjenige, mit dem der Commander auf der Korvette kommuniziert, ihn hören könnte, »ich habe ein Shuttle nicht republikanischer Herkunft erfasst, das Ankalor verlässt und Kurs auf die Korvette nimmt. Bestätigt durch Beobachtung von der Planetenoberfläche.«

Dies ist der entscheidende Moment. Der Captain weiß das. Sie überlegt, ob sie den Bericht des Commanders abwarten soll. Er scheint in schlichte Plauderei vertieft zu sein. Deynolds' erster Gedanke ist, dass er hingehalten wird. Entweder das, oder die Person auf der Brücke der Korvette ist ein alter Freund von der Akademie.

Warten oder handeln?

Der Captain ist ein Kriegerin, die einen Zerstörer am Rande der Galaxie befehligt.

Ihre Entscheidung ist klar.

Sie steht von ihrem Stuhl auf. Die Teetasse schwappt über, und der Tee fließt auf den luxuriösen Teppich und spritzt über ihre spiegelblank polierten Schuhe. »Schiffsweite Übertragung, sofort.«

Die Hände des Kommunikationsoffiziers huschen über seine Konsole. »Schiffsweite Übertragung bereit, Captain.«

»Lassen Sie die Waffen offline«, ermahnt Deynolds Lieutenant Rasham, bevor sie ihre Konsole aktiviert. »Hier spricht Captain Deynolds«, verkündet sie. »An alle Kampfeinheiten an Bord: Sofortiger Angriff. Ausführung, Ende.«

KAPITEL 26

Ich stand in unserem Mannschaftsraum, den Helm bereits ausgezogen, und fing an, das Synthpren abzupellen, um den riesigen Bluterguss an meiner Schulter zu untersuchen. Ich war hart gegen ein Schott geknallt, als ich bei unserer letzten Trainingseinheit des Tages in Deckung gegangen war. Hätte ich keine Panzerung getragen, dann hätte ich mir beim Aufprall auf den massiven Impenetrastahl den Arm zertrümmert. So wie es jetzt aussah, war meine Gruppentätowierung zerkratzt worden, die Linien nun unscharf.

Meine Haare waren klatschnass. Ich fuhr mit der Zunge über meine Oberlippe. Meine Bartstoppeln pieksten auf meiner Zunge, und ich schmeckte Salz. Ich musste mich rasieren. Nach der Dusche.

Das war alles, was ich wirklich wollte, und ich vermutete, das wollten auch die restlichen Jungs, nachdem wir ein letztes Mal auf dem Korvetten-Trainingskurs den Hintern versohlt bekommen hatten. Aber diesmal war es wirklich knapp gewesen. Uns fehlten buchstäblich dreißig Sekunden. Die Ausbilder hatten uns das Szenario tatsächlich bis zum Ende durchspielen lassen, nur um uns hinterher mitzuteilen, dass wir tatsächlich alle gestorben waren.

Was ein harter Tritt in die Eier war.

Eine Dusche würde das schon richten. Vielleicht noch einen beheizten Geweberegenerator, damit ich den Bluterguss loswurde. Aber manchmal ließ ich den Schmerz gerne noch ein wenig nachwirken. Als sanfte Erinnerung an meine eigene Sterblichkeit und daran, dass ich mich konzentrieren musste.

Ich hatte gerade angesetzt, an meiner Unterarmpanzerung zu zerren, als das Warnsignal für schiffsweite Kommunikation ertönte. Captain Deynolds war nicht der Typ, der diese kitschigen, für alle Ohren bestimmten Mitteilungen von sich gab, im Gegensatz zu einigen Skippern, mit denen ich den Weltraum durchquert hatte. Wenn sie schiffsweite Kommunikation benutzte, dann nur, weil sie etwas Wichtiges zu sagen hatte.

»Hier spricht Captain Deynolds. An alle Kampfeinheiten an Bord: Sofortiger Angriff. Ausführung, Ende.«

Schon als sie ihren Namen sagte, wusste ich, dass etwas Ernstes los war. Als sie das Wort ‚Kampf‘ ausspracht, wechselte ich den Modus, vom Entfernen zum Anlegen der Panzerung. So wie alle anderen auch.

»Verdammt!«, sagte Owens. Er rannte zu seinem Spind und begann sich auszuziehen. Er trug das T-Shirt und die Sporthosen, die die meisten Ausbilder während solcher Trainingseinheiten trugen. »Ihr geht sofort zu Angriffsshuttle 1. Das wird als Erstes vom Zerstörer aufbrechen. Ich komme nach, aber *wenn ihr müsst, dann fliegt ohne mich los.* Ich werde dann mit den Marines nachkommen.«

Die schiffsweite Meldung wurde wiederholt, und wir hatten unsere Helme schon aufgesetzt, bevor der Captain fertig war.

Alle eilten zu ihren Spinden, um eine Einsatztasche zu holen. Wir hatten mehrere davon, jede für eine andere Umgebung oder Situation. Ich schnappte mir meine Nahkampf-Einsatztasche, die ich vor allem bei Rettungsaktionen, Gefangennahmen und ähnlichen Aufgaben benutzte. Sie war darauf optimiert, Nahkampfsituationen Schiff-zu-Schiff und in Gebäuden zu bewältigen. Praktisch nichts, um längere Zeit überleben zu können, aber dafür zusätzliche Splittergranaten und Batteriepacks, und vor allem mehr Technik, um technisch anspruchsvolle Schlösser zu umgehen, anstelle Türen sprengen zu müssen. Ja, ich würde nicht alles aus dieser Tasche auf der Korvette brauchen, aber es war besser, die Tasche zu nehmen und das, was ich nicht brauchte, im Angriffsshuttle zu lassen, als jetzt Zeit daran zu verschwenden, Dinge herauszukramen. Außerdem würde ich wahrscheinlich irgendetwas Wichtiges vergessen und uns alle umbringen, wenn ich nicht die ganze Tasche mitnahm.

»Ich habe nicht genügend Saft für den SAB dabei«, sagte Exo und wuchtete sich eine Einsatztasche auf die Schulter. Das war ein Problem, denn der Schnellfeuer-Automatik-Blaster unserer Gruppe hatte sich bei unserem letzten Lauf durch den Trainingskurs als sehr nützlich erwiesen.

»Schnappen Sie sich weitere Batteriepacks von den Marines auf dem Flugdeck«, befahl Wraith.

Obwohl er versuchte, so zu tun, als ginge es ihm gut, humpelte Wraith leicht. Er hatte sich ziemlich schlimm den Knöchel verstaucht, als wir auf der Brücke dem Blasterfeuer hatten ausweichen müssen. Ich war nicht der Einzige, dem das auffiel.

»Können Sie los, Captain Ford?« Kags trug seine Einsatztasche bereits auf der Schulter, seine NK4 hatte er an die Brust geschnallt. Er streckte die Hand aus, um Wraith zu helfen, die eigene Tasche hochzuheben. »Ich kann sie für Sie tragen, das entlastet Ihren Knöchel, Sir.«

Wraith schulterte die Last und schüttelte den Kopf. »Mir geht's gut, Kags.«

Wenn jemand zwei Taschen tragen konnte und trotzdem für den Kampf gerüstet war, dann war es Kags. Ich erinnerte mich noch daran, wie er zum Außenposten Zulu auf Kublar hinaufgeklettert war. Ich hatte nach Luft geschnappt wie ein fettes Kind einen Milchshake einsaugte, und seine Atmung hatte sich kaum verändert. Aber Wraith trug seine eigene Tasche.

Wir ließen Captain Owens zurück, der sich eilig umzog, und sprinteten zu sechst auf den Weg zum Hangarbereich durch die Korridore der *Intrepid*. Alle Besatzungsmitglieder, sowohl Soldaten als auch Offiziere, machten einen großen Bogen um uns. Wenn der Captain alle Kampfeinheiten aufforderte, sich zu versammeln, und ein in Schwarz gekleidetes Mordkommando rannte in deine Richtung, machtest du, dass du *aus dem Weg* kamst.

Zum Glück war der Hangar strategisch günstig in der Nähe unseres Mannschaftsraums gelegen. Oder vielleicht war unser Mannschaftsraum strategisch günstig in der Nähe des Hangars gelegen. Wortklauberei. Wir waren im Handumdrehen da, unsere Stiefel stampften über das Flugdeck, während wir zum Angriffsshuttle eilten, das den ersten Platz an der Startrampe einnahm. Kampfeinheiten der Marines rannten hin und her, ebenso wie die Deckbesatzung und die Techniker, die unseren Abschuss vorbereiteten. Glorreiches, organisiertes Chaos.

Dafür lebte ich.

Bezahlt wurde ich für das, was nach dem Start kam.

Wir waren fünfzig Meter von den offen stehenden Zugangstüren des Angriffsshuttles entfernt, als ich einen Marineinfanterist bemerkte. Er drehte sich langsam um die eigene Achse und wirkte verloren. Als wäre er von seinen Kameraden getrennt worden. Was in all der Hektik im Hangar durchaus passieren konnte. Ich erkannte, dass der Mann Teil eines SAB-Teams war und etliche der speziellen Batteriepacks bei sich trug. »Exo«, brüllte ich und wies meinen Kameraden auf diesen Marine hin. »Ich hab deine Munition gefunden!«

Exo trennte sich kurz von unserer Gruppe, um den Marine an seiner Schutzweste zu packen. »He, Hullbuster! Du kommst mit uns mit.«

Der Marineinfanterist setzte zum Protest an, aber Exo ignorierte das einfach. Er zerrte den Jungen praktisch zum Angriffsshuttle. »Mach dir keine Sorgen. Wir dürfen zuerst rein. Das heißt, du musst nicht so lange auf deinen Tod warten!«

Ich sah Captain Owens in einer Geschwindigkeit auf uns zustürmen, als ob er nach einem schlecht gewordenen Frühstück dringend auf die Toilette müsste, seine Blast-Schrotflinte in der einen Hand und eine Kampftasche unter dem anderen Arm. Ich verstaute meine Tasche unter meinem Notsitz und schnallte mich an.

»Okay, Mordkommando«, sagte der Pilot praktisch in dem Augenblick, als unsere Gruppe das Shuttle bestieg. »Mission ist bestätigt, und wir haben grünes Licht. Schnallt euch an.«

»Warte«, rief Wraith. »Da kommt noch einer. Fünfzehn Sekunden.«

»Fünfzehn Sekunden«, wiederholte der Pilot, »und dann schließen sich die Türen.«

Zehn Sekunden später stürzte sich Captain Owens an Bord des Shuttles. »Na, Jungs, habt ihr mich vermisst?«

»Wir sind bereit«, sagte Wraith dem Piloten.

»Türen schließen. Vorbereiten zum sofortigen Start.«

Die Triebwerke des Angriffsshuttles brummten lautstark. Wir waren das erste Shuttle, also waren die Abschussbeschleuniger bereits auf unser Shuttle eingestellt. In ein paar Sekunden sollten wir durch die Schutzschilde des Hangars ins Weltall geschleudert werden. Ich konnte nicht sagen, ob unsere Jungs angespannt waren, aber der Marineinfanterist sah aus, als würde ihm gleich schlecht werden.

»He, Hullbuster«, sagte ich. »Denk daran, Kinn nach unten und bleib bei uns, wenn wir an Bord der *Korvette* gehen. Du schaffst das schon.«

Das Angriffsshuttle schoss aus dem Hangar und wir spürten, wie die g-Kräfte unsere Innereien an ganz neue Positionen verschoben. Wenn dies wirklich eine republikanische Korvette war, gab es wahrscheinlich bessere Wege, um ihr einen Besuch abzustatten. Aber wenn sie das nicht war...

Unser Pilot bestätigte, dass es sich nicht um eine Übung handelte. »Korvette positioniert sich für den Sprung. Aufprall in zwanzig Sekunden.«

»Spring nicht«, hörte ich Owens im Flüsterton über das L-Komm sagen. »Spring nicht.«

»Fünf Sekunden«, rief der Pilot.

Ich zählte im Geiste rückwärts. Wir prallten auf, als ich gefühlt bei drei war.

Der Rumpf einer Korvette war bei Weitem nicht so dick wie der eines Zerstörers oder eines Kreuzers der Ohio-Klasse. Wir sollten ordentlich reingekommen sein, ohne dass das Shuttle noch weiteren Aufwand treiben musste.

»Okay, Mordkommando«, sagte der Pilot über das Funkgerät. »Wir haben einen guten Einstieg. Direkt über dem primären Nord-Süd-Korridor. Dichtungsintegrität sieht... hervorragend aus. Wir sind eins mit dem Schiff.

Aber, äh... aber bevor ihr die Rampe absenkt — ich empfange eine große Anzahl von Feinden, die sich von der Shuttlerampe aus hierher bewegen.«

»Marineinfanteristen, die die Eindringlinge abwehren wollen«, warf Twenties ein. »Ja, das hört sich auf jeden Fall nach RMK an.«

»Ich habe Sichtkontakt über die externe Holocam«, berichtete der Pilot ruhig. »Sieht aus wie... Zhee.«

Okay. Das ist keine Überraschung. Die Zhee waren Teil unserer Trainingskurse. Was auch immer die Legion die Dark Ops trainieren lassen wollte, wir würden es jetzt tun.

Lautes Prasseln und Knacken war auf der Außenhülle zu hören.

»Die Zhee feuern blindlings auf unsere Rampe«, sagte Masters. Er saß der Tür am nächsten, also konnte er zweifellos das hornissenartige Summen am lautesten von allen hören. Angesichts der Tatsache, dass er während unseres Trainings mehr als einmal erledigt worden war, machte ich mir Sorgen, dass er den Mut verlor.

»So können wir die Rampe nicht senken, Mann«, sagte er. »Die werden uns allemachen.«

Er hatte recht. Ob er nun nervös war oder nicht, er hatte recht. Wenn wir die Tür öffneten, würde das Blasterfeuer so heftig sein, dass es keine Chance gab, Verluste zu vermeiden. »Hullbuster!«, brüllte ich. »Hast du einen Schneidbrenner?«

»Ja, Sir!« Er gab ihn an mich weiter.

Ich reichte ihn Masters. »Ich will, dass du ein Loch in Splittergranatengröße in die Rampe schneidest.«

»Ja«, sagte Masters, nahm den Schneidbrenner entgegen und schaltete ihn mit dem Daumen ein. »Ich verstehe, worauf du hinauswillst.«

Blau-weißes Flackern erhellte das Kabineninnere, während ein glühender Kreis in der Rampe Gestalt annahm. Als der Kreis fast vollständig geschlossen war, klopfte ich Exo auf die Schulter. »Mach dich bereit, eine Granate nach draußen zu schicken, sobald das Loch da ist.«

»Splitter- oder Blendgranate?«, fragte Exo und kramte in seiner Hüfttasche.

»Warum nicht beides?«, schlug Wraith vor.

»Wuah«, sagte Exo. »TSZ. Zeit, diese Esel plattzumachen.«

Masters schlug das ausgeschnittene Stück Metall mit einem scharfen Stoß seines gepanzerten Ellbogens nach draußen. Exo beugte sich vor und schickte die Granaten durch die Öffnung. Zuerst die Blendgranate, dann die Splittergranate. Ein roter Blasterblitz schlug zischend am Rand der Öffnung ein, sodass Funken ins Innere zuckten.

Exo zog seine Hand zurück und wackelte mit den behandschuhten Fingern vor seinem Helm. »Die Bastarde hätten mir fast die Finger weggeblasen!«

Bumm!

Die Blendgranate war so laut, dass ich die Vibrationen auf dem Deck unseres Shuttles spürte, und ihre Leuchtkraft so stark, dass der Blitz unsere Kabine mit weißem Licht füllte.

Bumm! Bumm!

Als Nächstes kam die Splittergranate, die in zwei aufeinanderfolgenden Explosionen Splitter in alle Richtungen schickte. Glücklicherweise reichte ihr Explosionsradius nicht bis zu unserem kleinen Guckloch.

»Rampe runter!«, brüllte Owens.

Die Shuttletür öffnete sich, und wir schickten dichtes Blasterfeuer durch die sich weitende Öffnung. Dann schnallten wir uns ab und sprangen aufs Deck. Die Zhee vor uns krabbelten hilflos auf dem Boden herum, und überall war Blut. Ein paar der eselartigen Kreaturen versuchten, ihre blutenden, von der Splittergranate durchlöcherten Gliedmaßen anzuheben. Sie vertrauten darauf, dass ihre Götter ihre Blasterblitze lenken würden.

Wir machten sie platt, bevor ihre Götter die Gelegenheit hatten, ihre Gebete zu erhören.

»Tötet jeden einzelnen dieser Esel«, befahl Owens und schoss mit seiner Schrotflinte auf einen Zhee, der auf dem Bauch zu seinen Füßen kroch und eine Blutspur hinter sich herzog.

Wir ließen keine Überlebenden zurück und machten uns auf in den Maschinenraum.

»Verdammt«, sagte der Marineinfanterist, als wir durch die Korridore eilten und unser motorisches Gedächtnis uns zu unserem Ziel führte. »Ihr Jungs solltet mal darüber nachdenken, was gerade passiert ist. Ich will's ja nicht beschwören, aber das waren mehr als ein Dutzend Zhee, die es geschafft haben, ihre Waffen auf ein Angriffsshuttle zu richten, aus dem ihr noch nicht mal ausgestiegen wart. Ich habe noch nie gehört, dass das ohne ernsthafte Verluste abgelaufen ist. Ihr habt nicht mal einen Kratzer abbekommen! Ihr seid unantastbar. Und ihr habt gerade die Angriffsshuttle-Doktrin neu geschrieben. Ihr habt Geschichte geschrieben, Mann. Das ist unvergänglich.«

»Sieht so aus, als hätte dieser Hullbuster in seiner Freizeit Lehrbücher gelesen«, scherzte Twenties. »Wer sonst wirft mit Wörtern wie ‚unvergänglich‘ um sich?«

»Genau das sind wir«, mischte sich Masters ein. »Die Unvergänglichen Sechs. Captain Owens nennt uns doch immer so. Stimmt's, Captain?«

»Oh ja«, antwortete Owens knochentrocken. »Ich schreibe den Namen sogar in mein Tagebuch. Nur sind die i-Punkte bei mir Herzchen.«

Wir wurden still, während wir uns durch den leeren Korridor bewegten, die Waffen im Anschlag. Bei den Trainingsübungen waren wir erst im Maschinenraum auf Feinde gestoßen. Hier wusste ich nicht, was mich erwartete. Aber bis jetzt war alles es bemerkenswert ähnlich. Ich spürte, wie das Deck unter meinen Füßen vibrierte.

»Habt ihr das gespürt?«, fragte ich.

»Was gespürt?«

»Ja«, sagte Wraith, »ich habe es gespürt.«

»Was denn?«

Owens seufzte in sein Funkgerät. »Die *Korvette* hat gerade den Sprung in den Hyperraum gemacht. Diese Operation läuft jetzt auf höchster Schwierigkeitsstufe.«

KAPITEL 27

Du bist Tom, auf der Brücke der Korvette *Ankalor's Pride*.

Denk nach, Tom. Beruhige dich einfach... und denke nach. Du redest dir ein, dass noch genügend Zeit ist. Genügend Zeit, das Schiff in die Luft zu jagen. Genügend Zeit, die Galaxie von Scarpia zu befreien. Genügend Zeit, deiner Frau zu sagen, dass du das, was du mit Illuria getan hast — Illuria angetan hast —, für sie getan hast... Für sie und eure Tochter. Für die Galaxie. Zur Hölle, sogar für die Republik.

Aber nur, wenn du tatsächlich eine der Brückenkonsolen für dich allein haben kannst. Ohne dass Frogg oder jemand anderes von der RMK-Besatzung dir über die Schulter schaut. Denn sie werden es bemerken. Du musst Warnungen ignorieren. Alarmtöne stummschalten. Autorisationscodes eingeben.

Das werden sie bemerken, Tom, oder?

Oh ja, das werden sie.

Frogg wird es bemerken, und seine Froschaugen werden sich weiten, und er wird dir das Messer direkt zwischen die Rippen schieben. Die Luft aus deiner Lunge entweichen lassen, dein Herz durchbohren. Und er wird lächeln, endlich zufrieden. Scarpia wird ihn ‚alter Knabe' nennen.

Und du wirst tot sein.

Was das Schlimmste wäre, was dir im Moment passieren kann.

Der Sprung nach Ankalor wird in wenigen Augenblicken vollzogen sein, und was Scarpia angeht, ist deine Aufgabe damit erledigt. Es ist ein Geduldsspiel. Hier auf der Brücke. Mit den RMK in ihren gestohlenen republikanischen Uniformen.

»Was willst du denn eigentlich mit einer Konsole, Tom?«, würde Scarpia fragen.

Und Frogg würde sich über die Lippen lecken. Denn was *will* man mit einer Konsole, wenn der Job erledigt ist und man nur noch darauf wartet, dass ein Shuttle voller Zhee an Bord kommt, damit man dieses Shuttle nehmen und anschließend das Leben genießen kann? Zins und Zinseszins und so weiter.

»Wir befinden uns im Raum über Ankalor, knapp über der Umlaufbahn«, meldet der RMK-Navigator.

Der oberste Zhee, der zwar kein Soldat ist, aber dennoch der Captain, sagt nichts.

»Sollen wir auf dieser Position bleiben und die Ankunft des Shuttles abwarten?«, schlägt ein anderer RMK-Offizier vor, mit Rücksicht auf den ahnungslosen Captain.

Alles hier auf der Brücke fühlt sich an, als würden erwachsene Menschen ein Kriegsspiel für Kinder spielen. Aber... die Sprengladung. Das Haus der Vernunft. Dies ist ein Spiel mit Höchsteinsatz.

»Belästigt mich nicht mit euren Formalitäten«, sagt der Zhee und weist die RMK-Lakaien mit einem Wink seiner Hufhand ab.

Niemand weiß, was sie eigentlich auf dieser Brücke tun. Krass.

Du weißt auch nicht, was du tust.

Ich schon.

Du weißt es?

Ich weiß, was ich tue. Ich weiß nur nicht, was ich tun soll.

Ah. Tom weiß, was zu tun ist. Nimm das Geld und verschwinde, Tom. Zins und Zinseszins. Du bist schon so weit gegangen. Hast Tausende ermordet. Mit Illuria geschlafen. Warum akzeptierst du es nicht einfach als den Beginn eines neuen Lebens? Als Tom.

Wir sind Tom.

Du schüttelst diese Gedanken ab. Dies ist der Teil von dir, der versucht durchzuhalten. Der versucht, nicht in einer feurigen, selbst verursachten Explosion zu sterben. Aber du musst sterben, wenn andere überleben sollen.

»Sir«, ruft ein Sensorentechniker von seinem Display. »Es ist ein republikanischer Zerstörer in Reichweite. Die *Intrepid*.«

Scarpia zieht im Angesicht dieses Problems eine Augenbraue hoch.

Du hörst Frogg zischen: »Genau das, wovon ich ausgegangen bin, dass es schieflaufen könnte. Scarpia, wir müssen jetzt springen. Zhee-Ehrengarde, hin oder her.«

Scarpia wendet sich dir zu, in der Erwartung, deine Meinung zu hören. Dein Herz rast, denn ein republikanischer Zerstörer bedeutet mindestens ein Mordkommando. Was bedeuten könnte…

Nein. Du musst dich konzentrieren. Antworte Scarpia. Als Tom. Sag ihm, was Tom sagen würde.

»Frogg hat recht. Wir sollten nicht hier sein. Wenn sie ihre Angriffsshuttles starten, haben wir vielleicht keine Gelegenheit mehr zu springen.«

Scarpia überlegt noch einen Augenblick lang. Er hebt eine Hand und geht auf den RMK-Offizier zu, der eigentlich der Captain sein sollte, und auf den Zhee-Captain, der kein Captain sein sollte. »Kann ich Sie kurz sprechen?«

Der Zhee, der Rebell und der Waffenhändler bilden ein Dreieck ohne Linien. Sie sprechen in gedämpftem Ton, aber es ist klar, was vor sich geht. Scarpia schlägt einen Rückzug vor, der Zhee will nichts davon hören, und der RMK-Offizier tut sein Bestes, um einen Kompromiss zu finden.

»Sie nehmen Kontakt mit uns auf«, meldet sich der RMK-Kommunikationstechniker.

Der Mann, der vielleicht der Captain sein sollte, richtet sich auf. »Wenn sie mich entschuldigen würden, ich sollte das beantworten. Ich bin sicher, dass ich die Republik hinhalten kann, bis unser Shuttle an Bord ist. Ich weiß, wie man mit diesen Typen spricht. Ich habe fast zwei Jahre lang in der republikanischen Navy gedient.«

Zwei Jahre. Ist das die Art von Erfahrung, die die RMK zu bieten haben?

Du wartest und lauschst dem Gespräch. Dem Gerede über den außerplanmäßige Anflug und das Abholen von VIPs. Du denkst nicht an Illuria. Oder an deine Familie. Du denkst an den Captain der *Intrepid*, obwohl du seinen Namen nicht kennst. Du ertappst dich dabei, wie du dir wünschst — darum betest -, dass er die Angriffsshuttles starten lässt.

Durchschaue diese armselige Kopie eines echten Offiziers.

Die Kommunikation zwischen den beiden Raumschiffen geht weiter. Du beginnst dir Sorgen zu machen, dass der RMK-Offizier den Captain der *Intrepid* doch lange genug hinhalten kann. Mit wem auch immer er spricht, es ist, als ob sie alte Freunde wären.

Die Rettung naht im panischen Tonfall des RMK-Sensorentechnikers. »Sie haben Angriffsshuttles gestartet!«

Angriffsshuttles!

Mit Mordkommandos. Und Marines.

Fassungsloses Schweigen senkt sich auf die Brücke. Du siehst den RMK, der eigentlich Captain sein sollte, auf das nun leere Holodisplay starren. An seinem Platz, wie erstarrt.

Dir dämmert, dass niemand etwas tun wird. Sie wissen ja nicht, wie. Alles, was du tun musst, ist warten und dann... was? Die Hände heben? Sich auf den Boden legen und hoffen, dass das Mordkommando dich lebend festnimmt? Diesen letzten Teil von Operation Ghost Hunter ist X nie mit dir durchgegangen.

Wie kann man beweisen, dass man kein Verräter ist?

»Tom!«, schrie Scarpia mit hoher und gereizter Stimme. »Übernimm das Kommando! Diese Idioten sind völlig nutzlos.«

Du stehst einfach nur da und weißt nicht, was du tun sollst.

Tom würde das Kommando über das Schiff übernehmen.

»Tom!«, schrie Scarpia nochmal. »Hol uns hier raus! Tu etwas!«

Und das tust du auch. Denn nichts zu tun würde das Messer von Frogg bedeuten, der wahrscheinlich auch ohne dich herausfinden könnte, wie man die Korvette springen ließ.

Du eilst zu einer Brückenkonsole hinüber und weist das Raumschiff an, sich neu auszurichten, um den Sprung in den Hyperraum zu vollziehen.

»Wenn wir hier rauswollen, müssen wir jetzt raus, bevor das Shuttle in unserem Hangar andockt«, verkündest du in die Stille der Brücke.

Du hörst ein Klacken, ein Blastergewehr, das geladen wird, direkt hinter deinem linken Ohr.

»Nein.« Es ist der Zhee. »Sie werden an Bord kommen. Oder ihr werdet alle sterben.«

Dem wird sofort widersprochen. Der RMK, der Captain sein sollte, stürmt auf den Zhee zu. »Hören Sie, die Vereinbarung war...«

Ein plötzlicher Blasterschuss trifft den RMK-Mann in den Magen. Er packt sich an die Wunde und geht zu Boden.

Frogg macht einen Schritt auf euch zu, aber der Zhee hat den Vorteil der Entfernung. Er schwingt das Blastergewehr in seine Richtung und lässt Frogg erstarren. Der Ex-Legionär weicht zurück und stellt sich wieder neben Scarpia. Von deiner Position aus kannst du das Gesicht deines ehemaligen Arbeitgebers nicht erkennen.

Wahrscheinlich sieht er ziemlich blass aus.

»Ich kann warten«, sagst du und bleibst ruhig. »Aber das bedeutet wahrscheinlich, dass ein Angriffsshuttle das Schiff erreichen wird.«

Der Zhee brüllt ehrfürchtig. »Die auserwählten Krieger unserer vier Götter werden sie zurückschlagen.«

»Das Shuttle aus Ankalor sollte in einer Minute andocken«, meldet der Sensorentechniker.

Du nickst zustimmend. »Ich werde die Sprungkoordinaten vorbereiten. Utopion ist vorausgewählt. Wir können unterwegs aussteigen und das Kommando formell an die Zhee übergeben.«

Der Zhee vor dir sagt nichts. Er ist sich der kleinen Dinge nicht bewusst, die du getan hast, um zusätzliche

Zeit zu gewinnen. Wie zum Beispiel Hangartore zu schließen, damit das Shuttle warten muss, während sie sich wieder schwerfällig öffnen.

Frogg hätte so etwas bemerkt. Aber der Zhee hat Frogg aus deiner Nähe entfernt, wie ein Sultan eine Person entfernen lässt, die ihm missfällt. Also kein Frogg neben dir, niemand, der bemerkt, dass du den Hypersprung-Countdown um dreihundert Sekunden verzögert hast.

Das erste Angriffsshuttle nähert sich, und das Ankalor-Shuttle mit den Zhee hat angedockt. In diesem Augenblick strömen die Zhee zweifellos wie Weltraumratten aus einem infizierten Frachtraum.

»Sie sind an Bord«, ruft der Captain der Zhee. »Sofort Sprung ausführen!«

»So einfach ist das nicht«, sagst du. »Der RMK, den Sie erschossen haben, muss eine Sprungverzögerung eingestellt haben. Der Countdown läuft, aber ich habe keine Autorisationscodes, um ihn abzukürzen.«

Das ist eine Lüge. Denn du hast die Codes. Die geheimen, die im System fest verdrahtet sind, sodass man immer ein Hintertürchen zur Verfügung hat.

»Ich könnte versuchen, ihn zu erraten, aber das könnte einen Reset erzwingen, und dann würde es noch länger bis zum Sprung dauern.«

»Zeig mir das auf dem Bildschirm«, befiehlt Scarpia. »Ich würde gerne sehen, wie knapp die Sache wird.«

Du fluchst leise, innerlich. Du hattest gehofft, den Countdown noch einmal zurücksetzen zu können, aber damit wird diese Möglichkeit ausgeschlossen. Deine einzige Hoffnung ist, dass die Angriffsshuttles ankommen, bevor ihr den Sprung macht.

Die Tür zur Brücke öffnet sich zischend, und bewaffnete Zhee stürmen herein. Sie bilden einen schützenden Kreis und richten ihre Blastergewehre auf jeden im Raum, der nicht Zhee ist.

Du spürst, wie die Korvette erzittert, und ein schrilles Warnsignal ertönt auf der Brücke.

»Was ist los?«, brüllt der Zhee.

Du unterdrückst ein Lächeln. »Ein republikanisches Angriffsshuttle ist soeben bis zur Brückenpassage vorgedrungen.«

Der Zhee-Captain brüllt Befehle in seiner Muttersprache, und mehrere seiner Spezies rennen los und sammeln andere ein, um einen glorreichen Angriff auf diejenigen zu führen, die sich in diesem Shuttle befinden. Du beobachtest den Countdown für den Sprung.

»Wenn wir springen, reisen wir *alle* zum Haus der Vernunft«, informiert der Zhee-Captain die Brücke. »Keine zweite Chance für die Republik, sich in den Willen der Götter einzumischen. Ihr werdet für den Ruhm von Ankalor sterben, und die heiligen Texte werden sich eurer Namen erinnern.«

Du blickst kurz zur Sensorenphalanx hinüber. Keine anderen Shuttles werden rechtzeitig eintreffen. Ihre voraussichtliche Ankunftszeit liegt jenseits eures Countdowns. Die Uhr wird zur Stunde schlagen, und diese Korvette wird vor ihren Augen verschwinden.

Es ist die Aufgabe dieses Mordkommandos — es muss ein Mordkommando sein, denn sie sind immer die Ersten im Krieg, die Ersten bei Einsätzen wie diesem, immer — dieses Schiff davon abzuhalten, sein Ziel zu erreichen.

Und es ist deine Aufgabe, Tom.

Es liegt an dir, ihnen zu helfen.

KAPITEL 28

»Hebt euch die Splittergranaten auf, wenn ihr könnt — wir brauchen sie für die Brücke!«

Kags gab einen stetigen Strom Blasterfeuer aus seinem SAB ab. »Ja«, grunzte er, »wenn wir es bis zur Brücke schaffen. Wegen diesen Zhee müssen wir ganze drei Minuten stehenbleiben und kämpfen, nur um ein paar Schritte näher an den Maschinenraum zu kommen.«

Wir befanden uns in einem langwierigen Feuergefecht. Der Korridor, durch den wir vorzudringen versuchten, gabelte sich vor uns und lag dann wie eine Schleife um den gesamten Maschinenraum. Die Zhee hatten sich in dieser Gabelung verschanzt, direkt vor der Haupttür zum Maschinenraum, und lieferten uns einen guten Kampf.

Ich ziele auf einen Zhee, der um die Ecke gesprungen war, um ein Batteriepack mit automatischem Blasterfeuer komplett auf uns zu entleeren. Er hatte das schon dreimal gemacht, war rausgesprungen, hatte gefeuert wie ein Wilder, seine Götter um Unterstützung angebrüllt und war dann wieder in Deckung gesprungen. Die Blasterblitze erfüllten die Luft, sodass er immer wieder die Gelegenheit dazu bekam. Aber nach dem dritten Mal hatte er mich einfach nur noch genervt. Also hielt ich nach ihm Ausschau. Als er erneut hervorsprang, setzte ich kurz zum Feuerstoß an und spaltete seinen Schädel entlang der Mähne.

Aber für jedes Langohr, das wir töteten, schien ein weiteres an seine Stelle zu treten. Weit mehr, als wir in der Simulation erlebt hatten. Es war praktisch ein Wunder, dass wir es bei dieser Menge von Gegnern auf dem Schiff überhaupt aus dem Angriffsshuttle geschafft hatten.

Das eigentliche Problem waren die beiden Zhee in der Mitte des Gangs, die hinter zwei Frachtcontainern in Deckung lagen, die in Erwartung eines Angriffs auf den Maschinenraum hier hergeschleppt worden sein mussten. Diese Langohren feuerten pausenlos mit Schnellfeuer-Automatik, so dass wir nicht in der Lage waren, einen klaren Schuss auf sie abzugeben.

Es war Tatasche, dass wir festgenagelt waren, aber nur durch diese beiden Zhee. Als einer ihrer Zhee-Kumpel versuchte, uns in die Enge zu treiben, um selbst ein paar Schüsse abzugeben, knallten wir den Bastard ab. Aber wir mussten dringend etwas gegen die Blaster-Maschinengewehre unternehmen, die kontinuierliches Feuer auf uns niederprasseln ließen.

Splittergranaten hatten wir als Erstes versucht, aber da die Decke im Korridor niedrig war, hatten wir die Granaten wie Fastballs schleudern müssen. Was uns zu leichten Zielen machte. Ganz zu schweigen davon, dass die ersten Granaten, die wir geworfen hatten, weit vor unseren Zielen detoniert waren.

»He, Hullbuster«, rief Kags dem Marineinfanteristen zu. Der Junge stand auf der gegenüberliegenden Seite des Korridors, etwa zehn Meter von Kags entfernt. »Ich brauche eins von diesen Extra-Batteriepacks, die du hast. Mir geht der Saft aus.«

Der Marine nickte. Im Gegensatz zu einem konventionellen Batteriepack war das, was man brauchte, um einen SAB am Laufen zu halten, ein ordentliches

Stück Arbeit. In der Legion wurden sie normalerweise am Gürtel des Legionärs befestigt, der die Waffe trug. So etwas konnte man nicht einfach dem zuwerfen, der es gerade brauchte. Was bedeutete, dass der Marineinfanterist den Nachschub zu Kags bringen oder dass Kags zum Marine hinüberlaufen musste.

Da Kags den SAB gerade einsetzte, wollten wir ihn ganz bestimmt nicht aus dem Kampf nehmen.

Wir gaben dem Marine Feuerschutz, aber es reichte nicht aus, um die beiden Zhee dazu zu bringen, Deckung hinter den Frachtcontainern zu suchen. Dazu fühlten sie sich zu sicher, fast schon behaglich. Und jetzt hatten wir unser erstes Opfer zu verzeichnen. Als der Marine losrannte, knallte eine Blasterfeuersalve neben den Füßen des Jungen aufs Deck. Der Zhee justierte seine Waffe leicht nach oben, und die Blasterblitze bohrten sich in das Bein des Jungen bis hoch zum Oberschenkel. Er krachte zu Boden, nur ein paar Schritte von Exo entfernt.

Exo zerrte ihn in Deckung, aber der Junge brüllte. Ich konnte ihn hören, als unsere Schüsse kurz nachließen.

»Ah! Ah! Oba! Es tut so weh! Es tut so weh!«

Die Zhee hinter dem Container fingen an zu lachen. Dann verspotteten sie den Jungen. »Ah! Eet tut weh! Eet tut weh!«

Weitere Esel stimmten ins Gelächter ein.

Das machte mich *wirklich* wütend. »Warum nehmt ihr zwei nicht eure Messer, und wir klären das hier und jetzt?«, brüllte ich. »Ihr Weiber. Ihr *Feiglinge*.«

Die Zhee lachten erneut und schienen sich prächtig zu amüsieren. »Warum schläfst du nicht mit deiner Schwester?«

Ich bezweifelte, dass die Zhee Standard ausreichend beherrschten, um zu erkennen, dass sie sich mehr oder weniger selbst beleidigt hatten. Aber das machte nichts. Hätten sie den Köder geschluckt, hätte ich sie mit meinem NK4 niedergemäht. Man war immer wieder überrascht, wie oft feindliche Kämpfer auf den Köder ‚Komm raus und kämpfe wie ein Mann' hereinfielen.

»In Ordnung, Gruppe Victory«, sagte Captain Owens aus dem Schutz eines Schotts. »Die Zeit ist wirklich knapp. Wenn die in Echtzeit etwa so aussieht wie während unserer Übungen, stecken wir tief in Schwierigkeiten.«

Der Marineinfanterist schrie schon wieder. Wir hatten keinen Sanitäter dabei, und außer Exo war niemand in der Lage, ihn zu erreichen.

Erneut verhöhnte der Zhee seine Schmerzen und sagte in gebrochenem Standard: »Oh! Oh! Bitte, hilf mir!«

Ich fing langsam an, sie genauso zu hassen wie Kubies.

»Alter«, sagte Kags über das L-Komm, »ich mach das schon.«

Bevor noch einer von uns reagieren konnte, trat Kags mit seinem SAB vor, drückte den Abzug durch und feuerte mit voller Kraft. Keine Feuerstöße. Auch nicht wirklich gezielt. Er schoss aus der Hüfte und schickte ein so dichtes Blasterfeuer durch den Korridor, dass die Zhee überrumpelt waren. Beide tauchten hinter ihren Containern ab.

Kags bewegte sich immer noch feuernd den Gang entlang. Die Frachtcontainer und die Korridorwand dahinter waren mit schwarzen Brandflecken von den unzähligen Blastertreffern übersät. Ein Zhee versuchte ihm entgegenzulaufen und den Ansturm zu stoppen. Kags schwang seinen SAB in die Richtung des Außerirdischen und zerteilte ihn praktisch in zwei Hälften. Ein weiterer

Zhee kam von der anderen Seite heran, wurde aber von Wraith plattgemacht.

Wir folgten Kags und bewegten uns entlang der nun unerbittlichen Feuerkraft vorwärts. Kags war in der Mitte des Korridors, vielleicht noch einen Meter von den Frachtcontainern entfernt.

Als wir die Gabelung erreichten, wo die beiden Zhee sich eingegraben hatten, bog Masters nach Backbord und Twenties nach Steuerbord ab. Die Legios gaben ihnen Rückendeckung und eröffneten das Feuer auf die schockierten Zhee in den Korridoren, die nicht damit gerechnet hatten, dass ein Mordkommando so schnell auf sie zukommen konnte.

Kags hörte nicht auf zu schießen. Der Lauf seiner Waffe glühte, funktionierte aber weiterhin. Er drückte einfach den Abzug durch, bis er direkt über den beiden Zhee stand. Sie versuchten ihre Waffen auf Kags zu richten und zu feuern, aber er schwenkte einfach seine Waffe, und die beiden Zhee wurden im Strom unkontrollierten Blasterfeuers zerrissen.

Schweigen senkte sich auf den Korridor. Wir hatten allen Widerstand ausgelöscht. Jetzt mussten wir nur noch die Tür zum Maschinenraum aufbrechen.

Ich kauerte mich neben die Tür, während der Rest des Teams Angriffsposition einnahm. Wir hatten gute Erfolge mit den Hacker-Tools, also griff ich in meine Tasche, um mich an die Arbeit zu machen. Doch die Tür glitt ohne Vorwarnung einfach auf. Ich blickte hinein, das Hacker-Tool in der Hand, auf zwei Dutzend Zhee vor mir. Sie alle schienen genauso überrascht zu sein mich zu sehen, wie ich überrumpelt war, dass sich die Tür vor mir öffnete.

Bevor eine der beiden Seiten etwas unternehmen konnte, füllte sich der Maschinenraum mit Dampf. Er traf einige der Zhee direkt, und sie begannen vor Schmerz zu heulen. Der Rest eröffnete das Feuer auf die Tür. Ich ließ mich auf meinen Hintern fallen, krabbelte wie ein Krebs rückwärts, um mich in Sicherheit zu bringen. Ich erreichte ein Schott, aber ich war von meinem Team abgeschnitten, das immer noch neben der Tür Position bezogen hatte.

»Was ist passiert?«, fragte mich Wraith über das L-Komm.

»Ich weiß es nicht«, antwortete ich. »Die Tür ist gerade aufgegangen.«

»Okay«, sagte Wraith, und ich merkte, dass er mit dieser Antwort nicht wirklich zufrieden war, aber es war die einzige, die wir hatten. »Wir haben mit dem Trick aus dem Angriffsshuttle viel Zeit gespart. Wir sollten uns nicht aufteilen. Schmeißt eine Blendgranate in die Dampfküche, und dann nichts wie rein.«

Ich suchte nach einer Möglichkeit, mich meiner Gruppe wieder anschließen zu können. Blasterblitze zischten den Korridor entlang an mir vorbei. Es waren zu viele. Meine Jungs saßen da drin fest und ich hier draußen.

Großartig.

Ich wartete auf eine Gelegenheit, bei der man mir nicht ins Gesicht schießen konnte, als ich den Signalton für einen Privatkanal in meinem Helm läuten hörte.

»Chhun«, hörte ich Captain Owens sagen. »Sie müssen die Brücke einnehmen. Jetzt sofort.«

»Was?« Es fiel mir schwer zu glauben, was ich gerade gehört hatte.

»Tun Sie, was er sagt, Chhun.« Die Stimme gehörte Andien. Irgendwie kommunizierte sie über mein L-Komm, obwohl ich mich auf einem Schiff befand, das durch den Hyperraum raste. Die Nether Ops hatten richtig gutes Zeug.

»Ich weiß nicht…«, setzte ich an, denn ich war mir nicht sicher, was ich tun sollte. Meine Befehle befolgen, schätzte ich mal. Aber das hier war nicht Teil unserer Trainingsübungen gewesen.

»Das Schiff ist praktisch nichts anderes als eine ausgehöhlte Bombe«, sagte Andien. »Und es steuert direkt auf das Haus der Vernunft zu. Nach dem von der *Intrepid* gemeldeten Sprungzeitpunkt wird es in fünfzehn Minuten aufschlagen, es sei denn, der Hyperantrieb wird abgeschaltet — dann hätten wir zwanzig Minuten extra — oder Sie stürmen die Brücke und ändern den Kurs.«

Bei dem Wort Bombe war ich losgerannt.

Du bist Tom. Und du bist dir nicht sicher, wie lange dies unbemerkt bleiben wird.

»Zwanzig Zhee tot!«, brüllt der Zhee-Captain. »Auf einen Schlag, direkt am Angriffsshuttle getötet. Und wo waren ihre Brüder?« Er schlägt mit seinen Hufhänden auf eine nahe gelegene Konsole.

Der RMK-Sensorentechniker antwortet ihm. »Die Holocams zeigen, dass sich die anderen Zhee wohl verlaufen haben. Sie sind in einen gesperrten Bereich eingedrungen — einen Laderaum -, eine Türstörung hat sie festgesetzt, und schließlich sind sie im Kreis gelaufen, bis sie bei den Luftschleusen waren. Kurz darauf gingen die Kameras offline. Wahrscheinlich wegen des Mordkommandos.«

Der Zhee-Captain starrt den RMK-Sensorentechniker verächtlich an. Dieser Bericht war alles andere als willkommen.

»Wenn diese Legionäre nicht aufgehalten werden können«, schimpft der Zhee-Captain wütend, »wie kann ich dann deiner Bitte nachkommen, Scarpia?«

Scarpia hat mit den Zhee von Ankalor eine Vereinbarung getroffen, die es ihnen wert war, ihn am Leben zu lassen — und *uns* am Leben zu erhalten. Aber diese Vereinbarung hing allein davon ab, dass das Mordkommando ausgeschaltet wurde. Ein Kommando, das sich mit schnellen Schritten auf den Maschinenraum zubewegte.

»Das weiß ich ganz sicher nicht«, sagt Scarpia. »Wir haben deine Krieger an Bord geholt, um sicherzustellen, dass so etwas nicht passiert. Und doch ist dem so.« Der Waffenhändler lächelt dieses selbstsichere, selbstgefällige Grinsen. Das er nur benutzt, wenn er sich sicher ist, dass er am Ende gewinnt. Was immer der Fall ist. »Wäre mein *ursprünglicher* Plan ausgeführt worden, würdet ihr alle bereits im Jenseits die Zerstörung des Hauses der Vernunft feiern.«

Die Reaktion des Zhee-Captains ist ein lautes Schnauben.

»Ich werde den Gipfel unserer Götter noch erreichen.« Der Zhee starrt Scarpia mit seinen leblosen Augen an. »Die Frage ist nur, wirst du auch dort sein und vor dem vergoldeten Thron kriechen, der mein sein wird?«

»Das will ich doch nicht hoffen«, sagt Scarpia trocken. »Froggy?«

Frogg tritt vor. »Ja, Mr. Scarpia?«

»Glaubst du, dass *du* etwas gegen dieses Mordkommando unternehmen könntest?«

Ein bösartiges Lächeln huscht über Froggs Gesicht. Konnte es irgendetwas anderes geben, was er lieber täte? Und kannst du ihn von deinem Platz an der Konsole aus aufhalten? Angeblich hältst du das Schiff im Hyperraum und verhinderst, dass der Navigationscomputer sich abschaltet, sobald er merkt, dass ihr auf Kollisionskurs mit Utopion seid. Angeblich, im Moment auch tatsächlich. Denn wenn nicht du, dann eben jemand anderes. Die Anzahl der auf dich gerichteten Blastergewehre macht dir das deutlich. Die Mission wird fortgesetzt, mit oder ohne dich. Du bist entbehrlich.

Das warst du immer.

Frogg räuspert sich und wirbelt sein Messer einmal durch die Luft. »Oh ja, Mr. Scarpia. Ich glaube, ich kann etwas gegen dieses Mordkommando unternehmen. Und zwar etwas sehr Fieses.«

Ich hatte meine Laufgeschwindigkeit zur vorsichtigen Patrouille verlangsamt, nachdem ich am Angriffsshuttle vorbeigerannt war und mich zur Hauptbrücke bewegte. Die Audiosensoren meines Helms versuchten Hinweise auf irgendwelche Zhee aufzuschnappen, die sich vor mir verbargen, aber alles, was ich hören konnte, waren die L-Komm-Übertragungen meines Teams in Echtzeit.

»Noch ein weiteres Nest zu säubern«, sagte Masters.

Ich hörte Owens' Schrotflinte wiederholt knallen, aber auf welches Ziel, das wusste ich nicht.

Kags schrie vor Schmerz auf, und mir wurde flau im Magen. War er getroffen worden? Tot? Ich hörte mir folgenden Austausch an, als wäre sie das Drehbuch eines packenden Films.

> Wraith: Kags, bist du okay?
> Twenties: Kags!
> Exo: Er bewegt sich nicht, Mann!
> Meister: Verdammt! Nein, warte, ich habe gerade gesehen, wie sich sein Arm bewegt hat.

Erneut Blasterfeuer.

Aber ich musste mich auf das konzentrieren, was vor mir lag. Ich hatte fünf Splittergranaten und drei Blendgranaten. Dazu meine Ausrüstung zum Aufbrechen von Türen und meine NK4. Ich wusste nicht, ob das ausreichen würde, um die Brücke zu säubern, aber welche andere Wahl hatte ich schon?

Ich ging weiter den Hauptkorridor entlang, mein Blastergewehr gegen die Schulter gedrückt, feuerbereit. Ich blieb stehen. Vor mir hörte ich zwei Zhee-Wachen in ihrer seltsamen Sprache sprechen. Ich vermutete, dass sie ihre Götter priesen.

Okay. Und wie sollte ich sie plattmachen?

Ich war im Umgang mit dem Vibromesser nicht geschickt genug, um zwei Gegner auf einmal damit zu erledigen. Ich beschloss, mich so nah wie möglich heranzuschleichen und meine Blasterpistole einzusetzen. Sie war schallgedämpft und würde hoffentlich keine Aufmerksamkeit erregen.

Ich machte mich bereit, vorwärts zu schleichen, als sich eine Nebentür zu den Unterkünften, die bei unseren Trainingsübungen immer verschlossen gewesen waren, mit leisem Zischen öffnete. Panisch richtete ich meine schallgedämpfte Blasterpistole auf die offene Tür, in der Erwartung, jeden Moment einen Zhee plattmachen zu müssen, der da durchkommen würde. Aber... niemand kam.

Etwas in mir sagte, dass ich dorthin gehen sollte. Ich warf einen Blick hinein. Der Raum war vom Boden bis zur Decke mit Sprengstoff vollgestopft, aber es gab einen schmalen Durchgang. Ich folgte ihm. An seinem Ende öffnete sich eine weitere Tür, noch bevor ich dort ankam. Es war, als würde mich jemand über einen verwunschenen Pfad leiten.

Jeder Korridor war leer. Jeder Raum war sicher. Ich kannte den Grundriss des Schiffs und begriff, dass mich jemand an allen Wachen vorbeiführte. Wäre ich den Hauptkorridor entlanggegangen, dann wäre ich schon längst in sie reingerannt.

Jemand — ein Freund — führte mich sicher auf meinem Weg. Andien?

Ich schlängelte mich leise durch Türen und Räume. Korridore und Laderäume. Manchmal wartete ich und hörte Zhee auf der anderen Seite der Tür reden, vor der ich gerade stand. Ich reduzierte die Lautstärke meines L-Komm auf ein schwaches Hintergrundgeräusch, um besser hören zu können, was draußen vor sich ging. Dann wurden die frenetischen Stimmen der Zhee leiser und verschwanden. Und ich ging weiter.

Ich war der Brücke nun nahe. Ich konnte sie spüren. Ich kannte dies alles in- und auswendig nach den vielen Trainingsübungen, die ich auf diesem Schiff verbracht hatte, auch wenn es nur ein Nachbau auf der *Intrepid* gewesen war.

Und dann erreichte ich die Tür, von der ich wusste, dass sie in eine Art Vorzimmer führte, das wiederum auf die Brücke führte. Man hatte mich zu einem Nebeneingang geführt— auf einem Schiff, auf dem die gesamte Brückenbesatzung den Angriff vom Hauptkorridor aus erwartete.

Aber die Tür ließ sich nicht öffnen.

Ich wartete. Ich fragte mich, ob mein Freund mich verlassen hatte.

Die Sensoren meines Helms registrierten Bewegungen auf der anderen Seite der Tür. Ich höre Schreie. Wilde, wütende Schreie auf Standard.

»Tom!«, brüllte die Stimme auf der anderen Seite. »Du sollst verflucht sein, Tom!«

Die Stimme machte zwischen jedem Ausbruch eine Pause, als ob sie darauf wartete, dass Tom von irgendwoher antwortete.

»Ich weiß, dass du das warst, Tom!«

»Jetzt sehe ich es!«

»Dafür werde ich dich ausweiden, Tom!«

»Tom!«

Ich war mir nicht sicher, was ich tun sollte. Der Kerl ging nirgendwo hin, und ich konnte nicht länger warten. Ich kniete mich hin und holte einen Sprengsatz hervor. Wenn ich diese vorletzte Tür sprengen musste, dann sollte es so sein.

Die Lichter über mir blinkten plötzlich auf. Wer auch immer mich lenkte, ihm gefiel diese Idee nicht.

Bist du das, Andien?

Oder ist es Tom?

Oder ist es der Mann auf der anderen Seite der Tür?

Ich verstaute den Sprengsatz wieder und stand auf. Ich hob meine NK4 an die Schulter und richtete sie auf die Tür. Schließlich glitt sie mit einem Zischen auf. Ich konnte niemanden in dem Raum sehen.

Ich hatte gerade einen Schritt nach vorne gemacht, als ein Mann — klein, kräftig gebaut und hässlich, mit Kulleraugen — um die Ecke kam und sich auf mich stürzte. Ich feuerte meine NK4 ab. Er fing den Schuss ab; er musste gepanzert sein. Dann prallte er gegen mich, und mein Gewehr flog durch die Luft. Wir lagen umschlungen auf dem Boden.

Der Mann richtete sich über mir auf. Er hob ein Messer, und ich sah die Grausamkeit in seinen Augen.

KAPITEL 29

Mein Angreifer versuchte, sein Messer in die ungeschützte Stelle zwischen Helm und Brustschutz zu rammen. Ich riss meine Arme hoch und packte ihn an den Handgelenken. Ich ließ mich von seinem Schwung nach hinten schleudern und trat ihn von mir runter. Er machte einen Salto und landete auf dem Rücken.

Wir waren zur gleichen Zeit auf den Beinen.

»Du bist also das, was vom Mordkommando übrig ist, was, Kumpel«

Er warf das Messer von Hand zu Hand, hin und her. Meine NK4 lag auf dem Boden. Ich griff nach meiner Faustfeuerwaffe und hoffte, dass ich schneller ziehen konnte als seine Messerhand. Aber die Reflexe des kleinen Kerls hatten es in sich. Als ich nach der Pistole griff, stürzte er sich auf mich und zwang mich zurückzuspringen, um mehreren gut gezielten Hieben und Stößen auszuweichen. Während ich durch den Raum tanzte, war mir sofort klar, dass ich gegen eine Wand krachen oder er einfach mehr Glück haben würde, bevor ich ziehen und schießen konnte.

Ich beschloss, dass ein Gespräch mit diesem kleinen, kompakten und muskelbepackten Mann meine neue Strategie sein musste. »Ja. Ich schätze, ich habe es mir zur Gewohnheit gemacht zu überleben.«

Der Mann schlug noch einmal nach mir aus, aber es wirkte fast spielerisch. Als ob er nicht wirklich versucht hätte, mich zu verletzen. Als ob er das jetzt genießen würde.

Warum sollte er auch nicht? Die Zeit war auf der Seite dieses Selbstmordattentäters.

»Siehst du, was du bist? Das hätte ich sein sollen«, sagte der Mann. »Ich war in der Legion. Und ich weiß, dass du weißt, dass ich es war, denn so lehrt euch die Legion, mit Messern zu kämpfen. Natürlich habe ich nach einiger Erfahrung einige Änderungen eingeführt.«

Er stieß in Richtung meines Kopfs. Ich wich ihm aus, und die Klinge streifte meinen Helm.

Kein Schaden.

»Ich war Legionär, und ich war gut. Verdammt gut. Der beste Killer, den die Legion jemals hatte, vergiss das nie. Und was macht ein Killer, außer zu töten? Also tötete ich alle, die es verdient hatten. Wer es meiner Meinung nach nötig hatte. Und eine Menge Mistkerle hatten es nötig.«

»Klingt charmant«, antwortete ich, in der Hoffnung, ihn aus der Reserve zu locken.

»Vielen Dank. Den Legionären hat das Töten aber nicht gefallen. Oder vielleicht doch, und es waren Haus und Senat, die den Mut dazu verloren haben. Sie hassen uns, weißt du? Sie hassen die Legionäre, weil wir sie daran erinnern, dass sie bewaffnete Männer brauchen, um den Wandel herbeizuführen, den sie in der Galaxie als ‚natürlich‘ bezeichnen.«

Ein weiterer Hieb, wieder knapp daneben.

»Also haben sie mich rausgeschmissen. Dabei hätten sie mich in ein Mordkommando stecken sollen. Um meine Talente sinnvoll einzusetzen.«

»Sie haben sich falsch entschieden«, sagte ich.

Der Mann lächelte sanft und neigte den Kopf, als wollte er mehr hören. »Ach, ja?«

»Ja«, sagte ich und brachte mich hinter ein Stück Sprengstoff, das mir beim Ausweichen aus der Tasche gefallen war. »Sie hätten dich töten sollen.«

Ich trat den Sprengstoff ins Gesicht des Manns. Er traf ihn direkt am Kinn. Er wich einen Schritt zurück, und ich rammte ihn an der Schulter, was ihn zu Boden beförderte.

Der Mann heulte vor Wut. Er ließ das Messer an meiner Brust entlangfahren, aber meine Panzerung fing das meiste ab. Die Spitze der Klinge bohrte sich durch mein Synthpren, genug, um Blut vorquellen zu lassen, aber die Wunde war nicht tief. Hinter meinem Helm verzog ich das Gesicht.

Ich weiß nicht, wer sich daran erinnert, aber ich hätte früher durchaus an den Galactic Fighting Championships teilnehmen können. Und alle Griffe am Boden waren mein Spezialgebiet.

Ich drückte meinen gepanzerten Unterarm über den Nasenrücken des Manns, bis er mir mit seiner Hand, die nicht das Messer hielt, den Arm wegziehen wollte. Seine Messerhand hielt ich am Handgelenk gepackt. Ich ließ ihn meinen Arm wegziehen, weil er dadurch sein Gesicht freigeben musste. Und im Gegensatz zu ihm trug ich einen Helm.

Mit einem Kopfstoß, den ich nicht einmal spürte, rammte ich ihm meinen Helm ins Gesicht. Ich traf ihn am Mund, obwohl ich auf die Stirn gezielt hatte. Sofort war Blut zu sehen, und er spuckte zwei Zähne auf den Teppich aus. Ich hob meinen Kopf erneut und verpasste ihm einen weiteren Kopfstoß. Er verstand, dass er mir eine Öffnung verschafft hatte, ließ meinen Unterarm los und legte seine Handfläche auf meinen Helm, um mich festzuhalten.

Ich war immer noch in einer guten Position. Ich schlug ein paar Mal gegen seinen Kopf, aber ich konnte ihn immer nur streifen. Die ganze Zeit bemühten sich unsere Beine, eine vorteilhaftere Position zu erreichen. Er versuchte, mich von ihm herunterzurollen, und ich ritt auf dem wilden Tier und versuchte, oben zu bleiben. Wir keuchten und stöhnten beide und steckten unsere gesamte Kraft in diesen Kampf. Ich wusste, dass nur einer von uns lebend vom Deck aufstehen würde.

Er wusste es ganz sicher auch.

Ich packte mit meiner freien Hand nach seinem Hals, in der Hoffnung ihn würgen zu können. Er zog sein Kinn zurück und meine Hand wanderte nach oben und in sein Gesicht, während seine Hand die Öffnung unter meinem Helm fand und begann, meine Kehle zuzudrücken.

Dieser Kerl war ein Kraftpaket. Ich spürte, wie meine Luftvorräte schwanden, und der Arm, mit dem ich das Messer in Schach hielt, von Sekunde zu Sekunde schwächer wurde. Langsam wendete sich das Blatt.

Meine Hand glitt über sein Gesicht, bis ich seine Augen erreichte. Ich stieß meinen Daumen in seine Augenhöhle und drückte mit aller Kraft zu, die ich besaß. Falls sich jemand das fragt: Ein menschliches Auge fühlt sich eher wie Gelee an denn wie ein harter Ball, wenn es von einem Daumen zerquetscht wird.

Mein Gegner schrie vor Schmerz auf und riss seinen Kopf zur Seite, wodurch mein Daumen aus der Augenhöhle sprang. Er landete neben seinem Mund. Er biss fest zu, und ich konnte den Schmerz durch meine Handschuhe hindurch spüren. Ich schrie in meinen Helm: »Du Hurensohn! Stirb doch einfach!«

Er schob das Messer weiter auf mich zu, und ich hielt mich mit aller Kraft fest. Ich befreite meine Hand aus seinem Mund und schlang sie erneut um seinen Hals. Wir würgten uns buchstäblich gegenseitig zu Tode. Ich sah, wie sich die Farbe in seinem Gesicht veränderte. Ich war im Vorteil, denn mein Helm erhöhte die Menge an reinem Sauerstoff, die ich einatmete, wenn meine Atemzüge flacher wurden. Er würde mir die Luftzufuhr komplett abschneiden müssen, und ich glaubte nicht, dass der kleine Kerl noch die Ausdauer dazu hatte.

Ich spürte, wie er versuchte, ein Knie in meinen Schritt zu bohren. Aber das war ein gepanzerter Bereich. Ich drückte mit aller Kraft in meiner Hand zu, und ich glaubte zu spüren, wie sich sein Griff lockerte.

»Gib auf«, schaffte ich zu krächzen. Meine Kehle fühlte sich an, als ob ein Feuer in ihr brannte.

Er antwortete nicht. Ich drückte fester zu.

»Gib auf!«

Immer noch keine Antwort, aber jetzt spürte ich, wie die Kraft in seinem Messerarm nachließ. Ich bekam mehr Luft. Dann begann ich, die Klinge auf sein Gesicht zu lenken. Sein noch intaktes Auge starrte voller Angst auf die Waffe.

»Gib auf«, sagte ich noch einmal.

Der Mann, der mich töten wollte, war still. Er beobachtete, wie sich seine eigene Klinge in seiner Hand auf ihn zubewegte. Ich rammte die Klingenspitze in ihn hinein, genau unter seinem Unterkiefer. Er schrie, aber seine Stimme war schwach. Ich nutzte die Gelegenheit, den Druck auf seine Kehle noch zu erhöhen. Dann schob ich das Messer tiefer hinein und nach unten, bewegte es hin und her, bis ich schließlich seine Halsvene durchtrennte.

Ein Geräusch ertönte, dass nass und glatt klang. Als das Blut aus der Wunde strömte, ließ seine Kraft schnell nach. Seine Hand fiel von meinem Hals ab. Sein Atem wurde schwächer. Er zog seine Hand vom Messer weg und hob sie hoch. Einen Moment lang erwartete ich einen letzten, verzweifelten Schlag gegen meinen Kopf. Doch stattdessen schien die Hand meinen Knitterfreien streicheln zu wollen, den Helm eines Legionärs, wie er es einst war, bevor sie zu Boden sank.

Er war tot.

Ich rollte mich auf den Rücken und atmete tief ein. Ich hatte das Gefühl, keinerlei Kraft mehr zu haben. Ein Rinnsal lief an meinem Arm entlang. Einen Moment lang befürchtete ich, dass das Blut, das ich auf dem Deck sehen konnte, von dem Schnitt stammte, den er mir zugefügt hatte. Dass es mein Blut war, das da floss, genauso wie seins. Ich hatte Angst, meinen Arm anzusehen. Aber mein Verstand meldete sich wieder. Mein Helm hätte mich auf eine solche Verletzung hingewiesen.

Mir geht es gut.

Mir geht es gut.

Aber ich hatte noch eine Aufgabe zu erledigen. Es kam mir vor, als hätten wir stundenlang gekämpft, aber ich wusste, dass nur ein paar Minuten vergangen waren. Ich richtete mich auf und schnappte mir meine NK4. »Okay«, sagte ich ins Nichts. »Gibt es noch mehr davon, oder darf ich endlich mein Gewehr auf der Brücke einsetzen?«

Ich war bereit, die Brücke zu stürmen. Ich wartete nur darauf, dass sich die Tür öffnete. Aber das tat sie nicht.

Ich spürte, dass ich nicht mehr alleine war. Ich drehte mich um und sah Wraith durch die Tür kommen. Er humpelte immer noch ein wenig, aber es sah so aus, als hätte das Adrenalin gereicht. Twenties, Masters und Owens folgten ihm.

»Wo ist Kags?« fragte ich.

Ich bekam keine Antwort. Und dann fiel mir ein, dass ich die Lautstärke meines L-Komm auf fast Null heruntergedreht hatte. Ich drehte sie wieder hoch und wiederholte die Frage.

»Kumpel«, sagte Owens, »hast du mitgehört? Kags ist tot, Mann.«

»Der Marine auch«, fügte Twenties hinzu.

Ich fühlte mich noch so betäubt vom Kampf, dass ich ihre Worte kaum wahrnahm. Ich ging zur Tür. »Habt ihr den Hyperantrieb abgeschaltet?«

Owens nickte. »Fernzündung. Auf diese Weise können wir ihn in letzter Sekunde unter Kontrolle bringen. Wir gehen rein, werfen Splitter- und Blendgranaten. Halten uns fest, schalten den Hyperantrieb aus und lassen sie durch den Raum schweben. TSZ.«

Für mich klang das genauso gut wie jeder andere Plan. »Dann mal vorbereiten.«

»Musst du das Ding nicht erst in die Luft jagen?«, fragte Exo. Er hatte den SAB von Kags dabei. Wir würden ihn brauchen.

»Position einnehmen«, sagte ich und richtete mein Gewehr zum Angriff aus. »Die Tür wird sich öffnen, sobald wir so weit sind.«

Mein Mordkommando machte sich bereit, aber Owens trat einen Schritt zurück. Er packte zwei der Männer an den Schultern. »Wartet mal.«

Ich konnte sehen, dass er eine Nachricht übers Funkgerät erhielt. Er führte eine Diskussion auf einem privaten Kanal.

Dann sah er verärgert zur Decke. »Okay, Gruppe Victory, dieses Mordkommando darf nicht mit Splittergranaten reingehen.«

»Willst du mich verarschen?«, fragte Masters. »Die sind der einzige Grund, warum wir im Training überhaupt am Erfolg geschnuppert haben.«

»Ich wünschte, ich würde dich verarschen. Aber da ist noch was. Unter keinen Umständen dürfen wir da drinnen befindliche Menschen töten. Ob nun in RMK-Uniform oder nicht.«

»Warum zum Teufel nicht, Alter?«, sagte Exo. »Ich werde jeden Bastard in diesem Raum abknallen.«

»Wie lautet der Plan?«, fragte Wraith. »Wir müssen jetzt rein.«

Owens lud seine Schrotflinte nach. »Derselbe Plan, ohne die Splittergranaten. Die Tür öffnet sich, ich schalte den Hyperantrieb aus, und wir gehen rein.«

Wir nahmen unsere Positionen ein. Ich fragte mich, was Andien, oder wer auch immer mich beobachtete, über unseren kleinen Kriegsrat dachte. Es spielte keine Rolle.

Die Tür öffnete sich, und Owens ließ den Hyperantrieb in die Luft fliegen. Ich konnte das Krachen hören. Die Korvette wurde aus dem Hyperraum gerissen, und die plötzliche Veränderung führte dazu, dass jeder, der sich nicht an irgendetwas festgehalten hatte — im Gegensatz zu uns -, ins Taumeln geriet, während die Trägheitsdämpfer verzweifelt versuchten, die Veränderung in unserer Geschwindigkeit abzufangen.

Unser Mordkommando strömte auf die Brücke. Exo war der Erste. Er ging blind in die rechte Ecke und entdeckte nichts außer ein paar Zhee, auf die er schießen konnte.

Twenties kam direkt danach. Er ging geradeaus in die Mitte. Ich war hinter ihm und ging blind in die linke Ecke.

Ich bemerkte einen Zhee, der im toten Winkel von Twenties kauerte und eine Schrotflinte trug. Er hob seine Waffe hoch. Ich schwang meine in seine Richtung.

Nicht schnell genug.

Twenties sah den Schuss nicht kommen. Wahrscheinlich hörte er ihn nicht einmal. Er wurde am Hinterkopf getroffen, und... sein Kopf... er... er war tot.

Ich jagte dem Zhee vier Schüsse in die Brust, und schickte ihn direkt in die Hölle für das, was er gerade getan hatte. »Legio am Boden«, rief ich über das L-Komm.

Wir säuberten die Brücke, indem wir auf jeden Zhee schossen, den wir in Sichtweite hatten. Die Menschen knieten mit erhobenen Händen an ihren Positionen. Aber mindestens einer in republikanischer Uniform griff nach seinem Blastergewehr. Masters ließ ihn dafür bezahlen.

Innerhalb von dreißig Sekunden war die Brücke gesichert. Owens trat sofort an die Steuerkonsole. Wir konnten Utopion durch das Fenster vor uns sehen, und der Planet wurde schnell größer. Er gab eine Notfall-Kursanpassung ein, und die Korvette begann die Nase zu heben, verfehlte den Planeten nur knapp und glitt in den Orbit.

Sechs Menschen hatten wir am Leben gelassen — vier in republikanischen Uniformen, zwei in eleganter Zivilkleidung. Es gab auch noch einen Zhee, der bei ihnen gestanden hatte. Vermutlich war er das Große Tier.

Meine Jungs waren wie tollwütige Tiere.

»Runter auf die Knie!«, schrien Masters und Exo. Sie zwangen alle auf die Knie, und ich war mir ziemlich sicher, dass sie die gesamte Mannschaft plattmachen wollten.

Ich war mir ziemlich sicher, dass ich sie nicht daran hindern würde.

Aber dann, einer der Menschen, ein gut aussehender Kerl — ein bekanntes Gesicht. Er sank auf die Knie, die Hände hinter seinem Kopf verschränkt. Er sah… traurig aus. Erleichtert und traurig. Als wäre ein leibhaftiger Albtraum gerade zu Ende gegangen. Dann wurde es mir klar. Das war der Kerl, den wir auf den Holovideos gesehen hatten. Der Typ, der geholfen hatte, den korrupten Versorgungsoffizier auszuschalten. Der Typ, mit dem ich mich geprügelt hatte, war der Ex-Legionär. Ich sah Tom an. Derselbe Tom, von dem der Typ, den ich getötet hatte, geschwärmt hatte. Derselbe Tom, der wohl…

»Gefechtsbereitschaft aufheben!«, brüllte ich Masters und Exo zu. »Wir haben unsere Befehle, und es gibt einen Grund dafür. Fügt den Menschen keinen Schaden zu.«

Der Zhee sah nur auf seine tote Besatzung hinab, seine Augen genauso leblos wie die seiner Freunde. Wraith ging auf ihn zu, zückte seine Pistole und schoss ihm einmal in seinen Eselskopf. Der Zhee krachte zu Boden. Wir alle sahen Wraith an.

»Der Befehl lautete, nicht auf die Menschen zu schießen«, sagte Wraith.

»Sieht aus, als hätte dieser Zhee versucht, ein Messer zu ziehen«, antwortete Owens.

Wir reduzierten die Fluggeschwindigkeit. Soldaten kamen auf die Brücke und begannen, die Gefangenen per Shuttle abzutransportieren. Ein Team von Sprengstofftechnikern versuchte, die Korvette zu etwas weniger als einer Superbombe zu entschärfen.

Mir fiel auf, dass die beiden Menschen, die keine republikanischen Uniformen trugen — Tom und der andere — eine Sonderbehandlung erfuhren. Anstatt dass ein bewaffneter Mann den anderen Kerl abführte, sah ich, wie ein persönlicher Referent eines Admirals auftauchte, um ihm die Handschellen abzunehmen. Der Mann rieb sich kurz die Handgelenke, lächelte ein schmales, selbstzufriedenes Grinsen und folgte dem Referenten, wohin auch immer.

Tom blieb gefesselt, aber sein Begleiter war mehr als offensichtlich von den Nether Ops. Blick und Aussehen hatte ich offenbar bei Andien aufgeschnappt. Als Tom an uns vorbeiging, sagte er: »He, das alles hätte nie passieren dürfen. Es tut mir leid. Ich möchte, dass ihr wisst, dass es mir leid tut.«

Der Shuttle-Sprung zurück zur *Intrepid* geschah ohne Freude, ohne gutes Gefühl. Mein Gesicht war eine Maske. Was auch immer Owens dachte, es war hinter seinem Bart und seiner Sonnenbrille verborgen. Wraith trug wie immer seinen Helm.

Aber Masters war es anzusehen. Er hatte die ganze Zeit Tränen in den Augen und er biss die Zähne zusammen. Das Bild eines Manns, der versuchte, nicht durchzudrehen. Ich fragte mich, wie lange er sich noch zusammenreißen konnte.

Exo verarbeitete seine Wut, indem er auf dem Shuttle-Deck hin- und herging, mit seinen Fäusten auf seine gepanzerten Oberschenkel schlug und ständig Flüche knurrte.

Twenties und Kags lagen nebeneinander auf dem Deck. In Leichensäcken.

Ich drehte Kags' Helm in meinen Händen hin und her und dachte an den Tag, an dem ich ihn zum ersten

Mal getroffen hatte. Als er mich gefragt hatte, was TSZ bedeutete. Damals hatte ich zu ihm gesagt: »Wenn du unseren kleinen Ausflug überlebst, Infanterist, dann erklär ich's dir.«

Der Junge war am Ende ein guter Legio. Wir würden ihn vermissen.

Und Twenties. Ich dachte nicht an Twenties. Ich konnte nicht an ihn denken. Nicht jetzt.

Captain Owens atmete tief ein. »Hört zu«, sagte er zu den überlebenden Mitgliedern unseres Mordkommandos. »Ich habe nachgedacht. Was hier passiert ist... Ich weiß nicht einmal, was ich sagen soll. Unsere Freundin Andien von den Nether Ops hat mich über einiges aufgeklärt. Dinge, die sie nicht hätte sagen sollen.«

Exo hörte auf, hin- und herzugehen. »Was für Dinge?«

Owens stieß einen schweren Seufzer aus. »Noch mehr schlechte Zeiten, Mann. Schlechte Zeiten wie diese. Wie die *Chiasm*. Irgendetwas ist im Anmarsch. Es gibt Gerüchte. Draußen in den Schatten, jenseits des Randes. Und es wird schlimmer, als wir es uns vorstellen können.«

»Worauf wollen Sie hinaus, Captain?« fragte ich.

»Es ist an der Zeit, dass die Dark Ops ein bisschen mehr wie die Nether Ops agieren«, sagte Owens, lockerte seinen Nacken und ließ die Wirbel knacken. »Was ihr auf dieser Korvette geleistet habt, war hervorragend. Aber ein Mordkommando kann nur begrenzt viel erreichen, und unsere Arbeit kommt immer erst *dann*, wenn die schlechten Zeiten bereits angebrochen sind. Wir brauchen jemanden — *ich* brauche jemanden — der die Dinge vorausahnt. Oder es zumindest versucht. Er muss an den Rand driften. Beobachten. Sich einfügen. Teil der Leute am Rand werden. Denn wenn die schlechten Zeiten kommen... müssen wir es zuerst wissen.«

Nach und nach nickten alle im Shuttle.

Masters schniefte. »Wenn es bedeutet dafür zu sorgen, dass unsere Jungs nicht umsonst gestorben sind — ich meine, ihr habt alle dasselbe gesehen wie ich. Diese beiden Arschlöcher auf der Brücke... die werden nicht plattgemacht.«

»Damit retten wir Leben«, sagte Owens abschließend. »Aber einer von uns muss verschwinden, und das kann nicht ich sein. Ich frage euch also: Wer von euch ist unser Freiwilliger? Wer fängt für die Legion ein neues Leben an?«

Wraith sah sich um. »Ich werde gehen.«

EPILOG

X wusste nicht, wie das Ende für seine Marionette aussah. Für Tom und das Dasein, zu dem er wieder zurückkehrte. Das wahre Ende. Das einzige Ende, das jemals für einen Menschen, ein Wesen, einen Bürger dieser Republik, die stets am Rande des Zusammenbruchs war, eine Rolle spielen sollte...

Wer wusste das schon? Wer wusste das wirklich, dachte er sich, als er die Akte abschloss. Jenseits seines winzigen Fensters hatte sich der Himmel mit dem Einbruch der Nacht verdunkelt.

Nicht alle Dinge sind denen bekannt, die dafür bezahlt werden, alles zu wissen, dachte X, und dieser Gedanke tröstete ihn. Es gibt, dachte er, während er eine Tasse warmen Tee in der Hand hielt und in die Dunkelheit blickte... es gibt Dinge, die privat bleiben müssen.

Er hatte an der Zeremonie nach der Bergung von Tom teilgenommen. Nach der Rettung durch die Jungs der Legion. Diese mörderischen Jungs. Shakespeare hatte recht. Des Krieges Hunde waren sie nun mal... und wenn sie losgelassen wurden... Verwüstung.

X hatte sich um die Nachbesprechungen mit Tom gekümmert. Die *endlosen* Nachbesprechungen und dann die leisen Mahnungen, in denen jeder unter Androhung des Todes daran erinnert wurde, dass diese Zukunft genau so aussehen würde, wenn man redete.

»Schließlich können wir nicht zulassen, dass die Leute herausfinden, dass die RMK so nah dran waren, ein Raumschiff direkt in unser Haus der Vernunft zu rammen, nicht wahr?« Dieser bestimmte Bürokrat hatte während einer besonders schrecklichen Sitzung am Nachmittag in den tiefen Höhlen von Nirgendwo, die sich weit unter den harmlosesten Verwaltungsgebäuden der Regierung befanden, laut aufgeschrien.

Und was von allen ungesagt blieb, weil X all ihre starren Blicke spürte, war: *Wir dürfen sie nicht wissen lassen, dass es unser Mann war, der ein Raumschiff zerstört und eine vorgelagerte Legionärs-Basis in einem besonders umstrittenen Kriegsgebiet bombardiert hat. Oder doch?*

Unser Mann... Tom.

Das dürfen wir nicht.

Und natürlich war das alles X' Schuld.

Aber X wusste, wer Leichen im Keller hatte, also wurde alles fein säuberlich vermerkt und dann gelöscht. Bürokratie selbst in der Täuschung. Sogar bei großen Täuschungen.

Und was war mit Scarpia?

Was war mit ihm? Jemand hatte genug Fäden gezogen, um ihn aus der schlimmsten Bredouille zu holen. »Ich muss es wissen, und du nicht, mein Junge«, hatte ein Bonze gewarnt, als X nachfragte.

X war sich sicher, dass Scarpia wieder auftauchen und so nützlich sein würde wie nur möglich, bis er es eines Tages nicht mehr war. Und dann könnte X ihn haben wie der Teufel, der geduldig auf einen besonders reuelosen Sünder wartete.

Das war abgemacht.

Bis dahin... konnte sich Scarpia frei in der Galaxie bewegen und seinen ganz eigenen Unfug treiben.

X machte sich eine Notiz, dass er dieses Thema bei Gelegenheit wieder aufgreifen würde.

Und natürlich gab es Auszeichnungen und Beförderungen. Nicht für X. Aber für alle, die nicht wirklich involviert waren. Sie bekamen diese Dinge. Es half ihnen bei ihrem ständigen Streben nach oben, bei dem es immer galt, alle richtigen Schritte zu machen. Alle Schritte, die das Haus der Vernunft guthieß.

Aber die Zuhälter...

Die Nutten...

Die Mörder...

Alle anderen, die dem Jahrmarkt gedient hatten, bis auf einen, hatten nichts bekommen. Sie bekamen das Privileg einer gründlichen Abmahnung und die Chance, es noch einmal zu versuchen. Obwohl die Bonzen, die sie ermahnten, wussten, dass ihr Scheitern unvermeidlich war. Sie freuten sich sogar darauf, weil sie davon profitieren konnten.

Ja... X hatte seine Feinde. Wie jeder andere auch.

Niemand dankte ihm für die Rettung des Hauses der Vernunft. Stattdessen war er, so lautete das Gerücht, der Verantwortliche — nur blieb das unausgesprochen. Es war, als hätte er die Zerstörung des Hauses der Vernunft selbst geplant. Ganz ungeachtet von Scarpia, den Zhee und den RMK.

X hatte seine kleinen Spionage- und Antiterrorspielchen gespielt, und »dieser Schlamassel« war allein seine Schuld.

X lächelte vor sich hin, als er in seinem quietschenden, alten, aber bequemen Stuhl in seinem kleinen Büro saß. Er lächelte und nippte an einer Tasse Tee. Er beobachtete, wie die losen Blätter am Boden aufgewirbelt wurden, während er nachdachte...

So war es schon immer mit dem Haus der Vernunft. Gib den Opfern die Schuld und entschuldige die Täter.

Er hatte schon vor langer Zeit aufgehört, nach dem ‚Warum' zu fragen.

Warum sollte man versuchen, Wahnsinn zu verstehen?

Stattdessen versuchte er auf seine eigene, stillschweigende Weise, in einem Teil seines eigenen Bewusstseins, dessen er sich kaum bewusst war ... er versuchte, alle vor ihnen zu retten. Er versuchte, die Galaxie vor dem Haus der Vernunft und all seinen kriecherischen Speichelleckern zu bewahren. Vor all seinen korrupten Kumpanen.

Wenn man es recht bedachte, wollte er sie vor sich selbst retten.

Und wenn sie dich feuern...

Er trank den Tee aus und löschte das Licht an seinem Schreibtisch.

Dann wird das die Aufgabe von jemand anderem sein.

Er stellte sich vor, fischen zu gehen... wenn sie ihn am Leben ließen.

Und was war mit Tom?

Sein Auftrag ist beendet. Er kann wieder zu dem anderen Menschen werden, der er einmal war.

Aber selbst X wusste, dass dies eine Lüge war. Eine tröstliche und höfliche Lüge. Aber nichtsdestotrotz eine Lüge.

Und trotzdem...

X ging durch die stillen Büros des Jahrmarkts. Alle waren fort. Sie würden morgen wiederkommen, um ihre Spielchen zu spielen. Aber heute, an diesem frühen Abend, waren sie alle nach Hause gegangen, zu ihren Liebsten. Sie würden sie festhalten und wach liegen, weil sie wussten, dass sie sie vor der Dunkelheit schützen mussten.

Und Tom?

X trat auf die Straße hinaus. Sie war leer und still, und nur der Laden ein Stück weiter gab noch Licht ab neben den orangefarbenen Straßenlaternen, die gegen den leichten Nachtnebel ankämpften.

Und Tom?

Das Haus der Vernunft wollte ihm einen Orden verleihen.

X lächelte bitter, denn er wusste, was sie vorhatten, und erkannte ihren Plan in seiner ganzen furchtbaren Krassheit, seiner feigen Manipulation.

Sie wollten ihm sogar den Orden des Zenturios verleihen.

Und natürlich drehten alle Legionsgeneräle durch.

Aber wie immer setzte sich das Haus der Vernunft durch und wusch seine schmutzige Wäsche, um zu bekommen, was es wollte.

Warum, fragte X seinen Verbindungsmann.

Warum sollte man einem Mann, der für so viele Todesfälle in der Republik mitverantwortlich war, die höchste Auszeichnung verleihen? Den Orden des Zenturios.

Weil, so hat er es dir gesagt — dein Mann in den innersten Kreisen, dein schlauer Spion -, weil dadurch alle Dreck abbekamen. Und wer Dreck am Stecken hatte, blieb freundlich und schwieg.

Und so bist du hingegangen, Tom. Du bist zur Ordensverleihung gegangen und hast dabei so schlecht ausgesehen, wie ich mich fühlte. Und du standest da ganz ohne Legionäre, die sich nicht einmal die Mühe machten, zu erscheinen, und irgendeinem niederen Funktionär, der den Orden überreichte, zu dem du dich nie bekennen kannst.

Und du hast in deiner Navy-Uniform gelächelt, denn schließlich war es für jemanden außerhalb der Legion eine ziemlich große Sache, eine Auszeichnung dafür zu erhalten, dass er »den Schutz seines eigenen Leben im Dienste der Mission der Legion und ihrer Brüderlichkeit missachtet hat.«

Das stand im Anerkennungsschreiben für deinen Orden, Tom.

Ich glaube nicht, dass du an diesem verregneten Nachmittag auch nur einen Blick darauf geworfen hast, als ich deine letzte Nachbesprechung durchführte und dich zu einem Speeder brachte, der dich in dein altes Leben zurückbrachte. Zu diesem anderen Namen.

Du fühltest dich wie ein Schwindler, Tom.

Und sie wollten das so.

Die Schande war groß. Niemand gewinnt jemals außer dem Haus der Vernunft.

Ich habe dich gehen sehen. Zurück dorthin, wo du hergekommen bist. Zurück dorthin, von wo wir dich gerufen haben. Zurück zu ihnen, zu deiner Frau und deinem Kind und deinem anderen Leben.

Ich wollte dir noch etwas sagen, Tom. Ich wollte dir sagen, dass ich lange bevor ich zu X wurde, dem Zirkusdirektor des Jahrmarkts, nur ein Bursche im Helm war. Ein Legionär. Und ich kann dir sagen, Tom, du hast da draußen in der Finsternis Legionärsarbeit geleistet.

Sie werden es nie erfahren.

Sie würden dir sagen, dass das eine Lüge ist.

Aber ich weiß, was es dich gekostet hat.

Ich weiß, was der Preis dafür war.

Du hast den Schutz deines Lebens für die Mission vernachlässigt.

Du hast den Orden des Zenturios erhalten.

Und niemand wird es je erfahren.

Daher werde ich dich jetzt gehen lassen, dachte X, als er den Zug abfahren sah. Den Zug mit ‚Tom'.

Du wirst den Rest des Tages in diesem Zug reisen und am späten Nachmittag das Privatanwesen deines Großvaters erreichen. Des berühmten Admirals. In dessen Schatten du aufgewachsen bist. An dem du immer gemessen wurdest, sogar von dir selbst.

Ich kenne dich, auch wenn dein Name nicht mehr Tom ist. Ich weiß, dass du die letzten Kilometer vom Bahnhof zu deinem Elternhaus zu Fuß gehen wirst. Und ich möchte nicht darüber nachdenken, woran du dabei denkst. Ich hoffe nur, dass du eine angenehme Erinnerung findest, an der du dich festhalten kannst... in dem Wissen, was du als Nächstes tun musst.

Du weißt, dass du ein Sünder bist, der Absolution sucht. Wissend, dass sie deine Priesterin ist. Du fragst dich, ob sie dir verzeihen wird, dass du alle gerettet hast.

Ich hoffe, du denkst nicht, dass du ihr von den Toten, den Lügen, den Morden und all dem anderen ‚Tom'-Leben erzählen musst. Aber ich vermute, dass du die Sache mit Illuria beichten wirst... weil du diese Art von Mann bist. Du wirst ihr die Wahrheit sagen müssen. Denn jemand muss es wissen. Jemand muss die Möglichkeit haben, dir zu verzeihen, Tom.

Irgendjemand.

Irgendwann stehst du vor der Tür.

Sie haben dich schon von Weitem kommen sehen, wie einen sagenumwobenen Helden aus unserer gemeinsamen, uralten Vergangenheit. Ein Krieger, der die Meere durchsegelt und Ungeheuer besiegt hat und als ein anderer Mann nach Hause kommt.

Sie wird dich von einem Fenster aus beobachten, oben aus dem Kinderzimmer. Das tut sie schon, seit du weg bist. Sie wartet auf dich. Weil sie dich liebt.

Das ganze Haus wird bei ihrem plötzlichen Schrei aus dem Häuschen sein. Zu wissen, dass du zurückgekommen bist. Zu wissen, dass du am Leben bist. Einfach zu wissen.

Weil man nicht wissen darf... wo du warst.

Und weil sie dich liebt, nimmt sie euer Kind aus dem Bett und rennt die Treppe hinunter, noch vor den Bots und deinem Vater, der dieses wunderbare Ereignis nicht fassen kann. Sie rennt ihnen allen voraus, um dich für sich zu beanspruchen.

Und wenn die Tür aufgeht und sie offen weint, wirst du lächeln, und sie wird kurz etwas spüren und es ignorieren, weil...

Weil...

Weil... du zurück bist. Und das ist genug.

Sie wird in deinem Blick nicht sehen, was für Dinge du getan hast. Oder all die Toten und die Schande, die solche Dinge mit sich bringen.

Oder Illuria.

Sie wird nur dich sehen.

Und weil sie eine Mutter ist, wird sie die Hand der größten aller deiner Belohnungen halten, und sie dir überreichen. Das Mädchen, für das du die Galaxie gerettet hast. Als ob auch sie ein Soldat wäre, der seine Pflicht erfüllt und seinen Dienst treu verrichtet hat.

Und in dem Moment, in dem du das kleine Mädchen, das so viel größer geworden ist, seit du es das letzte

Mal gesehen hast, an dich drückst und die Galaxie herausforderst, sich zwischen euch zu drängen…

Wird sich das alles gelohnt haben?

Wird es das?

Ich weiß, denkt X. *Ich weiß, du wirst an diesen Tom-der-nicht-Tom-ist denken. Ich weiß, du wirst sie im Arm halten und den Namen deiner Tochter flüstern…*

»Prisma«.

Ja. Weil es jemand muss.

Das Shuttle, das sie an den Rand der Galaxie brachte, war mit republikanischen Marineinfanteristen besetzt, die Zivilkleidung trugen.

Anonymität war das Gebot. Scarpia ahnte, dass man sie bald still und leise verschwinden lassen würde.

Frogg hätte die Typen, die diese Art von Arbeit machen, erkannt. Hätte gewusst, dass sie Killer waren. Das stille Erkennen von Seinesgleichen, hätte er mit grimmiger Genugtuung gedacht. Und während des Sprungs wären er und Scarpia in ihren Kojen für sich geblieben.

Sie hätten einen Plan gemacht. Einen Plan, um zu verhandeln, zu töten, zu dealen, zu manipulieren, um aus dieser Sache herauszukommen. Aber ehrlich gesagt, gab es keinen Ausweg aus dieser Sache. Dies war… das Ende.

»War ganz schön knapp«, hätte Scarpia gemurmelt, als sie in ihren Kojen lagen. Frogg hätte über ihm gelegen und seine stillen, stets mörderischen Gedanken gedacht.

Scarpia fragte sich, ob er Illuria jemals wiedersehen würde. Er fragte sich das nur kurz. Fragte sich, was sie gerade tat und ob sie glücklich war. In diesem letzten Moment am Ende der Dinge schien das für ihn wichtig zu sein.

Er schloss die Augen und lauschte dem Nichts des Hyperraums. Für ihn war es wie eine heulende Leere, die nie befriedigt werden konnte.

Einen Tag später landeten sie auf einer trockenen Wüstenwelt. Weit weg von jeder Art von Leben. Kahler Sand, brennende Hitze und die felsigen, zerklüfteten Berge in der Ferne verhießen nichts, was auch nur im Entferntesten an Leben erinnerte.

Als die republikanischen Marineinfanteristen sie auf die harte Erde eines längst ausgetrockneten Sees führten, murmelte Frogg: »Ich glaube, sie werden uns hier aussetzen, Chef.«

Frogg war tot. Aber Scarpia hörte ihn. Scarpia hatte nur noch Froggy. Und der war nur noch ein Geist.

Scarpia schluckte schwer. Seine bösartigen Augen sahen sich um und blickten auf Frogg hinab. Ja. Es sah tatsächlich so aus, als würden sie ihrem Schicksal überlassen werden.

Ein Schicksal, das höchstwahrscheinlich Verhungern, Hitzeschlag und extreme Dehydrierung versprach.

Sie würden hier draußen keine zwei Tage überleben. Wo auch immer hier war. Und es wäre schön, den Namen des Ortes zu kennen, an dem man sterben würde. Nicht notwendig. Aber schön wäre es trotzdem.

Das Ende würde keine schöne Angelegenheit werden. Das war sicher.

Als man sie weit genug vom Shuttle fortgetrieben hatte, fuhr es seine Einstiegsrampe ein, startete die Triebwerke und hob mit dem Summen seiner Repulsoren ab. Das Fahrwerk fuhr ein, und der Pilot schwenkte das Shuttle auf seinen neuen Kurs.

Und dann...

Stille.

Die Stille der Wüste.

Die Stille ihrer Gedanken, die sich mit ihrer unausweichlichen Sterblichkeit beschäftigen.

Die Stille, wenn man am Ende all seiner schlechten Entscheidungen angekommen ist.

Scarpia war sich sicher, dass Frogg ausflippen und ihn auf dem getrockneten Lehm des alten Sees umbringen würde. Noch ein letztes Opfer, bevor...

Sie begannen in Richtung der niedrigen Berge zu gehen.

Sie wanderten den größten Teil des Tages. Nachts legten sie sich hinter einen Felsen und beobachteten die wenigen Sterne, die herauskamen. Ihre Münder waren trocken und lechzten nach Feuchtigkeit. Tatsächlich standen sie kurz vor dem Verdursten.

Am nächsten Tag überquerten sie die niedrigen, zerklüfteten Berge und träumten von einem kleinen Außenposten auf der anderen Seite. Einem Ort mit Wasser, kaltem Bier und geräuchertem Fleisch.

Keiner von ihnen traute sich, eine abschließende Beichte für all das Böse abzulegen, das sie verbrochen hatten. Aber sie waren beide nahe dran...

Das wäre eine Art Himmel, ein Paradies für sie.

Doch was sie auf der anderen Seite der Berge sahen war noch viel beeindruckender.

In der Ebene unter ihnen lagen die riesigen Kiele von wohl drei gewaltigen Schlachtschiffen nebeneinander. Bautrupps bewegten sich wie winzige Ameisen auf den weit entfernten und riesigen Schiffen. Dahinter befand sich eine Art weitläufiges Militärgelände mit Stacheldraht, hohen Türmen und weiten, überwachten Todeszonen. Darin befanden sich Zelte, Kasernen und Betonbunker. Aber es war alles leer, zum größten Teil jedenfalls, ein Ort, der darauf wartete, gefüllt zu werden. In Erwartung der versprochenen Zukunft.

Aber es waren die unglaublichen und gigantischen Schiffe, die da draußen unter ihnen lagen, wie die Skelette prähistorischer Ungeheuer in der Wüste, die Scarpias Fantasie beflügelten. Und die von Froggy auch. Sie wären mit nichts vergleichbar, was die Galaxie je gesehen hatte. Die Schiffe waren riesig, und sie waren identisch.

Sie hörten das Shuttle der Republikanischen Navy am Himmel über ihnen. Diesmal ein anderes. Eines, neben dessen Cockpit die Flagge eines Admirals aufgemalt war. Einen Augenblick später landete es auf dem Bergrücken in ihrer Nähe und blies kochend heißen Staub und aufgewirbelten Schotter in ihre Richtung.

Scarpia hob seine langen Hände vor die Augen, um sie zu schützen. Frogg schaute nur zu wie ein blutrünstiges, kleines Tier, das entschlossen war zu töten und zu leben, solange ihm noch Zeit blieb.

Die Einstiegsrampe fuhr herab, und ein Captain der Navy trat auf sie zu, mit zügigen Schritten.

Er lächelte.

»Mr. Scarpia...«

Scarpia und Frogg starrten stumm zurück.

»Commander Devers heißt Sie willkommen, Sir.«

Der Offizier drehte sich zu den riesigen Schiffen um. Er blickte sie voller Bewunderung und Stolz an. Dann wandte er sich wieder an die beiden Wüstenwanderer.

An Scarpia, den Waffenhändler, und Frogg, den verstorbenen Mörder.

»Haben wir jetzt Ihre Aufmerksamkeit, Mr. Scarpia?«, fragte der Offizier. »Denn wir werden eine Menge Waffen brauchen.«

Froggs Geist leckte sich über die trockenen und rissigen Lippen.

Scarpia blickte auf Froggy hinab. Dann sah er zu dem Offizier auf.

Eine Menge Waffen.

Scarpia lächelte sanft und zufrieden.

Die Autoren im Portrait

Jason Anspach und Nick Cole sind zwei Autoren von der US-Westküste, die sich zusammengetan haben, um ihre Science-Fiction-Reihe »Galaxy's Edge« zu schreiben.

Jason Anspach ist ein Bestsellerautor, der mit seiner Frau und seiner ganz eigenen siebenköpfigen (kein Tippfehler!) Legionärstruppe in Puyallup, Washington, lebt. Er wuchs in einer Militärfamilie auf (Go Army!), verbrachte seine prägenden Jahre in der Nähe der Joint Base Lewis-McChord und ist in mehreren gemeinnützigen Organisationen für Kriegsveteranen aktiv. Jason geht gerne wandern und campen im wunderschönen Pazifischen Nordwesten. Im Armdrücken ist er gegen seine ganze Familie ungeschlagen. Er ist stolz auf sein deutsches Erbe, denn sein 14. Urgroßvater, Johannes Anspach, wanderte um 1716 von Steinbach im Taunus in den deutschsprachigen Teil von Pennsylvania aus. Jasons Mutter ist in Deutschland geboren und aufgewachsen, namentlich in Hanau, wo Jasons Großmutter und ihre Familie, die Kupferschmidts, lebten.

Nick Cole ist ein mit dem Dragon Award ausgezeichneter Schriftsteller, der vor allem für »The Old Man and the Wasteland«, »CTRL ALT Revolt!« und die »Wyrd Saga« bekannt ist. Nachdem er in der US Army gedient hatte, zog Nick nach Hollywood, um eine Karriere als Schauspieler und Autor einzuschlagen. Dort wohnt er mit seiner Frau, einer professionellen Opernsängerin, südlich von Los Angeles, Kalifornien.

www.ingramcontent.com/pod-product-compliance
Lightning Source LLC
Chambersburg PA
CBHW060850210726

48293CB00006B/1733